# TIEFE HAVEL

TIM PIEPER

# TIEFE HAVEL

*Kriminalroman*

emons:

**Bibliografische Information der Deutschen Nationalbibliothek**
Die Deutsche Nationalbibliothek verzeichnet diese Publikation
in der Deutschen Nationalbibliografie; detaillierte bibliografische
Daten sind im Internet über http://dnb.d-nb.de abrufbar.

© Emons Verlag GmbH
Cäcilienstraße 48, 50667 Köln
info@emons-verlag.de
Alle Rechte vorbehalten
Umschlagmotiv: DavidQ/photocase.de
Umschlaggestaltung: Nina Schäfer, nach einem Konzept
von Leonardo Magrelli und Nina Schäfer
Umsetzung: Tobias Doetsch
Gestaltung Innenteil: César Satz & Grafik GmbH, Köln
Lektorat: Carlos Westerkamp
Druck und Bindung: sourc-e GmbH, Köln
Printed in Europe 2025
ISBN 978-3-7408-0285-1
Originalausgabe
3. Auflage

Unser Newsletter informiert Sie
regelmäßig über Neues von emons:
Kostenlos bestellen unter
www.emons-verlag.de

Für Steffi, Moritz und Theo

*Wir sind, wozu wir uns selbst machen,*
*und nicht, wozu unser Schicksal uns macht.*
Émile Coué (1857–1926), französischer Autor


*I'm the king of my own land.*
*Facing tempests of dust,*
*I'll fight until the end.*
M83, französische Band, aus dem Song »Outro«

# Prolog

Schiffsführer Jürgen Seitz stand im Ruderhaus der MS »Beate« und hielt beide Hände auf dem Steuerrad. Der Bug des fünfundsiebzig Meter langen Frachtschiffes zerteilte das Wasser und schickte kleine Wellen an die Uferböschungen. Der Dieselmotor stampfte gleichmäßig. Es war ein wolkenloser Spätsommertag, und der Havelkanal reflektierte so viel Sonnenlicht, dass Seitz die Augen zusammenkneifen musste.

So lange hatte er sein Gewissen strapaziert und die Argumente abgewogen. So lange hatte er keinen Schlaf gefunden und mit sich gehadert. Jetzt war er erleichtert, dass er es endlich hinter sich gebracht hatte. Ja, er hatte seinen Teil der Abmachung erfüllt und den Lohn kassiert. Bis zum Schluss war er misstrauisch gewesen, ob sie ihr Versprechen halten würden, aber es hatte keine Schwierigkeiten gegeben. Das rechnete er ihnen hoch an.

Unter normalen Umständen hätte er sich niemals auf einen solchen Handel eingelassen, aber er hatte keine Alternative gesehen. Mehrere Banken hatten ihn abgewiesen. Er sei zu alt, er habe ein schwaches Herz und das Haus sei nicht abbezahlt, hatte ihm der letzte Sachbearbeiter vorgehalten. Der junge Schnösel hatte nicht mal gefragt, warum er den Kredit so dringend brauchte.

Dass Seitz mit seinen sechzig Jahren noch zum Kriminellen wurde, hätte er nicht für möglich gehalten. Sein ganzes Leben hatte er auf ein solides Fundament gestellt, aber das Schicksal war nicht planbar und schlug unbarmherzig zu. Das war eine Erfahrung, die er in den vergangenen Jahren gleich zwei Mal gemacht hatte.

Über den offenen Funkkanal kamen nautische Nachrichten und eine Gefahrenmeldung herein, die ihn nicht betrafen. Prüfend ließ er seinen Blick über die Instrumente streichen. Auf dem Monitor des Inland ECDIS war weit und breit kein anderes

Schiff zu sehen. Alles war in bester Ordnung, bis er durch die Frontscheibe beobachtete, wie ein Mann auf das Geländer der Stabbogenbrücke bei Paretz kletterte.

Was hat der Kerl vor?, fragte sich Seitz. Die Höhe war eindeutig zu gering, um sich umzubringen. Wahrscheinlich war er einer dieser Freeclimber, die immer neue Herausforderungen suchten und dabei Kopf und Kragen riskierten. Wie konnte man sich nur freiwillig solchen Gefahren aussetzen?

Das Vorschiff der MS »Beate« erreichte die Brücke, und in diesem Moment ließ der Mann sich fallen. Mit einem lauten Scheppern landete er auf den Platten, die über dem Frachtraum lagen. Er federte den Aufprall ab und richtete sich auf. Aus einer Scheide zog er ein Messer. In seinem Gürtel steckte ein schwarzes Netz. Dann sprang er in den Gang, der zwischen Reling und Frachtraum verlief.

Seitz hatte dem Geschehen wie einem spannenden Fernsehfilm zugeschaut. Jetzt begriff er, dass er ein Teil dieses Schauspiels war. Der Mann hatte es auf ihn abgesehen. Also waren sie aufgeflogen. Sie hatten Mächte herausgefordert, die sie nicht kontrollieren konnten, und die Bluthunde hatten die Jagd eröffnet.

Der Mann näherte sich schnell, und Seitz kapierte, dass er handeln musste. Über Bord zu springen würde nichts bringen. Der Mann würde ihn verfolgen, bis er es zu Ende gebracht hatte. Seitz musste hier und jetzt eine Entscheidung herbeiführen.

Aus der Schublade riss er die Signalpistole und steckte die Patrone hinein. Er stieß die Tür auf, trat aus dem Ruderhaus und visierte den Mann an, der überrascht stehen blieb.

Seitz hatte noch nie auf einen Menschen geschossen, aber er musste es tun.

Für sie!

Für seinen kleinen Engel!

Er allein glaubte noch an sie. Ohne ihn wäre sie verloren.

Der Mann grinste plötzlich und setzte sich wieder in Bewegung.

Seitz wusste, dass er nur einen Schuss hatte. Wenn er den Mann verfehlte, wäre alles umsonst gewesen. In einem Handgemenge hätte er keine Chance.

Er oder ich, dachte Seitz, zielte auf die Brust des Mannes und drückte ab.

# 1

Toni Sanftleben parkte den Peugeot auf dem Kopfsteinpflaster des Resthofs und zog die Handbremse an. Von dem Scheunentor flatterten bunte Bänder. Einige moderne Stahlskulpturen standen neben Kübelpflanzen. Im Rückspiegel tauchte eine Gänsefamilie auf, die in Reih und Glied zum Teich marschierte.

Toni kam gerne her. Der ehemalige Obsthof lag in der Gemeinde Groß Kreutz bei Deetz. Das Landschaftsschutzgebiet Osthavelniederung und die Natur boten einen erholsamen Kontrast zu seiner Arbeit als Hauptkommissar in der Potsdamer Mordkommission. Aus dem Kofferraum holte er einen Karton mit Malzubehör. Die Pinsel, Farben und Blöcke waren für seine Frau bestimmt.

Sofie hatte vor knapp zwei Jahren das gemeinsame Hausboot verlassen, um in der neunköpfigen Wohngemeinschaft ein Zimmer zu beziehen und sich selbst zu finden. Was sich zunächst wie ein Egotrip anhörte, rührte von einer Identitätskrise her, die Toni mittlerweile nachvollziehen konnte.

Sofie war 1998 beim Baumblütenfest in Werder spurlos verschwunden. Nachts sprang sie von einem Bootsanleger in die Havel und kehrte nicht mehr zurück. Sechzehn Jahre blieb sie verschollen. Obwohl ihre Eltern, Freunde und Bekannte sie für tot hielten, gab Toni die Hoffnung nie auf und suchte nach ihr. Er wurde sogar Kriminalpolizist, um mehr Handlungsspielraum zu haben. Dann geschah endlich, womit niemand mehr gerechnet hatte: Er spürte sie auf. Sie befand sich in einem schlechten gesundheitlichen Zustand, aber mit einer intensiven Rehabilitation schaffte sie den Weg zurück ins Leben.

In Sofies sechzehnjähriger Abwesenheit hatten sich die Menschen verändert. Die Welt war nicht mehr so, wie sie sie gekannt hatte. Sie fühlte sich fremd und kam sich bevormundet vor. Außerdem litt sie unter Gedächtnislücken, die auch durch

Hypnosetherapiesitzungen nicht gefüllt werden konnten. Sie erinnerte sich nicht, was damals passiert war. Bei einer solchen Vorgeschichte war es verständlich, dass sie sich neu erfinden wollte.

Toni war über ihren Auszug dennoch sehr enttäuscht. Er hatte sein ganzes Leben auf die Suche nach ihr ausgerichtet und viele Opfer gebracht. Und als es ihr endlich besser ging, verließ sie ihn, um ihr eigenes Ding durchzuziehen.

So hatte er am Anfang gedacht.

Mittlerweile hatte er sich mit der Situation arrangiert und sie als Chance begriffen. Jetzt konnten sie sich neu kennenlernen und ihre Beziehung behutsam aufbauen. Sie konnten eine stabile Grundlage schaffen, um einen zweiten Anlauf zu wagen, der hoffentlich bis an ihr Lebensende reichen würde.

In den vergangenen Monaten hatte er jede Gelegenheit genutzt, um in ihrer Nähe zu sein und ihr mit Rat und Tat zur Seite zu stehen. Er hatte sperrige Haushaltsgeräte transportiert, er hatte ihr Zimmer gestrichen, und er hatte sie zu Arztterminen gefahren, wann immer es sein Dienst zuließ. Oft hatten sie zusammengesessen, Tee getrunken und gequatscht. Ihr Verhältnis war innig und vertraut, aber bei aller Präsenz hatte Toni stets darauf geachtet, ihre Grenzen zu respektieren, damit sie sich nicht bedrängt fühlte. Es war ihm schwergefallen, denn er begehrte sie stärker denn je, aber er war zuversichtlich, dass sich seine Geduld bald auszahlen würde.

Schon jetzt waren sie seiner Meinung nach an einen Punkt gelangt, an dem er das Tempo erhöhen konnte. Heute kam er zum ersten Mal ohne Vorankündigung vorbei. Und er fragte sich, wie sie auf seinen Überraschungsbesuch reagieren würde.

\*\*\*

Toni schloss den Kofferraum und stapfte mit beladenen Armen los. Der Hof war bis 2010 von einem Obst- und Spargelbauern bewirtschaftet worden und bestand aus zwei Scheunen und einem großen Wohnhaus, in dem jeder der neun Bewohner ein

eigenes Zimmer bezogen hatte. Auch wenn er von ihnen nur
»Sheriff« genannt wurde, wurde er akzeptiert. Vermutlich hing
es mit seiner Erscheinung zusammen, die für einen Beamten
eher unkonventionell ausfiel.

Seine dunklen Locken waren schwer zu bändigen. Um seinen Hals trug er eine Muschelkette, die ihm einst ein französischer Althippie am Strand von Goa geschenkt hatte. Er hatte
meist legere T-Shirts, ausgewaschene Jeans und dunkelbraune
Beatstiefel an. Rein äußerlich unterschied sich der Zweiund-
vierzigjährige kaum von den anderen.

Auch Gesprächsstoff gab es genügend. Gerne berichtete er
von der zweieinhalbjährigen Weltreise, die Sofie und er zwischen Juli 1995 und Januar 1998 mit einem alten, klapprigen
VW-Bus unternommen hatten. Mit dem Performancekünstler
Claude Malheur unterhielt er sich auf Französisch und tauschte
sich über die Kultur und die Küche des Nachbarlandes aus.
Wenn er nicht Polizist geworden wäre, hätte er Romanistik
studiert. Hier konnte er seine frankophilen Neigungen ausle-
ben. Ja, er fühlte sich wohl.

Abgesehen von einigen Grundregeln des Zusammenlebens
und festen Aufgaben wie der Tierfütterung bot die Gemein-
schaft jedem Mitglied die größtmögliche Freiheit. Das Prinzip
der Offenheit, des Respekts und des gegenseitigen Vertrauens
äußerte sich auch darin, dass es im ganzen Wohnhaus keine
Schlüssel gab. Das war ein Alptraum für jeden sicherheitsbe-
wussten Menschen, aber Toni musste hier ja nicht leben.

Er ging um das Wohnhaus herum und begab sich über die
Wiese zur Terrassentür, die direkt in Sofies Zimmer führte. Er
wollte gerade an die Scheibe klopfen, als er innehielt.

Was er dort sah, kam ihm komisch vor.

Er kniff die Augen zusammen, um das Geschehen besser zu
erkennen. Als es ihm gelungen war, konnte er es nicht glauben.
Es konnte einfach nicht sein, und trotzdem trug es sich direkt
vor ihm zu.

Er schluckte hart und packte den Karton fester, um ihn nicht
fallen zu lassen.

Hanna stand hinter Sofie, die an ihrem Zeichentisch saß und den Kopf nach hinten gedreht hatte. Die beiden Frauen küssten sich, und in dieser Berührung lag so viel Zärtlichkeit und Intimität, dass Toni ohne jeden Zweifel daraus schloss, dass sie eine Liebesbeziehung führten.

Er drehte sich abrupt weg und stapfte zurück zum Auto. Hanna war von Anfang an Sofies Physiotherapeutin gewesen. Auch ihretwegen war seine Frau auf den Resthof gezogen. Doch er hätte niemals für möglich gehalten, dass zwischen ihnen eine Anziehungskraft bestehen könnte, die über freundschaftliche Gefühle hinausging. Dafür hatte es in seiner Gegenwart keine Anzeichen gegeben.

Toni war geschockt. Er hatte geglaubt, dass er seine Frau kennen würde. Seit der gemeinsamen Schulzeit waren sie ein Paar! Wie hatte er sich so täuschen können? Wie hatte sie ihn so täuschen können? So ging es hier also zu, wenn er nicht da war. Deshalb hatte sie darauf bestanden, dass er jeden Besuch ankündigte.

Er pfefferte die Malutensilien in den Kofferraum und setzte sich hinters Lenkrad. Dumpf starrte er vor sich hin. Er konnte keinen klaren Gedanken fassen. Der Druck hinter seinen Augen nahm stetig zu.

Claude Malheur ging auf dem Kopfsteinpflaster vorüber. Er rief »Salut«, griff sich an die Hüfte und tat so, als würde er eine Pistole abfeuern.

Automatisch hob Toni seine Hand und grüßte zurück. Claude war ein Freund geworden. Wusste er Bescheid? Natürlich! Alle Mitbewohner mussten eingeweiht sein. Nicht nur Sofie hatte ihn betrogen; sie alle hatten ihn hinters Licht geführt! Hatten sie ihn »Sheriff« genannt, weil ein solcher Spitzname Distanz schaffte?

Seine Finger zitterten. Mehrmals ballte er die Hand zur Faust und blickte auf sein Smartphone, das auf dem Beifahrersitz lag und vibrierte. Er hob es auf und sah, dass vier Anrufe eingegangen waren. Sie alle stammten von Phong, seinem Kollegen im Kommissariat. Warum hatte er nichts gehört?

Toni drückte auf die grüne Taste, hielt sich das Mobiltelefon ans Ohr und sagte: »Ja?«

In den folgenden Minuten berichtete Phong, dass ein Mann auf einem Binnenfrachtschiff getötet worden war, das nun im Havelport in Wustermark am Kai lag.

»Wir sollen den Fall übernehmen«, schloss er seine Ausführungen.

»Bin unterwegs«, erwiderte Toni und unterbrach die Verbindung. Er startete den Motor, gab Gas und fuhr mit durchdrehenden Reifen los.

Er musste hier weg, und zwar schnell.

## 2

Auf der Fahrt stellte Toni die Musik so laut, dass sie fast alles übertönte. Nur die Bierwerbung an einer Bushaltestelle drang zu ihm durch. Ein markanter unrasierter Mann stand in einer Dünenlandschaft. In seiner Hand hielt er eine grüne Flasche. Das endlose Wattenmeer versprach Weite und Freiheit. Nur ein Schluck aus der Pulle, dachte Toni, und alle Probleme sind gelöst. Leider wusste er viel zu gut, dass es nicht so einfach war.

Nach einer halben Stunde erreichte er den Havelport, einen Binnenhafen in Wustermark. Im Schritttempo rollte er durch das offene Tor. Vorbei an den Containerbüros, einem Kipplader und einem Lkw mit Schüttgut fuhr er bis zum Schiffsanleger vor und parkte neben einem Kran.

Als er seine Beine aus dem Peugeot hievte, entdeckte er Oberkommissarin Gesa Müsebeck, die mit einem uniformierten Beamten zusammenstand und Anweisungen erteilte. Mit ihrer dunklen Kurzhaarfrisur, den schmalen Hüften und den festen schwarzen Schnürschuhen sah sie von hinten aus wie ein Mann. Im Kommissariat kursierte das Gerücht, dass sie lesbisch war. Toni war immer für Toleranz und Gleichberechtigung gewesen, aber in diesem Moment brandete ein solcher Hass auf alle Homosexuellen in ihm an, dass er aus dem Auto sprang und die Tür zuknallte.

Es war ihm scheißegal, ob er Aufsehen erregte. Mit geballten Fäusten stapfte er an die Kaikante. Eine kräftige Böe blies ihm ins Gesicht und brachte ihn zum Schwanken. Er hörte das Blut in seinen Ohren rauschen und schaute nach unten, wo der Havelkanal gegen die rostige Mauer schwappte – Welle auf Welle.

Wasser war schon immer sein Element gewesen und hatte eine starke Wirkung auf ihn ausgeübt. Er erinnerte sich, wie er es als Kind liebte, unter die Oberfläche zu sinken und sich mit ausgebreiteten Armen treiben zu lassen. Es fühlte sich an wie

Schweben. Keine störenden Geräusche drangen zu ihm durch; es war absolut still.

»Du siehst blass aus«, sagte Gesa, die neben ihn getreten war.

Erneut wurde Toni von seiner Wut überrollt. »Das geht dich überhaupt nichts an«, platzte er heraus und durchbohrte sie mit seinem Blick.

»Oh, da hat wohl jemand einen schlechten Tag erwischt«, sagte Gesa. »Dann gehen wir wohl besser gleich an Bord. Da kannst du dir selbst ein Bild machen.«

Die Kriminaloberkommissarin reichte ihm einen weißen Plastikanzug und Überzieher. Nachdem Toni sich hineingezwängt hatte, folgte er Gesa. Sie machte ein paar Schritte, stützte sich mit einer Hand an der Kaikante ab und sprang hinab auf das Frachtschiff, das längsseits festgemacht hatte. Über die Schulter schaute sie zurück und berichtete: »Wir haben einen männlichen Leichnam. Nach Auskunft des Bootsmanns handelt es sich um den sechzigjährigen Jürgen Seitz. Er ist Berufsschiffer und Partikulier.«

»Partikulier?«, fragte Toni. Hinter seinen Schläfen ließ das Pochen nach. Auf dem schmalen Gang zwischen Frachtraum und Reling hallten seine Schritte wider. Von Zeit zu Zeit musste er über einen weißen Kreidekreis treten, wo die KTU rötlich braune Fußspuren markiert hatte. Links neben ihm, im offenen Laderaum, tauchten sperrige Maschinenteile auf, die in eine Folie gewickelt waren. Ganz hinten stand ein alter Opel Corsa, der mit einem Kran an Land gehievt werden konnte.

»Das sind selbstständige Schiffseigner, die für eine Reederei oder einen sonstigen Befrachter fahren«, erwiderte Gesa. »Die MS ›Beate‹ gehörte ihm.«

»Und der Bootsmann?«

»Angeblich hat er während des tödlichen Angriffs geschlafen«, antwortete Gesa und passierte das Ruderhaus. »Er hat gestern Nacht gezecht und war wohl ziemlich fertig. Nach dem Losmachen hat er sich hingelegt und ist nur aufgewacht, weil er pinkeln musste. Er wollte nach dem Rechten sehen und hat seinen toten Chef gefunden. Das Schiff trieb im Havelkanal.

Er hat einen Notruf abgesetzt und die ›Beate‹ zum Havelport gefahren.«

»Ist er glaubwürdig?«

»An seinen Händen und der Kleidung haben wir Blutspuren gefunden, aber er hat sich neben den Leichnam gekniet und nach Lebenszeichen gesucht. Ansonsten roch er bei der Befragung nach Alkohol und machte einen verzweifelten Eindruck. Auch hat er mich mehrmals gefragt, wer ihn in seinem Alter noch einstellen soll.«

»Wir dürfen ihn nicht ausschließen. Selbst wenn er harmlos wirkt, kann er mit drinstecken«, sagte Toni und blieb im Heck des Schiffes stehen.

Einige Spurensicherer untersuchten den toten Kapitän. Fotos wurden geknipst und Proben genommen. Mittlerweile hatte Toni sich wieder unter Kontrolle und konnte klar denken. Seine Eheprobleme waren kein Grund, um seine liberalen Überzeugungen über den Haufen zu werfen. Ob und mit wem Gesa Sex hatte, war ihre Privatsache und mit Sicherheit kein Anlass, um ihr distanziert, zornig oder mit Vorurteilen zu begegnen. Ganz im Gegenteil. Auf die Kollegin war immer Verlass gewesen. In ihrem dreiköpfigen Ermittlerteam war sie die Pragmatikerin, die nie den Überblick verlor. Im zwischenmenschlichen Umgang war sie korrekt und verbindlich. Zu ihrer Bodenständigkeit passte, dass sie in der Region aufgewachsen war und durch ihre sechs Brüder und deren Familien in beinahe jedes Dorf des Havellandes verwandtschaftlich vernetzt war. Davon hatten die Ermittlungen schon häufig profitiert. Eine solche Behandlung hatte sie nicht verdient.

»Es tut mir leid, dass ich dich so angeblafft habe«, sagte Toni. »Bitte entschuldige.«

»Was ist denn los?«, erwiderte Gesa. »So kenne ich dich gar nicht.«

Toni presste nur die Lippen aufeinander und schüttelte den Kopf. Das Verhältnis zu seinen Teammitgliedern war so gut, dass er es nicht durch seine privaten Probleme belasten wollte. »Wie ist Seitz ums Leben gekommen?«, fragte er.

»Du willst nicht darüber reden«, sagte Gesa. »Das ist dein gutes Recht. Solltest du es dir anders überlegen, hab ich ein offenes Ohr.«

»Danke.« Toni wusste bereits, dass er nicht auf ihr Angebot zurückkommen würde, aber ein solches zu erhalten, war auch schon was wert. »Lass uns weitermachen.«

Gesa sah ihn prüfend an und nickte. »Als wir Seitz fanden, hielt er in seiner rechten Hand eine Signalpistole, die er kurz zuvor abgefeuert hatte. Den Leuchtsatz haben wir im Bug des Schiffes gefunden. Er ist gegen eine Metallwand geprallt und auf das Deck gefallen. Seitz weist auf der Rückseite des rechten Beins eine tiefe Stichverletzung auf, die auch den Blutverlust erklärt. Außerdem ist ihm das Genick gebrochen worden.«

»Wie bitte?«

»Ja. Anhand der Spurenlage gehen wir von folgendem Tathergang aus: Seitz wird angegriffen. Er feuert die Signalpistole auf den Täter ab und verfehlt ihn. Seitz will fliehen und rennt Richtung Heck davon. Ein Stichwerkzeug, vermutlich ein Wurfmesser, trifft ihn hinten am Bein, und er fällt nach vorne. Der Täter holt ihn ein, kniet sich auf seinen Rücken und bricht ihm das Genick.«

»Er hat ihn also in seine Gewalt gebracht und dann kurzen Prozess gemacht«, sagte Toni. »Das war eine Hinrichtung.«

»Sieht so aus«, erwiderte Gesa.

»Der Täter kann mit einem Wurfmesser umgehen und mit bloßen Händen töten. Über solche Fähigkeiten verfügen nicht viele Menschen. Das schränkt den Kreis der Verdächtigen deutlich ein.«

»Wir suchen jemanden, der möglicherweise im Nahkampf ausgebildet ist«, sagte Gesa. »Der Bootsmann macht keinen sehr fitten Eindruck. Auch der Modus Operandi passt nicht zu ihm. Zwar fuhr er erst seit zwei Jahren mit Seitz, aber sie kennen sich schon länger. 1974 haben beide in der Binnenschifffahrtsschule der DDR eine Lehre zum Matrosen begonnen. Seitdem waren sie befreundet und hatten auch beruflich miteinander zu tun.«

»Ich stimme dir zu. Unser Täter ist eher ein Killer als ein langjähriger Freund, aber er kann trotzdem beteiligt sein. Sonst noch was?«

»Der Mörder ist nach der Tat auf dem Schiff herumgerannt, wie die blutigen Schuhspuren belegen. Er hatte es wohl eilig.«

»Sind Profil und Größe mit dem Schuhwerk des Bootsmannes abgeglichen worden?«

»Keine Übereinstimmung. Der Bootsmann hat Schuhgröße einundvierzig, der Täter trug Nike-Sneakers, die vier Nummern größer ausfallen. Er war zuerst im Ruderhaus, um die Maschine mit dem Notausschalter zu stoppen, dann im Büro, in den Wohnräumen und in der Kombüse. Überall hat er Schränke aufgerissen und Schubladen herausgezogen.«

»Dann hat er etwas gesucht! Mal angenommen, der Bootsmann hat nichts mit der Sache zu tun: Warum hat der Täter ihn nicht geweckt und unter Druck gesetzt? Warum hat er ihn verschont?«

»Seine Kajüte liegt auf dem Vorschiff. Wenn man sie nicht kennt, findet man sie nicht so leicht. Er kann Glück gehabt haben. Wenn du willst, zeige ich dir die Unterkunft.«

»Vielleicht später«, sagte Toni und schaute auf die andere Seite des Kanals. Gegen die Sonneneinstrahlung beschirmte er seine Augen mit der Hand. Auf dem Uferweg beobachteten ein Jogger, ein Spaziergänger mit einem Hund und ein Mann mit einer Kapuzenjacke das Geschehen. In ihrem Rücken erstreckten sich Wiesen und Felder, auf denen Windräder und Hochspannungsmasten standen. Vereinzelte Wolken zogen über die Landschaft. »Werden Fotos von den Schaulustigen gemacht?«

»Ja, ich hab vorhin einem Kollegen eine Kamera in die Hand gedrückt. Er steht vorne im Bug.«

»Gut. Wir sollten uns später …« Toni unterbrach sich. Er schaute erneut zur gegenüberliegenden Kanalseite, wo jetzt nur noch der Spaziergänger mit Hund und der Jogger standen. Wo war der dritte Mann?

»Ja?«, fragte Gesa.

»Ach, ich wollte nur sagen, dass wir uns später die Fotos genauer ansehen sollten.«

»Das machen wir doch sowieso.«

»Also gut. Den Bootsmann will ich morgen Nachmittag zur Befragung im Kommissariat haben. Regle das bitte. Wenn wir davon ausgehen, dass der Schiffsführer von einem Profi getötet wurde, ist er möglicherweise in eine größere Sache verwickelt. Was hatte er geladen? Wo war er überall unterwegs?«

»Steht alles hier drin«, sagte Gesa, griff in eine Plastikkiste und zog eine transparente Tüte hervor, in der Papiere steckten. »Das sind das Fahrtenbuch, die Frachtunterlagen, diverse Zertifikate, Eichbescheinigungen und die Zulassung.«

»Das übernimmst du. Ich will wissen, ob es Unregelmäßigkeiten gibt. Hatte er persönliche Gegenstände bei sich?«

»Wir konnten weder ein Mobiltelefon noch eine Brieftasche sicherstellen.«

»Die hat der Täter vermutlich mitgenommen. Beschaff dir die Mobilnummer und veranlasse eine Handyortung. Vielleicht ist es noch angeschaltet. Hatte Seitz Familie? Verwandtschaft? Jemanden, den wir benachrichtigen müssen?«

»Ja, eine Schwiegertochter und eine Enkelin. Beide leben in Ketzin«, antwortete Gesa und nannte die Adresse.

»Okay. Du weißt, was zu tun ist. Das Schiff muss auf den Kopf gestellt werden. Irgendetwas hat der Mörder gesucht, und vielleicht hat er es nicht gefunden. Außerdem möchte ich, dass du Phong instruierst. Er soll das Opfer durchleuchten. Vorstrafen, Schulden, Auffälligkeiten.«

»Er arbeitet gerade zwei Altfälle auf.«

»Dieser hier hat absolute Priorität. Wir sehen uns um siebzehn Uhr im Kommissariat zur weiteren Besprechung. Ich überbringe die Todesnachricht.«

## 3

Sandro Ehmke trabte auf der Fuchsstute Bonita an den Deetzer Erdelöchern vorbei, wo er gestern Nacht die Hälfte der Beute vergraben hatte. Die Tongruben waren in den achtziger Jahren mit Havelwasser geflutet worden und hatten sich zu einem Anglerparadies entwickelt. Auf einundfünfzig Hektar befanden sich Teiche mit Seerosen, wacklige Holzbrücken, Badestellen, Schilfgürtel, Laubbäume und verwunschene Trampelpfade. Sandro hatte sich den ganzen Tag ausgemalt, wie die Polizei Suchmannschaften über das Gelände schickte, aber selbst wenn jemand den Bullen einen Tipp gegeben hätte, würden sie sich in diesem Labyrinth nur verlaufen. Das Versteck war gut gewählt und hundertprozentig sicher.

Beruhigt lenkte der fünfundzwanzigjährige Stallgehilfe die Fuchsstute zum Flussufer, um ihre Beine zu kühlen. Eigentlich sollte er nicht mehr auf ihr reiten, weil er es nie richtig gelernt hatte und sie mit seinem »Rumgehopse« nicht verwirren sollte, aber er kümmerte sich nicht um die Anweisungen der Trainerin. Bonita war sein Geschöpf. Es gab niemanden, der sie besser kannte. Deshalb entschied er auch, was gut für sie war und was nicht. Sein sonst so kleinlicher Chef ließ ihm die Ausritte durchgehen.

Sandros Lieblingsstelle befand sich an einem winzigen Strand, der versteckt zwischen alten Weiden und Sträuchern lag. Manchmal traf er hier auf verschwitzte Radfahrer, die sich auf dem nahen Havelradweg verausgabt hatten und eine Rast einlegten. Heute war er glücklicherweise allein und brauchte keine Rücksicht zu nehmen.

Er stieg ab und befreite das Pferd von Sattel, Decke und Zaumzeug. Schnell streifte er seine Kleidung ab und führte Bonita ins Wasser, das schon recht frisch war. Das lange Flussgras kitzelte zwischen seinen Zehen, unter seinen Fußsohlen drückten flache Kiesel. Zwei Libellen jagten über die funkelnde Oberfläche dahin, und ein Mückenschwarm wogte auf und ab.

Sandro bemerkte nicht, dass er beobachtet wurde. Er war voll und ganz auf die Fuchsstute konzentriert, die Angst vor dem Fluss hatte. Auch jetzt blieb sie erschrocken stehen und warf den Kopf zurück, was sie immer tat, wenn sie sich fürchtete.

»Ach, Süße«, sagte er sanft. »Trau dich. Das ist gut für die Durchblutung. Wir sind so weit gekommen, das schaffen wir jetzt auch noch.«

Als Sandro nach seiner Haftentlassung als Stallgehilfe angefangen hatte, war Bonita ein Problempferd gewesen. Mit Röntgenklasse IV und Hufrollenbefunden an beiden Vorderhufen galt sie als unverkäuflich. Seltsamerweise fasste das lahmende Tier sofort Zutrauen zu ihm. An seinem ersten Tag trat es vor ihn hin, senkte den Kopf und schnaubte ab. Es ließ sich sogar streicheln, so als hätte es instinktiv gespürt, dass sie eine Gemeinsamkeit hatten.

Sie waren beide kaputt.

Damals war er in einer schlimmen Verfassung gewesen. Die Knasterlebnisse verfolgten ihn bis in die Nächte. Niemand zeigte ihm einen Weg, um die Übergriffe zu verarbeiten. Er fühlte sich beschmutzt und weggeschmissen. Wenn er kurz einnickte, schreckte er schweißgebadet auf. Schlaftabletten bewirkten nur, dass er sich am nächsten Tag benebelt fühlte. Der Druck in seiner Brust nahm stetig zu, und er fand kein Ventil, um sich Erleichterung zu verschaffen.

An einem eisigen Dezembermorgen stand er an den Gleisen. Sein Atem warf weiße Wolken, die Eiskristalle auf den Gräsern glitzerten. In allen Einzelheiten malte er sich aus, wie er sich vor die Regionalbahn warf, wie ihn die Stahlräder erfassten und wie sie ihn zu einem Brei aus Gewebe, Knochen und Haaren zermalmten. Die Vorstellung hatte etwas Befreiendes. Er begriff, dass es einen Ausweg gab. Nur ein einziger Schritt genügte, um Ruhe zu finden.

An jenem Morgen machte er nicht Schluss, weil er an Bonita

denken musste, die ohne ihn beim Abdecker landen würde. Die Zutraulichkeit des Tieres rührte ihn. Auf der Welt gab es ein Wesen, das mehr in ihm sah als ein hübsches Ding, das man benutzen konnte. Obwohl er keine Ahnung von Pferden hatte, holte er sich nach seiner Rückkehr auf den Hof die Erlaubnis, mit der Fuchsstute arbeiten zu dürfen.

Nächtelang las er sich im Internet ein und kapierte, dass Bonita viel zu steil in der Beinachse stand, dass die Hufe katastrophal aussahen und die Trachten untergeschoben waren. Horn drückte auf die Hufrolle. Bonita musste fürchterliche Schmerzen haben, in etwa wie ein Mensch, der seit Jahren einen spitzen Stein im Schuh trug und unter einer chronischen Entzündung litt.

Er schaute mehreren Huforthopäden bei der Arbeit zu und löcherte sie mit Fragen, bis sie nicht mehr weiterwussten. Es vergingen weitere drei Monate, in denen er sich intensiv vorbereitete, bis er sich an die erste Behandlung traute. Er wusste, dass die Prognose schlecht war und dass er viel Geduld aufbringen musste, um irgendwann eine kleine Besserung zu erzielen.

So wässerte er die Hufe stets, damit sie schön weich waren. Mit dem Messer verschaffte er sich einen Überblick, er bearbeitete die Eckstreben und bildete ein Gewölbe. Er kürzte die Zehe und brachte eine Mustangrolle an den Huf, sodass ein gesunder Bewegungsablauf möglich wurde. In kurzen Abständen korrigierte er den Wuchs behutsam mit der Feile und legte besonderen Wert darauf, dass Bonita gerade stand.

Er merkte ihr an, wie die Schmerzen nachließen. Ihr Schrittbild besserte sich, sie wurde lebhafter und konnte sich in der Herde behaupten. Bisse und Tritte der anderen Tiere wurden seltener, bis sie gar keine Blessuren mehr davontrug. Bald zeigte sie ihren wahren Charakter und nahm eine führende Rolle ein. Nach sieben Monaten intensiver Behandlung ging Bonita zum ersten Mal klar und konnte zeigen, wie viel Grazie und Temperament in ihr steckten. Ein unbeschreibliches Hochgefühl erfasste ihn. Er konnte sich nicht erinnern, wann er jemals so glücklich gewesen war.

Parallel zu ihrer Genesung erholte auch er sich. Er hatte bewiesen, dass er etwas konnte und einen Wert besaß. Seinen neuen Lebensmut verdankte er der Fuchsstute. Sie hatte ihn gerettet, sie hatte ihn erstarken lassen. Die Panikattacken blieben aus, die Alpträume wurden seltener. Er spürte, dass er nicht mehr allein war und dass ihre Lebensläufe miteinander verbunden waren. Ohne Bonita konnte er sich ein Dasein nicht mehr vorstellen.

Sein Chef war über die Erfolge begeistert und erkannte das Potenzial der Fuchsstute. Er bezahlte Bereiter, die sie in einem atemberaubenden Tempo auf ein hohes Dressur-Niveau hievten. Bei Turnieren konnte sie sich platzieren und gewann Pokale. Ihr Talent und ihre Lernfähigkeit sprachen sich über die Grenzen des Havellandes hinaus herum.

Sandro war stolz auf ihre Erfolge und gönnte sich nun auch etwas Zerstreuung. Er meldete sich telefonisch bei Herrn Neudorf, der sich als einziger Häftling im Jugendknast anständig verhalten und ihn vor Übergriffen beschützt hatte. Ihm verdankte er, dass er nicht schon im Gefängnis draufgegangen war. Herm war kurz nach ihm entlassen worden und arbeitete auf einem Schrottplatz in Brandenburg an der Havel, das nur ein paar Autominuten entfernt lag.

Herm freute sich tatsächlich über seinen Anruf, betonte aber sofort, dass er tausend heiße Girls an der Angel hätte und dass ihr Kontakt rein platonisch bleiben müsse. Was in der Zelle geschehen sei, hinge nur mit den besonderen Umständen zusammen, und überhaupt sei er ein hundertprozentiger Hetero und nur auf Pussis scharf.

Sandro nahm das Gerede nicht persönlich. Der Freund war eben ein richtiger Kerl, der überall seine Männlichkeit zeigte und Respekt verlangte. Er hatte eine raue Schale, aber Sandro erinnerte sich noch genau, was zwischen ihnen passiert war, und er erinnerte sich auch, wie fassungslos Herm über seine Ekstase gewesen war. Es war schon erstaunlich, wie wenig die meisten Männer über ihre Körper wussten, aber wenn ihm sein Wissensvorsprung helfen konnte, musste er ihn nutzen. Er brauchte jedes Argument, um Herm von sich zu überzeugen. Außerdem benötigte der Freund Zeit, um sich an den Gedanken zu gewöhnen, dass es in der Liebe nicht auf das Geschlecht eines Menschen ankam.

Sandro schwamm im Fluss um Bonita herum, bespritzte sie lachend mit Wasser und träumte von der Zukunft. Wenn sie es geschickt anstellten und ihren Plan verwirklichten, würden sie so etwas wie eine Familie gründen können. Herm wäre der Versorger, und er würde alles zusammenhalten und sich um Bonita kümmern. Sie würden irgendwo im Süden neu anfangen – vielleicht in Marokko – und viele Orangenbäume haben. Vor dem Sex würden sie Haschisch rauchen und hinterher in einer Hängematte chillen. Sie würden ein offenes Haus haben, in dem Freunde ein und aus gingen. Sie würden die Vergangenheit auslöschen und nie mehr zurückkehren. Ja, sie würden den ganzen Schmutz hinter sich lassen.

Nachdem er Bonita zurück ans Ufer geführt hatte, rubbelte er sie mit einem Handtuch trocken, damit sie sich nicht erkältete. Als er ein Knacken in seinem Rücken hörte, drehte er sich um und begriff sofort, dass er nicht allein war.

Zwischen den Büschen erhob sich eine brünette Frau von ungefähr fünfzig Jahren, die mit hektischen Handbewegungen einige Mücken vertrieb. Sie hatte sich sorgfältig geschminkt und trug Schmuck, eine Seidenbluse und einen hellen Sommerrock.

»Entschuldigen Sie bitte«, sagte sie nervös. »Ich wollte Sie nicht erschrecken, aber Regina hat mir erzählt, dass Sie heute Abend zum Fluss reiten würden, und da bin ich … da hab ich gedacht, dass ich …«

»Ich heiße Sandro«, sagte er und unternahm keine Anstalten, seine Blöße zu bedecken. Er wusste längst, warum die Frau gekommen war. Regina hatte ihn empfohlen. Das sagte alles. Er hatte früh in diesem Gewerbe angefangen und stets davon profitiert, dass er die Wünsche seiner Kundinnen und Kunden einschätzen konnte. Diese Frau war ein Geschenk. Sie war nicht nur gepflegt, sondern auch bedürftig. Sandro hätte wetten können, dass sie zu Hause einen mundfaulen, frustrierten Partner sitzen hatte, der sie nicht mehr wahrnahm und sich nicht vorstellen konnte, dass sie noch Interesse an Intimitäten hatte. Sie würde jede Zuwendung mit Dankbarkeit erwidern.

Auch wenn er irgendwann in Geld schwimmen würde, konnte er die Kohle gut gebrauchen. Von dem Verdienst könnte er Bonita eine neue Trense oder Herm ein kleines Geschenk kaufen. Vielleicht das Taschenmesser, von dem er neulich so geschwärmt hatte.

»Es ist gut, dass du gekommen bist«, sagte er. »Ich kümmere mich nur schnell um das Pferd, dann hab ich Zeit für dich.«

Er band Bonita an einen Baum, sodass sie etwas grasen konnte. Dann trat er auf Armeslänge an die Frau heran. »Verrätst du mir deinen Namen?«, fragte er und spürte die wachsende Erregung.

»Sonja«, erwiderte sie und nestelte an ihrer Handtasche herum, bis sie zwei Fünfziger aus dem Portemonnaie zog. Als sie den Kopf hob, blieb ihr Blick an seinem Unterleib hängen. »Und jetzt?«, fragte sie mit großen Augen.

»Da fällt uns schon was ein«, erwiderte Sandro lächelnd und nahm ihr die Scheine ab.

## 4

Während der Fahrt ließ Toni die Musik aus. Das erste Entsetzen über Sofies Betrug hatte sich gelegt und wich einer tiefen
Traurigkeit. In seinen Zukunftsträumen waren die Verhältnisse
klar gewesen. Nun drohte alles im Chaos zu versinken.

Die Landschaft rauschte an ihm vorbei. Er sah kleine Wald-
stücke, Wiesen mit grasenden Pferden und Felder, auf denen
runde Strohballen lagen. Das Laub einiger Alleebäume ver-
färbte sich bereits. Er hatte die Ursprünglichkeit und Lieblich-
keit des Havellandes immer gemocht, jetzt kam ihm die Gegend
zum ersten Mal feindlich vor.

Nach wenigen Minuten erreichte er Ketzin, das für die zahlreichen Seen und die Bruchlandschaft bekannt war. Überall
hingen Plakate für die anstehende Bundestagswahl. Früher war
Toni häufiger hier gewesen, weil sein Sohn immer mit der Seil-
fähre »Charlotte« fahren wollte. Er parkte vor einem schmuck-
losen Einfamilienhaus, das am alten Havellauf lag.

Eine ungepflegte, ungefähr dreißigjährige Frau öffnete ihm
die Tür. Die aschblonden Haare hingen ihr kraftlos vom Kopf
und betonten den ungesunden Teint. Im rechten Nasenflügel
steckte ein Brillant, der wie der gescheiterte Versuch aussah,
gegen ihr Unglück anzukämpfen. Obwohl ihr ruheloser Blick
verriet, dass sie ihn nicht einschätzen konnte, bewies sie ein
feines Gespür, als sie in knapper brandenburgischer Manier
feststellte: »Schlechte Nachrichten!«

Toni zog seinen Dienstausweis aus der Hosentasche und
sagte: »Vielleicht ist es besser, wenn wir reingehen und drinnen
reden.«

»Wenn es sein muss«, sagte die Frau und schlurfte ins Wohn-
zimmer voraus, wo sie sich auf ein altes Sofa fallen ließ. Durch
ein großes Fenster sah man über ein gemähtes Rasenstück auf
die alte Havel. Die Wasseroberfläche wirkte stahlgrau, vielleicht wegen der aufziehenden Wolken. Auf dem Tisch lag eine

angebrochene Tüte Erdnussflips, daneben stand ein Aschenbecher.

»Dann mal los«, sagte sie. »Schlimmer kann es eh nicht werden.«

Toni griff nach der Fernbedienung und schaltete den Fernseher aus, auf dem gerade eine Daily Soap lief. »Sind Sie Frau Jenny Seitz?«

»Hm.«

»Dann sind Sie die Schwiegertochter von Herrn Jürgen Seitz?«

»Hm!«

»Ich muss Ihnen leider mitteilen, dass Ihr Schwiegervater tot aufgefunden wurde. Zu den genauen Umständen darf ich mich noch nicht äußern. Es tut mir sehr leid.«

Hatte Frau Seitz eben noch so etwas wie trotzige Schicksalsergebenheit gezeigt, wurde jetzt offenbar, wie heftig sie von der Nachricht getroffen wurde. »Ist das wahr?«, fragte sie zitternd.

Toni nickte mitfühlend.

»Ein Herzinfarkt?«

»Nein, ein gewaltsamer Tod.«

Frau Seitz starrte ihn an. »Auch das noch!«, sagte sie und kam schwankend auf die Beine. Kurz schien es so, als würde sie das Gleichgewicht verlieren und stürzen. Toni hatte bereits den Arm ausgestreckt, um sie aufzufangen, aber dann stabilisierte sie sich und schleppte sich zu der alten Kommode. Auf einem Tablett standen Spirituosenflaschen und Schnapsgläser. Während sie sich einen Obstbrand einschenkte, fragte sie: »Sie auch?«

Toni atmete tief durch. Über die sechzehnjährige Suche nach seiner verschwundenen Ehefrau war er zum Alkoholiker geworden. Die Ungewissheit hatte er nur ertragen, indem er sich betäubte. Seit über drei Jahren war er trocken. Normalerweise konzentrierte er sich in solchen Situationen auf das, was er in der Gruppe gelernt hatte. Aber anstelle des Notfallplans sah er nur Sofie mit ihrer Freundin vor sich.

»Ich kenne das«, sagte Frau Seitz.

»Wie bitte?«

»Ich hab immer zu Jürgen gesagt: Ich hab kein Problem mit Alkohol. Ich hab nur eins ohne«, erwiderte sie und ließ ein verächtliches Schnauben folgen. »Ich stelle Ihnen einfach einen Schnaps hin. Sie müssen ihn ja nicht trinken.«

Toni starrte auf das Glas, das nun vor ihm auf dem Couchtisch stand und bis zum Rand gefüllt war. Ein scharfer Birnengeruch verbreitete sich. In seinem Mund sammelte sich Speichel, und in seinem Magen zog sich etwas zusammen. Beinahe gewaltsam riss er sich von dem Anblick los und fragte: »Hatte Ihr Schwiegervater Feinde?«

Frau Seitz schenkte sich schon den nächsten Obstbrand ein. »Bestimmt nicht. Er war manchmal schroff, aber er war viel zu ehrlich, um richtige Feinde zu haben. Früher wurde er von allen respektiert, in letzter Zeit tat er allen nur noch leid.«

»Wieso leid?«

»Wissen Sie es nicht?«, fragte Frau Seitz und kippte den Schnaps hinunter. Mit ihrer schmalen Hand wischte sie sich den Mund. »Hier weiß doch sonst jeder Bescheid. Mein Mann, also Jürgens Sohn, und meine Schwiegermutter sind bei einem schlimmen Verkehrsunfall gestorben. Mein Mann war sofort tot. Meine Schwiegermutter lag noch zwei Monate im Koma, bis es zu Ende ging. Hinterher hat sich herausgestellt, dass der Fahrer an einem illegalen Autorennen teilgenommen hat.«

Toni wollte gerade etwas anmerken, als Frau Seitz ihm zuvorkam und sagte: »Ich weiß, was Sie jetzt glauben. Sie meinen, dass die Geschichte mit dem Tod meines Schwiegervaters zusammenhängt, aber da täuschen Sie sich. Jürgen war nicht so. Er hat den Fahrer nicht gehasst. Hinterher hat er nur gesagt, dass wir nach vorne schauen und an Marie denken müssen. Ja, er wollte, dass wir uns um die Kleine kümmern.«

»Vielleicht war Ihr Schwiegervater nicht so, aber ob das auch für den Unfallverursacher gilt, müssen wir überprüfen. Möglicherweise hat er eine hohe Strafe erhalten und fühlt sich ungerecht behandelt.«

»Was? Darauf wäre ich jetzt nicht gekommen«, sagte Frau

Seitz und machte große Augen. Ihre Unterlippe zitterte plötzlich, und eine Träne rollte ihre Wangen hinab. Sie tropfte auf die hellgraue Jogginghose, wo sie einen dunklen Fleck hinterließ.

Toni gab ihr einen Moment Zeit. »Marie ist Ihre Tochter?«

Mehrmals unternahm Frau Seitz den Versuch zu antworten, aber sie brachte nur ein Schluchzen heraus. Mit einem Mal redete sie so schnell los, als würde sie fürchten, den Satz nicht beenden zu können. »Meine achtjährige Tochter, ja. Damals bei dem Unfall war sie noch gesund, aber vor einem knappen Jahr wurde bei ihr eine ... eine ...«

»Eine Krankheit festgestellt?«, fragte Toni. »Was hat sie denn?«

»Haben Sie selbst Kinder?«

»Einen zwanzigjährigen Sohn.«

»Dann wollen Sie nicht wissen, was sie hat. Es gibt Krankheiten, die so schlimm sind, dass man besser gar nicht von ihnen erfährt.«

Toni nickte und sah vorerst von weiteren Nachfragen ab.

»Marie wird sterben«, fuhr Frau Seitz fort. »Schon bald. In drei Monaten oder spätestens in vier. Erst Arne, dann Beate, dann Jürgen, dann Marie. Was soll ich dann noch hier? Können Sie mir das mal erklären? Können Sie mir nur einen einzigen Grund nennen?«, fragte Frau Seitz, goss sich erneut ihr Glas voll und hob es an. »Ich weiß gar nicht, was ich verbrochen habe. Ich zermartere mir das Hirn, aber ich finde keine Antwort. Wollen Sie nicht doch einen mittrinken? Allein ist es so deprimierend.«

Toni schluckte hart und starrte auf das Glas. War es nicht ein Gebot der Menschlichkeit, ihr diesen Wunsch zu erfüllen? Musste er in einer solchen Situation nicht seine eigenen Befindlichkeiten zurückstellen? Vor über drei Jahren hatte er mit dem Trinken aufgehört, weil ihn sein Sohn vor die Wahl gestellt hatte und weil er Sofie finden wollte. Aroon lebte mittlerweile mit seiner Freundin in den Vereinigten Staaten im Silicon Valley und brauchte ihn nicht mehr. Sofie zog es vor, mit ihrer Krankengymnastin rumzumachen. Was hielt ihn zurück?

Wenn er ein Glas trank, um dieser verzweifelten Frau beizustehen, musste er ja nicht wieder mit dem Saufen anfangen. Mal einen Schluck bei einem Geburtstag oder mal ein Sekt zu einem besonderen Anlass. Das musste doch möglich sein. Er konnte den Konsum dosieren und in Maßen trinken, so wie es Millionen anderer Deutscher auch taten. Warum sollte es ihm nicht gelingen?

Er griff nach dem Schnaps, hob ihn leicht gegen Frau Seitz an und kippte den Obstbrand hinunter. Der Alkohol bahnte sich über seine Mundschleimhaut, die Speiseröhre und den Magen einen Weg in seine Blutbahn. Tausende Moleküle fluteten seine Adern und brannten ein Feuerwerk ab. Plötzlich fühlte er sich leicht, er war hellwach, seine Niedergeschlagenheit war verflogen.

Als Frau Seitz ihm nachschenken wollte, hielt er seine Hand über das Glas. »Einer reicht«, sagte er entschieden. »Sonst kann ich nicht mehr fahren. Ihr Schwiegervater war zum Havelport unterwegs. Was hatte er danach vor?«

»Er wollte noch eine Woche arbeiten und dann Urlaub nehmen.«

»Urlaub? Ist das nicht ungewöhnlich?« Toni wusste, dass Binnenkapitäne sich nur freinahmen, wenn die Wasserstraßen zugefroren oder aus einem sonstigen Grund unpassierbar waren. Meistens lebten die Ehefrauen mit an Bord. Die ganze Familie musste für diesen Beruf viele Opfer bringen.

»Es ging nicht anders«, erwiderte Frau Seitz. »Maries Zustand hat sich verschlechtert. Ich bin eben erst aus dem Krankenhaus gekommen. Jürgen wollte alles vorbereiten, um sie in die USA zu fliegen. Da wird eine neue Behandlungsmethode erprobt. Die Ärzte und ich glauben nicht daran, aber Jürgen wollte es unbedingt versuchen. Er konnte sehr stur sein.«

»Kosten die Behandlung und der Krankentransport in die USA nicht viel Geld?«

»Natürlich. Das ist Betrug. Da wird den Leuten Mist erzählt, damit sie ihr Erspartes zusammenkratzen und es irgendwelchen Gierschlünden in den Rachen werfen. Wie das Leid ausgenutzt wird, ist unterste Schublade. Die Ärzte und ich haben immer wieder auf Jürgen eingeredet, aber er wollte nicht hören. Bei jeder Bank hat er vorgesprochen. Er wollte sogar sein Schiff verkaufen und das Haus beleihen, aber es hat alles nicht geklappt. Ich dachte eigentlich, dass die Sache erledigt wäre, aber gestern hat er mich angerufen und war ganz aufgekratzt. Er sagte, dass ich mir keine Sorgen machen müsse. Er hätte genügend Geld beschafft.«

»Woher?«

»Das hab ich ihn auch gefragt. Zuerst wollte er nicht mit der Sprache rausrücken. Dann hat er den Namen seines Reeders fallen lassen.«

»Mehr hat er nicht gesagt?«

»Nein.«

»Hm«, machte Toni. Das konnte alles Mögliche bedeuten. »Und Sie? Hätten Sie die Reise in die USA erlaubt? Letztendlich wäre es doch Ihre Entscheidung gewesen.«

»Wahrscheinlich hätte Jürgen mich so lange bequatscht, bis ich nachgegeben hätte.«

»Wie heißt der Reeder?«

»Jens Mittelstädt.«

Toni hatte vorerst genügend Informationen gesammelt und bedankte sich für die Auskunftsbereitschaft. Er zog seine Karte aus dem Portemonnaie und schrieb auf die Rückseite eine Zahlenreihe. »Das ist die Telefonnummer unseres psychologischen Notdienstes. Sie können dort jederzeit anrufen, wenn Sie jemandem zum Reden brauchen. Sie können sich auch bei mir melden. Über die Handynummer erreichen Sie mich fast immer.«

Frau Seitz nahm die Karte wortlos entgegen und steckte sie unbesehen in ihre Jogginghose. Vermutlich würde sie den Obstbrand vorziehen.

Toni verabschiedete sich und ging nach draußen, wo ein Trecker vorbeirumpelte, der einen Bootsanhänger zog. Obwohl er heute eine niederschmetternde Entdeckung gemacht hatte und die Atmosphäre im Haus erdrückend gewesen war,

war er so vital wie seit Langem nicht mehr. Während er seinen Autoschlüssel aus der Tasche zog, erinnerte er sich daran, wie er den zweiten Schnaps abgelehnt hatte. Ja, er hatte bewiesen, dass er sich zurückhalten konnte. Er konnte frei entscheiden, wann und wie viel er trank. Und jetzt wollte er wissen, was Gesa und Phong herausgefunden hatten.

# 5

Als Toni den Besprechungsraum im Kommissariat betrat, montierte Gesa gerade einen defekten Fensterbeschlag ab. Mit beiden Händen hielt sie einen Schraubenzieher und wandte viel Kraft auf, um die Befestigung zu lösen. Der Hausmeister hatte sich mehrfach entschuldigen lassen, weil er Dringenderes zu tun hatte, und nun erledigte die praktisch veranlagte Kollegin den Job selbst.

Neben ihr hatte sich Kriminalkommissar Nguyen Duc Phong auf einen Stuhl gefläzt und die kurzen, stämmigen Beine ausgestreckt. Auf seinem beachtlichen Bauch stand eine Schüssel mit Süßigkeiten. Während er sich eine Handvoll Gummibärchen in den Mund stopfte, gab er Gesa schlaue Tipps, auf die sie vermutlich verzichten konnte.

Der Sohn vietnamesischer Boatpeople trug ein ausgewaschenes The-Doors-T-Shirt, das mit dem Schriftzug »Light My Fire« versehen war und an den Bündchen die speckigen Oberarme einschnürte. In dem dreiköpfigen Ermittlungsteam war er für alle Arbeiten zuständig, die vom Büro aus erledigt werden konnten. Es war erstaunlich, was seine Recherchen zutage förderten. Außerdem hatte er sich als Verbindungsmann zur KTU und Gerichtsmedizin ein breites Wissen in den kriminalistischen Hilfsdisziplinen angeeignet.

Toni grüßte die beiden, setzte sich an den Besprechungstisch und schenkte sich Mineralwasser ein. Auf der Herfahrt hatte er starken Durst bekommen. Sein Mund fühlte sich staubtrocken an. In einem Zug trank er das erste Glas aus, goss sich nach und leerte auch das zweite.

»Bist du unter die Kamele gegangen?«, fragte Phong grinsend und schob seine getönte Brille den Nasenrücken hoch. »Wo versteckst du deine Höcker?«

Toni war nicht zu Scherzen aufgelegt und überging die Bemerkung. »Worüber ich schon die ganze Zeit nachdenke«, sagte er. »Wie ist der Täter aufs Schiff gekommen? Ich meine, war er schon an Bord und ist irgendwann aus seinem Versteck gekrochen? War er vielleicht ein Gast von Kapitän Seitz? Oder hat er die MS ›Beate‹ geentert?«

»Geentert?«, fragte Gesa. »Was soll das heißen?«

»Mir sind nur Actionfilme eingefallen, in denen ein schnelles Schlauchboot längsseits festmacht und jemand an Bord klettert. Hinterher ist er ja auch wieder weggekommen. Oder ist er in den Havelkanal gesprungen und ans Ufer geschwommen?«

»Berechtigte Fragen«, sagte Gesa. »Ein Besatzungsmitglied ist er jedenfalls nicht. Der Bootsmann hat ausgesagt, dass sie sich nur zu zweit auf dem Schiff aufgehalten haben. Die einzige Passagierin, die von Zeit zu Zeit mitgefahren ist, soll die Enkelin von Seitz gewesen sein. Ich hab den Bootsmann übrigens für morgen Nachmittag um siebzehn Uhr zur Befragung einbestellt.«

»Sehr gut«, erwiderte Toni zerstreut. »Jedenfalls müssen wir unbedingt herausfinden, wo, wie und wann der Täter aufs Schiff gekommen ist. Das wäre eine Aufgabe für dich, Phong.«

»Äh«, machte der Kriminalkommissar und kaute mit offenem Mund eine Lakritzschnecke. »Wie soll ich das anstellen?«

»Lass dir was einfallen«, erwiderte Toni.

»Wartet mal«, sagte Gesa und blätterte die Papiere durch. »Seitz ist in Hamburg gestartet. Von der Hamburger Hafenlogistik AG. Die betreiben einen Universalterminal, wo das ganze Programm angeboten wird: Warenumschlag, Zoll und Lagerung. Ver- und entladen werden Stückgüter, Massengüter und Container.«

»Und wo fährt man von Hamburg nach Wustermark längs?«, fragte Phong. »Ich muss zumindest wissen, wo er haltgemacht hat.«

»Die Schiffe nehmen entweder die Kanäle oder die Elbe, würde ich meinen«, erwiderte Gesa. »Eigentlich müssten diese Angaben im Fahrtenbuch stehen, aber die letzte Tour fehlt. Vielleicht hatte Seitz die Angewohnheit, die Einträge erst am Zielhafen vorzunehmen, um die Fahrzeiten noch korrigieren zu können. Oder er war mit seinen Gedanken woanders und hat es vergessen.«

»Das kriegen wir raus«, sagte Toni und massierte sich die Schläfen, hinter denen sich ein stechender Schmerz eingenistet hatte. Während er ein weiteres Glas Wasser hinunterstürzte, dachte er, dass er heute nicht in der Stimmung für Überstunden war. Seine Entdeckung setzte ihm zu. Er wollte die Aufgaben delegieren und hier rauskommen. »Phong, mach mir bitte für morgen früh einen Termin bei dem Befrachter. Ich möchte mit dem Reeder Jens Mittelstädt sprechen. Er wird uns alle praktischen Fragen beantworten und auch sonst einige Auskünfte geben«, sagte Toni und berichtete, was er bei Frau Seitz in Erfahrung gebracht hatte.

»Er hat ihm einen größeren Geldbetrag vorgeschossen?«, fragte Gesa.

»Nein, das hat Frau Seitz so nicht gesagt. Ihr Schwiegervater hat wohl nur den Namen des Reeders fallen lassen und es ihr überlassen, Schlüsse daraus zu ziehen. Es kann alles Mögliche bedeuten.«

»Von wie viel Geld reden wir?«

»Das wusste sie nicht«, erwiderte Toni. »Ihr Schwiegervater hatte sie erst gestern informiert.«

»Krankentransport in die USA und Behandlungskosten«, sagte Gesa. »Dazu die Reisekosten für zwei Erwachsene. Es wäre vermutlich ein längerer Aufenthalt geworden. Vielleicht fünfundzwanzig- oder dreißigtausend Euro. Und wenn die Therapie teuer ist, einiges mehr. Es ist schon für weniger Geld getötet worden.«

»Sehe ich genauso«, sagte Toni. »Wir müssen natürlich auch berücksichtigen, dass die Enkelin von Seitz nicht mehr lange zu leben hat. Er wollte sie unbedingt retten und stand unter enormem Druck. Insofern ist fraglich, was er alles getan hätte, um an das Geld zu kommen und ihr die Behandlung zu ermöglichen. Vielleicht hat er den Reeder erpresst, vielleicht hat er sich von ihm einen Kredit geben lassen, vielleicht hat er sich auf etwas Illegales eingelassen, oder der Reeder steckt selbst mit drin. Möglicherweise haben sie Giftmüll transportiert oder Diebesgut geschmuggelt.«

»Du meinst Hehlerware?«

»Ich meine gar nichts, ich hab nur ein bisschen dahergeredet. Lasst uns jetzt nicht weiter spekulieren. Wir sollten zuerst die Fakten sammeln. Morgen wissen wir mehr.«

»Was ist mit dem Raser, der Seitz' Frau und Sohn auf dem Gewissen hat?«, fragte Phong und gähnte herzhaft.

»Finde alles über ihn heraus«, erwiderte Toni. »Hast du die Fotos der Schaulustigen ausgedruckt?«

»Die Druckerpatrone ist leer, und im Lager habe ich keine neue bekommen«, antwortete Phong. »Die müssen erst welche bestellen. Und der Beamer ist auch kaputt. Du weißt, dass ich ihn schon vor vier Wochen zur Reparatur gegeben habe. Wenn du unbedingt willst, kann ich den Laptop holen, und wir klicken sie durch.«

»Ich hab sie lieber an der Pinnwand und in der Handmappe.« Toni arbeitete nicht sonderlich gerne mit elektronischen Akten. In ihnen übersah man zu leicht etwas. »Sieh zu, dass du das Druckerproblem löst. Was hast du über das Opfer herausbekommen?«

»Nicht viel, aber ich habe auch noch nicht richtig gesucht. Hier war ganz schön viel los.«

»Dann fang endlich an«, sagte Toni.

»Yes, Sir.« Phong führte Zeige- und Mittelfingerspitze an die Schläfe, als würde er salutieren.

»Gesa«, sagte Toni. »Steht irgendetwas Verdächtiges in den Schiffspapieren? Bist du sie durchgegangen?«

»Ich bin noch nicht fertig«, erwiderte die Kollegin, »aber bisher habe ich keine Unregelmäßigkeiten feststellen können. Die Frachtpapiere sind in Ordnung. Er hatte einen Generator geladen, der für einen Berliner Industriebetrieb bestimmt war. In der Vergangenheit wurde das Fahrtenbuch vorbildlich geführt, und die Fahrzeiten wurden stets eingehalten. Die Handyortung hat übrigens nichts ergeben.«

»Das wäre auch zu schön gewesen. Jedenfalls werden die

Binnenschiffer nicht weniger Druck als die Lkw-Fahrer haben und zu Überschreitungen gezwungen sein«, sagte Toni. »Kontaktiere die Kollegen von der Wasserschutzpolizei und lass dir zeigen, welche Kontrollmöglichkeiten sie haben.«

»Das hatte ich ohnehin vor«, erwiderte Gesa.

»Was ist mit der KTU, hat sie auf dem Schiff etwas gefunden?«

Gesa und Phong tauschten einen Blick aus.

»Was ist?«, fragte Toni ungeduldig. Das Pochen hinter seinen Schläfen war kaum noch zu ertragen. Er musste hier raus. Er musste an die frische Luft und sich bewegen.

»Kurz bevor du gekommen bist, war Kriminalrat Schmitz hier«, sagte Gesa.

»Und?«, fragte Toni und hatte eine böse Vorahnung. Vor einiger Zeit hatte er einen Untersuchungsbericht geschrieben, der zweifelsfrei bewies, dass sich der Mörder vom Baumblütenfest in Werder noch auf freiem Fuß befand. Sein Vorgesetzter war dem Hinweis nicht nachgegangen und hatte damit seine Aufklärungspflicht verletzt. Er hatte sich angreifbar gemacht, und das hatte Toni ausgenutzt, um bei einem Fall zusätzliches Personal zu verlangen. Es war eine berechtigte Forderung gewesen, aber ihr angespanntes Verhältnis hatte sich seitdem weiter verschlechtert.

»Er hat uns darüber informiert, dass er die Kollegen abgezogen hat«, fuhr Gesa fort.

»Was? Die gesamte Mannschaft?«

»Ja, sieht so aus.«

»Hat er eine Begründung angegeben?«

»Nein, er war so plötzlich wieder draußen, wie er reingekommen ist.«

»Wie soll man unter solchen Bedingungen arbeiten?«, platzte Toni heraus. Seit Monaten machte sein Vorgesetzter ihm das Leben schwer. Er hatte Schmitz sogar in Verdacht, anzügliche Gerüchte über Sofie und ihr Leben auf dem Resthof in Umlauf zu setzen. Er hatte keine Ahnung, wie die Details über ihre Wohnsituation durchgesickert waren, aber jetzt regte sie die schmutzige Phantasie von Kleingeistern an. Das Motiv des

Kriminalrats war klar. Er wollte ihn zermürben und dazu bewegen, ein Versetzungsgesuch zu stellen. Aber für die neuste Nadelspitze hatte er sich den falschen Tag ausgesucht. So langsam reichte es Toni.

»Phong«, sagte er, »ich will, dass du dir gleich morgen früh den Computer und alle anderen Unterlagen von dem Opfer besorgst. Telefonnummern, Versicherungen et cetera. Du kennst die Leute bei der KTU. Mir ist egal, wie du das anstellst.«

»*I will do my very best*«, sagte Phong und trank erst mal einen Schluck Cherry-Coke.

Toni zückte sein Smartphone, öffnete sein E-Mail-Postfach und adressierte die Nachricht an seinen Vorgesetzten. Nach der Anrede schrieb er: »Die kriminaltechnische Untersuchung soll chronologisch erfolgen. Nur bei einem wichtigen Grund wird von dieser Praxis abgewichen. Lassen Sie mich unverzüglich wissen, was Sie dazu veranlasst hat, die Arbeiten auf der MS ›Beate‹ einzustellen. Sollte kein hinreichender Anlass vorliegen und sollten sich durch die Verzögerung Schwierigkeiten ergeben, müssen Sie für die Folgen geradestehen.« Das »Hochachtungsvoll« oder »Freundliche Grüße« ließ er weg. Nachdem er die Mail mit seinem Dienstrang und Namen unterschrieben hatte, schickte er sie ab und wartete noch, bis sie zugestellt worden war. Dann legte er das Smartphone auf den Besprechungstisch. Jetzt ging es ihm besser.

»Ist alles in Ordnung?«, fragte Gesa. »Du wirkst heute irgendwie gestresst.«

»Ja, das finde ich auch«, meinte Phong.

Toni blickte seine Teammitglieder eindringlich an und sagte: »Wir tragen eine große Verantwortung, und wir werden unseren Job bestmöglich erledigen. Wenn ihr mit der Recherche beginnt, solltet ihr euch vor allem fragen, was der Mörder gesucht hat. Die blutigen Fußspuren beweisen, dass er über das Schiff gerannt ist und Schubladen aufgerissen hat. Wenn wir wissen, was er so dringend wollte, haben wir das Motiv, und wenn wir das Motiv haben, haben wir den Täter.«

# 6

Die Dunkelheit hatte sich über die Neustädter Havelbucht gelegt. Die Nacht war noch warm genug, um draußen zu sitzen, aber der Spätsommer verlor weiter an Kraft, und einige frische Windböen erinnerten daran, dass der Herbst nicht mehr fern war.

Toni saß an Deck seines Hausboots und schaute zu den Nachbarn hinüber, die zwei Liegeplätze weiter eine Party feierten. Zwanzig Gäste standen zwischen bunten Lichterketten auf dem Deck, tranken Weißwein und unterhielten sich angeregt. Loungemusik erklang aus den Boxen und schwebte über die schwarze gewellte Wasseroberfläche.

Toni fühlte sich bei solchen Anlässen meistens deplatziert. Plaudern war nicht sein Ding. Valerie und Hans, seine Hausbootnachbarn, hatten ihn oft eingeladen, aber er hatte immer eine Ausrede gefunden, bis sie es irgendwann aufgegeben hatten. Jetzt saß er hier allein und fühlte sich wie ein Ausgestoßener. Anscheinend konnte man es ihm nicht recht machen. Er war wohl ein schwieriger Charakter.

Aus der Plastiktüte zog er ein Bier, öffnete es und trank drei tiefe Züge. Nachdem er das Kommissariat verlassen hatte, war er mit dem Auto nach Hause gefahren und im Anschluss zwei Stunden ziellos durch die Innenstadt gelaufen. Er fragte sich, was er wegen Sofie unternehmen sollte, er grübelte sich den Kopf heiß, bis er irgendwann kapitulierte. Es gab keine Lösung. So kehrte er bei einem Türken ein und bestellte einen Döner, zwei Sechserträger Pils und eine Flasche Raki.

Ja, er war rückfällig geworden, aber er wollte kein Drama daraus machen. Momentan steckte er in einer schlimmen Situation. Und was taten Männer, wenn sie keinen Ausweg wussten? Sie betranken sich! Das war nichts Ungewöhnliches.

Toni ließ seinen Blick über die Bucht schweifen. Die Wasseroberfläche sah aus wie ein schwarzer, glitzernder Teppich. Am gegenüberliegenden Ufer ragten die Hochhäuser in den

Sternenhimmel. Vereinzelt brannte Licht in den Fenstern. Fühlten sich die Menschen heimisch in ihren Wohnungen? Konnte irgendjemand von sich behaupten, dass er angekommen war? Oder blieben am Ende nur unerfüllte Träume?

Vorhin hatte Sofie ihm eine SMS geschickt und ihn für morgen Abend zum Essen eingeladen. Sie wolle ein Curry kochen. Es klang so, als würde sie sich auf ein Wiedersehen freuen. Wortwörtlich hatte sie geschrieben, dass sie Sehnsucht nach ihm habe.

Eigentlich war die Nachricht ein Grund zur Freude, und eigentlich zweifelte er nicht daran, dass sie es ernst meinte. Er stellte auch nicht in Frage, dass er der wichtigste Mann in ihrem Leben war. Er wusste nur nicht, wie er sich verhalten sollte. Er wollte nichts lieber als bei ihr sein, aber wie sollte das funktionieren? Es würde ihm unmöglich sein, sich an ihren Küchentisch zu setzen und so zu tun, als wäre nichts geschehen. Er würde sich keine Minute zurückhalten können, bis ihn seine Gefühle überwältigen würden.

Es war nicht so, dass er Angst vor Aussprachen hatte. Er war nie konfliktscheu gewesen und kam mit einer klaren Ansage zurecht, aber dieses Mal war es anders. Das, was er gesehen hatte, war anders. Wenn Sofie eine Affäre mit einem Mann begonnen hätte, könnte er um sie kämpfen, aber mit einer Frau konnte er nicht konkurrieren. Allein der Gedanke, sie zu verlieren, war unerträglich.

Sie waren seit der Schulzeit zusammen, sie waren auf einer langen Weltreise gewesen und hatten so viel gemeinsam erlebt. Sie war immer die Ideenreiche, die Farbige und Quirlige gewesen. Sie hatte alles mit Energie erfüllt. Und als sie verschwunden war, kreiste sein Denken um die Suche nach ihr. Hinterher pflegte er sie und bemühte sich um einen Neubeginn. In all den Jahren war sie sein Zentrum gewesen. Auf sie konzentrierte er all seine Sehnsüchte und Hoffnungen. Was würde ihn nach einem Bruch erwarten? Wie leer und öde würde sein Leben aussehen?

Toni schüttelte nur den Kopf und öffnete ein neues Bier.

# 7

Sandro zerwühlte das Bett. Schnaufend wälzte er sich hin und her und fand keinen Schlaf. Eigentlich war es mit Sonja gut gelaufen. Hinterher war sie so ausgelassen wie ein junges Mädchen und machte sofort die nächste Verabredung aus. Sie steckte ihm ein großzügiges Trinkgeld zu und tänzelte mit einem Handkuss davon. Ja, eigentlich war alles gut gelaufen, und trotzdem fiel sein Stimmungsbarometer, bis es den Tiefpunkt erreichte.

Früher war er hart im Nehmen gewesen, nichts konnte ihn so leicht aus der Bahn werfen, aber der Knast hatte ihn verändert. Leiseste Misstöne konnten eine heftige Krise auslösen. Manchmal überfielen ihn die Erinnerungen so plötzlich, dass er sich nicht wappnen konnte. Wenn er dann durchlebte, was Alf und die anderen mit ihm anstellten, fühlte er sich wie ein wertloses Stück Dreck und wäre am liebsten gestorben.

Sandro starrte auf den rohen Dachbalken, von dem eine nackte Glühbirne hing, die von Insekten umkreist wurde und ein so trübes Licht spendete, dass sie den Stalldachboden nur notdürftig ausleuchtete. Im Herbst pfiff der Wind durch die Ritzen. Bei Frost war es so klirrend kalt, dass alles von einer Eisschicht überzogen war. Der kleine Kohleofen verdiente seinen Namen nicht. Er hatte gerade mal genügend Kraft, damit Sandro sich an ihm den Rücken wärmen konnte. Wenigstens zahlte er keine Miete. Das Bett hatte er aus Paletten und einer alten Matratze zusammengebaut.

Sandro wollte nicht schon wieder heulen, und er wollte sich auch nicht ausmalen, wie er auf die Autobahn rannte, um von einem Sattelschlepper erwischt und in tausend Teile zerfetzt zu werden. Also überlegte er, wie er sich ablenken konnte.

An der Stirnseite türmten sich einige Kartons von seinem Chef, der früher in der NVA gedient hatte. Hier lagerte er seine Uniform, Vorschriften und diverse Auszeichnungen. Sogar eine Makarow-Pistole, die er von einem befreundeten russischen

Offizier beim Abzug der GUS-Truppen geschenkt bekommen hatte, war unter den Erinnerungsstücken. Sandro hatte nie verstanden, warum Jessen die Waffe hier aufbewahrte. Wahrscheinlich war er zu sehr mit Geldzählen beschäftigt und hatte sie vergessen. Jedenfalls stellte sie für Sandro eine Versuchung dar, der er in solchen Nächten kaum widerstehen konnte.

Unter Aufbietung seiner ganzen Willenskraft riss er sich von dem Anblick los und schaute auf den wackligen Tisch, der ihm als Ess- und Computerplatz diente. Vielleicht sollte er sich an den Laptop setzen und sich ums Geschäft kümmern. Er könnte im Darknet ein paar Pillen verticken, sie eintüten und versandfertig machen. Das würde ihn beschäftigen und auf andere Gedanken bringen, aber Herm hatte gesagt, dass sie sich zurückhalten sollten, bis Gras über die andere Sache gewachsen war. Sie durften jetzt nicht auffallen. Natürlich hatte der Freund recht.

Es war ihre große Chance. Eine solche Möglichkeit würde sich vielleicht nie wieder bieten, und sie durften sie nicht vermasseln. Es würde nicht mehr lange dauern, bis sie sich alles leisten konnten. Sie brauchten nur etwas Geduld, und Sandro überlegte, ob er sich in einer Immobilienbörse nach einem Häuschen in Marokko umschauen sollte, in dem Bonita, Herm und er leben konnten. Ein gemeinsames Zuhause – das klang fast zu schön, um wahr zu werden. Er wollte auch noch keine konkreten Pläne schmieden, aber ein wenig träumen musste doch erlaubt sein.

Als er sich zu seinem Notebook begeben wollte, hörte er, wie die Tiere in den Stallboxen unruhig wurden. Sie schnaubten, stocherten mit den Füßen in der Bodenstreu und drehten sich im Kreis. Einer der Hengste wieherte. Dann vernahm er auch den Grund für ihre Aufregung. Schritte! Jemand ging zielstrebig durch die Boxengasse, kletterte die knarrende Holzleiter hoch und betrat den Dachboden.

Es war Regina, die zweiundfünfzigjährige Frau seines Chefs. Sie hatte streichholzkurze graublonde Haare, Augen wie Glasmurmeln und war drahtig. Obwohl sie nur einen Meter fünfundfünfzig groß war, hatte sie so viel Energie, dass es für drei gereicht hätte.

Als er sie so dastehen sah, wusste er sofort, dass sie keine Ausflüchte akzeptieren würde. Sie war nicht hier, um sich abwimmeln zu lassen. Außerdem bekam sie fast immer, was sie wollte, und sie konnte sehr ungemütlich werden, wenn ihr ein Wunsch verwehrt wurde. Er spürte, dass er nicht die Kraft hatte, um mit ihr zu streiten.

»Hallo, Bubi«, sagte Regina herausfordernd, schlüpfte aus den Schuhen und öffnete den Gürtel. »Ich hab vorhin mit Sonja telefoniert, und sie hat mir geschildert, was du mit ihr angestellt hast. Das hat mich so angemacht, dass ich vorbeischauen musste. Du kannst beruhigt sein. Mein Mann schläft schon.«

Sie stieg zu ihm ins Bett und riss ihm die Boxershorts runter. Obwohl er bei ihrer Ankunft total down gewesen war, törnte sie ihn an. Nun wusste er, wie er sich ablenken konnte.

Über zwei Stunden bearbeitete er sie nach allen Regeln der Kunst, bis sie ihm erschöpft ins Ohr raunte, dass sie nicht mehr konnte. Nachdem er von ihr abgelassen hatte, blieb sie wie zerschmettert liegen, so als könnte sie keinen Finger mehr rühren. Dann gab sie ein Schnaufen von sich und stemmte sich hoch. Er blickte ihr nach und wusste bereits, dass jetzt der Moment kam, in dem sie sich schämte und von ihrem Verlangen angewidert war. So ging es jedes Mal. Sie mied den Augenkontakt, warf ihm ein paar Scheine hin und stürmte vom Dachboden.

Sandro blieb auf der alten Matratze zurück und sammelte den Lohn ein, den er in eine kleine Metalldose steckte. Er wusste längst, dass Sex keine Lösung war und ihm nur eine kurze Erleichterung verschaffte, aber er hatte nie mehr als sich und seinen Körper besessen. Alles, was er sich bei den alten Filmsäcken in Babelsberg verdient hatte, hatte er mit beiden Händen wieder aus dem Fenster geschmissen. Vielleicht hätte er sich einen Finanzberater zulegen sollen, dachte er bitter und spürte schon, wie die Schwere zurückkam und ihn niederdrücken wollte.

Glücklicherweise hatte er keine Zeit, um erneut in ein Loch

zu fallen, denn der Klingelton seines Smartphones ertönte. Aus den winzigen Lautsprechern plärrte der Achtziger-Jahre-Song von Blondie: »*Call me, call me on the line / Call me, call me any, anytime / Call me, call me, my love / You can call me any day or night / Call me.*« Um diese Uhrzeit rief eigentlich nur noch eine Person an. Sein Herz machte vor Freude einen Sprung. Und tatsächlich: Es war Herm.

»Ich hab noch nicht geschlafen!«, rief Sandro aufgekratzt. »Ich wusste, dass du dich meldest. Wollen wir morgen Abend etwas unternehmen? Bitte sag Ja. Ich hab dann auch eine Überraschung für dich.« Vor dem Treffen wollte er noch in den teuren Outdoorladen gehen und ihm das Multifunktionsmesser kaufen.

»Mein Onkel ist tot«, erwiderte Herm. »Er wurde ermordet.«

»Was?«

»Ich hab vergeblich versucht, mehr rauszubekommen. Ich hab mich sogar als Reporter ausgegeben und bei der Pressestelle angerufen, aber die Bullen mauern. Ich hab keine Ahnung, ob es mit unserem Deal zusammenhängt, aber ich frage mich, wer ihn sonst killen sollte. Mein Onkel war Kapitän auf einem Binnenfrachter und so normal wie nur irgendwas.«

»Sind wir in Gefahr?«

»Du bestimmt nicht, niemand weiß von dir. Was mich angeht, bin ich mir nicht so sicher. Mein Onkel und ich waren zwar sehr vorsichtig und haben die Prepaidkarten nach jedem Telefonat weggeschmissen, aber …«

»Aber jemand könnte sich sein familiäres Umfeld angeschaut und herausgekriegt haben, dass du im Jugendknast gesessen hast. Oh Gott, Herm. Daran hätten wir früher denken sollen. Was machen wir denn jetzt?«

»Hast du deine Hälfte versteckt?«

»Na klar, ich bin gestern Nacht mit einem Bollerwagen los und hab –«

»Halt. Es ist besser, wenn ich das Versteck nicht kenne. Dann sind wir auf der sicheren Seite. Vor allem dürfen wir jetzt nicht die Nerven verlieren. Ich lass mir was einfallen. Ich hab dir versprochen, dass ich auf dich aufpasse, und das wird sich auch in Zukunft nicht ändern.«

Sandro erinnerte sich, wie Herm im Jugendknast Alf und seine Gang fertiggemacht hatte. Danach hatte ihn niemand mehr belästigt. Der Freund würde sein Wort halten, daran bestand kein Zweifel. »Aber was ist mit dir? Versprich mir, dass du auf dich aufpasst. Ich könnte es nicht ertragen, wenn dir etwas zustößt.«

»Jetzt wein doch nicht«, sagte Herm. »Ich bin schon mit ganz anderen Problemen fertiggeworden und werde vorbereitet sein. Heute Nacht nehme ich mir ein Zimmer und überlege, wie wir vorgehen. Das ist unsere Chance, und wir dürfen sie nicht in den Sand setzen.«

»Willst du zu mir kommen?«, fragte Sandro. »Gestern warst du so schnell weg. Du könntest bei mir schlafen. Vorher könnte ich dich massieren. Was machen deine Muskeln? Du hast bestimmt hart trainiert.«

»Man darf uns jetzt nicht zusammen sehen«, erwiderte Herm. »Ich will niemanden auf deine Spur lenken.«

»Verstehe«, sagte Sandro und bemühte sich, tapfer zu sein. »Weißt du schon, wie dein Onkel getötet wurde?«

»Das ist Täterwissen. Das halten die Bullen geheim. Das wollte auch der Polizist nicht sagen.«

»Welcher Polizist?«

»Na, der Kommissar, der die Frau meines Cousins benachrichtigt hat.«

Sandro überlegte, dass dieser Kommissar vermutlich der Potsdamer Mordkommission angehörte, mit der er selbst schon Bekanntschaft gemacht hatte. »Kennst du seinen Namen?«

»Von wem?«

»Von dem Polizisten.«

»Wozu soll das wichtig sein? Es war irgendwas mit ›zart‹ oder ›weich‹ oder so.«

»Mit ›sanft‹? Hieß er Sanftleben?«

»Gut möglich. Ich kann mir Namen nicht so gut merken.«

Sandro spürte, wie sich etwas in ihm zusammenzog. Seine Brust wurde ganz eng, und er bekam kaum Luft.

»Was ist los?«, fragte Herm. »Du sagst ja gar nichts mehr. Ist doch egal, wie der blöde Bulle heißt. Der kann uns nichts. Wir müssen nur schneller sein, und wenn es brenzlig wird, hauen wir einfach ab.«

»Er hat mich damals in den Knast gebracht«, flüsterte Sandro.

»Wer? Dieser Zartleben?«

»Genau.«

»Na und? Das war damals. Und heute ist heute.«

»Nein, du kennst ihn nicht. Wenn er es tatsächlich ist, wird er nicht lockerlassen. Er wird so lange weitermachen, bis er alles weiß. Er ist wie eine Maschine, die man nicht stoppen kann. Ich hab damals versucht, ihn einzuwickeln. Du kennst mich und weißt, dass ich charmant sein kann, aber an diesen Kerl bin ich nicht rangekommen. An ihm ist alles abgeprallt. Bis zum Schluss hatte ich keine Ahnung, was in ihm vor sich ging.«

Herm war still geworden und sagte schließlich: »Dann ist er so wie du.«

»Was?«, entfuhr es Sandro entsetzt. Er hatte so viel Zeit und Mühe investiert, um von dem Freund gemocht zu werden, und jetzt verglich er ihn mit diesem Eisenbeißer. »Das verstehe ich nicht.«

»Ist ja auch egal.«

»Nein, ist es nicht. Bitte erkläre es mir.«

»Du weißt doch, dass ich nicht so gut im Reden bin.«

»Das stimmt nicht. Du hast das Herz am rechten Fleck, das ist die Hauptsache. Ich möchte nur wissen, was du denkst.«

Herm schnaufte. Man konnte beinahe hören, wie es in ihm arbeitete. Er grübelte bestimmt eine Minute, bis er das Schweigen brach und sagte: »An dir prallt nicht alles ab wie bei diesem Bullen, du bist nicht hart oder so, aber bei dir weiß man auch nie, was Sache ist. Du bist wie ein … wie ein See, bei dem man nicht auf den Grund blicken kann.«

In diesem Moment begriff Sandro, dass der Freund ihn viel

besser verstand, als er vermutet hatte. Herm beschäftigte sich mit ihm und dachte über ihn nach. Sandro war so gerührt, dass er ihm am liebsten in die starken Arme gefallen wäre und ihm gestanden hätte, wie sehr er ihn liebte, aber das war noch zu früh. Schluckend kämpfte er mit den Tränen.

»Bist du noch da?«, fragte Herm.

»Ja«, presste Sandro hervor.

»Tut mir leid, wenn ich was Dummes gesagt habe«, erwiderte Herm. »Mit Worten kann ich eben nicht so gut umgehen. Dafür weiß ich, was zu tun ist. Also mach dir keine Sorgen. Ich überleg mir was und ruf dich morgen an. Dann sehen wir weiter.«

## 8

Das Licht des Morgens stach wie ein Messer in Tonis Augen.
Als er sich zum Parkplatz schleppte, dröhnte sein Schädel, als
hätte er schwere Kopftreffer eingesteckt. Am liebsten hätte er
sich übergeben, aber aus Erfahrung wusste er, dass er sich hinterher noch schlechter fühlen würde.

Trotz seines desolaten Zustands entdeckte er den Lackschaden sofort. Er blieb wie angewurzelt stehen. Die Fahrerseite
seines Peugeots hatte eine lange Schramme, die von der hinteren
Tür bis zur Heckstoßstange reichte. Der Kratzer war tief und
wies an den Rändern rote Farbblättchen auf, die von einem
anderen Auto stammen mussten.

Hatte er den Wagen gestern Nacht bewegt? Ganz dunkel
erinnerte er sich, dass er die Flasche Raki geleert und sich entschieden hatte, für Nachschub zu sorgen. Danach war ihm der
Faden gerissen, danach wusste er nichts mehr. Heute Morgen
war er neben einer leeren Cognacflasche aufgewacht. Eine zerdrückte Tüte Kartoffelchips hatte auf den Dielen gelegen.

Verdammt! War er mit dem Wagen zur Tankstelle gefahren?
Hatte er unterwegs einen Unfall gebaut? War dabei jemand
verletzt worden? Sosehr er sich den Kopf zerbrach – da war
nur ein schwarzes Loch. Mehrere Stunden fehlten ihm.

Er suchte den Peugeot nach weiteren Spuren ab, aber nirgends fand er Kratzer oder Beulen. Er setzte sich hinters Lenkrad und kontrollierte die Anzeige, doch konnte er nicht mit
Sicherheit sagen, mit welchem Kilometerstand er das Fahrzeug
gestern Abend abgestellt hatte.

Er kletterte wieder aus dem Auto und stand beklommen
da. Vor seinem geistigen Auge erschienen Schreckensszenarien.
Vielleicht war er Unfallverursacher, vielleicht war er auch Geschädigter. Er würde die Angelegenheit verfolgen und die letzte
Nacht rekonstruieren, das gebot ihm sein Gewissen, doch nicht
heute Morgen. Momentan fühlte er sich dazu nicht in der Lage.

Seine Blutalkoholkonzentration war noch zu hoch, um ein Fahrzeug zu lenken. Also lief Toni zur Breiten Straße und winkte ein Taxi heran. Während er auf den Rücksitz kletterte, sagte er dem Fahrer die Adresse der Reederei, die ihm Phong aufs Handy geschickt hatte. Er ließ sich auf das Lederpolster sinken, und die Mercedes-Limousine beschleunigte.

Als sein Smartphone vibrierte, nahm er den Anruf entgegen. Es war Caren Winter, die zuständige Staatsanwältin. In den vergangenen Jahren hatten sie viel miteinander zu tun gehabt. Dabei hatten beide erfahren, dass sie sich aufeinander verlassen konnten. Ihr Verhältnis war durch Vertrauen und Loyalität geprägt.

»Hallo«, sagte Toni heiser.

»Lange Nacht gehabt?«, fragte Caren.

»Kann man so sagen. Was gibt's?«

»Kriminalrat Schmitz hat die E-Mail, die du an ihn geschickt hast, an mich weitergeleitet und mich um eine Einschätzung gebeten.«

Toni hatte den Ärger auf seinen Vorgesetzten fast vergessen. Jetzt kam er erneut hoch. »Und?«, fragte er gereizt.

»Ich finde, dass du überreagiert hast. Heute Morgen setzt die Spurensicherung ihre Arbeit auf der MS ›Beate‹ fort.«

»Schmitz hat, ohne einen Grund anzuführen, sämtliche KTU-Mitarbeiter von meinem Tatort abgezogen. Kann er uns nicht wenigstens den Grund mitteilen?«

»Mir hat er gesagt, dass er die Spurensicherer an einem Tatort draußen gebraucht hat. Eine schlechte Wetterprognose soll die Spurenlage gefährdet haben. Deshalb hat er eine Abwägung getroffen und die Untersuchung des Schiffsinneren als zweitrangig eingestuft.«

»Meint er Regen, oder was?«

»Ja, vermutlich.«

»Gestern Nacht war ein sternenklarer Himmel. Über Potsdam ist nicht ein einziger Tropfen gefallen.«

»Das ist nicht entscheidend.«

»Und was ist entscheidend?«

»Dass sich die Situation zwischen euch zuspitzt. Er sucht nach einem Vorwand, um dich loszuwerden. Schon seit Monaten macht er alles aktenkundig, was er gegen dich in die Hände bekommt.«

»Meine Güte, Caren. Die E-Mail ist doch nicht der Rede wert. Ich beleidige ihn nicht, ich will nur wissen, warum er die KTU abgezogen hat. Das ist eine berechtigte Frage. Wenn er so etwas gegen mich ins Feld führt, macht er sich bloß lächerlich.«

»Selbst wenn die E-Mail nicht despektierlich ist, legt sie ein beredtes Zeugnis von eurem Verhältnis ab.«

»Vor einem Kerl, der nicht mal die Courage hat, diese Sache mit mir persönlich zu besprechen, mach ich mir bestimmt nicht ins Hemd.«

»Das ist irrelevant.«

»Ach ja? Dann sag ich dir mal, was relevant ist. Ich finde es ziemlich schwach, dass du dich vor seinen Karren spannen lässt.«

»Er hat mich nicht vorgeschickt. Du weißt genau, wie ich zu ihm stehe. Ich rufe aus freien Stücken an, weil ich dich um etwas bitten möchte: Lass dich nicht provozieren. Es wäre schade, wenn er sein Ziel erreicht und wir dich verlieren würden.«

Ihr besorgter Tonfall besänftigte Toni. »Mhm, mhm«, machte er.

»Und halte mich auf dem Laufenden«, fuhr sie fort. »Ich möchte über alle Schritte zu dem Kapitänsfall informiert werden.«

## 9

Das Taxi brauchte wegen eines Staus zwei Stunden nach Berlin-Köpenick. Als Toni den hohen Fahrpreis entrichtete, entschloss er sich, den Rückweg mit den öffentlichen Verkehrsmitteln anzutreten. Länger dürfte er mit Bussen und Bahnen auch nicht unterwegs sein. Wenigstens hatte er sich ausgeruht und war jetzt halbwegs klar.

Obwohl die Temperaturen sehr moderat waren, fröstelte er, als er über den Fußweg lief. Seine Haut fühlte sich rissig an. Er zog seine Outdoorjacke bis zum Hals zu und steuerte über einen Supermarktparkplatz ein graues Gebäude an, das aussah wie ein Mehrfamilienhaus aus den fünfziger Jahren. Nur einige Werbetafeln verrieten, dass es von Gewerbetreibenden genutzt wurde, die mit Booten, Zubehör und Technik handelten.

Die Reederei befand sich im Erdgeschoss, und Toni trat an einen Empfang, der so funktionell war, dass er auch als Ausgabestelle für Autoersatzteile taugen würde. Nachdem er sich vorgestellt hatte, führte ihn eine junge Frau durch einen größeren Raum, in dem vier oder fünf Sachbearbeiter laut telefonierten. Durch die Fenster hatte man einen Blick auf die Dahme, einen Nebenfluss der Spree. Am gegenüberliegenden Ufer war ein kleiner Park.

Die Empfangsdame klopfte an eine Tür, wartete auf ein »Herein« und betrat – dicht gefolgt von Toni – das Chefbüro. Der ungefähr sechzigjährige Jens Mittelstädt hatte die Ärmel seines weißen Hemdes hochgekrempelt und den Knoten seiner altmodischen Krawatte gelockert. Mit einer Hand hielt er einen Telefonhörer und gebot den Eintretenden mit erhobenem Zeigefinger, sich einen Moment zu gedulden. Dann beendete er das Gespräch, kam um seinen Schreibtisch herum und reichte Toni die Hand.

»Herr Hauptkommissar«, sagte er. »Nehmen Sie doch bitte

Platz. Hanna, sei so lieb und bringe uns Kaffee und ein paar Plätzchen.«

»Das ist sehr freundlich«, sagte Toni dankbar und hoffte, dass er etwas Nahrung runterkriegen würde. Vielleicht würde er sich dann nicht mehr so krank fühlen.

Der grauhaarige Reeder nahm hinter seinem überfüllten Schreibtisch Platz und sagte: »Von Ihrem Kollegen mit dem asiatischen Namen weiß ich, dass Jürgen einem Gewaltverbrechen zum Opfer gefallen ist. Ich konnte das zunächst kaum glauben und habe darüber nachgedacht. Es muss ein Raubüberfall gewesen sein oder ein spontaner Streit, der außer Kontrolle geraten ist. Jürgen war garantiert in nichts verwickelt, er war einer der bodenständigsten Männer, die ich kenne.«

»Deshalb bin ich hier«, wich Toni aus. An den holzvertäfelten Wänden hingen bunte Wimpel, schwarz-weiße Fotos von Schiffen und eingerahmte Patente. Einige Hängeschränke standen offen; sie waren mit Akten gefüllt. »Wie war Ihr Verhältnis zu Herrn Seitz?«

»Nun, Jürgen und ich, wir kennen uns schon sehr lange. Wir waren Nachbarsjungen und haben später in Schönebeck-Frohse, der Binnenschifffahrtsschule der DDR, Matrose gelernt. Eigentlich wären wir lieber richtig zur See gefahren. Wir haben es sogar bis zu einem Sicherheitslehrgang nach Wismar geschafft, aber dann sind wir aussortiert worden.«

»Wieso das?«

»So genau weiß ich es nicht, aber ich vermute, dass es mit zwei Brüdern meines Vaters zusammenhängt, die in den sechziger Jahren abgehauen sind. Das hat wohl gereicht, um meine Familie als politisch unzuverlässig einzustufen. Jedenfalls hatte sich der Traum von der Atlantiküberquerung erledigt.«

»Und bei Herrn Seitz?«

»Wohl ganz ähnlich. Es gab ja viele Gründe, um jemanden für ungeeignet zu befinden, und im Verhältnis dazu sehr wenige Plätze in der Seerederei. Geschafft haben es nur ein paar Jungs, die einen einwandfreien sozialistischen Stammbaum vorweisen konnten. Soweit ich mich erinnere, hatte Jürgen ziemlich viele

Verwandte im Westen. Und da bestand natürlich die Gefahr, dass er irgendwann rübermachte.«

»Und danach haben Sie sich für die Binnenschifffahrt entschieden?«

»Ja, genau. 1974 haben wir die Ausbildung begonnen. Nach zwei Jahren wurden wir Bootsmann. Dann kam der Armeedienst. Und hinterher haben wir uns zum Schiffsführer qualifiziert. In der DDR hat man diesen Beruf von der Pike auf gelernt. Nach der Wende haben sich die West-Reedereien die Hände gerieben, dass plötzlich so viel ausgebildetes Fachpersonal auf dem Markt war. Fast alle früheren Kollegen sind untergekommen. Viele auf dem Rhein.«

»Also würden Sie die Situation der Binnenschiffer als gut bezeichnen?«

»Gut? Was heißt schon gut? In der DDR war die Binnenschifffahrt noch romantisch. Wenn wir tausendeinhundert Tonnen Kalksandstein nach Eisenhüttenstadt transportiert haben, dann waren wir für einen Monat saniert. Das waren noch Zeiten. Wenn ich damals gewusst hätte, was alles auf mich zukommt, hätte ich vermutlich einen anderen Beruf gewählt.«

»Aber Sie fahren doch gar nicht mehr selbst?«

»Das macht keinen Unterschied. Als Reeder kämpfe ich mit den gleichen Problemen. Ständiger Stress und Termindruck. Teilweise sind die Wasserstraßen zu klein und überlastet. Nachdem die Europagrenzen aufgegangen sind, wurden wir überschwemmt von Polenschiffen, Tschechen und Holländern. Oft gibt es nicht genug Liegestellen. Auch die Schleusen sind den Anforderungen nicht mehr gewachsen. In Niederfinow wird seit Jahren an einem neuen Schiffshebewerk gebaut, damit auch Großmotorgüterschiffe mit hundertzehn Metern Länge passieren können.« Das Telefon klingelte. Mittelstädt schaute auf das Display und sagte: »Das kann warten. Ah, da ist Hanna, komm rein.«

Die Empfangsdame durchquerte den Raum und stellte ein voll beladenes Tablett auf dem Schreibtisch ab. Sie schenkte beiden eine Tasse Kaffee ein und verließ das Büro wieder. Als Toni das würzige Aroma in die Nase stieg, wurde ihm erneut schlecht.

Mittelstädt hatte ihn beobachtet. »Oder wollen Sie lieber was Stärkeres?«, sagte er gedämpft, zog eine Schreibtischschublade auf und zeigte eine Flasche Rum. »Ich würde auch einen mittrinken.«

»Nein, nein«, sagte Toni schnell, griff nach der Tasse und zwang sich, einen Schluck zu nehmen. Das heiße Getränk wirkte sofort. Eben noch hatte er gefroren. Jetzt brach ihm der Schweiß aus. Er riss seine Outdoorjacke auf und sagte: »Herr Seitz war Partikulier, und Sie sind Reeder. Wann haben sich Ihre Wege getrennt?«

»Dann eben nicht«, sagte der Reeder enttäuscht und stellte die Flasche Rum zurück. »Eigentlich schon viel früher. Seitdem wir die Lehre zum Matrosen beendet hatten, fuhren wir auf unterschiedlichen Schiffen und hatten nur noch sporadisch miteinander zu tun. Aber ich verstehe natürlich, worauf Sie hinauswollen.« Er griff sich ein Spritzgebäck und steckte es in den Mund. »Nach der Wende sollte die Binnenreederei plattgemacht werden. Man behauptete, dass die Schiffe veraltet und zu schwach seien. Teilweise hat das gestimmt, aber einige Frachter wurden einfach hochmotorisiert und waren dann voll konkurrenzfähig. Jürgen und ich haben jeder einen der alten Kähne gekauft und sind als Selbstständige gefahren. Ich hab mir irgendwann noch ein zweites Schiff zugelegt, und dann wurde ich eben Reeder. So lief das ab.«

»Wie muss man sich ein Leben als Partikulier vorstellen?«

»Na, die meisten Partikuliere haben eine feste Reederei, der sie unterstellt sind. Bei dieser erkundigen sie sich, welche Ladung sie bekommen können, wo sie hinfahren müssen und so weiter. Gewicht, Höhe und Maße müssen natürlich passen, und es muss auch rentabel sein. Wenn der Partikulier Schüttgut fahren soll, sagen wir mal tausend Tonnen Kohle, bekommt er pro Tonne so und so viel und rechnet sich aus, ob der Lohn die laufenden Kosten deckt und noch was übrig bleibt. Sehr wichtig ist, ob er eine Rückladung hat. Lange Leerfahrten, zum Beispiel nach Antwerpen, gehen ins Geld. – Sie sollten das Spritzgebäck mal probieren. Es ist wirklich gut.«

Toni überwand sich, steckte sich einen Keks in den Mund und kaute ihn bedächtig. Der Reeder verhielt sich kooperativ und gab Einblicke in die Binnenschifffahrt, aber so langsam musste er ihm auf den Zahn fühlen und konkrete Informationen einholen. Er beobachtete seinen Gesprächspartner genau, als er sagte: »Die Schwiegertochter von Herrn Seitz hat mir erzählt, dass der Binnenkapitän kürzlich zu Geld gekommen ist. In diesem Zusammenhang fiel Ihr Name.«

»Mein Name? Was soll das bedeuten?«

»Haben Sie ihm einen Kredit gegeben?«

»Ich?«, fragte der Reeder. »Wie kommt sie denn darauf?«

»Hat er Sie erpresst? War er in irgendetwas Illegales verwickelt?«

»Jürgen? Nie im Leben!«

»Die Enkelin von Herrn Seitz ist krank, und er wollte sie in die USA bringen, um eine neue Behandlungsmethode auszuprobieren. Dafür brauchte er einen größeren Betrag.«

»Ja, ich weiß, dass es der Kleinen dreckig geht, aber von den Vereinigten Staaten höre ich zum ersten Mal. Ich hatte in letzter Zeit wenig mit Jürgen zu tun. Das Geschäftliche bespricht er mit seinem Disponenten, der ihm die Touren besorgt und alle anderen Details klärt. Und um Geld hat er mich bestimmt nicht angepumpt. Das hätte auch nichts genutzt.«

»Wieso?«

»Na, ich bin nicht flüssig, weil ich gerade ein neues Schiff gekauft habe. Wir müssen expandieren. Alles, was ich an Gewinn erwirtschafte, stecke ich in die Reederei. Uns geht es ganz gut, ich will nicht klagen. Mit Kohle, Schutt und Containern haben wir einen festen Markt, aber in Saus und Braus können wir auch nicht leben.«

Toni rieb sich den Hinterkopf. Der Reeder wirkte seriös und kooperativ, aber in seiner Laufbahn als Kriminalpolizist hatte er oft genug erfahren, dass ein erster Eindruck täuschen konnte.

Gleichzeitig musste er in Erwägung ziehen, dass Seitz seine Schwiegertochter angelogen hatte. Vielleicht hatte er Geld erwartet, das von fragwürdiger Herkunft war, und hatte Mittelstädt vorgeschoben, um eine plausible Erklärung anzuführen und so unbequemen Fragen auszuweichen. Hier eröffnete sich ein vielversprechender Ermittlungsansatz, und er entschloss sich, ihn zu verfolgen.

»Gab es in der Zusammenarbeit mit Herrn Seitz Auffälligkeiten oder Unregelmäßigkeiten?«, fragte er.

»Da sprechen Sie besser mit Finn Richter«, sagte Mittelstädt und blickte auf das klingelnde Telefon. »Ah, da ist er ja. Entschuldigen Sie, da muss ich rangehen.«

Toni beobachtete, wie der Reeder zum Hörer griff und ihn sich ans Ohr hielt. Mehrmals gab er einsilbige Antworten, bis er schließlich energisch sagte: »Halt ihn auf. Ich bin gleich da und rede selbst mit ihm!« Er schmiss den Hörer auf den Schreibtisch, zog aus einer Schublade ein Paar ölige Handschuhe und fuhr an Toni gewandt fort: »Am besten kommen Sie gleich mit und unterhalten sich mit Herrn Richter persönlich. Wenn es Schwierigkeiten gegeben hat, weiß er es ganz sicher.«

\*\*\*

Draußen eilten sie über das graue betonierte Hafengelände. In einer Ecke standen zahlreiche Böcke für das Winterlager von Sportbooten. Für zwei Segelyachten war die Saison bereits beendet; sie waren mit dem gelben Kran an Land gehievt und mit weißen Planen abgedeckt worden. An der Kaikante lagen eine Sackkarre, Tauwerk und Paletten herum. Ein ungefähr sechzig Meter langes Frachtschiff war an den Pollern festgemacht. Das Boot hatte schon die besten Jahre hinter sich und wies Rostschäden auf.

Jens Mittelstädt steuerte auf einen älteren Mann zu, der Arbeitsschuhe, einen Blaumann und einen verfilzten Wollpullover trug und verdrossen dreinblickte. Der Reeder legte ihm jovial einen Arm um die Schulter, redete sofort auf ihn ein und führte ihn zum Nachbargrundstück, wo eine große Halle stand. Auf dem stählernen Dach prangte in großen blauen Lettern »WERFTBAU KÖPENICK«.

Toni blieb mit einem jungen Mann zurück, der mit der schwarzen gegelten Haartolle, den schwarzen Röhrenjeans und den spitz zulaufenden Tigerfellschuhen wie ein Rock 'n' Roller aus den fünfziger Jahren aussah. Er reichte ihm die Hand und sagte: »Dann müssen Sie Finn Richter sein, der Disponent von Herrn Seitz.«

»Ja, genau«, erwiderte Richter zappelig. Er konnte offenbar nicht still stehen und hatte starke Augenränder, die auf einen ungesunden Lebenswandel schließen ließen. Auf seinem Handrücken war der Schriftzug »semper fi!« tätowiert, was eine Abkürzung für »semper fidelis« war und als Wahlspruch des U.S. Marine Corps diente. Übersetzt bedeutete es: immer treu.

»Der Chef hat mich schon heute Morgen informiert, dass Sie kommen würden«, fuhr Richter fort. »Tut mir echt leid mit Seitz. Der war noch oldschool. Nicht ganz einfach, aber wenn es drauf ankam, war er sehr zuverlässig.«

Toni kniff die Augen zusammen. »Ihren Worten entnehme ich, dass es Probleme gab?«

Finn Richter lachte nervös und zeigte zwei gelbliche Zahnreihen. »Ich würde es eher Generationenkonflikt nennen. Er hat es nie ausdrücklich gesagt, aber ich hab ihm wohl zu viel Druck gemacht.«

»Wie sah das praktisch aus?«, fragte Toni.

»Sie wollen ein Beispiel?«

»Genau!«

»Hm, mal sehen. Seitz fiel es schwer, abends mit dem Radargerät zu fahren. Im Winter wird's ja schon um sechzehn Uhr dunkel. Da guckt man in so ein kleines buntes Fenster rein, und der Gegenverkehr hat krass zugenommen. Dann bimmele ich ihn an und frage: Wo steckst du? Geht's nicht schneller? Kannst du nicht länger fahren? In solchen Situationen war er richtig gestresst und hat die Verbindung einfach unterbrochen.«

Toni nickte und wollte gerade seine nächste Frage stellen, als Richter von allein weitersprach.

»Aber Sie dürfen nicht denken«, sagte Richter, »dass mir das irgendwie Spaß gemacht hat. Mir sitzt nämlich der Auftraggeber im Nacken, der die Ladung für seine Produktion braucht. Oder die Rückfracht wartet bereits. Oder mein Chef macht Druck. Ich meine, er hat mich von einer anderen Reederei abgeworben, weil ich viele Aufträge an Land geholt habe. Er bezahlt mich gut, und jetzt will er natürlich, dass ich liefere.«

»Verstehe«, sagte Toni. Nun war ihm wieder kalt, und er zog seinen Reißverschluss zu. »Können Sie mir detailliert beschreiben, welche Route Herr Seitz bei seinem letzten Transport gefahren ist?«

»Ja klar«, sagte Richter hibbelig, stützte die Hände in den Hüften ab und schob erst den linken, dann den rechten Fuß vor. Es sah aus wie ein Tanzschritt. War diese Unruhe natürlichen Ursprungs? »Ich kann's zumindest versuchen«, fuhr er fort, »aber drauf festnageln dürfen Sie mich nicht. Bei so vielen Transporten und Schiffen kommt man auch mal durcheinander.«

»Ist registriert.«

»Also ab sieben Uhr lädt Seitz am Terminal der Hamburger Hafenlogistik AG den Generator. Er erhält seine Papiere und fährt ungefähr um zehn Uhr los. Jetzt kommt es drauf an, wie das Wasser läuft. Hat er Flut oder Ebbe? In Scharnebeck wird er normal geschleust und übernachtet im Elbe-Seitenkanal bei Kilometer 91,9.«

Toni zückte sein Smartphone und wollte lostippen. »Hat die Haltestelle einen Namen?«

»Wulfsdorf, aber warten Sie noch. Ich bin mir nicht sicher. Vom Gewicht her hatte er nicht so viel geladen. Und wenn er leichter geht, darf er schneller fahren. Nein, jetzt weiß ich es, er hat es bis zur zweiten Liegestelle bei Bad Bevensen geschafft. Das ist im Elbe-Seitenkanal bei Kilometer 79,7.«

»Also Bad Bevensen?«

»Zu neunundneunzig Prozent. Am nächsten Tag steht er um sechs auf und ist um acht in Uelzen an der Schleuse. Er hat ein Schiff, also eine Kammer vor sich und ist um zehn Uhr oben, dann fährt er bis Wolfsburg, oder nein, er fährt weiter bis Rühen. Das ist im Mittellandkanal bei Kilometer 255,5. Am nächsten Tag steht er wieder früh auf. Er kommt gut voran, und ich rechne mit ihm am späten Abend im Havelport. Und da schickt er mir eine SMS und schreibt, dass er in Brandenburg an der Havel übernachtet.«

»War das ungewöhnlich?«

»Eigentlich nicht. Ich meine, Brandenburg ist eine nette Stadt, wo die Schiffer gerne haltmachen. Außerdem gibt es dort neue Anleger. Auch war es nicht so wichtig, ob er am späten Abend im Havelport ankommt oder am nächsten Morgen. Zudem ist eine Fahrzeit von drei Tagen normal, aber es war kaum Verkehr nach Berlin unterwegs. Ein bisschen Kohle, ein bisschen Fracht. Bei den Schleusen war er sofort dran. Und wenn er in einer solchen Situation mal länger fährt, ist das okay. Nach der Polizeireform sind die Kontrollen nicht mehr so scharf.«

»Hat er einen Grund angeführt?«

»Erst am nächsten Morgen. Da hab ich mit ihm telefoniert, und er hat mir gesagt, dass er Magenprobleme hatte.«

»Haben Sie ihm geglaubt?«

»Warum sollte er mich anlügen?«

»Kam so etwas öfters vor?«

»Nein, für sein Alter war er ziemlich fit. Nach dem Verkehrsunfall von seiner Frau und seinem Sohn hatte er zweimal Herzprobleme und ist jeweils für einen Tag ausgefallen. Dann wurde seine Enkelin krank, und er musste einige Dinge regeln, aber da hat er mir immer rechtzeitig Bescheid gegeben.«

Toni musste daran denken, dass ihr Täter möglicherweise im Nahkampf ausgebildet war. »Was hat es mit der Tätowierung auf Ihrem Handrücken auf sich?«

»Ach das«, sagte Richter und beäugte den Spruch, als sehe er ihn zum ersten Mal. »Eine Jugendsünde. Hat keine Bedeutung mehr.«

»Ich würde sie gerne hören.«

»Sie wissen, wessen Leitspruch das ist?«

»Vom U.S. Marine Corps.«

»Genau. Ich war nicht immer so drauf wie heute. Ich meine, mit Haartolle und Goldkettchen und so. Früher habe ich vieles anders gesehen. Nach dem Fachabi war ich beim Bund und hab mich als Reserveoffiziersanwärter verpflichtet. Ich wäre gerne bei dem Verein geblieben, aber daraus ist nichts geworden.«

»Warum nicht?«

»Es gab Differenzen.«

»Welcher Art?«

»Mehr möchte ich dazu nicht sagen.«

»Aha«, sagte Toni und überlegte, ob diese mangelnde Auskunftsbereitschaft ausreichte, um Richter ins Kommissariat zu laden und eingehender zu befragen. »Wo waren Sie gestern tagsüber?«

»Bin ich wegen dieser alten Geschichte verdächtig?«

»Das ist eine reine Routinefrage, die ich sämtlichen Personen stelle, die mit Jürgen Seitz zu tun hatten.«

»Verstehe«, sagte Richter beleidigt. »Ich war hier im Büro. Da können Sie alle Kollegen fragen. Wir fangen spätestens um neun Uhr morgens an und machen selten vor achtzehn Uhr Schluss.«

Toni bedankte sich bei dem Disponenten, begleitete ihn ins Büro und überprüfte das Alibi. Die anderen Sachbearbeiter bestätigten es. Allerdings entschloss sich Toni, die Bundeswehrgeschichte im Hinterkopf zu behalten. Bei der Sekretärin informierte er sich noch, ob Mittelstädt gestern Außerhaustermine hatte, und erhielt zur Antwort, dass der Reeder den ganzen Tag in der Firma gewesen sei. Damit schieden beide als unmittelbare Täter aus, allerdings konnten sie mittelbar beteiligt sein. Vielleicht waren sie in irgendeine größere Sache verwickelt.

Toni machte sich auf den Rückweg. Draußen schickte er Phong eine SMS mit der genauen Schiffsroute und dem Auftrag zu überprüfen, wo der Täter an Bord gelangt sein könnte. Während er an der Straße entlanglief, dachte er über die Informationen nach, die ihm der Schiffsdisponent gegeben hatte. Auf der letzten Tour war alles planmäßig verlaufen. Nur der letzte Übernachtungshalt in Brandenburg an der Havel war überraschend gekommen. Und in diesem Zusammenhang war eine Bemerkung bei Toni hängen geblieben.

»Warum sollte er mich anlügen?«, hatte Finn Richter gefragt.

**10**

Gleich nach Sonnenaufgang war Sandro von der Matratze gesprungen und hatte sich kalt mit dem Wasserschlauch abgeduscht. Er wollte Herm anrufen und ihn fragen, ob er eine Lösung gefunden hatte, aber er wusste, dass der Freund es nicht mochte, wenn er hysterisch wurde und ihm auf den Wecker fiel. Also begann er nach einem hastigen Frühstück mit der Arbeit.

Die meisten Pferde führte er auf den Paddock. Nur einen Wallach musste er separieren, weil dieser ständig die Stuten bestieg und diese – zum berechtigten Ärger der Eigentümer – Verletzungen davongetragen hatten. Sandro fragte sich, ob der Wallach überhaupt kapierte, dass er keine Hoden mehr hatte, und führte ihn auf die Weide.

Hinterher mistete er die Boxen aus und band Bonita draußen an, um sie für das Training vorzubereiten. Er striegelte sie und fütterte sie mit Karottenleckerlis, von denen sie nie genug bekommen konnte. Als die Tüte leer war, schubste sie ihn mit dem Kopf, sodass er stolperte und beinahe hingefallen wäre. Er mochte es, wenn sie übermütig wurde. Sie hatte lange gelitten und sollte ruhig etwas Spaß haben. Trotzdem schimpfte er ein bisschen mit ihr, nur um sie daran zu erinnern, wer der Boss war. Nachdem er sie gesattelt hatte, erschien auch schon sein Chef, um sie abzuholen.

»Alles in Ordnung?«, fragte Hartmut Jessen, der ein schmalgesichtiger Mann von achtundfünfzig Jahren war und krause weiße Haare hatte, die wie Zuckerwatte aussahen. »Du bist blass. Ich kann es mir nicht leisten, dass du krank wirst.«

»Das ist nur das Wetter«, erwiderte Sandro schuldbewusst. Meistens war er seinem Chef dankbar, dass er ihm nach einem zweistündigen Einstellungsgespräch eine Chance gegeben hatte. Nicht viele Arbeitgeber besaßen die Courage, einen verurteilten Totschläger einzustellen. Deshalb kam er sich jedes Mal mies vor, wenn er es mit Regina getrieben hatte. Zwar hatte sie ihm erzählt, dass ihr Mann nach einer Prostataoperation das Interesse an Sex verloren und nichts dagegen hatte, wenn sie sich ein bisschen vergnügte, aber ein schlechtes Gewissen blieb, und dieses fand er auch noch unprofessionell. »Sie hat gut gegessen und getrunken«, sagte er und bemühte sich um eine feste Stimme. »Sie ist bereit.«

»Sehr gut, Junge«, sagte Jessen erleichtert und klopfte ihm auf die Schulter. »Das muss sie auch sein. Heute ist ihr großer Tag.«

Sandro nickte und fragte sich, was die Platzierung bei dem Dressurfestival in Werder noch toppen könnte. Auf dem Gestüt Bonhomme waren international erfahrene Klassepferde vertreten gewesen, und niemand hatte damit gerechnet, dass sie so weit vorne landen würde. Bonita hatte alle Experten überrascht. Sogar ein Zeitungsartikel war über sie erschienen, in dem sie ein »Ausnahmetalent« genannt wurde.

Sandro übergab seinem Chef die Zügel und beobachtete, wie dieser die Fuchsstute zum Sandplatz führte, wo die Bereiterin schon wartete. Sandro entschloss sich, eine Pause einzulegen. Er füllte seine Trinkflasche mit Leitungswasser auf und setzte sich auf den Holzzaun, um dem Training zuzuschauen.

Die Bereiterin war eine Könnerin, die beinahe in die Nationalmannschaft berufen worden wäre, wenn ihr nicht eine komplizierte Schulterverletzung und zwei Schwangerschaften dazwischengekommen wären. Ihre sportlichen Ansprüche hatte sie zurückgeschraubt, aber sie hatte nichts verlernt und steckte nun ihre ganze Leidenschaft in die Ausbildung von jungen Dressurpferden.

Es war eine Freude zu sehen, wie Bonita aufblühte. Die Fuchsstute schwang schön über den Rücken. Das Hinterbein trat harmonisch unter den Schwerpunkt. Federnd drückte sie sich von dem Sandboden ab und machte den Eindruck, als würde sie schweben. Ihre Muskeln waren klar definiert, und sie strotzte vor Kraft.

Ja, Bonita war zu einer rassigen Schönheit gereift und begeisterte nicht nur den Chef, sondern auch einige Besucher, die vorhin mit einem großen weißen BMW vorgefahren waren. Sandro winkte zu ihnen hinüber und hatte für einen flüchtigen Moment das Gefühl, ein Bestandteil dieser schönen, heilen Welt zu sein.

Aber nur kurz.

Denn er gehörte nicht dazu.

Und er würde es auch nie.

Vor acht Jahren hatte er eine unsichtbare Linie überschritten, die ihn bis zu seinem Lebensende ausgrenzen würde. Noch heute konnte er vor sich sehen, wie er ausholte, um mit seinem Springmesser auf Bens Gesicht, Hals und Oberkörper einzustechen. Insgesamt sechsundvierzig Mal! Das stand in dem Obduktionsbericht, den er während der Verhandlung lesen durfte.

Als sie sich auf einer Party kennenlernten, war Ben achtzehn Jahre alt und sah nicht nur umwerfend aus, sondern hatte etwas Strahlendes an sich, das ihn schnell zum Mittelpunkt jeder Gesellschaft machte. Die Jungs wollten sein Kumpel sein, die Girls verschossen sich reihenweise in ihn. Sie konnten ja nicht ahnen, dass sie keine Chance hatten, denn Ben versteckte seine Homosexualität. Seine Heimlichtuerei nahm fast paranoide Züge an.

Ben wollte sich nicht zum Schwulen abstempeln lassen und sich damit Chancen verbauen. Eine goldene Zukunft lag vor ihm. Er hatte gerade sein Abitur mit einem Einserschnitt bestanden, er fuhr ein Alfa Romeo Cabriolet und stammte aus einem reichen Elternhaus. Alle waren sich einig, dass er eines Tages ein hübsches Mädel heiraten und die Firma seines Vaters übernehmen würde.

Sandro war damals siebzehn Jahre alt, und als er sich mit Haut und Haaren in Ben verliebte, sagte er zu ihm, dass er alles für ihn tun würde. Er würde für ihn kochen, er würde für ihn putzen, er würde für ihn stehlen, und er würde für ihn anschaffen gehen. Nur eines würde er niemals verzeihen: wenn er ihn respektlos behandelte.

Ben hatte gelacht und irgendeinen Witz gerissen. Ihm war nicht klar gewesen, wie ernst Sandro es gemeint hatte. Damals hatte Ben geglaubt, dass ihm die ganze Welt gehörte und dass er

Menschen hin und her schieben könnte, wie es ihm einfiel. Er war wie ein Kind, das sein Spielzeug zerbrach, wenn es genug von ihm hatte.

Natürlich hätte Sandro den Absprung rechtzeitig schaffen können, aber er war so verliebt und ignorierte die Zeichen. Erst als Ben ihn für eine Flasche Singha Beer an zwei Rentnertucken verhökern wollte, holte ihn die Realität ein. Sie hatten die beiden runzligen Ledertypen in einer Schwulenbar am Berliner Nollendorfplatz kennengelernt, und sie waren so verkommen, dass er sie nicht mal mit der Kneifzange angefasst hätte.

In Tränen aufgelöst rannte er auf die Straße. Die Rückfahrt nach Potsdam verlief schweigend, bis sie auf einem abgelegenen Parkplatz hielten und er ihn zur Rede stellte. Der Streit spitzte sich zu. Manchmal hasste Ben sich für seine homosexuelle Veranlagung, und Sandro bekam in jener Nacht die ganze verzweifelte Wut zu spüren. Ihm wurden solche Gemeinheiten entgegengeschrien, wie sie niemals ein Mensch zu hören bekommen sollte. Er war tief verletzt, und aus der Verletzung erwuchs ein gewaltiger Zorn.

Er rastete völlig aus.

Hinterher dachte er oft, dass man sich nicht aussuchen konnte, zu wem man sich hingezogen fühlte. Die Liebe befiel dich plötzlich und ließ dich nicht mehr los. Sie konnte dich in den Himmel heben und brutal am Boden zerschmettern. Ihre Macht war so groß, dass sie dich sogar zu einem Mörder machen konnte.

Er erinnerte sich nicht gerne an Ben, weil er sich jedes Mal fragte, was aus diesem strahlenden Achtzehnjährigen wohl geworden wäre, wenn er ihn nicht abgestochen hätte. Außerdem hatte seine Tat weitreichende Folgen, wie er später aus verschiedenen Quellen in Erfahrung brachte. Bens Vater war so verstört, dass seine Firma Insolvenz anmelden musste. Die Ehe der Eltern zerbrach, und die Schwester litt jahrelang unter Essstörungen, die stationär behandelt werden mussten. Sie wurde zu einem Pflegefall, und Sandro wusste nicht, ob sie mittlerweile gestorben war oder ein selbstbestimmtes Leben führte, aber das war auch nicht entscheidend. Die Einzelheiten ihres Schicksals änderten nichts an dem Umstand, dass er die Tragödie verschuldet hatte. Er allein verantwortete den Niedergang einer ganzen Familie.

Mit Kopfschmerzen kletterte er von dem Zaun, leerte die Trinkflasche und fühlte sich erneut versucht, Herm anzurufen. Er machte sich solche Sorgen um den Freund. Vielleicht hatte es der Mörder auf ihn abgesehen. Trotzdem hielt sich Sandro zurück. Er wollte nicht die gleichen Fehler wie bei Ben begehen. Er würde ihm nicht hinterherlaufen. Er würde nur respektiert werden, wenn er sich selbst wertschätzte. So viel hatte er mittlerweile begriffen.

Der Benachrichtigungston seines Smartphones erklang. Es war Bonitas Wiehern, das er aufgezeichnet hatte und ihn stets darüber informierte, dass er eine Kurzmitteilung erhalten hatte. Sie stammte von Sonja, die ihm schrieb, dass sie sich schon sehr auf ihr Wiedersehen freue. Ob er lieber weiße oder schwarze Unterwäsche möge, wollte sie wissen und fügte einen zwinkernden Smiley an. Er antwortete, dass er schon bei der Vorstellung, sie in einem schwarzen Höschen zu sehen, ganz scharf werde. Vorwurfsvoll fragte er, warum sie ihn so anmache, und beklagte sich, dass sie sich erst morgen treffen könnten. In diesem Ton ging es weiter, bis er das Smartphone einsteckte und sich wieder an die Arbeit begab.

Solange er sich körperlich verausgabte, wurde er nicht von Erinnerungen heimgesucht. So zog er mit einer Schubkarre, einem Besen und einer Schaufel los, um die Pferdeäpfel von dem Hof und der Straße aufzukehren. Hinterher begann er, neue Pfähle für den Weidezaun zu sägen. Er war so sehr in seine Beschäftigung vertieft, dass er seinen Chef zuerst nicht bemerkte. Hartmut Jessen stand wohl schon eine Weile neben ihm und lächelte fein.

»Ich muss dir danken«, sagte er schließlich. »Als ich dich einstellte, hätte ich niemals für möglich gehalten, dass du ein solcher Gewinn für den Hof sein würdest, aber jetzt … jetzt muss ich dir einfach danken.«

Sandro legte das Beil zur Seite und schaute seinen Chef fragend an. Gegen das grelle Sonnenlicht beschirmte er seine Augen mit der Hand.

»Damals ging es uns finanziell nicht so gut«, sagte Jessen. »Deshalb bist du auch bis heute nicht angemessenen bezahlt worden.«

»Das ist schon in Ordnung«, erwiderte Sandro schnell. »Sie haben mir Arbeit gegeben, das ist bei meiner Vorgeschichte nicht selbstverständlich. Außerdem kann ich hier mietfrei wohnen.«

»Nein«, antwortete Jessen. »Das ist keineswegs in Ordnung. Ich hab dir bei deiner Einstellung gesagt, dass bessere Zeiten kommen werden, und jetzt ist es so weit. Ich plane, dich prozentual an dem Verkauf zu beteiligten. Ohne dein Zutun hätte es diesen Deal niemals gegeben.«

Sandro schaute ziemlich blöd aus der Wäsche. Hatte er gerade richtig gehört? Sein Chef wollte freiwillig Geld rausrücken! Das hatte Jessen noch nie getan. Sonst musste Sandro jedem Euro wochenlang hinterherrennen. »Wovon reden Sie eigentlich?«

»Du weißt doch, dass wir von den Unterstellern und der Zucht leben. Von Zeit zu Zeit verkaufen wir ein Pferd, um flüssig zu bleiben. Nachdem sich Bonita beim Dressurfestival in Werder platziert hatte, war sie in aller Munde und hat Begehrlichkeiten geweckt. Außerdem hab ich sie inseriert. Wir hatten insgesamt vier Interessenten, so viele wie noch nie für ein Pferd. Ich hab eine Versteigerung angesetzt, und sie haben sich gegenseitig überboten. Heute war der Käufer da, um sie ein letztes Mal zu begutachten und den Vertrag zu unterschreiben ...«

Während Hartmut Jessen weiter über das Geschäft seines Lebens berichtete, begriff Sandro die volle Tragweite der Ausführungen.

Bonita wurde verkauft!

# 11

Auf der Rückfahrt nach Potsdam versuchte Toni, die vergangene Nacht zu rekonstruieren und eine Erklärung für den Autoschaden zu finden, aber es war zwecklos. Da war nur ein schwarzes Loch.

Während er aus dem Zugfenster schaute, musste er an seinen Sohn denken, der ihn schon bald besuchen würde. Wie würde Aroon reagieren, wenn er ihn mit einer Fahne begrüßte? Der Junge hatte ihn früher oft betrunken erlebt und sich viele Sorgen gemacht. Wahrscheinlich würde er auf dem Absatz umkehren und sich nicht mehr blicken lassen.

Verdammter Alkohol!

Im Kommissariat saßen Gesa und Phong bereits am Besprechungstisch. Nach einer kurzen Begrüßung informierte Toni sein Team darüber, was er in der Köpenicker Reederei erfahren hatte. Besonders wichtig erschien ihm, dass Seitz seine Schwiegertochter möglicherweise angelogen hatte.

»Angeblich wusste Jens Mittelstädt nichts von dem Geld«, sagte er. »Wenn das stimmt, müssen wir uns fragen, wo der Binnenkapitän es hernehmen wollte, um die Reise in die USA zu finanzieren. Phong, hast du dir seine Unterlagen beschafft? Wir müssen alles nach Unregelmäßigkeiten überprüfen.«

»Nö, noch nicht«, sagte Phong, schnitt mit einer kleinen Gabel ein Stück Käsekuchen ab und schob es sich in den Mund.

»Bevor ich es vergesse«, fuhr Toni fort. »Der Disponent von Seitz, Finn Richter, war bei der Bundeswehr Reserveoffiziersanwärter. Er konnte nicht Berufssoldat werden, weil etwas vorgefallen ist. Besorg dir die Akte. Zur Absicherung sollten wir reinschauen. Außerdem würde ich gerne wissen, ob zwischen ihm und dem Reeder Mittelstädt ein Zusammenhang besteht, der über die berufliche Verbindung hinausgeht.«

»Was für ein Zusammenhang?«

»Vielleicht finanzieller oder militärischer Natur. Der Reeder hat ebenfalls in der Armee gedient. Hast du schon die Schleusen und Haltestellen auf Videoüberwachung überprüft?«

»Sorry, aber deine SMS kam kurz vor der Mittagspause.«

»Aha. Und mit dem Nachtisch bist du immer noch nicht fertig«, erwiderte Toni. »Was hast du den ganzen Morgen gemacht?«

»Immer mit der Ruhe«, antwortete Phong. »Du musst ja nicht gleich so aggro werden. Ich hab den Raser überprüft, der den Verkehrsunfall verursacht hat, bei dem Frau Seitz und ihr Sohn ums Leben gekommen sind.«

»Den ganzen Morgen?«

»Wenn man gründlich recherchiert, braucht so etwas eben seine Zeit.«

»Na, dann lass mal hören«, sagte Toni und lehnte sich zurück. Während er die Arme über der Brust verschränkte, fragte er sich, ob er Phong zu viele Freiheiten einräumte. Bis vor einem halben Jahr hatte er sich auf den Kollegen verlassen können. Phong war immer dankbar gewesen, dass er ihn nicht im Außendienst einsetzte, und hatte diese Rücksichtnahme mit Eifer zurückgezahlt, aber in den letzten Monaten hatte er sich öfters Auszeiten gegönnt. Vielleicht sollte Toni ein Vieraugengespräch mit ihm führen und ihm klarmachen, dass es so nicht weitergehen konnte.

»Eigentlich sind es nur zwei Fahrer, die sich ein Autorennen geliefert haben«, sagte Phong.

»Von was für einer Art Autorennen reden wir?«, fragte Gesa.

»Gute Frage«, erwiderte Phong grinsend. »Die hätte von mir stammen können. Tatsächlich haben sich in der Szene unterschiedliche Rennformen entwickelt. Es gibt die verabredeten Wettfahrten, die gegen die Uhr oder um ein Preisgeld gehen. Meistens finden sie auf abgelegenen Landstraßen oder in Industriebrachen statt. Die Fahrer gehen große Risiken ein, und nicht selten kommt es zu schweren Unfällen, aber dabei werden keine Unbeteiligten verletzt. Dann gibt es noch die spontanen Wettfahrten, die besonders in Berlin, Köln oder in anderen Großstädten stattfinden, wo es zweispurige Fahrbahnen gibt, die sich als Rennstrecke eignen.«

»Und wie war es in diesem Fall?«, fragte Toni ungeduldig.

»Die beiden Fahrer kannten sich vom Sehen aus einer Spandauer Shisha-Bar, dem ›Diamonds & Pearls‹. Auch am Unfallabend hatten sie sich dort getroffen. Kurz nach Mitternacht sind sie getrennt in die Innenstadt gefahren, um noch ein paar Runden durch die City zu drehen. Beide hatten Mädels dabei, die später bei dem Prozess ausgesagt haben. Deshalb konnte der Hergang genau rekonstruiert werden.«

»Die beiden Fahrer haben also von ihrem Aussageverweigerungsrecht Gebrauch gemacht?«, mutmaßte Toni.

»Du sagst es«, stimmte Phong zu. »An einer roten Ampel begegnen sie sich zufällig wieder. Sie stehen nebeneinander und nehmen durch die Seitenfenster Blickkontakt auf. Die Scheiben gehen runter, ein paar Sprüche fliegen hin und her, einer spielt mit dem Gas, der andere klopft mit den Fingern aufs Lenkrad. Und schon ist alles klar. Beide schalten in den Sportmodus. Plötzlich rast einer los, obwohl die Ampel noch auf Rot steht. Der andere tritt das Gaspedal durch und heizt hinterher.«

»Und was ist mit der Rennstrecke?«, fragte Gesa. »Haben sie die vorher verabredet?«

»Das mussten sie nicht«, antwortete Phong. »Bei einer solchen Wettfahrt verliert, wer als Erster bremst und im Rückspiegel auftaucht.«

»Das ist ja Wahnsinn«, erwiderte Gesa erschrocken.

»Das kann man wohl sagen. Die beiden haben mehrere rote Ampeln überfahren und hatten teilweise über hundertdreißig Sachen drauf. Es war zwar nach Mitternacht, aber wir reden hier von der Berliner Innenstadt rund um den Kurfürstendamm. Da gibt es keine Geisterstunde. Auf der Budapester Straße verliert einer die Kontrolle über seinen Wagen und touchiert den anderen. Beide Autos fliegen aus der Kurve und schießen über den Olof-Palme-Platz. Das weiße Mercedes Coupé trifft die beiden Seitz, die auf dem Bürgersteig gehen und wie Puppen durch die Luft fliegen. Es geschah so schnell, dass sie überhaupt nicht reagieren konnten.«

»Warum waren sie so spät noch unterwegs?«

»An jenem Abend hatte Frau Seitz Geburtstag und sich mit ihrem Sohn eine Vorstellung in der ›Bar jeder Vernunft‹ angesehen. Hinterher haben sie noch einen Rotwein getrunken und wollten zum ›Hotel Intercontinental‹, wo sie zwei Einzelzimmer gebucht hatten. Hier seht ihr ein paar Bilder vom Unfallort.«

»Ah, der Fotodrucker geht wieder!«, sagte Toni und nahm einige großformatige Aufnahmen entgegen.

»Nee«, erwiderte Phong. »Die hier waren noch in der Akte.«

Nachdenklich betrachtete Toni den Unfallort, der wie ein Schlachtfeld aussah. Überall lagen Fahrzeugtrümmer herum. Er erkannte einen hochhackigen Damenschuh zwischen Glassplittern und einem abgebrochenen Seitenspiegel. Eine Person war mit einem weißen Laken bedeckt, über einem Verletzten kauerten ein Notarzt und mehrere Rettungssanitäter. Einer von ihnen hielt einen Tropf hoch. Der Defibrillator lag daneben. Zwei stark beschädigte Sportwagen standen vor dem Zooaquarium. Toni griff sich eine Lupe und vergrößerte den Bildausschnitt. Es handelte sich um einen Mercedes der AMG-Linie und einen BMW M4, die beide vermutlich zwischen drei- und fünfhundert PS hatten. »Wie alt waren die Fahrer?«

»Der eine war damals sechsundzwanzig, der andere achtundzwanzig«, antwortete Phong. »Ihre Freundinnen sind ebenfalls mit kleineren Blessuren davongekommen.«

Toni legte die Lupe beiseite, schob die Fotos von sich und sagte nüchtern: »Hier ging es um Imponiergehabe. Beide Männer wollten zeigen, was für todesmutige und großartige Fahrer sie sind. Wahrscheinlich haben sie eine beachtliche DVD-Sammlung mit Filmen wie ›The Transporter‹ und allen Folgen von ›Fast & Furious‹ zu Hause. Ich vermute, dass sie in der Shisha-Bar als Angeber bekannt sind. Es geht ihnen um Mädels und Respekt in der Szene. Ein solches Profil passt nicht zu unserem kühlen und effizienten Täter.«

»Moment«, sagte Phong und schob seine Brille hoch. »Torben Schulz – das ist der Fahrer, der mit seinem Mercedes in die beiden Seitz gekracht ist – war Zeitsoldat bei den Fallschirmjägern. Er hat an einem Einzelkämpferlehrgang teilgenommen. Und jetzt ratet mal, was dort unterrichtet wird?«

»Nahkampf«, erwiderte Gesa.

»Ganz genau. Und zwar Nahkampf mit dem Ziel, seinen Gegner zu eliminieren. Sicher wird den Soldaten auch gezeigt, wie man den Kopf des Feindes greift, um ihm das Genick zu brechen. Der Umgang mit Messern steht ebenfalls auf dem Dienstplan. Die Wurftechnik kann er sich selbst beigebracht haben.«

Toni biss sich auf die Unterlippe und dachte: Noch ein Soldat. Es würde wohl nicht der letzte Verdächtige mit militärischem Hintergrund bleiben. In Deutschland hatte es sowohl im West- wie im Ostteil eine Wehrpflicht gegeben. Sehr viele Männer hatten ihrem Vaterland gedient, und nicht wenige waren im Nahkampf trainiert worden. Hatte er die beiden Raser zu früh abgeschrieben? »Was ist mit dem anderen Fahrer?«

»Faris Mahmoud. Der passt eher nicht ins Profil. Er hat eine Lehre zum Fahrzeuglackierer abgebrochen und hält sich mit Gelegenheitsjobs über Wasser. Hatte mal ein Drogenproblem, ist aber mittlerweile clean.«

»Wie können sich junge Männer mit einem derartigen finanziellen Hintergrund solche Autos leisten?«, fragte Gesa und betrachtete die Fotos von dem Unfallort ebenfalls mit der Lupe. »Ich bin keine Expertin, aber diese Sportwagen kosten an die hunderttausend Euro.«

»Die Wagen waren nur geleast«, erwiderte Phong. »In den Shisha-Bars, in denen die beiden verkehren, zählt nur die Selbstinszenierung. Und zu einem ordentlichen Auftritt gehört eben ein dickes Auto.«

»Selbst die Leasingrate für solche Wagen dürfte die Möglichkeiten dieser jungen Männer übersteigen«, gab Toni zu bedenken. »Setz dich mal mit dem Autohändler von Torben Schulz in Verbindung. Ich will die genauen Konditionen wissen. Wenn er wegen des Datenschutzes nicht reden will, soll er ein vergleichbares Beispiel nennen.«

»Ich hab ja sonst nichts zu tun«, sagte Phong seufzend.

»Eben hast du gesagt, dass Torben Schulz bei den Fallschirmjägern war«, sagte Toni. »Was macht er jetzt?«

»Er ist Security-Mann in einer Berliner Sicherheitsfirma, die ein früherer Kamerad gegründet hat.«

»Dann wird er wahrscheinlich weniger verdienen als zu Bundeswehrzeiten. Warum sitzt er nicht? Wie ist die Rechtslage bei illegalen Autorennen?«

Phong blätterte in seinen Papieren. »Zur Tatzeit war die Teilnahme an einem solchen eine Ordnungswidrigkeit, die mit einem Bußgeld von vierhundert Euro und einem Fahrverbot von einem Monat bestraft wurde. Wenn ein Mensch starb, konnte man den Fahrer wegen fahrlässiger Tötung drankriegen, die mit bis zu fünf Jahren Freiheitsentzug geahndet wurde. Torben Schulz wurde zu einer Haftstrafe von 2,1 Jahren auf Bewährung verurteilt. Den Führerschein verlor er für 3,6 Jahre. Außerdem musste er hundertachtzig Sozialstunden ableisten. Faris Mahmoud erhielt eine Strafe, die geringfügig milder ausfiel.«

»Das ist doch lächerlich«, sagte Gesa. »Die beiden haben zwei unschuldige Menschen gekillt und spazieren nach dem Prozess einfach aus dem Gericht. Die haben sich doch schlappgelacht. Ich meine, allein wenn man mit dieser Geschwindigkeit über eine rote Ampel rast, nimmt man die Tötung eines anderen Menschen billigend in Kauf. Das müsste doch für einen Eventualvorsatz reichen.«

»Das siehst du richtig«, erwiderte Phong. »Mittlerweile gibt es Initiativen, die auf eine Verschärfung der Gesetzeslage hinarbeiten. In einem vergleichbaren Fall sind vor Kurzem zwei Raser in der ersten Instanz wegen Mordes verurteilt worden, aber damals sah die Rechtsprechung noch anders aus.«

»Einzelkämpfer hin oder her«, sagte Toni. »Ich versuche immer noch, diesen Torben Schulz mit der Hinrichtung des Binnenkapitäns zusammenzubekommen.«

»Auf jeden Fall ist er ein ziemliches Früchtchen«, erwiderte Phong. »Am Unfallort wollte er den Spurensicherern tatsächlich verbieten, Sprühkreide zu benutzen. Er befürchtete, dass sie die Felgen versauen könnte, die er selbst gekauft hatte und die den Aufprall einigermaßen schadlos überstanden hatten. Bei der Verhandlung hat er keine Miene verzogen. Faris Mahmoud hat wenigstens Reue gezeigt.«

»Okay, ich schau mir den Knaben mal an und überprüfe sein Alibi«, sagte Toni. »Finde raus, wo ich ihn morgen früh treffen kann, und schick mir die Adresse.«

»Wenn er unser Täter ist«, sagte Gesa, »dann ist er äußerst gefährlich. Pass gut auf dich auf.«

Toni fiel ein, dass er den Ratschlag eigentlich der Kollegin geben wollte, und sagte: »Das Gleiche gilt für dich.«

Toni spürte den Vibrationsalarm in seiner Hosentasche. Er zog das Smartphone heraus und sah, dass er eine Mitteilung von Sofie erhalten hatte. In ihm keimte Hoffnung auf. War die Situation vielleicht doch nicht so verfahren, wie er angenommen hatte? Gab es einen Ausweg, den er noch nicht bedacht hatte? Er spürte, wie sich sein Herzschlag beschleunigte.

»Fünf Minuten Pause«, sagte er und verließ eilig den Besprechungsraum. Zügig lief er über den Flur. Er wollte ungestört sein, wenn er die Nachricht seiner Frau las.

## 12

Über den Feldern und Wiesen schoben sich dunkle Wolkenmassen zusammen, die sich bald in einem kräftigen Schauer entladen würden. Sandro bekam von dem dramatischen Naturschauspiel nichts mit. Mit einem Vorschlaghammer trieb er Zaunpfähle in die vorgebohrten Erdlöcher. Die oberen Enden hatte er mit einem Draht umwickelt, damit er das Holz nicht spaltete. Er hatte das T-Shirt ausgezogen, und sein nackter Oberkörper glänzte vor Schweiß. Obwohl die Oberarme und der Rücken schmerzten, hörte er nicht auf. Er musste weitermachen, er würde sonst durchdrehen.

Erst als aus seinem Smartphone »Call me« von Blondie ertönte und er Herms Namen las, ließ er sich von seinem Schmerz überwältigen. Er nahm den Anruf entgegen und schrie: »Wo ist unser Geld?«

»Welches Geld?«, fragte Herm. »Bist du in Ordnung? Du hörst dich komisch an.«

»Du weißt genau, wovon ich rede«, erwiderte Sandro und schnappte mehrfach nach Luft. »Über ein Jahr haben wir das Dreckszeug im Darknet vertickt. Sechzigtausend Euro Gewinn haben wir gemacht. Du hast immer gesagt, dass wir die Knete nicht anrühren dürfen, dass wir in größeren Dimensionen denken müssen und dass sich irgendwann eine Chance bieten würde. Jetzt ist es so weit. Ich brauche das Geld. Und zwar sofort.«

»Sandro«, sagte Herm. »Du weißt genau, dass ich es meinem Onkel gegeben habe, ich hab ihn damit bezahlt. Das war der Deal.«

»Ich weiß gar nichts«, schrie Sandro. »Ich dreh gleich durch. Wo ist das Geld? Hat es dein Onkel noch? Ich brauch es zurück.«

»Mein Onkel wurde ermordet, erinnerst du dich nicht? Entweder hat es sich der Täter unter den Nagel gerissen, oder es liegt bei der Polizei. Auf jeden Fall kommen wir nicht mehr ran.«

Sandro brach in Tränen aus und rief: »Nei…hei…hein!«

»Nun wein doch nicht. Wofür brauchst du das Geld überhaupt?«

»Für Bonita! Sie wurde verkauft! Ich kann das nicht zulassen. Ohne sie kann ich nicht leben. Wir gehören zusammen, wir dürfen nicht getrennt werden. Ich hab sonst niemanden.«

»Du hast mich.«

»Dich? Ist das wahr?«

»Außerdem war es abzusehen, dass sie eines Tages verkauft wird.«

»Nei…hei…hein!«

»Jetzt beruhige dich doch, und dann überlegen wir in Ruhe, was wir machen.«

»Sag mal, hörst du mir nicht zu? Nächste Woche wird sie abgeholt. Dann ist sie weg – für immer. Wir können gar nichts machen, es ist vorbei. Alles ist aus und vorbei …«

»Ich hab dich sehr gut verstanden. Ich kapier nur nicht, warum du sie verlieren musst.«

»Wieso?«, fragte Sandro schniefend und rieb sich die Nase. In einiger Entfernung grollte der Himmel. Das Weideland lag jetzt verschattet und dunkel da. Die Kronen der Bäume bogen sich in einem stürmischen Wind. Es wirkte fast so, als würde eine unsichtbare Faust nach den Stämmen greifen und sie hin- und herschütteln.

»Na, entweder holen wir sie uns zurück –«, sagte Herm.

»Du willst sie entführen?«, rief Sandro.

»Wenn es sein muss. Warum nicht? Ich hab schon ganz andere Dinger gedreht.«

»Oder?«

»Oder wir beschaffen uns neues Geld, und du zahlst deinem Chef den doppelten Preis. Bei einem solchen Angebot wird er von dem Kaufvertrag zurücktreten. Ich glaube, dafür hat er ein paar Tage oder Wochen Zeit. Bei der richtigen Summe werden alle schwach, das kannst du mir glauben.«

»Den doppelten Preis? Bei ihm könnte das klappen, aber wo willst du so viel hernehmen?«

»Ich hab dir versprochen, dass ich mir was überlege, und das habe ich getan. Ich konnte mich nicht früher melden, weil ich sichergehen wollte, dass ich nicht verfolgt werde. Noch haben sie mich nicht im Visier, aber ich glaube, dass wir uns beeilen sollten.«

»Herm, du machst mir Angst. Du musst auf dich aufpassen. Ich könnte es nicht ertragen, wenn dir etwas –«

»Ja, ja, nun mal den Teufel nicht gleich an die Wand. Bisher hatten wir geplant, die Sache langsam im Darknet anzugehen und das Tempo allmählich zu steigern. Bis wir mit allem durch gewesen wären, hätte es bestimmt ein Jahr gedauert. Jetzt hab ich daran gedacht, meine Kontakte spielen zu lassen und gleich groß einzusteigen. Ich meine, früher ging der Handel immer in eine Richtung. Warum sollte der Deal nicht mal andersrum laufen? Die Jungs sind Geschäftsleute und nicht auf den Kopf gefallen. Bei ihnen hängt alles vom Profit ab. Und wenn es klappt, sind wir auf einen Schlag saniert. Dann haben wir genug, um Bonita freizukaufen. Egal, bei wem sie gerade ist. Ich wollte die Sache zuerst mit dir bequatschen. Wie findest du meinen Vorschlag?«

»Oh, Herm«, stieß er hervor und biss sich im letzten Moment auf die Zunge. Er konnte ihm unmöglich gestehen, wie sehr er ihn liebte. Er musste an eine Unterredung denken, die sie vor vier Wochen geführt hatten. Sandro hatte Herm erklärt, dass er nicht in Kategorien wie Hetero- oder Homosexueller denken dürfe, sondern dass er nur zwei Menschen sehen solle, die sich zueinander hingezogen fühlten. Das Gesicht des Freunds hatte gezuckt, dann war er aufgestanden und wortlos gegangen. Sandro wusste, warum er so reagiert hatte. Herm hatte Angst vor der Meinung der anderen und würde jeden windelweich prügeln, der ihn einen »Hinterlader« oder eine »Fummeltrine« nannte.

»Heißt das ja?«, fragte der Freund nun.

»Ja, ja und nochmals ja«, erwiderte er.

»Okay. Dann versuch ich mein Glück. Ich melde mich, sobald ich mehr weiß.«

Kurz nachdem Sandro das Smartphone weggesteckt hatte, ertönte ein dumpfes Himmelsgrollen, und von einem Moment auf den anderen platzte ein Starkregen los. Tropfen so groß wie Taubeneier klatschten ihm ins Gesicht, liefen über seine Brust und durchnässten seine Arbeitshose. Es war so duster, als hätte jemand das Licht ausgeknipst, aber das stürmische Wetter störte ihn nicht. Er genoss die Abkühlung und war voll stiller Hoffnung. Auf Herm war Verlass. Wenn er sich etwas in den Kopf setzte, zog er es bis zum Ende durch.

## 13

Im Kommissariat begab sich Toni auf direktem Weg zur Herrentoilette, um die Kurznachricht seiner Frau zu lesen. Draußen regnete es, und man konnte hören, wie die Tropfen gegen die Fensterscheibe prasselten. Er zwängte sich in eine Zelle und setzte sich auf den Deckel. Mit Herzklopfen tippte er auf die Mitteilung und las: »Geht es dir gut? Hast du gerade viel zu tun? Sag nur kurz Bescheid, ob du heute Abend kommen kannst. Gruß und Kuss.«

Ach ja!, dachte Toni ernüchtert. Die Einladung zum Curry! Die Realität holte ihn ein, und er fragte sich, was er eigentlich erwartet hatte. Sofie wusste nicht, dass er ihr Geheimnis gelüftet hatte. Deshalb konnte sie auch keine Stellung beziehen.

Toni seufzte und las die Kurzmitteilung erneut. Nach dem Wortlaut zu urteilen war seine Frau verwundert, dass er auf ihre Einladung noch nicht reagiert hatte. Das überraschte ihn nicht. Seit ihrem Auszug hatte er nie länger als zwanzig Minuten gebraucht, um auf eine Nachricht von ihr zu antworten.

Er wollte sie weder im Ungewissen lassen noch bestrafen, aber er wusste einfach nicht, wie er mit seiner Entdeckung umgehen sollte. Konfrontieren konnte er sie nicht, ohne das Ende ihrer Beziehung zu riskieren. Er sehnte sich nach ihr, aber ihm drehte sich der Magen um, wenn er daran dachte, mit ihr und Hanna zusammenzusitzen und so zu tun, als wäre nichts geschehen. Das würde er nicht aushalten.

Am besten antwortete er etwas Unverfängliches, um Zeit zu gewinnen. »Neuer Fall«, schrieb er. »Heute wird es leider nichts.« Er drückte auf Absenden, und es dauerte nur dreißig Sekunden, bis er eine Antwort erhielt. »Schade«, schrieb sie. »Sag mir das nächste Mal bitte früher Bescheid. Jetzt hab ich schon eingekauft. Gruß und Kuss.«

Den leisen Vorwurf in ihrer Nachricht empfand er als ungerecht. Zum ersten Mal reagierte er auf einen ihrer Vorschläge nicht prompt, zum ersten Mal verhielt er sich nicht hundertprozentig korrekt und kassierte gleich einen Rüffel. Sie hingegen hinterging ihn vermutlich schon seit Monaten, was weitaus schwerer wog.

Wütend verließ er die Zelle und stapfte ans Waschbecken, wo er sich kaltes Wasser ins Gesicht spritzte. Wie fühlte sich eigentlich Hanna, wenn er auf den Resthof kam? Die Vertrautheit zwischen ihm und Sofie war der Krankengymnastin bestimmt nicht entgangen. Auch wusste sie um all die Jahre und Erlebnisse, die seine Frau und er teilten. War sie eifersüchtig? Forderte sie klare Verhältnisse? Sicher litt sie genauso wie er, aber ihre Gefühle waren jetzt das Letzte, worüber er sich den Kopf zerbrechen sollte.

Er trocknete sich die Hände ab, zerknüllte das Papierhandtuch und pfefferte die kleine Kugel in den Gitterkorb. Nach einem Blick in den Spiegel verließ er die Herrentoilette und machte sich auf den Rückweg. Noch bevor er sich im Besprechungsraum setzte, richtete er die erste Frage an Gesa: »Was hast du bei der Wasserschutzpolizei herausbekommen?«

»Hoppla«, sagte die Kriminaloberkommissarin und drehte eine Saftflasche zu, aus der sie getrunken hatte. »Da hat es aber jemand eilig. Die Kollegen haben Kontrollmöglichkeiten. Sie können Bewegungsstudien von Frachtschiffen erstellen. Zudem muss jeder Schiffsführer ein Fahrtenbuch anlegen. Da stehen die Besatzung, die Arbeitsstunden und die Fahrtzeiten drin. Letztere können schnell überschritten werden, auch schuldlos, weil beispielsweise die Liegeplätze voll sind. Und wenn der Schiffsführer in solchen Fällen falsche Eintragungen vornimmt und die Wasserschutzpolizei an Bord kommt und die Eintragungen mit der Bewegungsstudie nicht übereinstimmen, gibt es Strafen. In der Regel tragen die Reedereien die Bußgelder. Beim ersten Mal kostet es nur wenig, beim zweiten Verstoß wird es teuer, und beim dritten Mal kann sogar das Patent eingezogen werden.«

»Und Seitz?«

»Ist zweimal wegen Überschreitung der Fahrzeiten aufgefallen, das liegt aber lange zurück und ist verjährt.«

»Wie werden solche Bewegungsstudien erstellt?«, fragte Toni.

Gesa lächelte und erwiderte: »Jetzt wird es interessant. Heutzutage muss man von einer ›gläsernen Schifffahrt‹ sprechen. Auch die Binnenschiffe verfügen mittlerweile über ein AIS an Bord. Das ist eine Abkürzung für Automatic Identification System. Mit diesem werden über UKW-Funk ständig Informationen ausgetauscht. Dazu gehören Schiffsname, Schiffsnummer, Schiffslänge und -breite und Verbandstyp sowie sich verändernde Daten wie Position, Geschwindigkeit und Navigationsstatus. Außerdem werden Reisedaten wie Zielhafen, Beladungsart und erwartete Ankunftszeit berechnet. Mit dieser technischen Ausrüstung können sowohl die Behörden als auch die Reederei und die Auftraggeber den Schiffsführer ständig kontrollieren.«

Toni überlegte, warum ihn der Disponent Finn Richter nicht auf dieses AIS aufmerksam gemacht hatte. »Hast du dir die Daten besorgt?«

»Klar, ich habe sie sogar schon mit der Route abgeglichen, die du Phong geschickt hast. Alles korrekt.«

»Gut.« Toni nickte erleichtert. »Eine solche Kontrollmöglichkeit setzt die Kapitäne unter Druck, aber ich frage mich, inwiefern diese Information relevant ist. Selbst wenn zwischen einer aktuellen Bewegungsstudie und den Eintragungen im Fahrtenbuch Unstimmigkeiten herrschen, bringt uns das nicht weiter. Wegen einer Ordnungswidrigkeit wird niemand hingerichtet. Hat die Wasserschutzpolizei sonst noch Tipps gegeben?«

»Und ob. Schau mal hier«, sagte Gesa und klappte ihr Notebook auf.

Toni erhob sich von seinem Stuhl, ging um den Besprechungstisch herum und trat hinter sie. »He, Phong«, rief er. »Das solltest du dir ansehen!«

»Gleich«, sagte der Kriminalkommissar und kritzelte etwas in seine Unterlagen.

Toni beugte sich vor und sah, dass Gesa eine Website mit

dem Namen »Marinetraffic« aufgerufen hatte. In der Mitte befand sich eine Karte, auf der man die Havellandschaft sehen konnte. An den Ufern entzifferte er Ortsnamen wie Schmergow, Ketzin, Paretz und Göttin. Auf dem verschlungenen Flusslauf waren grüne und blaue Pfeile dargestellt. »Was bedeuten die Symbole?«, fragte Toni.

»Das sind Schiffe und ihre Fahrtrichtung«, erwiderte Gesa und klickte auf einen Pfeil. Ein Browserfenster sprang auf. Unter einer Deutschlandflagge erschien das Foto eines Frachters, der Schüttgut geladen hatte. Mit einem weiteren Klick rief die Kollegin Informationen über das Schiff auf und sagte: »Heutzutage kann AIS von jedermann an jedem Ort genutzt werden. Du musst nur eine Bootsnummer eingeben, oder du suchst auf der Karte und bestimmst die aktuelle Position.«

Toni richtete sich auf. »Worauf willst du hinaus?«

»Gestern haben wir uns gefragt, wie der Täter an Bord gelangt ist«, antwortete Gesa. »Das wissen wir zwar noch nicht, aber wir können jetzt davon ausgehen, dass er jederzeit über die aktuelle Position der MS ›Beate‹ im Bilde war. In aller Ruhe konnte er sich den günstigsten Ort aussuchen, um an Bord zu gelangen. Zum Beispiel bei der Übernachtung an den Liegestellen in Bad Bevensen oder Rühen.«

»Interessant«, sagte Toni nachdenklich. »Wenn ich diese neuen Infos berücksichtige und unseren derzeitigen Ermittlungsstand Revue passieren lasse, glaube ich nicht mehr, dass er so früh an Bord gegangen ist. Phong, die Überprüfung vom Elbe-Seitenkanal und vom Mittellandkanal kannst du als zweitrangig behandeln.«

»Meinetwegen«, sagte der Kollege missmutig und schob sein Glas auf der Tischfläche hin und her.

»Und warum schließt du die Haltestellen aus?«, fragte Gesa.

»Ich schließe sie nicht aus«, erwiderte Toni, »aber sie machen nicht so viel Sinn. Der Täter wird das Schiff nicht bei Nacht und Nebel entern, um sich erst mal hinzulegen und den Binnenkapitän am nächsten Tag bei voller Fahrt zu überfallen. Nein, wir können davon ausgehen, dass er in Eile handelte. Mit Hilfe dieses Systems wird er herausgefunden haben, wann das Schiff wo vorbeikommt –«

»Nicht nur das«, unterbrach ihn Gesa. »Er kann damit auch sehen, ob andere Schiffe, also etwaige Zeugen, in der Nähe sind.«

»Ja, das wird er genau gecheckt haben. Und dann wird er sich die passende Stelle ausgesucht und kurz vor der Tat an Bord gegangen sein.«

»Klingt plausibel«, erwiderte Gesa.

»Damit sind wir bei der Rekonstruktion des wahrscheinlichen Tathergangs ein gutes Stück weitergekommen. Lass uns jetzt den Havelkanal ansehen«, sagte Toni und beugte sich hinab zum Bildschirm.

Gesa vergrößerte den Kartenausschnitt, deutete mit dem Zeigefinger auf eine bestimmte Stelle und sagte: »Ungefähr hier hat die Geschwindigkeit der MS ›Beate‹ nachgelassen. Das konnte anhand der übertragenen Daten eindeutig bestimmt werden.«

»Dort hat der Täter also die Maschine mit dem Notausschalter gestoppt«, sagte Toni.

»Genau«, erwiderte Gesa und öffnete einen weiteren Browser. Sie zeigte ein von Google gespeichertes Satellitenbild und vergrößerte es stark. »Von den Uferböschungen an Deck zu springen ist nahezu unmöglich. Jedenfalls fällt mir nicht ein, wie er das bewerkstelligt haben soll. Außerdem dürfte die Bordwand zu hoch gewesen sein, weil die MS ›Beate‹ mit dem Generator wenig Tiefgang hatte.«

»Vor Jahren war ich mal in Friesland«, sagte Toni. »Da hat mir ein Bauer gezeigt, wie sie mit fünf Meter langen Eschenholzstäben über Gräben springen. Man hält den sogenannten Padstock fest, nimmt Anlauf, steckt das eine Ende ins Wasser und setzt mit Schwung über. So behält man trockene Füße.«

»Das wäre vielleicht eine Möglichkeit«, erwiderte Gesa, »aber wo soll er einen solchen Padstock hergenommen haben? Du hast selbst gesagt, dass er vermutlich in Eile war.«

»War nur so eine Idee. Außerdem ist der Havelkanal zu tief«, räumte Toni ein und tippte auf dem Bildschirm auf eine Stelle, die ein ganzes Stück hinter der Position lag, wo die Geschwindigkeit nachgelassen hatte. Die L 92 führte über den Havelkanal. »Das ist doch die Paretzer Brücke. Weißt du, wie hoch sie ist?«

»Du meinst, dass er von der Brücke an Bord gesprungen sein könnte?«

»Ich sehe jedenfalls keine anderen Schleusen, Kanal- oder Flussengen. Wenn wir davon ausgehen, dass er sich mit Hilfe von AIS einen geeigneten Ort aussuchen konnte, und wenn wir weiterhin vermuten, dass er kurz vor der Tat an Bord gegangen ist, dann hat er möglicherweise die Paretzer Brücke benutzt.«

»Mal sehen«, sagte Gesa und ließ ihre Finger über die Tastatur fliegen.

Toni las über ihrer Schulter mehrere Artikel mit, die nicht die gewünschte Information lieferten. Schließlich sprang ein Foto auf, das die blaue Stabbogenbrücke detailliert zeigte. Er setzte den Höhenunterschied zwischen Brückengeländer und Wasseroberfläche ins Verhältnis zu einigen Bäumen, die am Ufer standen. Selbst eine ungefähre Schätzung war schwierig, weil er die Tiefe des Bildes nicht einberechnen konnte.

»Auch wenn es mehrere Meter zum Deck des Schiffes gewesen sind«, sagte Gesa, »könnte er die Falltiefe durch einen Strick verkürzt haben. Auf jeden Fall hätte er hier an Bord gehen können.«

»Sehe ich genauso«, sagte Toni. »Ich will, dass du dich gleich morgen früh bei der Brücke umschaust. Gibt es Anwohner? Verdächtige Spuren? Hat irgendwer beobachtet, wie sich dort jemand rumgetrieben hat?«

»Mach ich.«

Die Tür öffnete sich. Die Protokollantin, Frau Ferber, trat ein. »Der Zeuge Krusche ist soeben eingetroffen«, sagte sie. »Wir warten im Verhörraum eins.«

»Danke. Ich komme gleich«, antwortete Toni und wandte sich erneut an Gesa. »Gute Arbeit. Wenn du willst, kannst du jetzt Feierabend machen.«

»Ich muss noch einen Bericht schreiben«, erwiderte sie. »Außerdem gibt Hauptkommissar Sonnemann ab achtzehn Uhr seinen Einstand. Du solltest auch kurz vorbeischauen. Hast du seine Rundmail nicht erhalten?«

»Ach ja. Mach ich«, sagte Toni halbherzig und wandte sich an Phong: »Und du fährst jetzt los und besorgst dir die Versicherungs- und Kontounterlagen. Wir brauchen alle relevanten Papiere. Ich will wissen, wo Seitz das Geld für die USA-Reise hernehmen wollte.«

»Jetzt?«, maulte Phong. »Wenn ich Pech habe, machen die Kollegen gerade Dienstschluss. Dann bin ich ganz umsonst unterwegs gewesen. Außerdem will ich Hauptkommissar Sonnemann auch begrüßen.«

»Du hast ein Telefon und einen Mund. Irgendjemanden wirst du schon auftreiben. Und wenn du eine halbe Stunde später zum Einstand kommst, ist das auch okay.«

»Wieso kann Gesa das nicht erledigen? Ich meine, wenn sie morgen sowieso in Paretz ist, kann sie auch bei Seitz' Schwiegertochter in Ketzin und am Havelport vorbeischauen. Beides liegt um die Ecke.«

»Sag mal, geht's noch?«, sagte Gesa sofort.

»Reg dich ab«, erwiderte Phong. »Du weißt genau, dass ich noch so viel zu tun habe.«

»Was denn?«, fragte Toni.

»Na, ich arbeite noch zwei Cold Cases auf.«

»Cold Cases?«, sagte Toni und überlegte, ob der Kollege zu viele amerikanische Fernsehserien schaute. »Hat Gesa dir nicht ausgerichtet, dass der Kapitänsfall Priorität hat?«

»Doch«, mischte diese sich ein. »Ich hab es ihm sogar zwei Mal gesagt, und zwar klipp und klar.«

»Und?«, fragte Toni.

Phong hatte mit dem Oberkörper halb auf dem Tisch gelegen. Jetzt richtete er sich auf, kreuzte die Arme über der Brust und blickte schmollend auf die Tischkante. »Hier wird überhaupt nicht gewürdigt, was ich für die Kommission und das Team leiste.«

»Das kann schon sein«, erwiderte Toni. »Ich hab auch den Eindruck, dass dein Eifer in den letzten Monaten nachgelassen hat.«

»Ach ja?«, sagte Phong. »Wer sitzt denn hier bis in die Puppen am Computer?«

»Du natürlich«, antwortete Toni. »Und bisher hast du deine Überstunden auch immer aufgeschrieben.«

»Pah! Mir geht's nicht um irgendwelche Vergütungen, mir geht's um Respekt. Vielleicht sollte ich Schmitz' Angebot annehmen.«

»Welches Angebot?«, fragte Toni.

»Er hat mich gefragt, ob ich in Sonnemanns Team wechseln will. Da hätte ich auch bessere Beförderungschancen.«

»So?« Toni musste diese Info erst verdauen. »Und was hast du geantwortet?«

»Dass ich es mir überlege.«

»Dass du es dir überlegst«, sagte Toni und nickte. Er fühlte sich plötzlich müde und hielt sich an der Stuhllehne fest. Der Zerfall beschränkte sich nicht nur auf sein Privatleben, sondern griff auch auf den Beruf über. Schmitz betrieb seinen Kleinkrieg an allen Fronten. Von dem Kriminalrat war nichts anderes zu erwarten gewesen, aber Phong hätte er mehr Rückgrat zugetraut. So viele Jahre arbeiteten sie schon zusammen, so viele Freiheiten hatte er ihm gewährt und so viele Marotten durchgehen lassen. Von ihm hatte er klare Worte erwartet, wenn es Unstimmigkeiten gab. Stattdessen beschwerte er sich über mangelnden »Respekt«, der in der Vergangenheit garantiert nicht gefehlt hatte. Toni war viel zu stolz, um sich seine Enttäuschung anmerken zu lassen. Er richtete sich auf und streckte den Rücken durch.

»Mich hat er auch gefragt«, sagte Gesa in die Stille hinein, »aber ich habe sofort abgelehnt. Momentan herrscht Beförderungsstopp. Außerdem glaube ich, dass er sich nur wichtigmachen wollte.«

»Gut«, sagte Toni, nickte ihr zu und fuhr in ruhigem Tonfall an Phong gewandt fort: »Bis vor einigen Monaten habe ich deine Arbeit sehr geschätzt, und ich würde mich freuen, wenn du zu alter Stärke zurückfinden würdest. Wenn du allerdings glaubst, dass du woanders besser aufgehoben bist, will ich dir und deiner Karriere nicht im Weg stehen. Bis morgen früh um neun Uhr will ich deine Entscheidung auf meinem Schreibtisch haben. Bis dahin gehörst du meinem Ermittlungsteam an und tust, was ich anordne. Jetzt greifst du dir das Telefon und rufst bei der KTU an. Dann nimmst du dir deine Jacke und fährst los, um dir die Unterlagen zu besorgen. Und unterwegs kaufst du endlich eine neue Patrone für den Farbdrucker.« Toni zog einen Fünfzig-Euro-Schein aus dem Portemonnaie und knallte ihn auf den Tisch. »Damit ist die Besprechung beendet!«, sagte er und verließ den Raum.

**14**

Auf dem Weg zur Befragung des Bootsmanns verdrängte Toni alle privaten und beruflichen Schwierigkeiten. Die Aussage von Krusche war möglicherweise von entscheidender Bedeutung. Manchmal steckte in einer beiläufigen Bemerkung der Schlüssel zu einem Geständnis oder die Lösung zu einem ganzen Fall. Toni wollte seine Konzentration bündeln, denn heute spürte er die Verantwortung gegenüber den Opfern besonders stark. Fast kam es ihm vor, als wären sie seine einzigen Verbündeten.

Nachdem er die Tür hinter sich geschlossen hatte, nickte er der Protokollantin Frau Ferber zu und entschuldigte sich bei Herrn Krusche für die Wartezeit, was der Bootsmann mit einem nervösen Nicken quittierte.

Der Sechzigjährige hatte splissige graublonde Haare, die sich lichteten und schon lange nicht mehr fachgerecht geschnitten worden waren. Aus seinen Ohren und seiner Nase quollen kleine, silberne Büschel. Er trug eine dunkelblaue Seemannsjacke aus grober Wolle, die im Schulterbereich nass vom Regen war. Seine Jeans und Arbeitsstiefel wiesen Ölflecke auf.

Toni richtete die Videokamera auf dem Stativ aus, drückte die Aufnahmetaste und setzte sich auf die andere Seite des Verhörtisches. Er informierte Krusche, dass er als Zeuge befragt wurde, und ermahnte ihn, wahrheitsgetreu auszusagen. Danach setzte er ihn über sein Aussageverweigerungsrecht nach Paragraf 55 StPO in Kenntnis und ließ sich den Personalausweis aushändigen. Er hielt den Pass von beiden Seiten in die Kamera und las die Daten dann für die Protokollantin vor.

»Sind Sie mit dem Opfer Jürgen Seitz verwandt?«, fragte Toni.

»Nicht dass ich wüsste«, erwiderte Krusche, lachte hustend und verbreitete eine starke Alkoholfahne.

Auch das noch, dachte Toni und ermahnte sich, konzentriert zu bleiben. »In welcher Beziehung standen Sie zu dem Opfer?«

»Er war mein Chef. Darf ich rauchen?«

»Nein. – Sie standen also in einem Angestelltenverhältnis. Wie lange kannten Sie sich schon?«

»Ach, ewig. Über vierzig Jahre. Wir haben zusammen in der Binnenschifffahrtsschule der DDR Matrose gelernt. So was verbindet. Enger wurde es aber erst nach dem Tod seiner Frau. Ich meine, er ist jahrelang mit Beate gefahren, und dann hat er Ersatz gesucht. Ich hatte gerade Zeit.« Er grinste breit und zeigte gelblich braune Schneidezähne, die leicht vorstanden.

»Waren Sie auch mit dem Reeder Jens Mittelstädt in einem Jahrgang?«

»Na klar. Früher war er noch ein kleines, schmächtiges Bürschchen. Er ist erst später so ein Angeber geworden. Hahaha.«

Toni überlegte, ob die gemeinsame Vergangenheit irgendeine fallrelevante Bedeutung hatte. Es war auffällig, dass alle beteiligten Binnenschiffer in Schönebeck-Frohse gelernt hatten. Andererseits konnte diese alte Bekanntschaft auch einfach nur die Ursache für die Zusammenarbeit sein. Wenn man auf vertraute Weggefährten zurückgriff, wusste man, worauf man sich einließ. »Bitte schildern Sie für das Protokoll, was sich am Tattag zugetragen hat.«

»Jetzt schreibt sie mit, ja? Also Ihre Sekretärin, meine ich.«

Toni nickte.

»Dann will ich mich mal anstrengen. Ist ja ein nettes Mädel, nicht? Also: Morgens haben wir in Brandenburg an der Havel abgelegt. Da habe ich Jürgen noch geholfen, aber ich hatte einen ziemlichen Brummschädel. In der Nacht zuvor hatte ich Landgang und ein Gläschen zu viel. Jürgen hat mir gesagt, dass ich mich in die Koje hauen soll und dass er mir rechtzeitig Bescheid gibt, bevor wir den Havelport erreichen. Und das hab ich auch getan. Ich war sofort weg und bin nur aufgewacht, weil ich mal austreten musste. Mir ist gleich aufgefallen, dass die Maschine aus war. Ich also schnell aufs Töpfchen und dann an Deck, um nachzusehen, was da los ist. – Mach ich es richtig so?«

»Ja, sehr gut.«

»Oben war das Ruderhaus leer, aber die Tür stand offen. Und dann hab ich Jürgen gesehen. Ich bin gleich hin und wollte ihm helfen. Ich dachte, dass er einen Schwächeanfall oder was mit dem Herzen hat. Das gab es in der Vergangenheit schon zwei Mal. Aber als ich näher kam, sah ich das ganze Blut, und als ich mich hinkniete, wusste ich gleich, dass jede Hilfe zu spät kommt. Sein Kopf war so komisch verdreht. Außerdem standen seine Lider einen Spaltbreit auf. Ich hab mich gefragt, wer Jürgen so zugerichtet hat. Und dann hab ich Schiss gekriegt. Ich meine, vielleicht war der Mörder noch an Bord. Und für eine Keilerei bin ich eindeutig zu alt. Kurz hab ich überlegt, ob ich ins Wasser springen soll. Ich hab sogar den Fuß über die Reling gehängt. Eine Minute oder so hab ich gelauscht, aber es blieb alles still. Dann bin ich ins Ruderhaus und hab lieber von innen abgeschlossen. Vielleicht taucht der Kerl noch auf, hab ich mir gedacht. Ich hab die Maschine gestartet und einen Notruf abgesetzt. Den Rest kennen Sie ja.«

»Danke«, sagte Toni und sah von seinem Notizzettel auf. »Ob Ihre Geschichte der Wahrheit entspricht, werde ich gleich herausfinden. Bevor wir weitermachen, möchte ich noch etwas klarstellen. Sie sind als Zeuge geladen, weil nach dem BGH eine Vernehmung als Beschuldigter einen schwerwiegenden Eingriff in die Rechte eines Menschen darstellt. Nach der höchstrichterlichen Rechtsprechung ist daher auch ein Verdächtiger zunächst als Zeuge zu befragen, bis sich der Tatverdacht erhärtet.«

»Sie glauben, dass ich –«

»Ich glaube gar nichts. Ich orientiere mich an Fakten, und die Umstände lassen Sie in keinem guten Licht dastehen. Soweit ich weiß, bestand die Besatzung aus Ihnen und dem Schiffsführer. Seitz ist tot und Sie leben noch. Man muss kein Genie zu sein, um da eins und eins zusammenzuzählen. Ihnen ist hoffentlich klar, dass diese Geschichte schlimm für Sie enden kann. Auf Mord steht lebenslänglich.«

Krusche starrte ihn an. »Also wissen Sie … also ich … wenn Sie …«, setzte er mehrfach vergeblich an, holte schließlich eine zerdrückte Packung Zigaretten aus der Jackentasche und wollte sich eine anzünden.

»Nein, hab ich gesagt.« Toni setzte den Bootsmann bewusst unter Druck. Zum einen wollte er die Reaktion testen. Zum anderen hoffte er auf eine stärkere Kooperationsbereitschaft, wenn sich seine Unschuld herauskristallisieren sollte. »Sie behaupten, dass ein ominöser Unbekannter Herrn Seitz getötet hat. Jetzt erklären Sie mir mal, wie der Täter an Bord gekommen ist.«

»Woher soll ich das wissen? Ich hab doch geschlafen.«

»Das sieht nicht gut aus, Herr Krusche. Haben Sie in der NVA gedient?«

»Grhm«, machte der Bootsmann.

»Wie bitte?«

»Ja.«

»In welcher Einheit?«

»Spielt das eine Rolle?«

»Beantworten Sie einfach meine Frage.«

Krusche veränderte seine Sitzposition und schlug ein Bein über das andere. »In Kühlungsborn«, nuschelte er.

»Bei den Grenztruppen?«

»Nee.«

»Sondern? Nun lassen Sie sich nicht jedes Wort aus der Nase ziehen.«

»Bei den Schwimmern.«

»Meinen Sie etwa das Kampfschwimmerkommando achtzehn?«

Der Bootsmann schaute in eine Ecke und sagte: »Und wenn schon? Das ist dreißig Jahre her. Damals war ich ein anderer Mensch. Wenn es heute dicke Luft gibt, bin ich der Erste, der die Biege macht.«

Unruhig rollte Toni den Kugelschreiber zwischen den Fingern hin und her. Er musste diese Information erst verarbeiten. Innerlich hatte er den Mann fast freigesprochen, weil er die Reaktion auf den Tatvorwurf als authentisch eingeschätzt hatte. Er traute dem Sechzigjährigen keine Schauspielerei zu, aber ebenso wenig traute er ihm zu, Angehöriger einer Spezialeinheit gewesen zu sein. Diese legendäre Truppe hatte aus Elitesoldaten bestanden, die im Rücken des Gegners Schiffe versenken und andere Sabotageakte durchführen sollten. Sie waren verdammt zähe Hunde, die sowohl körperlich als auch psychisch ein hartes Auswahlverfahren durchlaufen hatten. Krusche wirkte, als würde er in seinen Klamotten pennen und zum Frühstück ein Bier trinken, aber er machte bestimmt nicht den Eindruck, als könnte er mit bloßen Händen töten. Vielleicht hatte Toni ihn unterschätzt. Er war schon früher Tätern begegnet, denen man ihre Leistungsfähigkeit und Entschlossenheit nicht angesehen hatte.

»Ich weiß, was Sie jetzt denken«, sagte Krusche. Seine Stimme hatte sich verändert; sie klang jetzt härter. »Aber Sie sind auf dem Holzweg. Ja, früher konnte ich kämpfen, und ich wusste auch, wie man jemanden den Hals umdreht, aber ich habe Jürgen nicht getötet. Wieso sollte ich das tun? Ich meine, ich war arbeitslos, ich hab gesoffen wie ein Loch, und er hat mir einen Job gegeben. Ich wäre schön blöd, wenn ich ihn abmurkse und hinterher auf der Straße stehe. Wer soll mich denn mit sechzig noch nehmen?«

»Gab es Streit zwischen Ihnen?«, fragte Toni. »Und antworten Sie besser ehrlich. Wir kriegen fast alles raus, und es kompliziert Ihre Situation, wenn sich herausstellen sollte, dass Sie uns angelogen haben.«

Krusche änderte erneut die Sitzposition. »Natürlich haben wir gezankt. Ich meine, wir waren jeden Tag zusammen, wie ein altes Ehepaar.«

»Worüber haben Sie gestritten?«

»Seemännische Fragen. Nichts Besonderes. Ansonsten sind wir gut miteinander ausgekommen.«

»Werden Sie mal konkreter!«

»Na, ich bin nicht nur Matrose. Nachdem ich aus der Volksmarine ausgeschieden bin, habe ich mein Patent gemacht. Ich war genauso qualifiziert wie Jürgen, aber er hat mich behandelt, als hätte ich keine Ahnung. Das hat mich manchmal gewurmt. Besonders, wenn er selbst danebenlag.«

»Warum führen Sie kein eigenes Schiff?«

»Ich bin ein paar Jahre für eine Reederei im Westen gefahren. Vor allem auf Mosel und Rhein. Aber auf Dauer war das nichts. Zu viel Verantwortung, zu viel Stress. Ich hab es lieber, wenn mir jemand sagt, was ich machen soll. Dann brauch ich nicht groß rumzuhampeln und kassiere trotzdem ab.«

»Wie bei den Soldaten?«

»Meinetwegen.«

»Wissen Sie, wie es um Seitz' Finanzen stand?«

»Eigentlich ganz gut, aber …«

»Aber was?«

»Vor einigen Wochen hat Jürgen mich gefragt, ob ich ein paar Wochen auf meinen Lohn warten kann. Seiner Enkelin ging es schlecht, und er wollte eine neue Behandlung ausprobieren, die wohl seine letzte Hoffnung war. Für mich war das in Ordnung. Ich kenne die Kleine gut, und mir tut das Herz weh, wenn ich daran denke, was für eine Scheiße sie durchmachen muss. Wenn so ein altes Wrack wie ich noch helfen kann, ist das ein gutes Gefühl. Deshalb war ich auch so baff, als er plötzlich mit den Scheinchen um sich warf.«

»Herr Seitz hat leichtfertig Geld ausgegeben?«

»Na ja, nicht so richtig, aber am Tag, bevor er getötet wurde, haben wir in Brandenburg festgemacht. Er hat mir zweihundert Euro in die Hand gedrückt und mir einen schönen Abend gewünscht. Da war ich schon ziemlich erstaunt. Ich hab doch gewusst, dass er jeden Cent für die Kleine dreimal umdreht, aber er hat nur erwidert, dass alles in Ordnung ist. Eigentlich hatte ich gar keine Lust, loszuziehen. Ich wollte ein bisschen lesen. Ich steh nämlich auf diese Heftromane, am liebsten Western, aber er ließ nicht locker.«

»Kam das öfters vor?«

»Dass er mich wegschickt?«

Toni nickte.

»Nee, bestimmt nicht. Normalerweise hat er mich nur ungern ziehen lassen.«

»Warum?«

»Na, weil er wusste, dass da nichts Gutes bei rauskommt.«

»Konkreter bitte.«

»Das Übliche halt. Ich bin kein Kind von Traurigkeit. Das war ich nie. Mal gab es Streit wegen einer Frau, mal Ärger beim Skat oder mal einen wütenden Wirt, weil ich meine Zeche nicht zahlen konnte. Jürgen musste dann schlichten, und das ist ihm auf den Wecker gegangen.«

»Seiner Schwiegertochter hat Herr Seitz erzählt, dass er eine größere Summe Geld erhalten würde, mit der er die Amerikareise bezahlen wollte. Haben Sie eine Ahnung, wo er die finanziellen Mittel hernehmen wollte?«

»Von der Fracht, oder was?«

»Noch darüber hinaus?«

Krusche schüttelte ratlos den Kopf. Erneut griff er in seine Tasche, schob die Zigarettenpackung aber wieder zurück, bevor Toni ihn an das Rauchverbot erinnern musste.

»Es dauert nicht mehr lange«, sagte der. »Haben Sie eine Idee, warum Seitz Sie an jenem Abend weggeschickt hat? Gab es einen bestimmten Anlass?«

»Vielleicht konnte er meine Visage nicht mehr ertragen«, sagte Krusche und ließ sein heiseres Raucherlachen ertönen. »Nee, im Ernst. Ich war ziemlich baff und bin es noch heute.«

»Was hatten Sie für einen Eindruck von ihm? War er anders als sonst?«

»Wann jetzt?«

»Auf der letzten Fahrt.«

»Hm. Er wirkte angespannt. Er war auch stiller als sonst, aber das ist ja kein Wunder. Zuerst sterben ihm seine Frau und sein Sohn weg, und dann ist auch noch seine Enkelin todkrank. Das würde wohl jeden fertigmachen.«

»Hatte er Magenprobleme? Hatte er Durchfall oder dergleichen? Hat er in Brandenburg angelegt, weil er sich unwohl fühlte und das Schiff nicht mehr lenken konnte?«

»Jürgen? Nee, bestimmt nicht. Körperlich war der topfit.«

Toni nickte. Was Krusche hier aussagte, fügte sich in ihren bisherigen Ermittlungsstand ein. Wegen seiner militärischen

Ausbildung wollte er den Bootsmann nicht aus dem Kreis der Verdächtigen ausschließen, aber momentan konnte er kein plausibles Motiv entdecken – weder für eine unmittelbare noch für mittelbare Täterschaft.

»Unsere Protokollantin wird Ihnen gleich Ihre Aussage zur Unterschrift vorlegen«, sagte er. »Danach sind Sie hier fertig.«

»Und dann?«, fragte Krusche.

»Sie müssen sich in den nächsten Tagen weiter zu unserer Verfügung halten. Sie sind ein wichtiger Zeuge, und es kann sein, dass sich im Laufe der Ermittlungen noch Fragen ergeben.«

Toni verabschiedete sich und trat auf den Flur. Sein Gefühl hatte ihn nicht getäuscht. Krusches Aussage lieferte Informationen, die möglicherweise von entscheidender Bedeutung waren. Seitz hatte mutmaßlich nicht nur seine Schwiegertochter über die Herkunft des Geldes, sondern auch seinen Schiffsdisponenten über den Grund seines Stopps angelogen. Was war in jener Nacht an dem Brandenburger Anleger passiert?

## 15

Sandro hatte den Kopf in den Nacken gelegt und stand mit geschlossenen Augen im strömenden Regen, bis er zu frieren begann. Für heute hatte er genug gearbeitet. Er warf den Erdbohrer, das Elektroband, die Isolatoren aus Kunststoff und das Weidezaungerät mit Batterie auf den Anhänger und deckte alles mit einer Plane zu. Durch knöcheltiefe Pfützen watete er nach vorne und kletterte in die Kabine des Treckers. Er triefte vor Nässe, sodass die Scheiben sofort beschlugen. Mit der Hand wischte er ein Sichtfenster frei und stellte den Scheibenwischer auf die höchste Stufe. Die Tropfen trommelten auf das Dach.

»Call me, call me on the line«, tönte sein Smartphone. »Call me, call me any, anytime …« Zuerst dachte er, dass es Herm war. Voller Vorfreude zog er das Mobiltelefon aus der Hosentasche, aber es war der Mensch, der ihn wohl am besten kannte – die »Herbergsmutter«. Die Heimkinder hatten Brigitte Lüttke so genannt, weil sie ihnen das Gefühl gegeben hatte, in der großen, alten Villa willkommen zu sein, was für viele der kleinen und gequälten Seelen eine völlig neue Erfahrung gewesen war.

Sandro überlegte, ob er Frau Lüttke wegdrücken sollte. Er hatte gerade zu viel am Laufen, um sich eine Moralpredigt anzuhören. Andererseits war sie seit seinem fünften Lebensjahr für ihn da gewesen. Seine Eltern, ein Ingenieur und eine Büroangestellte, waren schwere Alkoholiker gewesen, die das Sorgerecht freiwillig abgegeben hatten. Wahrscheinlich war es das Beste, was sie für ihn tun konnten, bevor sie sich totsoffen, denn in der Obhut von Frau Lüttke hatte es ihm an nichts gefehlt.

Die »Herbergsmutter« begegnete ihren Schützlingen mit unerschütterlicher Zuneigung, Resolutheit und Herzenswärme. Sie war es, die ihn zurück ins Heim holte, als er in der Pflegefamilie geschlagen wurde. Ihr verdankte er, dass er die zehnte Klasse abschloss, obwohl er längst die Partyszene aufmischte und sich von älteren Damen und Herren Geld für gewisse Dienste zustecken ließ. Damals lernte er auch Leute aus dem Filmgeschäft kennen und verlor die Bodenhaftung. Er träumte von einem Leben als Star und fühlte sich schon als Bestandteil der High Society. Deshalb schmiss er auch die Lehrstelle als Krankenpfleger hin, die ihm Frau Lüttke mit Mühe und Not beschafft hatte.

Trotz seiner Eskapaden, der Lügen und seiner Unzuverlässigkeit war die »Herbergsmutter« die Einzige, die ihn nach seiner Verhaftung nicht fallen ließ und ihm einen fähigen Rechtsanwalt zur Seite stellte. Im Gerichtssaal war sie an den meisten Verhandlungstagen anwesend und nickte ihm aufmunternd zu, während alle anderen Besucher ihn nur wie ein wildes Tier anstarrten. Als er im Gefängnis saß, besuchte sie ihn regelmäßig und brachte ihm Geburtstagkuchen und selbst gemalte Bilder von den Heimkindern mit.

Sandro fühlte sich ihr gegenüber verpflichtet. Also drückte er auf die grüne Taste und sagte: »Hallo, Frau Lüttke.«

»Hallo, Sandro. Tut mir leid, dass ich mich erst heute melde, aber hier ist gerade so viel los. Du kennst das ja. Ich wollte mich erkundigen, wie es dir geht.«

»Super«, erwiderte er und berichtete von Bonitas Erfolgen und seinem Job auf dem Pferdehof. Er malte alles in Pastellfarben aus und verschwieg negative Details wie seine elende Wohnsituation, die beschissene Bezahlung und den Verkauf der Fuchsstute. Er konnte gegenüber Frau Lüttke nie bei der Wahrheit bleiben. Wahrscheinlich spürte er, welche großen Hoffnungen sie in ihn setzte, und wahrscheinlich wollte er sie nicht ständig enttäuschen.

»Das höre ich gerne«, sagte die »Herbergsmutter«. »Ich habe dich immer in einem sozialen Beruf gesehen, weil du so einfühlsam mit den schwierigen Kindern umgegangen bist, aber Tieren kannst du sicher auch eine Menge geben. Hast du einen netten Mann oder eine nette Frau kennengelernt?«

»Nein«, antwortete Sandro knapp.

»Du darfst nicht so hart mit dir sein. Du hast eine schlimme

Tat begangen und bist dafür zu Recht verurteilt worden, aber du hast deine Strafe abgesessen. Du hast Sühne geleistet, und jetzt musst du nach vorne schauen. Wir machen alle Fehler. Die Frage ist nur, ob wir aus ihnen lernen. Du hast sehr gute Seiten und bist liebenswert. So viele Jahre liegen noch vor dir, und es würde mir viel bedeuten, wenn du dein Glück finden würdest.«

Glück?, dachte Sandro. Was für ein großes Wort! Frau Lüttke kannte ihn nicht richtig. Was wusste sie schon von seinem wilden Herzen? Was wusste sie von seinen Gefühlen, die völlig unberechenbar waren und ihm immer einen Strich durch die Rechnung machten, wenn es gerade besser wurde. Er war jemand, der rennen musste, damit er sich spürte. Geordnete Bahnen ödeten ihn an. Er musste ganz oben auf dem Höhengrad balancieren – auch wenn er längst kapiert hatte, dass er früher oder später abstürzen würde. Die Superman- und Prinzessinnenkostüme, die er früher für die kleinen traurigen Gestalten in der Villa genäht hatte, damit sie sich für ein paar Minuten wie etwas Besonderes fühlten, beschrieben ihn nur unvollständig. Seine Höhenflüge und Abgründe charakterisierten ihn genauso stark.

»Sandro, bist du noch da?«

»Ja, Frau Lüttke.«

»Kommst du zum Sommerabschlussfest? Viele Ehemalige haben bereits zugesagt. Kevin, Sepp und Annalena werden da sein. Ich würde mich so freuen, wenn du es auch einrichten könntest.«

»Mach ich. Versprochen.«

»Das hast du im letzten Jahr auch gesagt und in dem Jahr davor auch.«

»Dieses Mal halte ich mein Wort.«

»Also gut. Ich bin mit den Planungen noch nicht durch. Am besten melde ich mich morgen früh und sage dir, was du mitbringen kannst.«

»Ja, gerne.«

Sandro verabschiedete sich und wusste schon jetzt, dass er nicht hingehen würde. Frau Lüttke und die Villa erinnerten ihn an die Möglichkeiten, die er ausgelassen hatte. Wenn er nur etwas klüger gewesen wäre, hätte aus ihm etwas werden können. Er kapierte auch nicht, warum er immer alles kaputtmachte. Wahrscheinlich war er durch seine Suffmutter genetisch geschädigt.

Sandro wischte erneut ein Sichtfenster frei und schaute hinaus. Der Wind flaute ab, und die Wolkendecke riss auf. Durch den Himmelsspalt flutete Sonnenlicht, das wie der Strahl einer Taschenlampe auf die dunklen Weiden fiel. Das Gras erstrahlte in einem unwirklichen Grün. Am Waldrand leuchteten gelbe Blumen auf, die hier zu dieser Jahreszeit überall wuchsen.

Wieder meldete sich sein Smartphone, und dieses Mal war es Herm.

»Es ist alles geregelt«, sagte der Freund. »Morgen Abend treffe ich mich zur Übergabe bei den Schwedenwällen. Sie wollen zwar alles, aber ich nehme nur meine Hälfte mit. Ich will erst checken, ob sie korrekt drauf sind und die Kohle dabeihaben. Den Rest können wir in der Nacht zusammen holen.«

»Meinetwegen«, erwiderte Sandro. Nach Telefonaten mit Frau Lüttke war er meistens mies drauf.

»Das ist alles? ›Meinetwegen‹? Ist dir klar, was das bedeutet?«

»Rede nicht mit mir, als wäre ich ein Kind.«

»Sandro, morgen Abend haben wir genügend Geld, um unsere Taschen zu packen. Ist das bei dir angekommen? Oder kannst du dir etwa nicht vorstellen, mit mir abzuhauen?«

Sandros Übellaunigkeit legte sich schlagartig. Endlich begriff er, worauf dieses Gespräch hinauslief. Er spürte ein zartes Flattern in seiner Brust, und seine Stimme kiekste, als er erwiderte: »Du willst mit mir abhauen? Was ist mit Bonita?«

»Bonita holen wir nach, das verspreche ich dir. Du weißt, dass du dich auf mein Wort verlassen kannst, aber zuerst sollten wir uns aus der Gefahrenzone bringen. Hier wird es langsam zu heiß. Und wir können nicht einfach mit einem gestohlenen Pferdeanhänger Richtung Süden brettern. Wenn die Bullen nach uns fahnden, haben sie uns im Nullkommanix. Ich weiß, dass ich mich nicht immer so toll verhalten habe, und du warst bestimmt oft enttäuscht, aber ich habe nachgedacht, und soll ich dir was sagen? Scheiß auf die anderen. Es ist mir egal, was sie sagen. Sollen sie sich doch die Mäuler zerreißen.«

»Das denkst du?«

»Ja, das denke ich. Du hast immer noch nicht auf meine Frage geantwortet.«

Sandro nahm eine neue Sitzposition ein. Er musste sich zusammenreißen, um nicht in Tränen auszubrechen. »Krieg erst mal den Deal über die Bühne und lass dir was einfallen wegen Bonita. Dann sehen wir weiter.«

»Das ist deine Antwort? ›Dann sehen wir weiter‹?«

»Du hast es gecheckt.«

»Alles klar. Damit kann ich leben. Ich halte dich auf dem Laufenden. Bis dann.«

»Bis dann«, erwiderte Sandro und starrte ungläubig auf sein Mobiltelefon. Sollte sich tatsächlich alles zum Guten wenden? Sollten seine Träume wahr werden? Ein Lächeln legte sich über seine Lippen, das immer breiter wurde, bis es über das ganze Gesicht reichte.

»Herm und ich hauen ab«, schrie er und hopste auf dem quietschenden Sitz herum. »Wir hauen ab und kommen nie mehr zurück.«

## 16

Im Kommissariat schaute Toni noch bei Gesa vorbei, um eine neue Reihenfolge der Aufgaben festzulegen. Morgen früh sollte die Kriminaloberkommissarin zuerst herausfinden, was sich an dem Bootsanleger in Brandenburg an der Havel abgespielt hatte. Die Ermittlungen an der Paretzer Brücke sollte sie hinterher erledigen.

Gesa wollte noch über Phong sprechen und sein Verhalten relativieren, aber Toni blockte ab. Er hatte seinen Standpunkt klargemacht. Ihr Job war zu wichtig, um ihn von Launen dominieren zu lassen. Während der Dienstzeiten verlangte er vollen Einsatz. Auch die Hierarchie musste klar sein. Schon bald würde sich zeigen, ob sie noch ein dreiköpfiges Team waren.

Toni holte sich einen Becher Kaffee, ließ sich an seinem Schreibtisch nieder und fuhr den Computer hoch. Er rief sein Postfach auf und adressierte eine E-Mail an die Staatsanwältin. In kurzen Sätzen setzte er sie über den Ermittlungsstand in Kenntnis. Nach der Befragung des Bootsmannes war er optimistisch, dass sie bald etwas Handfestes vorweisen konnten. Dieser Zuversicht verlieh er auch Ausdruck. Nachdem er auf Absenden gedrückt hatte, checkte er seinen Posteingang und stieß auf eine PDF-Datei aus der Gerichtsmedizin. Der Obduktionsbericht war sachlich verfasst und gut verständlich. Der Bruch des zweiten Halswirbels hatte das Rückenmark verletzt und das Atem- und Kreislaufsystem zum Stillstand gebracht. Mit dieser Diagnose hatte sich die vermutete Todesursache bestätigt. Außerdem passte die errechnete Todeszeit zu ihrer Theorie. Der Exitus war ungefähr in dem Zeitraum eingetreten, als der Täter den Notausschalter gedrückt und die Schiffsgeschwindigkeit nachgelassen hatte.

Über den Flur schallten Stimmengewirr und Lachen. Ach ja, der Einstand von Hauptkommissar Sonnemann, dachte Toni und schaute auf seine Armbanduhr. Es war achtzehn Uhr fünfzehn. Die Veranstaltung hatte vor einer Viertelstunde begonnen. Am besten wartete er noch ein bisschen, begrüßte den neuen Kollegen kurz und haute ab, sobald sich die erstbeste Gelegenheit bot.

Toni widmete sich wieder dem Computer. Die Schramme an seinem Peugeot hatte ihn den ganzen Tag unterschwellig beschäftigt. Nun rief er die lokalen Nachrichten auf und gab verschiedene Begriffe in die Suchmaschine ein. Glücklicherweise wurde nirgends von einem Unfall mit Fahrerflucht berichtet. Um Entwarnung zu geben, war es jedoch zu früh. Wann die Ermittlungsbehörde an die Öffentlichkeit trat, hing von verschiedenen Faktoren ab. Auch die kommenden Tage würde er die einschlägigen Seiten besuchen müssen.

»Jetzt mach mal Feierabend«, sagte eine elegante blonde Frau, die lässig in der offenen Tür lehnte. Caren Winter trug eine weiße Seidenbluse, eine helle Baumwollhose und hochhackige Schuhe, die ihre langen, schlanken Beine betonten. Überm Arm trug sie ihren Mantel. Rein äußerlich passte sie eher in eine Galerie oder in eine Vorstandsetage als in eine Behörde. »Ohne dich habe ich keine Lust auf die Meute. Begleitest du mich?«

Seitdem sich herumgesprochen hatte, dass Caren geschieden war, war sie hartnäckigen Charmeoffensiven und Flirtattacken ausgesetzt. Die Einladung eines Kollegen auszuschlagen, war jedoch ein schwieriger Balanceakt, der die weitere Zusammenarbeit negativ beeinflussen konnte. Deshalb war Caren im täglichen Umgang sehr vorsichtig geworden. Manch einer legte ihr dieses Verhalten als Arroganz aus. Toni wusste es besser. Sie wollte nur gut in ihrem Job sein und nicht auf ihre attraktive Erscheinung reduziert werden. Mit ihr an seine Seite würde auch er sich wohler fühlen.

»Warte kurz«, sagte er, fuhr den Computer runter und löschte die Schreibtischlampe. Während sie auf dem Flur nebeneinanderher gingen, atmete er ihr dezentes Parfüm ein. »Ich habe dir gerade eine E-Mail über den Ermittlungsstand geschrieben.«

»Ja«, sagte sie und gähnte herzhaft. Dabei öffnete sie ihre vollen, fein geschwungenen Lippen und entblößte zwei Reihen perfekter weißer Zähne. Es gab wenige Frauen, bei denen sogar dieser Ausdruck von Müdigkeit apart wirkte. »Scheint ja glattzulaufen.«

»Die Frage ist bloß, ob es zu glattläuft oder nur die Ruhe vor dem Sturm ist.«

»Wieso? Hast du Zweifel?«

»Nein, am Fortschritt unserer Ermittlungen nicht. Wir hatten schon Fälle, die komplizierter waren, aber irgendetwas ist anders. Ich hab ein ungutes Gefühl.«

»Jetzt rede mal Klartext«, sagte Caren, blieb stehen und blickte ihn prüfend an.

»Ich will niemanden verrückt machen«, erwiderte Toni, »aber der Täter ist äußerst kaltblütig. Bei der Durchsetzung seiner Ziele zeigt er eine große Entschlossenheit. Ich weiß nicht, wozu er fähig ist, wenn wir ihn in die Enge treiben. Meiner Einschätzung nach ist er nicht der Typ, der einfach aufgibt. Solange er einen Ausweg sieht, wird er ihn gehen. Und wenn ihm dabei jemand in die Quere kommt, wird er nicht zimperlich sein. Wir steuern auf etwas zu, das sich unserer Kontrolle entziehen könnte.«

»Brauchst du Verstärkung?«, fragte Caren.

Toni fiel auf, dass sie lange Wimpern hatte und dass ihre Augen türkis funkelten. Er erinnerte sich daran, dass sie einmal mehr von ihm gewollt hatte. Für ihn war eine Affäre nie in Frage gekommen, weil er sein Herz vergeben hatte. Trotzdem begriff er nicht, was eine perfekte Frau wie Caren an einem Desperado wie ihm gefunden hatte.

»Dazu ist es noch zu früh«, sagte er. »Ein ungutes Gefühl reicht nicht zur Begründung einer Gefahrenlage aus, aber ich mache mir Sorgen um Gesa.«

»Wegen Oberkommissarin Müsebeck kannst du vollkommen beruhigt sein«, erwiderte Caren. »Sie verfügt über einen ausgeprägten Überlebensinstinkt und kann gut auf sich achtgeben. Allerdings frage ich mich, ob das auch auf dich zutrifft.«

»Ich passe schon auf.«

»Bist du sicher?«

»Unbedingt.«

»Okay, dann lass mich wissen, wenn ihr Unterstützung braucht. Momentan dürfte ich zu Kriminalrat Schmitz einen besseren Draht haben. Und jetzt lass uns zu Sonnemanns Einstand gehen. Ich will es hinter mich bringen.«

Nacheinander betraten sie das Büro, in dem sich ungefähr dreißig Personen drängelten. Die Männer waren in der Überzahl, und dementsprechend laut ging es zu. Der neue Kollege stand in einem Pulk von Leuten und schien die Aufmerksamkeit zu genießen.

Toni und Caren hießen ihn willkommen, tauschten ein paar Nettigkeiten aus und suchten sich dann eine ruhige Ecke. Auf einem der Schreibtische standen Platten mit Fingerfood, die ein Catering-Service geliefert hatte. Obwohl in den Diensträumen der Polizei striktes Alkoholverbot herrschte, wurde fleißig Pils gezapft.

Während Toni Carens Bericht über einen Strafprozess zuhörte, spürte er ein Ziehen in den Eingeweiden. Erneut musste er an die Werbung an der Bushaltestelle denken: Ein verwegener junger Mann stand in einer Dünenlandschaft und hielt die grüne Flasche einer norddeutschen Biermarke in der Hand. Im Hintergrund öffneten sich das Wattenmeer und der unendliche Himmel.

Alles Lüge, dachte Toni bitter. Was er momentan fühlte, hatte nichts mit Freiheit zu tun. Es war die nackte Gier, die sein ganzes Sein auf den Moment konzentrierte, wenn er dem Verlangen endlich nachgeben würde. Die ständigen Versuchungen waren schwer zu ertragen. Als ein jüngerer Polizeikommissar ein Tablett mit gefüllten Gläsern vorbeitrug und der Pilsgeruch ihm in die Nase stieg, musste Toni hart schlucken. So langsam wurde es Zeit für ihn. Er hatte den Benimmregeln entsprochen. Niemand konnte erwarten, dass er auch noch zum Entertainer mutierte.

Er wollte sich gerade verabschieden, als Kriminalrat Schmitz das Büro betrat. Seine sorgfältig geschnittene Kurzhaarfrisur war von blonden Strähnchen durchsetzt, die zusammen mit einer dezenten Solariumsbräune das Blau seiner Augen betonten. Der Vorgesetzte trug einen engen modischen Anzug und schwarze spitz zulaufende Lederschuhe. In seiner Karriere hatte er zwei Laufbahnsprünge hingelegt: von den mittleren in den gehobenen und von dem gehobenen in den höheren Dienst. Das war eine beachtliche Leistung. Trotzdem ließ er nichts unversucht, um in der Polizeihierarchie weiter aufzusteigen. Derzeit erfolglos. Mehrere seiner Bewerbungen waren unberücksichtigt geblieben, was ihn nicht nur frustrierte, sondern seinen Ehrgeiz anstachelte. Sicher würde er gleich eine Rede halten.

»Wenn sich etwas Neues ergibt, ruf ich dich an«, sagte Toni zu Caren, stapfte durch den Raum und raunte Schmitz zu: »Ich muss Sie sprechen.«

»Ach, Sanftleben«, erwiderte der Kriminalrat und zauberte ein Lächeln auf seine Lippen, das beinahe ehrlich wirkte. »Dazu haben Sie doch tagsüber genügend Zeit.«

»Jetzt«, sagte Toni und packte in dieses Wort so viel Entschiedenheit, dass ihn sein Vorgesetzter erstaunt anblickte.

»Aber nur kurz«, antwortete Schmitz und folgte ihm nach draußen.

Auf dem Flur waren sie ungestört. Die Leuchtstoffröhren knackten und verströmten ein kaltes Licht. Am Ende des Ganges hantierte eine Reinigungskraft an ihrem Gerätewagen.

»Haben Sie vor, mein Team aufzulösen?«, fragte Toni.

»Wie kommen Sie denn darauf?«, erwiderte Schmitz.

»Sie haben meinen Leuten angeboten zu wechseln. Sie haben ihnen sogar eine Beförderung in Aussicht gestellt.«

»Ach das. Ich habe schon viele Kollegen gefragt. Das ist nicht der Rede wert. Sie haben ja ganz rote Augen. Haben Sie wieder getrunken?«

»Falls Sie wieder einen solchen Vorstoß unternehmen, möchte ich informiert werden. Ihr Vorgehen wirkt sich nachteilig auf die Arbeitsmoral aus.«

»Hm, hm«, machte Kriminalrat Schmitz und bedachte ihn mit einem ernsten Blick. »Ich glaube nicht, dass Sie in der Position sind, mir Vorschriften zu machen. Oder wollen Sie mir wieder mit Ihrem Bericht zum Mörder vom Baumblütenfest drohen?«

»Ich will nur in Ruhe arbeiten.«

»Klar doch.«

Das Verhalten seines Vorgesetzten ärgerte Toni, und er wurde deutlicher: »Vor den Kollegen können Sie gerne das Unschuldslamm spielen. Bei mir zieht das nicht. Wenn Sie an meiner Amtsausübung etwas auszusetzen haben, können Sie es jederzeit mit mir besprechen oder den offiziellen Weg gehen. Ansonsten verbitte ich mir diese ständigen Störfeuer. Einen schönen Abend noch.«

Ohne auf eine Reaktion zu achten, marschierte Toni den Flur hinunter. Er hatte begriffen, dass er kämpfen musste und dass er diesen Kampf nicht allein gewinnen konnte. Der Alkohol war ein mächtiger Gegner, und er brauchte jede Unterstützung, die er kriegen konnte.

Er brauchte jetzt die Gruppe und seinen persönlichen Betreuer.

## 17

In der Nacht wälzte sich Toni hin und her. So viel war in den vergangenen zwei Tagen auf ihn eingeprasselt, dass er nicht zur Ruhe kam. Vor einiger Zeit noch hatte Sofies Anwesenheit genügt, um die Schwere von ihm zu nehmen, doch seine Frau war nicht mehr da.

Sehnsüchtig drückte er seine Nase in ihr Kopfkissen und atmete tief ein. Den Bezug hatte er seit ihrem Auszug nicht gewechselt, aber er konnte ihren Geruch nicht mehr wahrnehmen. Tag für Tag war er schwächer geworden, bis er sich vollständig verflüchtigt hatte.

Seufzend legte Toni sich auf den Rücken und starrte an die Decke. Während er einige Lichtflecken beobachtete, die hin und her tanzten, musste er an das tröstliche Gespräch mit seinem persönlichen Betreuer in der Gruppe denken. Sein Mentor hatte ihn sofort verstanden und ihm klargemacht, dass er die Hoffnung nicht aufgeben durfte. Auch wenn ihm keine Lösung einfiel, würde es weitergehen. Er musste nur stark bleiben und Vertrauen haben. Dann würde sich ihm ein Weg öffnen, den er möglicherweise noch gar nicht bedacht hatte.

Toni blickte auf zwei Bücher, die auf dem Nachttisch lagen. »Flucht in den Norden« von Klaus Mann und »Das falsche Gewicht« von Joseph Roth. Den Exilliteraten fühlte er sich verbunden. Verfolgung und Krieg hatten sie entwurzelt. In ihren Werken war die Sehnsucht überall spürbar. Toni erkannte Parallelen zu sich. Auch er hatte vor vielen Jahren verloren, was er am meisten geliebt hatte.

Als Sofie verschwunden war, war er ins Nichts katapultiert worden. Es war ein brutaler Einschnitt gewesen, der sein Leben in eine Richtung gelenkt hatte, die er niemals freiwillig beschritten hätte. Er war Polizist geworden. Sechzehn Jahre hatte er nach ihr gesucht! Sechzehn Jahre hatte er jeden Stein nach ihr umgedreht! Das bedeutete etwas! Das durfte er nicht wegwerfen! Ja, etwas würde sich ergeben – wann und wie auch immer!

Toni klammerte sich an diese Hoffnung wie an einen Rettungsring und schlief darüber ein. Er träumte, dass er durch eine Gebirgslandschaft wanderte. Die Felsbrocken waren mit Moos bewachsen. Es nieselte schwarze Teilchen, die ihm die Sicht versperrten. Plötzlich begriff er, dass er etwas ändern musste. Er entschloss sich, seine Füße vorsichtig aufzusetzen und …

… und lieber das Auto zu nehmen. Im Wageninneren fasste er nach dem Lenkrad und drehte den Scheibenwischer auf. Er konnte das Tempo nicht drosseln, er war viel zu schnell unterwegs. Die Fahrbahnmarkierungen verschwammen, und er geriet auf die Gegenfahrbahn. Zwei Scheinwerfer blendeten ihn. Trotzdem konnte er die Fahrerin und Beifahrerin klar erkennen. Es waren zwei junge Frauen. Eine von ihnen stillte einen Säugling.

Toni riss das Lenkrad herum und spürte noch, wie das andere Auto an seiner Flanke entlangschrammte, bevor es frontal in eine Mauer krachte.

\*\*\*

Als er entsetzt die Augen aufriss, war er hundertprozentig sicher, dass es Tote gegeben hatte. Er schnellte hoch und setzte die Fußsohlen auf den kalten Dielenboden. Hatte sich der Unfall so abgespielt? War er auf die Gegenspur geraten und hatte ein entgegenkommendes Fahrzeug abgedrängt?

Das wäre ein Hergang, der den Lackschaden erklären würde. Andererseits fragte er sich, wie realistisch es war, dass eine junge Mutter auf dem Beifahrersitz einen Säugling stillte, und zwar bei voller Fahrt. Hatte ihm sein Unterbewusstsein einen Streich gespielt und nur seine schlimmsten Befürchtungen gezeigt?

Nervös griff er nach seinem Smartphone und suchte nach den neusten Verkehrsnachrichten. Von einem vergleichbaren Unfall wurde nicht berichtet, doch das hieß nicht, dass er sich nicht zugetragen hatte.

Er würde die Verantwortung übernehmen, aber dafür war es noch zu früh. Um Selbstanzeige zu erstatten, brauchte man einen Anzeigegegenstand. Eine Befürchtung, ein Alptraum oder eine böse Vorahnung reichten nicht aus, um ein Protokoll aufzusetzen.

In düsterer Stimmung tappte er in die Kombüse, bereitete die Kaffeemaschine vor und drückte auf den Startknopf. Während die braune Brühe durchlief, blickte er auf die Neustädter Bucht, die sein Zuhause geworden war. Die Wasseroberfläche war aufgeraut, und das erste graue Morgenlicht ließ die kleinen Wellen silbern schimmern. Es ging ein kräftiger Wind, der jaulend über das Oberdeck blies und das Schiff zum Schwanken brachte.

Er musste weitermachen und die Haltung bewahren. Er durfte jetzt nicht verzagen. Weder wegen des Lackschadens noch wegen seiner Frau.

Toni erinnerte sich, wie Sofie ihm vor langer Zeit von einem Leben auf dem Hausboot vorgeschwärmt hatte. Damals waren sie mit ihrem alten, klapprigen VW-Bus durch den indischen Bundesstaat Goa gefahren. Es war heiß, und sie kurbelten die Seitenscheiben herunter, damit Luft hereinströmen konnte. Sofie setzte ihre nackten Füße auf die Armaturen und erklärte, dass auf dem Wasser alles in Bewegung sei und dass dieser Zustand ihrem Lebensgefühl am ehesten entspreche. Außerdem könne man auf einem Schiff jederzeit die Leinen loswerfen und verschwinden. Für sie sei ein Hausboot der Inbegriff von Freiheit.

Als sie verschollen war, hatte Toni sich an die Schwärmerei erinnert und sie zum Anlass genommen, um ein Zeichen für ihre Rückkehr zu setzen. Natürlich hatte er beim Schiffskauf nicht wissen können, in welchem gesundheitlichen Zustand er sie finden würde. Die beengten Platzverhältnisse waren nicht rollstuhlgeeignet. Wegen der Wellenbewegungen konnte sie sich kaum auf den Beinen halten. Auch deshalb war sie ausgezogen.

Mittlerweile hatte sich ihr Zustand gebessert. Sie hatte Muskulatur aufgebaut, und ihr Schrittbild sah fast normal aus. Warum sollte ihre Sehnsucht nach dem Wasser nicht wieder erwachen? Warum sollte ihr Traum von einem Leben auf dem Hausboot nicht zurückkehren?

Und warum sollte der verdammte Lackschaden nicht einen völlig harmlosen Grund haben?

Toni wollte daran glauben.

Nein!

Er musste daran glauben.

Wenn sein Leben nicht ins Chaos stürzen sollte, blieb ihm nichts anderes übrig, als auf einen glücklichen Ausgang zu hoffen. Ansonsten würde er nur trinken, im Selbstmitleid zerfließen und jede Tatkraft verlieren.

Reiß dich zusammen, ermahnte er sich. Nur wenn du stark bist, kannst du Einfluss nehmen. Nur wenn du klar im Kopf bist, kannst du zeigen, wer du bist.

Er schenkte sich einen Kaffee ein und strich mit dem dampfenden Becher durch den Salon. In einer Ecke lagen Geschenke, die er Sofie nach und nach mitbringen wollte. Es waren Dinge, die sie mal erwähnt hatte und die sie sich nicht leisten konnte. Ein Traumfänger, ein Wok und besondere Naturfarben waren darunter. Gestern hatte er den ganzen Krempel wegschmeißen wollen. Heute sah er es anders, heute sah er vieles anders.

Er hatte den Alkohol endgültig satt. Er wollte nicht mehr betrunken durch die Gegend torkeln, nichts mitkriegen und irgendwelchen Mist bauen. Damit hatte er schon viel zu viele Jahre verschwendet.

Entschlossen trat er an das Schachbrett, auf dem eine Partie stand, die er zurzeit mit Aroon spielte. Natürlich würde sein hochbegabter Sohn ihn schlagen, aber darauf kam es nicht an. Es war ihre Art, den Kontakt aufrechtzuerhalten und dem anderen mitzuteilen, dass alles in Ordnung war. Toni tippte den nächsten Zug in sein Smartphone ein und versandte ihn als Kurznachricht.

Er trank einen großen Schluck Kaffee und nickte vor sich hin. Zwar hatte er keine Lösung parat, aber wenn die Zeit gekommen war, würde er wissen, was zu tun war.

## 18

Gestern Nacht hatte er in einem Waldweg beim Ruheforst Nauen geparkt. Er hatte sich auf dem weichen Moosboden eingerichtet und einige Stunden ausgeruht. Jetzt saß er in seinem offenen Schlafsack und beobachtete durch das Reflexvisier seines Sturmgewehrs ein Reh, das am Leitsakgraben, einem schmalen Wasserlauf, den Kopf senkte und trank. Das Ufer wurde von Laubbäumen gesäumt, und im Hintergrund erstreckte sich eine Wiese, über die der Morgendunst hing.

Er bedauerte, dass er nicht abdrücken konnte. Das Fleisch würde ihm besser schmecken als der Haferschleim, den er auf einem kleinen Gaskocher zubereite. Er sagte leise »Bäng«, legte die Waffe neben sich auf den Boden und dehnte seine Schultermuskulatur. Zwischen den Ästen hingen große Spinnenweben, die Tautropfen auffingen und das erste Morgenlicht brachen. Zwischen den Baumwurzeln und Erdhügeln tauchten die Köpfe von Kleintieren auf, die ihn neugierig beäugten.

Als sich sein Mobiltelefon meldete, war er überrascht. Nur eine einzige Person kannte die Nummer, und sie sollte ihn nur kontaktieren, wenn sie eine entscheidende Neuigkeit hatte. Erwartungsvoll nahm er den Anruf entgegen und hörte ungefähr fünf Minuten zu. Als der Mann seinen Bericht beendet hatte, unterbrach er die Verbindung ohne einen Gruß.

Er legte das Mobiltelefon zur Seite und schaute erneut zum Leitsakgraben, wo das Reh witternd die Nase hob und mit anmutigen Bewegungen davonsprang. Er begriff, dass die eben erhaltene Information einen Durchbruch darstellte. Der Dieb war unvorsichtig und hatte einen folgenschweren Fehler begangen. Jetzt war es nur noch eine Frage der Zeit, bis er ihn aufgespürt hätte.

Hastig löffelte er den Haferschleim aus dem Blechnapf und rollte den Schlafsack zusammen. Er verstaute alles im Kofferraum, in dem sich eine hochwertige Ausrüstung befand. Vor ihm lagen die neuste Überwachungstechnik, Plastiksprengstoff, Zünder, ein Hochleistungscomputer, Waffen aller Art, Schalldämpfer, Fernsteuerungen, Personaldokumente, Nummernschilder und Werkzeug.

Sein Auftraggeber hatte an alle Eventualitäten gedacht und keine Kosten gescheut, um die bestmöglichen Voraussetzungen zu schaffen. Er war ein Mann mit vielen Möglichkeiten und erwartete von ihm, dass er seine Aufgabe schnell und effizient erledigte. Natürlich war ihm klar, dass dieser Job seine letzte Bewährungsprobe darstellte. Den kleinsten Fehler würde er mit dem Leben bezahlen.

## 19

Toni klemmte sich hinter das Lenkrad seines Autos, zückte sein Smartphone und schaute in den Posteingang. Phong hatte ihm zwei E-Mails geschickt, die bereits die ersten Ergebnisse enthielten. Die letzte Nachricht hatte der Kollege um Mitternacht versandt. Er hätte sich nicht so bemüht, wenn er sich gegen einen Verbleib im Team entschieden hätte. Toni freute sich sehr über diese Entwicklung. Phong war nicht nur ein exzellenter Rechercheur, sondern auch ein Mensch, der ihm ans Herz gewachsen war. Ihn zu verlieren wäre ein herber Verlust.

Toni öffnete die erste Textdatei und las, dass der Schiffsdisponent Finn Richter eine rechtsradikale Vergangenheit hatte, die ihm eine Karriere bei der Bundeswehr unmöglich gemacht hatte. Auf einigen angehängten Fotos posierte er in einer SA-Uniform, die authentisch wirkte. Damals wie heute trug er spezielle Kleidung, die von seiner Gesinnung beziehungsweise seinem Musikgeschmack zeugte.

Toni konnte nicht erkennen, wie ihnen diese Erkenntnis weiterhelfen konnte. Bislang gab es keine Hinweise, dass der Mord an dem Binnenkapitän politisch motiviert war. Hinzu kam, dass Richter für die unmittelbare Tatbegehung ein Alibi hatte. Einen Zusammenhang mit dem Reeder, der über die berufliche Beziehung hinausging, hatte auch Phong nicht feststellen können.

Unter Berücksichtigung dieser Erkenntnisse ging Toni davon aus, dass Seitz den Namen des Reeders als Notlüge benutzt hatte, um die wahre Herkunft des Geldes zu verschleiern. Toni entschied sich, die Spur ruhen zu lassen und erst auf sie zurückzugreifen, wenn sich kein anderer Verdacht ergeben sollte.

Er öffnete die zweite Mail. Angehängt war eine Berechnung des Mercedes-Händlers, die zeigte, wie sich junge Männer wie Torben Schulz ein Premium-Sportcoupé leisten konnten. Der Wagen hatte einen Listenpreis von dreiundneunzigtausend Euro gehabt, für den normalerweise eine monatliche Leasingrate in Höhe von eintausendsechshundert Euro anfiel. Um die Summe zu drücken, war ihm ein Schwerbehinderten-Rabatt in Höhe von fünfzehn Prozent eingeräumt worden. Toni war verwundert, weil nirgends von einem körperlichen Gebrechen die Rede war. Hatte er während seiner Militärzeit einen Unfall gehabt? Hinzu kamen ein besonderes Aktionspaket vom Hersteller und ein Rabatt, den der Verkäufer bestimmte, sodass der Mietpreis schließlich nur noch siebenhundert Euro monatlich betrug. Das war ein beachtlicher Preisnachlass von fast sechzig Prozent. Trotzdem musste er bei einer einjährigen Vertragslaufzeit stolze achttausendvierhundert Euro berappen. Das war viel Geld für jemanden, der bei der Bundeswehr eintausendachthundert Euro und bei der Sicherheitsfirma fünfhundert Euro weniger, knapp eintausenddreihundert Euro monatlich, verdiente.

Nachdem Toni die Meldeadresse von Schulz ins Navigationsgerät eingegeben hatte, startete er den Motor und fuhr los. Obwohl auf der B 2 die erste Berufsverkehrswelle vorüber war, waren noch viele Autos Richtung Spandau unterwegs und stauten sich vor dem Kreisel in Groß Glienicke. Er passierte den Flughafen Gatow, wo im Juli 1945 Truman und Churchill gelandet waren, um an der Potsdamer Konferenz teilzunehmen. Gegen neun Uhr fuhr er auf die Berliner Heerstraße, setzte wenig später den Blinker und bog auf einen Anwohnerparkplatz ab. Er hatte Glück und fand eine freie Lücke.

Schulz lebte in einem Hochhaus, das von außen einen gepflegten Eindruck machte. Die Fassade war weiß gestrichen. Neben der Eingangstür prangte die riesige lindgrüne Hausnummer. Die Beete waren geharkt und frei von Unrat. Auf einer benachbarten Grünfläche standen ein Kletterturm, eine Schaukel und eine Rutsche. Die Anlage sah nach einem soliden Zuhause für untere bis mittlere Einkommensverhältnisse aus.

Wenn Schulz die Miete bezahlte, dürfte für seinen Lebensunterhalt wenig übrig bleiben. In Phongs Mail stand jedoch, dass er vor Freunden prahlte, Kleidung nur bei Armani zu kaufen. Alle Ausgaben für Auto, Wohnung, regelmäßige Besuche in der Shisha-Bar und den exklusiven Kleidergeschmack hatten seine finanziellen Möglichkeiten mit Sicherheit überstiegen, es sei denn, er verfügte noch über andere Einkünfte.

Welches Motiv könnte Schulz haben, den Binnenkapitän zu töten? Hing es mit dem Unfall zusammen? Oder hatte der Mord einen anderen Hintergrund?

Toni musste an einen Fall denken, den er vor einigen Jahren bearbeitet hatte. Ein arbeitsloser Tapezierer erdrosselte für tausendzweihundert Euro die Frau eines Bekannten und ließ es wie ein Sexualdelikt aussehen. Innerhalb von vierundzwanzig Stunden vertrank, verhurte und verspielte er das Geld. Vielleicht hatte Schulz für ein Paar exklusive italienische Lederschuhe getötet.

Toni überprüfte das Magazin und schob es zurück in den Schacht. Nachdem er seine Dienstwaffe ins Halfter gesteckt hatte, stieg er aus dem Peugeot und begab sich zur Eingangstür. Auf den Klingelschildern war der Name Schulz nur einmal vertreten. Die Wohnung befand sich im neunten Stock. Er drückte auf den Knopf und wollte sich vorstellen, da ertönte schon der Türsummer.

Das Treppenhaus bestätigte den ersten Eindruck. Alle Briefkästen waren intakt und ordentlich beschriftet. Mit dem Fahrstuhl fuhr Toni nach oben. Eine zierliche alte Frau mit Gehwägelchen wartete in der offenen Wohnungstür. Ihre sorgfältig frisierten weißen Haare changierten ins Lilafarbene. Die Kassenbrille war zu groß. Sie trug einen rosa Strickpullover, einen grauen Wollrock und schwarzlederne Gesundheitsschuhe.

»Eigentlich wollte ich zu Herrn Schulz«, sagte Toni.

»Da sind Sie richtig«, erwiderte die alte Dame. »Sie sind doch Hauptkommissar Sanftleben? Ihr freundlicher Kollege hat sie angekündigt. Darf ich bitte Ihren Dienstausweis sehen?«

»Natürlich«, sagte Toni und zeigte das Dokument vor. »Und wer sind Sie?«

»Liane Schulz. Ich bin die Großmutter von Torben. Kommen Sie doch bitte rein. Ich hab uns Kaffee gekocht.«

Etwas verwundert folgte Toni der Einladung und betrat

einen Flur, der noch die guten alten Raufasertapeten an den Wänden hatte. »Verstehe ich das richtig? Ihr Enkel wohnt bei Ihnen?«

»Schön, nicht wahr?«, erwiderte Frau Schulz und schob ihr Gehwägelchen voran. »In der Küche hab ich uns den Tisch gedeckt.«

Dann spart er sich die Miete, dachte Toni. Außerdem erklärte sich so der Schwerbehindertenrabatt. Wahrscheinlich hatte er seine Großmutter vorgeschickt, um den Leasingvertrag abzuschließen. Wie viel war ihm nach Abzug von Versicherungen et cetera geblieben? Auf jeden Fall nicht genug für Designerklamotten. Vielleicht gab ihm die alte Dame was von ihrer Rente ab. Außerdem kaufte sie vermutlich ein und kochte Hausmannskost.

Torben Schulz war ein Nesthocker.

Die Küche lag zur Heerstraße raus, und man hörte den Verkehrslärm. Schränke und Ablageflächen wirkten abgenutzt, aber blitzblank sauber. Auf einem Stövchen stand eine Porzellankanne mit Kaffee.

»Das ist sehr nett von Ihnen«, sagte Toni, »aber ich würde jetzt gerne mit Ihrem Enkel sprechen. Ist er in seinem Zimmer?«

Frau Schulz stellte ihr Gehwägelchen beiseite und machte ein betrübtes Gesicht. »Och, das tut mir sehr leid, er ist nicht hier. Er musste ganz plötzlich fort und hat mich gebeten, mit Ihnen zu sprechen. Ich hoffe, dass Sie ihm nicht böse sind.«

»Böse?«, platzte Toni heraus. Jetzt hatte er die lange Anfahrt umsonst auf sich genommen, und er bemühte sich, seinen Unmut nicht an der alten Dame auszulassen. »Wann kommt er zurück?«

»Das kann ich Ihnen nicht sagen. Ein Stück Zucker in den Kaffee? Sahne?«

»Schwarz bitte«, erwiderte Toni und nahm kurz darauf eine zierliche Porzellantasse mit einem Rosenmuster entgegen.

»Worum geht es eigentlich?«, fragte Frau Schulz und setzte sich auf die Küchenbank. »Er wird doch nicht wieder Ärger haben? Er ist eigentlich ein anständiger Junge, aber sein Umgang ist nicht der beste.«

»Reine Routine«, antwortete Toni. »Ich muss nur wissen, wo er sich vorgestern tagsüber aufhielt.«

»Er braucht ein Alibi?«, entfuhr es Frau Schulz.

»Kein Grund zur Beunruhigung. Wie gesagt, es ist eine Routineangelegenheit.«

»Vorgestern also«, sagte Frau Schulz tapfer, stemmte sich hoch und begab sich mit ihrem Gehwägelchen zum Kühlschrank, wo mit einem Magneten ein Dienstplan befestigt war. »Da hatte er dienstfrei. Ich erinnere mich, dass er das Haus morgens um acht Uhr verlassen hat. Sicher war er wieder bei dieser Frau. Ein schreckliches Weib, das behauptet, dass mein Torben sie geschwängert hat. Und sie ist nicht die Erste, die solche Lügen in die Welt setzt.«

»Können Sie mir den Namen nennen?«

»Tut mir leid. Ich kenne sie gar nicht.«

»Und wieso glauben Sie, dass sie lügt?«

»Mein Junge ist doch so ein sportlicher und gepflegter Mann. So etwas mögen die jungen Dinger und tun alles, um ihn an sich zu binden.«

Toni bekam allmählich den Eindruck, dass Frau Schulz ein verklärtes Bild von ihrem Enkelsohn hatte. »Sie wissen, dass Torben einen Unfall verursacht hat, bei dem zwei Menschen ums Leben gekommen sind? Beate Seitz und ihr erwachsener Sohn Arne. Jetzt wurde der Ehemann und Vater, der sechzigjährige Jürgen Seitz, getötet, und ich muss ausschließen, dass Ihr Enkelsohn darin verwickelt ist. Können wir ihn telefonisch erreichen?«

»Ach, um diese schreckliche Sache geht es«, sagte Frau Schulz zittrig. »Ich hab ihm immer gesagt: Halt dich von den Arabern fern. Die sind kein Umgang für dich. Wenn ihn dieser Faris Dingsbums nicht so provoziert hätte, dann wäre das alles nicht passiert.«

»Haben Sie seine aktuelle Mobilnummer?«

»Ja, natürlich«, sagte die alte Dame und kramte in einer

Schüssel herum, bis sie einen handbeschriebenen Zettel hervorzog. »Jetzt ist also der Ehemann und Vater auch noch tot. Das ist ja furchtbar.«

»Hm«, machte Toni, gab die Zahlenreihe in die Tastatur ein und erhielt die Auskunft, dass der Teilnehmer nicht erreichbar war. So langsam fühlte er sich verarscht. »Ich möchte Torbens Zimmer sehen.«

»Haben Sie denn einen Durchsuchungsbeschluss?«, erwiderte Frau Schulz und musterte ihn feindselig. Fast unmerklich hatte sich die Atmosphäre abgekühlt.

Hart dreinblicken konnte Toni auch. »Wollen Sie wirklich, dass ich mir einen besorge? Hat Torben noch Bewährung? Ich sage ihnen gleich, dass sich eine solche Maßnahme nachteilig auswirken könnte, aber wenn Sie das volle Programm durchziehen wollen, müssen Sie es nur sagen.«

»Ach so?«, sagte Frau Schulz. »Na, dann schauen Sie besser nach. Er hat ja nichts zu verbergen. Es ist die Tür gegenüber, aber bringen Sie nichts durcheinander. Er mag es nicht, wenn man in seinen Sachen rumwühlt.«

»Ihr Kaffee schmeckt übrigens ausgezeichnet«, sagte Toni. Ihm tat es bereits leid, dass er der alten Dame zugesetzt hatte. Sie hatte nur ihren Enkel schützen wollen. Zudem befand sie sich in einer schwierigen Situation. In ihrem Alter sollte sie nicht vorgeschickt werden, um Probleme mit der Polizei zu lösen und als »Blitzableiter« zu dienen. Wenn Schulz etwas zu verbergen hatte, würde er es sowieso herausfinden.

＊＊＊

Durch den Flur begab er sich in das Zimmer, das zwei große Fenster hatte und einen tollen Blick über die Scharfe Lanke bot, eine Flussschleife der Havel. An den Stegen lagen Segelyachten und Motorboote. In einiger Entfernung ragte der Grunewaldturm empor.

Toni drehte sich zurück in den Raum. An den Wänden hingen ein Pirelli-Kalender mit nackten Models, Abzeichen eines

Fallschirmjägerbataillons und Fotos aus seiner Bundeswehrzeit. Offenbar hatte Schulz an einem Auslandseinsatz in Afghanistan teilgenommen. Auf einem Foto posierte er mit einem Sturmgewehr. Er war sehr muskulös und hatte ein Babygesicht, in dem man keine emotionale Regung entdecken konnte. Der großformatige Flachbildfernseher, die Stereoanlage und der Laptop waren vom Feinsten. In der beachtlichen DVD-Sammlung standen tatsächlich sämtliche »Fast & Furious«-Folgen. Bücher gab es keine, dafür lagen einige Lucky-Luke-Comics herum. Toni durchwühlte den winzigen Schreibtisch, stieß aber nur auf Rechnungen, Mahnungen und eine Eintrittskarte für ein Rap-Konzert. Wurfmesser, Zielscheiben oder Einstichstellen im Türrahmen suchte er vergeblich.

Entmutigt ließ er den Blick schweifen und hoffte auf den entscheidenden Hinweis, aber er konnte nichts finden. Schulz mochte ein verantwortungsloser ehemaliger Einzelkämpfer sein, der über seine Verhältnisse lebte und sich von seiner schwerbehinderten Großmutter durchfüttern ließ, aber Toni glaubte nicht an seine Täterschaft. Schulz war zu sehr damit beschäftigt, Frauen aufzureißen und einen auf dicke Hose zu machen.

Auch dieser Ermittlungsansatz hatte sich als Sackgasse erwiesen, die Toni vorerst nicht weiterverfolgen würde. Als sein Smartphone vibrierte, nahm er den Anruf entgegen und fragte: »Was gibt's?«

»Ich hab eine Digicam gefunden, die den Schiffsanleger in Brandenburg aufzeichnet«, erwiderte Phong aufgeregt.

»Was ist zu sehen?«

»Eine ganze Menge. Am besten kommst du gleich her und schaust es dir selbst an.«

## 20

Toni betrat den Besprechungsraum, sah sich um und fragte: »Wo steckt Gesa?«

»Wir dachten, dass es besser wäre, wenn ich von hier aus arbeite«, erwiderte Phong. »Sie ist vorhin zur Paretzer Brücke aufgebrochen und sucht nach Zeugen. Ich hoffe, das ist dir so recht.«

Toni hatte gestern Gesa beauftragt, den Bootsanleger in Brandenburg zu checken, weil er nicht gewusst hatte, ob Phong heute noch im Team sein würde. Natürlich war der Kollege im Aufspüren von Überwachungskameras erfahrener. »Das ist okay«, antwortete er und überlegte, ob sie jetzt die Angelegenheit klären sollten.

»Ich habe belegte Brötchen gekauft und Kaffee gekocht«, sagte Phong schnell und deutete auf einen großen Teller und eine Kanne. »Du hast bestimmt noch nichts Ordentliches gegessen. Bedien dich.«

Toni musterte ihn eingehend und begriff, dass er sich so anstrengte, weil er fürchtete, in Ungnade gefallen zu sein. Vielleicht war ihm klar geworden, wie sehr er an diesem Job hing, bei dem er kaum im Außendienst eingesetzt wurde. Ein anderer Teamleiter würde nicht so stark auf seine Präferenzen eingehen. Im Grunde war sein Gebaren Antwort genug. Solange er sich professionell verhielt, war eine weitere Aussprache nicht notwendig.

»Danke für das Frühstück«, sagte Toni, rückte einen Stuhl heran und griff nach einem Brötchen mit Fleischsalat. »Zeig mir, was du hast.«

»Heutzutage befinden sich an fast allen Schleusen Digicams –«, begann Phong.

»Wozu soll das gut sein?«, unterbrach ihn Toni.

»Darauf können die Befrachter und Schiffsführer sehen, wie viele Boote vor ihnen dran sind. Jede Schleusung dauert eine bestimmte Zeit. Und so können sie berechnen, wie lange es dauert, bis sie an der Reihe sind, und dementsprechend den Weitertransport vom Zielhafen organisieren. Die Speditionen können nicht den ganzen Tag auf die Ladung warten. Wer nicht fährt, verdient kein Geld.«

»Verstehe.«

»Mittlerweile befinden sich auch an privaten Sportbootanlegern Videokameras, die vor allem zur Abschreckung dienen. In den vergangenen Jahren hat der Diebstahl von Außenbordmotoren, Technik und von ganzen Schiffen stark zugenommen. Ich hatte zunächst gehofft, dass sich eine solche Überwachung auch an den öffentlichen Anlegern finden lässt, aber Fehlanzeige.«

»Trotzdem bist du fündig geworden?«

Phong grinste. »An dem betreffenden Bootsanleger in Brandenburg stehen einige Behältnisse, in welche die Berufsschiffer ihren Müll entsorgen können. Allerdings waren die Container ständig überfüllt, weil sie widerrechtlich von Unbekannten genutzt wurden. Verbotsschilder brachten nichts, und vor einigen Tagen hat die Stadt eine Kamera installiert, um die Täter zu identifizieren.«

Der Kollege öffnete ein Browserfenster, und es erschien ein Farbstandbild, das am Abend aufgenommen worden war. Im Vordergrund sah man Müllcontainer und Tonnen und im Hintergrund den Bootsanleger. Am Kai ragten in regelmäßigen Abständen Stromsäulen und Laternen auf, die in der einsetzenden Dunkelheit ein gelbes Licht verströmten. Mehrere Frachtschiffe hatten längsseits festgemacht. Die MS »Beate« war auch darunter. Am linken unteren Bildrand stand die Datums- und Zeitangabe.

Phong drückte auf das Playzeichen. Eine Katze sprang auf einen Poller, wo sie sich die Pfoten leckte. Ansonsten geschah nichts, bis eine Gestalt am unteren Bildrand auftauchte. Phong zoomte sie heran. Es war der Bootsmann Krusche, der über die Reling kletterte und losstiefelte.

»Krusche hat die Wahrheit gesagt«, sagte Phong. »Er hat das

Schiff abends verlassen und ist erst spät in der Nacht zurückgekehrt. Er war so besoffen, dass er beinahe ins Wasser gefallen wäre. Die Bilder erspare ich dir. Viel interessanter ist, was als Nächstes passiert.«

Toni biss in das Brötchen und beobachtete, wie der Schiffsführer Jürgen Seitz im Laternenlicht an Deck trat und über das Gelände schaute. Wollte er überprüfen, ob die Luft rein war? Schließlich zog er sein Handy aus der Tasche, wählte eine Nummer und drehte ihnen den Rücken zu. Er sprach wohl einige Sätze und steckte das Mobiltelefon wieder ein.

»Hast du die Verbindungsdaten gecheckt?«, fragte Toni und fegte Krümel vom T-Shirt. »Wir müssen wissen, an wen der Anruf ging.«

»Ich hab alles in die Wege geleitet, aber wir kommen auch so weiter«, erwiderte Phong und nickte Richtung Bildschirm.

Auf dem Video war jetzt zu sehen, wie der Schiffsführer unter Deck verschwand. Kurze Zeit später tauchte er mit einem Karton auf, den er an der Reling abstellte. Phong spulte vor, und Toni konnte sehen, dass Jürgen Seitz weitere Kartons holte.

»Insgesamt sind es vierundzwanzig«, sagte Phong.

»Die sehen aus wie Bananenkisten«, antwortete Toni.

»Stimmt, aber wahrscheinlich sind keine Früchte drin. Ich hab da so einen Verdacht.«

Auf dem Monitor nahm Jürgen Seitz seine Kapitänsmütze ab, wischte sich den Schweiß von der Stirn und schaute über das Gelände. Es dauerte nicht lange, bis ein weißer Lieferwagen vorbeifuhr und auf Höhe der MS »Beate« hielt. Seitz stieg auf der Beifahrerseite ein. Möglicherweise, um etwas zu besprechen.

Phong spulte fünf Minuten vor. Der Fahrer stieg aus. Er war ein schlanker, breitschultriger Mann, der einen Kapuzenpullover trug. In seinen Bewegungen lag eine gewisse Geschmeidigkeit. Der Unbekannte öffnete die Heckklappe und wartete, bis Seitz zurück an Bord geklettert war.

»Wussten sie von der Digicam?«, fragte Toni.

»Kann sein«, erwiderte Phong. »Kann auch sein, dass sie nur vorsichtig sind. Der Fahrer ist ein gebranntes Kind.«

»Was heißt das?«

»Später«, sagte Phong grinsend.

Auf dem Monitor griff der Schiffsführer nach dem ersten Karton und reichte ihn über die Kaikante. Der Fahrer nahm ihn entgegen und verstaute ihn. So ging es weiter, bis die gesamte Fracht verladen war. Die beiden Männer verabschiedeten sich, indem sie sich wortlos zunickten. Dann klemmte sich der Unbekannte hinters Lenkrad, startete den Motor und fuhr vom Hafengelände, während Jürgen Seitz stehen blieb und dem Lieferwagen nachschaute.

Phong klickte auf das Pausezeichen, sodass ein Standbild erschien. Er vergrößerte einen Ausschnitt und machte so das beleuchtete Kennzeichen der Stadt Brandenburg »BRB« sichtbar.

»Der Transporter ist zugelassen auf einen Schrottplatz. Ich hab alle Mitarbeiter gecheckt und den Fahrer als Herm Neudorf identifiziert, der in Hohenstücken wohnt. Er wurde am 3.11.1990 geboren und arbeitet in der Autoverwertung Ilse Hudt als Hilfsarbeiter.«

»Ist er vorbestraft?«, fragte Toni.

»Und ob«, antwortete Phong. »Neudorf ist bereits mit zwölf Jahren aktenkundig geworden, als er ein Moped geklaut und mit ihm einen Unfall verursacht hat. Danach hat er eine steile Karriere hingelegt. Eigentumsdelikte, Nötigung, räuberische Erpressung, gefährliche Körperverletzung, ein Dutzend Verstöße gegen das Betäubungsmittelgesetz und eine vierjährige Jugendstrafe wegen Drogenhandels.«

»Vier Jahre Jugendstrafe wegen Drogenhandel?«, sagte Toni erstaunt. »Dann muss er im großen Stil gedealt haben. Ein bisschen Heroin verticken reicht nicht zur Begründung der schädlichen Neigungen aus.«

»Nicht unbedingt«, erwiderte Phong. »Das Gericht stufte ihn als jugendlichen Intensivtäter ein, bei dem keine anderen Erziehungsmaßregeln fruchteten. Hinzu kam, dass er nicht davor zurückschreckte, Teenager anzufixen. Zwei seiner Kunden, zwei Potsdamer Jungs im Alter von vierzehn Jahren, sind damals an einer Überdosis Crystal krepiert. Die Geschichte ging durch die Presse.«

»Ja, ich erinnere mich.«

»Trotz der Jugendstrafe hatte Herm Neudorf noch Glück. Als er hopsgenommen wurde, war er gerade mit seinem ›Kokstaxi‹ unterwegs. Zu seinen besten Kunden zählten die Kreativen in Babelsberg, aber er war ziemlich breit aufgestellt und hielt den Kontakt zur Straße. In seiner Wohnung wurde Stoff mit einem Marktwert von knapp einhunderttausend Euro gefunden. Bei seiner Verhaftung war er neunzehn Jahre alt und wäre wohl nach Erwachsenenstrafrecht verdonnert worden, wenn die Jugendgerichtshilfe nicht festgestellt hätte, dass es ihm an emotionaler Reife fehlte.«

»Und wieso ist er ein gebranntes Kind?«

»Bei einem seiner Prozesse wurden Videoaufnahmen einer öffentlichen Webcam gegen ihn verwendet. Ein Lippenleser konnte jedes gesprochene Wort bestimmen und so lückenlos die Abwicklung eines Drogendeals nachweisen.«

»Deshalb haben sie im Lieferwagen gesessen?«

»Vermutlich ja.«

Toni bedachte Phong mit einem Seitenblick. Er war beeindruckt, was der Kollege in so kurzer Zeit geleistet hatte. Allerdings hielt er sich mit einem Lob zurück. Ihr gestriges Gespräch klang noch nach, und er wollte verhindern, dass Phong wieder abhob. »Das sind interessante Erkenntnisse«, sagte er. »Die Frage ist nur, welche Schlüsse wir daraus ziehen.«

»Bei Neudorfs Vorgeschichte liegt es nahe, dass sich in den Bananenkisten Drogen befunden haben«, erwiderte Phong.

»Hm«, machte Toni. »Ihr Verhalten ist tatsächlich verdächtig. Allerdings frage ich mich, warum sie den Deal am helllichten Tag abwickeln und sich auch noch filmen lassen. Besonders, wenn Neudorf ein gebranntes Kind ist.«

»Das ist ganz einfach«, sagte Phong. »So wie uns die Aufnahme vorliegt, hat sie vor Gericht keine Beweiskraft. Wir können nicht mit Sicherheit sagen, warum sie sich getroffen haben. Auf den Bildern sieht man nur Bananenkisten. Man müsste ihnen nachweisen, dass sich an diesem Tag und um diese Uhrzeit tatsächlich Drogen in den Kartons befunden haben. Und das wäre nur möglich, wenn wir sie auf frischer Tat ertappt hätten. Wenn sie behaupten, dass es sich um eine Altkleiderspende gehandelt hat, kann ihnen niemand das Gegenteil beweisen. Wenn du mich fragst, ist Neudorf ziemlich abgebrüht.«

Toni nickte. »Außerdem konnten sie nicht damit rechnen, dass wir gegen sie ermitteln. Wir schauen uns die letzte Fahrt der MS ›Beate‹ schließlich nur an, weil der Binnenkapitän hingerichtet wurde. Und mit dieser Entwicklung haben sie vermutlich nicht gerechnet.«

»Du wirkst trotzdem nicht überzeugt.«

»Wenn du mit deiner Vermutung richtigliegst, wäre Jürgen Seitz als Drogenkurier tätig geworden. Er wurde jedoch von allen Zeugen als grundsolide geschildert. Ich kann mir nicht vorstellen, dass er sich mit einem Intensivtäter wie Neudorf einlassen würde.«

»Sie sind verwandt.«

»Was?«

»Ja, Herm Neudorf ist der Sohn von Seitz' Schwester. Er ist das schwarze Schaf der Familie. Sie sind Onkel und Neffe.«

»Das setzt ihr Verhältnis natürlich unter andere Vorzeichen. Verwandtschaft kann charakterliche und soziale Gegensätze überbrücken. Hinzu kommt, dass der Schiffsführer wegen seiner Enkelin in einer absoluten Notsituation steckte. Vielleicht hatte er in der Kurierfahrt den einzigen Ausweg aus seiner finanziellen Misere gesehen. Von welcher Größenordnung sprechen wir?«

»Du meinst die Drogen?«

»Genau.«

»Das ist schwer zu schätzen. Es geht vermutlich um eine größere Menge, aber hundert Kilo Haschisch sind natürlich deutlich weniger wert als hundert Kilo Kokain.«

»Hundert Kilo?«

»Na ja, wir reden über vierundzwanzig Bananenkisten. Vielleicht sind es nur vierundzwanzig Kilo. Und vielleicht ist gar nichts drin.«

Toni nickte nachdenklich. »Seitz hat seine Fracht bei der Hamburger Hafenlogistik AG geladen. Die Firma betreibt einen Allroundterminal, wo auch Container aus Südamerika ankommen. In einigen von ihnen werden wahrscheinlich Drogen geschmuggelt. Bevor wir jemanden vom Landeskriminalamt hinzubitten, sollten wir uns absichern. Veranlasse bitte, dass Drogenspürhunde durch die MS ›Beate‹ geführt werden. Wenn sich Stoff an Bord befunden hat, werden die Tiere anschlagen.«

»Mach ich. Da ist aber noch was! Neudorf startet für das Bushido Freefight Team Brandenburg an der Havel und ist in der Szene ziemlich bekannt«, sagte Phong, öffnete ein weiteres Browserfenster und drückte auf das Playzeichen. »Er ist der Kämpfer mit der roten Hose.«

Toni schaute auf ein Video, das auf YouTube unter der Überschrift »MMA-Kampf Herm Neudorf vs. Hakan Dürun« veröffentlicht wurde. In einem käfigartigen Ring, der mit einer blauen Matte ausgelegt war, gingen zwei muskulöse Männer aufeinander los. Unter heiseren Anfeuerungen schlugen und traten sie einander. Blutend wälzten sie sich über den Boden. Schließlich gelang es Herm Neudorf, sich auf die Brust seines Gegners zu setzen und dessen Arme mit den Knien auf den Boden zu drücken. Er prügelte so lange auf den Kopf seines Kontrahenten ein, bis dieser sich nicht mehr rührte.

»MMA ist eine Abkürzung für Mixed Martial Arts«, sagte Phong. »Wir suchen jemanden, der mit einem Wurfmesser umgehen und seinem Gegner das Genick brechen kann. Bei einem Kerl, der sich so dem Kampfsport verschrieben hat, ist das naheliegend.«

»Scheiße«, sagte Toni. »Das ist doch kein Sport. Wie können die so eine brutale Schlägerei ins Internet stellen?«

»Das ist noch gar nichts«, erwiderte Phong. »Was meinst du, was da sonst noch kursiert?«

Toni schüttelte die Bilder ab. »Deine Schlussfolgerung ist nachvollziehbar. Mir ist nur nicht klar, welchen Grund Neudorf haben sollte, seinen Onkel zu töten.«

»Na, vielleicht wollte er einen Mitwisser ausschalten. Oder

er wollte den Verkaufserlös nicht teilen. Oder Jürgen Seitz hatte gedroht, sie auffliegen zu lassen. Mir fallen eine ganze Reihe von Motiven ein.«

»Das passt nicht«, sagte Toni. »Der Täter hat etwas auf dem Schiff gesucht. Mit unserem jetzigen Wissensstand können wir davon ausgehen, dass es der Inhalt der Bananenkisten war. Neudorf hatte die Ladung jedoch in Empfang genommen.«

»Möglicherweise hat der alte Seitz ihn übers Ohr gehauen. Vielleicht hat er Zeitungen in die Bananenkisten gepackt, während er die Drogen anderweitig verticken wollte.«

»Überzeugt mich auch nicht. Neudorf hat die Ware sicher gleich kontrolliert, nachdem er einen sicheren Ort erreicht hatte. Jürgen Seitz ist jedoch erst am nächsten Tag getötet worden. Warum sollte sein Neffe eine ganze Nacht warten? Nein, ich glaube nicht, dass Neudorf der Täter ist, aber wir sollten ihm einen Besuch abstatten. Er kann uns bestimmt einige Antworten geben.«

In diesem Augenblick öffnete sich die Tür, und Gesa trat ein. Ihr folgte ein riesiger, korpulenter Mann, der sich unter dem Türrahmen duckte. Er trug einen breitkrempigen Schlapphut, der einen Schatten auf sein tomatenrotes Gesicht warf. Unter seinem karierten Wollhemd wölbte sich ein Bauch, der so prall wie ein Gymnastikball war. Hosenträger verhinderten, dass ihm die Cordhose runterrutschte.

»Das ist Herr Kiekebusch aus Paretz«, sagte die Kollegin. »Er angelt fast täglich am Havelkanal und hat am Tattag eine interessante Beobachtung gemacht. Erzählen Sie mal.«

»Ja, nu«, schnaufte der Zeuge. Offenbar war er von dem Marsch durch das Kommissariat aus der Puste. »Da ist einer auf der Brücke rumgeturnt und dann aufs Schiff gesprungen.«

Toni traute seinen Ohren kaum. Da liefen sie tagelang durch die Gegend und fanden keine heiße Spur, und dann erzielten sie innerhalb weniger Stunden gleich zwei Treffer. »Wie weit waren Sie entfernt? Haben Sie sein Gesicht erkannt?«

»Nu«, sagte Herr Kiekebusch behäbig. »Meine Augen sind noch ganz gut.«

»Dann zeig ihm mal ein Bild von Neudorf«, sagte Toni zu Phong. »Nur zur Sicherheit.«

»Vom wem?«, fragte Gesa.

»Erzähl ich dir später«, erwiderte Toni.

Phongs Finger flogen über die Tastatur seines Laptops. Schließlich drehte er den Bildschirm so, dass er dem Zeugen zugewandt war. Zu sehen waren nun eine Frontalaufnahme von Neudorfs Gesicht, ein Profilbild und ein Ganzkörperfoto.

»Ist das der Mann?«, fragte Toni.

Herr Kiekebusch klemmte die Daumen unter seine Hosenträger, beugte seinen Oberkörper vor und schaute sich alles genau an.

»Nee«, sagte er schließlich.

»Sind Sie sicher?«

»Ja«, erwiderte er so bestimmt, dass ein weiteres Nachbohren sich erübrigte.

»Wie ist der Mann zur Brücke gekommen?«, fragte Toni. »Hat er ein Auto benutzt?«

»Genau«, sagte Kiekebusch schnaufend.

»Der Zeuge hat mir gegenüber bereits ausgesagt«, mischte sich Gesa ein, »dass er einen weißen, silbernen oder grauen Golf neueren Baujahrs gesehen hat. Das amtliche Kennzeichen konnte er nicht erkennen.«

»Wo hat der Wagen gestanden?«

»An der Paretzer Brücke wurde an einem neuen Bootsanleger gearbeitet. Es gibt eine Zufahrt, die von der Paretzer Straße abgeht und an einer Wild- und Rinderfarm vorbei hinunter zum Kanal führt. Sie wurde von den Baustellenfahrzeugen genutzt. Dort hat der Golf versteckt auf dem Grünstreifen geparkt. Etwa eine Stunde nachdem der Mann an Bord der MS ›Beate‹ gelangt ist, wurde der Pkw wegbewegt. Wer am Steuer saß oder aus welcher Richtung der Fahrer gekommen ist, hat Herr Kiekebusch nicht beobachten können.«

»Vermutlich ist der Täter an Land gesprungen oder geschwommen und zurück zum Auto gelaufen«, sagte Phong.

»Davon können wir ausgehen«, erwiderte Toni und wandte

sich an den Zeugen. »Kam Ihnen der Vorfall nicht komisch vor? Sind Sie nicht auf die Idee gekommen, Ihre Beobachtung der Polizei zu melden?«

Kiekebusch blickte hilfesuchend zu Gesa, die ihm aufmunternd zunickte. Schließlich zuckte er mit den Schultern und antwortete: »Nee.«

Toni sah seufzend zur Flipchart. »Schade, dass wir die Fotos von den Schaulustigen nicht haben. Sonst hätten wir sie Herrn Kiekebusch zeigen können.«

»Kein Problem«, sagte Phong, schlug eine Mappe auf und griff nach mehreren großformatigen Fotos, die er sogleich auf dem Tisch verteilte. »Du bekommst auch noch Wechselgeld und die Quittung für die Farbpatrone.«

Etwas ungläubig starrte Toni auf die Bilder und dann auf den Kollegen. War der überhaupt zu Hause gewesen und hatte geschlafen?

Herr Kiekebusch hatte unterdessen erneut die Daumen unter die Hosenträger geklemmt, sich leicht vorgebeugt und beäugte die Aufnahmen. Plötzlich kam Bewegung in seinen massigen Leib. Sein Zeigefinger stürzte herab und pochte auf eine dreiköpfige Personengruppe. Es waren die Schaulustigen, die auf der anderen Seite des Havelports auf einem ungepflasterten Weg gestanden und die Arbeiten der Spurensicherung beobachtet hatten. Ein Jogger, ein Spaziergänger mit Hund und ein Mann mit einer Kapuzenjacke. »Das ist er!«

»Sind Sie sicher?«, fragte Toni.

»Ja«, erwiderte Kiekebusch. »Das ist er.«

Toni griff sich das Foto und eine Lupe. Die Kapuze warf einen Schatten auf das Gesicht des Mannes. Man konnte nur seine Nase erkennen, die sich etwas heller abhob. Vielleicht konnten die Konturen durch ein Bildbearbeitungsprogramm verstärkt werden.

»Warum sind Sie sich sicher?«, fragte Toni. »Sein Gesicht ist kaum zu sehen.«

Kiekebusch blickte ihn verwirrt an und sagte: »Das ist er! Das ist er!«

»Haben Sie ihn an seiner Körperhaltung, an seiner Statur und seiner Kleidung erkannt?«, setzte Toni nach.

»Genau!«

Toni nickte und widmete sich erneut dem Foto, um die umliegende Landschaft abzusuchen. Er ging die Aufnahme systematisch von links nach rechts und von oben nach unten durch und machte eine weitere vielversprechende Entdeckung. Richtung Brieselang, kurz vor der Brücke, stand ein heller Pkw an der Fahrbahn. »Ist das der Golf, den Sie gesehen haben?«, fragte er.

Nach einigem Zögern erwiderte Kiekebusch: »Kann sein.«

Phong war seitlich hinter ihn getreten, um ebenfalls einen Blick auf das Foto zu werfen. »Dann ist der Täter von der Paretzer Brücke Richtung Havelport gefahren. Warum hätte er das tun sollen?«

Toni zuckte die Achseln. »Er hat an Bord nicht gefunden, was er gesucht hat. Vielleicht hat er befürchtet, dass die Spurensicherung erfolgreicher sein würde. Schick das Foto an die KTU. Sie sollen ihr Augenmerk auf den Mann mit der Kapuze und auf das Auto legen. Die Kennzeichen sind verdeckt, aber vielleicht befinden sich Aufkleber, Unfallschäden oder andere interessante Details an der Karosserie. Außerdem möchte ich, dass du die Aussage von Herrn Kiekebusch protokollieren lässt und mit ihm eine Phantomzeichnung anfertigst. Und halt mich auf dem Laufenden. Ich will wissen, ob die Drogenhunde anschlagen. Gesa und ich fahren jetzt Richtung Brandenburg an der Havel und statten Herrn Neudorf einen Besuch ab. Schick mir die Adresse seiner Arbeitsstätte und seiner Wohnung aufs Smartphone.«

## 21

Quellende Wolkenformationen zogen über der Flusslandschaft. Ihre mächtigen Schatten huschten über die Weide, bis
die Mittagsonne alles wieder in grelles Licht tauchte. Dieses
Wechselspiel von Hell und Dunkel dauerte den ganzen Morgen an.

Sandro drehte Isolatoren aus Kunststoff in die Zaunpfähle
und führte das Elektroband ein. Die Stille wurde nur durch
das ständige Blöken eines Schafs unterbrochen. Wenn Sandro
hier fertig war, würde er nach dem Tier sehen. Vielleicht hatte
es sich verletzt.

Seit gestern ging ihm alles leicht von der Hand. Herm würde
eine Lösung wegen Bonita finden. In wenigen Stunden würden
sie die Satteltaschen voll Geld packen und auf der Geländemaschine des Freundes in den Süden brausen. Sandro konnte sein
Glück kaum fassen. Es erschien ihm unwirklich, dass er auf
der Gewinnerseite stehen sollte, aber alles sprach dafür, dass
er dieses Mal das große Los gezogen hatte. Eigentlich machte
er sich wegen nichts Sorgen. Nur wenn er an den Potsdamer
Bullen dachte, spürte er ein flaues Gefühl in der Magengegend.

Damals hatte niemand von Ben und ihm gewusst. Der Ge-
liebte beschützte seinen Womanizer-Ruf wie ein abgerichte-
ter Dobermann den Besitz seines Herrchens. Stets achtete er
darauf, nicht mit ihm in der Öffentlichkeit gesehen zu werden.
Der Austausch von Zärtlichkeiten fand hinter geschlossenen
Gardinen, in Szenebars oder im Schutz der Dunkelheit statt.
Deshalb hatte es bei den Ermittlungen zunächst keine Hinweise
auf ihn gegeben. Niemand aus Bens Familie oder Bekannten-
kreis kannte ihn.

Auch sonst gestaltete sich die Aufklärung für die Polizei
schwierig: Der Parkplatz, auf dem Sandro ihn abgestochen
hatte, war ein beliebter Treffpunkt für Homosexuelle, die einen
anonymen Fick suchten. Normalerweise trieben sich dort viele

Familienväter herum, aber in jener Nacht gab es keinen einzigen Zeugen.

Nachdem sich das erste Entsetzen über seine Tat gelegt hatte, reagierte Sandro geistesgegenwärtig. Schnell entwickelte er einen Plan, um nicht eingelocht zu werden. Sorgfältig entfernte er alle Fingerabdrücke aus dem Wageninneren, die Tatwaffe nahm er mit und schleuderte sie bei der nächstbesten Gelegenheit von der Glienicker Brücke in die Havel. Außerdem besorgte er sich ein Alibi, das einer ersten Nachprüfung standhalten würde.

Wenn irgendein Bulle den Fall übernommen hätte, wäre die Akte ungelöst ins Archiv gewandert, aber Hauptkommissar Sanftleben verbiss sich regelrecht. Er verfolgte jede noch so geringe Spur, bis er irgendwann die beiden reptilienhaften Rentnertucken in einer Schwulenbar am Berliner Nollendorfplatz aufspürte und schließlich an der Wohnungstür des Freiers klingelte, bei dem Sandro für ein paar Wochen untergeschlüpft war. Er hatte keine Ahnung, wie der Polizist an die Adresse gekommen war.

Schon als er ihn im Türrahmen stehen sah, wusste er, dass es hart werden würde. Sein erster Eindruck sollte sich bestätigen. Er konnte dem Bullen weder etwas vorspielen, noch konnte er ihn mit seinem Charme einwickeln. Es brachte auch nichts, auf die Tränendrüse zu drücken und ihm die traurige Geschichte vom siebzehnjährigen ausgebeuteten Stricher vorzukauen.

Toni Sanftleben betrachtete ihn nur und ratterte seine Fragen runter. Wenn er etwas nicht verstand, bohrte er so lange nach, bis alle Unklarheiten beseitigt waren. Jeden Gefühlsausbruch ließ er unkommentiert, jede Provokation belächelte er. Nur Indizien, Zeitabläufe und Fakten interessierten ihn. Einen ganzen Monat drehte er ihn im Beisein von Frau Lüttke durch den Fleischwolf, bis Sandro nicht mehr konnte und zusammenbrach. Auf Anraten der »Herbergsmutter« und seines Anwalts legte er ein Geständnis ab.

Sandro schraubte die Trinkflasche auf und nahm ein paar Schlucke. Am bewölkten Himmel kreiste ein Bussard. Eine

Böe erwischte den Greifvogel und drängte ihn ab. Mit zwei kraftvollen Flügelschlägen erreichte er die alte Höhe und setzte seinen Spähflug fort. Er konnte viel besser sehen als die Menschen und würde sich die erste Maus schnappen, die sich aus einem Erdloch traute.

Sandros Smartphone ließ Bonitas Wiehern ertönen, und er sah auf dem Display, dass Sonja eine Nachricht geschickt hatte.

»Ich hab mir schwarze Spitzenunterwäsche gekauft. Willst du sie sehen?«, schrieb sie und fügte einen zwinkernden Smiley an.

Sandro wusste nicht, ob es noch zu ihrem Treffen kommen würde, aber ein bisschen Ablenkung konnte nicht schaden. Er legte eine Pause ein und antwortete: »Warum machst du mich wieder so scharf? Ich will sie nur sehen, wenn du sie anhast.«

»Unter einer Bedingung«, schrieb sie.

»Spann mich nicht so auf die Folter. Welche?«

»Wenn du mir auch was zeigst.«

Sandro grinste und tippte: »Was denn?«

Sie schickte einen Smiley mit gesenkten Augen und glühenden roten Wangen.

So leicht ließ Sandro sie nicht davonkommen. »Du musst es mir schreiben. Sonst weiß ich nicht, ob ich richtigliege. Was willst du sehen?«

Eine Zeit lang blieb das Handy stumm, dann antwortete sie: »Schick mir ein Foto von deinem steifen Penis. Warte kurz. Vielleicht hilft dir das.«

Sein Handy wieherte, und er öffnete ein verschwommenes, graustichiges Foto, das mehr erahnen ließ als zeigte. In einem Spiegel mit einem weißen Holzrahmen posierte eine brünette Frau, die vom Hals abwärts zu sehen war. Sie war üppig und trug schwarze Spitzenunterwäsche und elegante hochhackige Pumps.

Für Sandro war körperliche Perfektion nie entscheidend gewesen, für ihn kam es auf die Atmosphäre und das knisternde Drumherum an, und dieser mit Bildern garnierte Dirty Talk war so erotisch, dass er beinahe augenblicklich eine Erektion bekam. Sein bestes Stück bäumte sich schmerzhaft gegen die Arbeitshose.

»Ich zeige dir gleich, was du mit mir anstellst«, schrieb er und hielt Ausschau nach einem passenden Ort. Mitten auf der Weide befand sich ein Unterstand, wo die Tiere bei Unwettern Zuflucht suchten und wo sie an einer Tränke ihren Durst stillten. In Gummistiefeln stapfte er durch den Matsch und trat unter den niedrigen Holzverschlag. Es roch nach Pferdeäpfeln, und Heerscharen von Fliegen stoben auf. Außerdem war es so dunkel, dass er einen Kamerablitz brauchen würde, der wahrscheinlich alles überbelichtete. Vielleicht war der Unterstand doch nicht geeignet.

»Sandro?«, rief da jemand. Nach der Stimme zu urteilen, war es sein Chef. »Sandro. Wo steckst du wieder?«

»Sorry«, schrieb er an Sonja. »Mein Typ wird verlangt. Ich melde mich später.«

Glücklicherweise hatte er die Hose noch nicht runtergelassen. Außerdem hatten der Tierkot und die Ankunft seines Chefs ihn abgetörnt. Er trat aus dem Unterstand und rief: »Herr Jessen, hier bin ich.«

Auf halbem Weg trafen sie sich, und Hartmut Jessen fragte: »Was hast du da gemacht?«

»Ich hab die Wände kontrolliert«, erwiderte Sandro. »Ganz unten, wo das Spritzwasser angreift, gammeln die Bretter. Bei nächster Gelegenheit sollten wir zwei oder drei von ihnen austauschen.«

»Gut so, Junge«, antwortete Jessen. Er mochte es nicht, wenn Arbeitszeit verschwendet wurde. »Gestern warst du so schnell weg. Sicher ist dir der Verkauf von Bonita an die Nieren gegangen.«

An die Nieren gegangen?, dachte Sandro. Das war die Untertreibung des Jahres. Wenn Herm ihn nicht beruhigt hätte, wäre er Amok gelaufen. Allein der Gedanke, die Fuchsstute fremden Leuten zu überlassen, schnürte ihm den Hals zu. Außer ihm wusste niemand, wie viel Liebe und Zuwendung sie brauchte.

Irgendwie schaffte er es, nicht in Tränen auszubrechen und zu nicken.

»Ich hatte dir gestern ja schon angekündigt, dass ich dich prozentual am Verkauf beteiligen will«, verkündete Jessen freudestrahlend. Er zog sein Portemonnaie aus der Tasche und griff in das Scheinfach. »Heute ist es so weit. Hier, bitte schön.«

Sandro starrte auf den Zwanzig-Euro-Schein.

»Nun, nimm schon«, sagte Jessen. »Du hast es dir redlich verdient.«

»Sie wollen mir zwanzig Euro geben?«

»Das ist nur der Anfang. Wenn wir mehr Pferde verkaufen, die durch deine Pflege gesunden, bekommst du natürlich mehr.«

Sandro hatte früh kapiert, dass sein Chef ein Geizhals von biblischen Ausmaßen war. Am Anfang ihrer Zusammenarbeit hatten sie sich auf einen Stundenlohn von drei Euro geeinigt, weil Herr Jessen behauptete, dass er nicht mehr zahlen könne. Sandro ließ sich darauf ein, denn er wusste genau, dass er als verurteilter Totschläger keinen anderen Job finden würde. Er strengte sich an und schuftete vierzehn Stunden am Tag. Auf die Wochenenden verzichtete er freiwillig, um nicht ins Grübeln zu kommen. Als bei der ersten Gehaltsabrechnung eine Summe von über tausenddreihundert Euro zusammenkam, sprangen seinem Chef beinahe die Augen aus den Höhlen. Er stellte sofort klar, dass er ihm höchstens vierhundertfünfzig Euro im Monat geben könne, so viel wie für einen Minijob, was ja auch viele steuerliche Vorteile böte. Außerdem dürfe er künftig umsonst auf dem Dachboden des Stalls wohnen, wenn er ihn mit eigenen Mitteln herrichte.

Seitdem rackerte sich Sandro für etwas mehr als einen Euro pro Stunde ab. Im ersten Jahr ging sein Verdienst komplett für Renovierungskosten, den Kühlschrank und Sanitär- und Elektroinstallationen drauf. Dass er ausgebeutet wurde, war für ihn in Ordnung, solange er mit Bonita arbeitete, aber die Ausgangssituation hatte sich geändert. Bald würde er im Geld schwimmen und nach Marokko abhauen. Er musste sich von

Herrn Jessen nicht mehr alles gefallen lassen. »Behalten Sie Ihr Geld ruhig«, sagte Sandro stolz.

»Wieso?«, erwiderte Jessen und blickte ehrlich verwirrt drein. »Ich bin dein Arbeitgeber und honoriere deine guten Leistungen. Du solltest erfreut und dankbar über diese Zuwendung sein.«

»Sie verstehen das nicht?«, fragte Sandro. »Na, dann will ich es Ihnen mal erklären. Ich habe drei Jahre Arbeit in ein Pferd gesteckt, dass Sie zum Abdecker bringen wollten. Und jetzt haben Sie es für über fünfzigtausend Euro verkauft. Sie haben groß angekündigt, dass sie mich prozentual beteiligen wollen, und jetzt wollen Sie mich mit zwanzig Euro abspeisen. Ich bin nicht so gut im Kopfrechnen, aber eine prozentuale Beteiligung ist das nicht. Ich würde eher sagen: Das ist ein schlechter Scherz.«

»Dir fehlt der unternehmerische Weitblick. Ich hab Bonita all die Jahre durchgefüttert, den Hufschmied kommen lassen und die Bereiterin und die Tierarztrechnungen bezahlt. Diese Kosten musst du natürlich vom Verkaufserlös abziehen, und da bleibt nicht viel übrig. Von dem kläglichen Rest will ich dir was abgeben. Rechtschaffene Menschen würden sagen: Das ist sehr, sehr großzügig.«

Sandro konnte sich ein gehässiges Lachen nicht verkneifen. »Sie lassen den Doktor doch erst antanzen, wenn eins Ihrer Pferde halb tot im Stall liegt. Wenn wegen Mangelerscheinungen Zusatzfutter benötigt wird, ziehen Sie es mir einfach vom Lohn ab. Weiß der Teufel, warum ich dafür blechen muss. Und mein Kühlschrank verbraucht angeblich so viel Strom, dass Sie meinen Lohn um mehr als die Hälfte kürzen. Einen eigenen Zähler darf ich natürlich nicht installieren. Haben Sie sich mal gefragt, wie ich mit den paar Euros überleben kann?«

Das Gesicht seines Chefs war noch schmaler geworden. Seine Mundwinkel bogen sich nach unten. »Nennst du das Dankbarkeit? So solltest du nicht mit mir reden.«

»Und warum nicht? Weil Sie dann nicht mehr in Groß Kreutz herumstolzieren und erzählen können, was für ein Gutmensch sie sind, der sogar straffällig gewordene Jugendliche aufnimmt und ihnen eine zweite Chance gibt. Sie suchen überall Ihren persönlichen Vorteil, Sie sind ein Ausbeuter der übelsten Sorte.«

»Das denkst du von mir?«, sagte Jessen und steckte mit spitzen Fingern den Zwanzig-Euro-Schein zurück in sein Portemonnaie. »Du glaubst vielleicht, dass du unentbehrlich bist, weil du Bonita gesund gepflegt hast, aber einen Kerl von deiner Sorte finde ich an jeder Straßenecke. Ich muss nur ein Inserat schalten, dann rennen die armen Schlucker mir die Bude ein. Ich denke, dass wir unter diesen Voraussetzungen unser Arbeitsverhältnis beenden sollten.«

»Sie wollen mich feuern?«

»Du hast bis heute Abend Zeit, um deine Sachen zu packen und den Hof zu verlassen. Solltest du meiner Anweisung nicht Folge leisten, werde ich die Polizei verständigen und dich von ihr entfernen lassen. Du bist ja ein alter Bekannter, und sie werden schon wissen, wie sie mit dir umspringen müssen.«

Sandro stand da und schaute diesen knauserigen Mann mit dem Zuckerwattehaar an, der seine Überlegenheit voll auskostete. Über drei Jahre hatte er sich für ihn abgerackert und sich mit einem Hungerlohn abspeisen lassen, und das war der Dank. Eine heftige Wut befiel ihn und ließ ihn mehrmals schlucken. Sein Kehlkopf wanderte hoch und runter. Er wollte dieses Arschloch verletzen. Er wollte ihn fertigmachen.

»Ich ficke deine Frau«, flüsterte Sandro und beobachtete Jessen genau.

»Wie bitte?«, fragte der.

Sandro ließ ihn nicht aus den Augen, und allmählich dämmerte ihm, dass sein ehemaliger Chef möglicherweise Bescheid wusste. Also musste er ihn härter treffen. Er musste einen Schlag landen, der ihm nicht nur wehtat, sondern lange nachwirkte.

»Damit ich es ihr besorge«, sagte Sandro, »bezahlt Regina mir jedes Mal hundert Mäuse. Sie können sich vorstellen, dass da ein hübsches Sümmchen zusammengekommen ist. Über *dreitausend Euro.*«

Endlich entgleisten Jessens Gesichtszüge. Er lief puterrot an und holte zu einem Faustschlag aus, dem Sandro mühelos auswich. »Dreitausend Euro fürs Ficken! Dreitausend Euro, damit ich es ihr richtig besorge«, rief er, griff sich anzüglich in den Schritt und langte nach seiner Jacke. Lachend lief er den Feldweg hinunter. Die Höhe der Summe würde seinen ehemaligen Chef noch lange beschäftigen und vielleicht verzweifeln lassen, aber es war Sandro egal. Was kümmerte ihn dieser Erbsenzähler, wenn er schon morgen mit Herm Richtung Marokko brauste?

## 22

Auf der Autofahrt nach Brandenburg an der Havel informierte Toni Gesa über die neuesten Erkenntnisse. »Neudorf ist Kampfsportler«, sagte er. »Er könnte handgreiflich werden. Deshalb möchte ich, dass du –«

»Stopp«, unterbrach Gesa ihn sofort. »Ich bin keine Polizeischülerin, die du beschützen musst. Wir gehen vor, wie es in solchen Fällen Vorschrift ist, und sichern uns gegenseitig ab.«

Toni warf ihr einen Seitenblick zu und nickte. Ihre mentale Stärke hatte Gesa schon bei einem Afghanistaneinsatz bewiesen, bei dem sie Frauen für den Polizeidienst ausgebildet hatte. Nach einer Infoveranstaltung in einer Mädchenschule war ihr Konvoi von Talibankriegern angegriffen worden. In ihrer Akte stand, mit welcher Entschlossenheit sie gehandelt hatte. Einige Kameraden verdankten ihrem Einsatz ihr Leben.

»Warum lächelst du?«, fragte Gesa.

»Ach, nichts«, erwiderte Toni.

Ihre Miene verdüsterte sich. »Eigentlich wollte ich dich schon gestern Abend ansprechen, aber du warst so plötzlich fort, dass ich keine Gelegenheit mehr dazu hatte.«

»Was ist denn los?«

»Was los ist? Ich finde, dass es eine Riesenschweinerei ist, dass Sonnemann Bier ausgeschenkt hat. Später gab es sogar noch Schnäpse. In den Diensträumen herrscht striktes Alkoholverbot. Einige hatten noch Bereitschaft. Außerdem ist einer meiner Brüder Trinker, und zwar von der harten Sorte. Beim Dienstjubiläum eines Kollegen ist er rückfällig geworden. Natürlich gab es dort auch ein betriebliches Alkoholverbot, und natürlich hat sich niemand darum geschert. Er ist abgestürzt, und es hat fünfzehn Monate gedauert, bis er zurück in die Spur gefunden hatte. Fünfzehn Monate! Das muss man sich mal vorstellen. Jedenfalls war ich gestern so richtig sauer, und als du weg warst, da hab ich gedacht –«

»Nein, nein«, sagte Toni. Es war ihm peinlich, wenn ihn jemand auf seine Vergangenheit ansprach. Er hatte häufig eine bemitleidenswerte Figur abgegeben, und daran wurde er nur ungern erinnert. »Ich war gestern Abend noch in der Gruppe, und mein Mentor hat mich zurechtgestutzt.«

»Warst du wegen der Feier dort?«

»Auch, ja.«

Gesa ballte vor Wut die Fäuste. »Ich hätte nicht übel Lust, eine Beschwerde einzureichen.«

»Die dürfte wenig Aussicht auf Erfolg haben«, erwiderte Toni. »Schmitz hat die Veranstaltung mit Sicherheit abgesegnet. Er wird den Deckel draufhalten.«

»Das meine ich ja. Ich will mich nicht über Sonnemann, sondern über Schmitz beschweren. Er ist der Kommissionsleiter. Er muss einschreiten.«

Toni schaltete vom dritten in den vierten Gang und warf ihr einen Seitenblick zu. »Dass du dir Gedanken um mich machst, ist sehr nett, aber ich möchte nicht, dass du meine Kämpfe ausfichtst.«

»Wieso?«, erwiderte Gesa. »Hier geht's nicht nur um dich. Hier geht's um meinen Bruder, um das Ansehen der Polizei und ums Prinzip.«

»Bist du sicher?«

»Ja, klar.«

»Wenn das so ist, solltest du dir gut überlegen, ob du den Preis zahlen willst. Schmitz, Sonnemann und ein paar andere Kollegen werden nicht erfreut sein.«

»Pah«, machte Gesa und starrte wütend durch die Seitenscheibe nach draußen.

Damit war das Thema beendet.

Als sein Smartphone vibrierte, zog Toni es aus der Tasche und reichte es Gesa. »Die Nachricht ist bestimmt von Phong. Schau bitte mal nach.«

Die Kriminaloberkommissarin widmete sich dem Handy. »Wir sollen es zuerst auf Neudorfs Arbeitsstelle versuchen. Warte mal, ich gebe die Adresse ins Navi ein.«

»Schreibt er sonst noch was?«

»Einen Moment«, sagte Gesa und beendete die Eingabe.

»Ein paar Infos über den Schrottplatz.«

»Lass mal hören.«

»Der Mann der Inhaberin heißt Horst Hudt. Er ist ein ehemaliger Knacki, der wegen Totschlag gesessen hat. Im Streit hat er jemandem eine abgebrochene Flasche in den Hals gerammt. Es war wohl ein Eifersuchtsdrama, das mit dem aktuellen Fall nichts zu tun hat. Er ist wegen guter Führung frühzeitig entlassen worden und leitet die Autoverwertung seit zehn Jahren. In dieser Zeit hat er sich nichts zuschulden kommen lassen und unterhält gute Beziehungen zu dem Jugendknast, wo Herm Neudorf inhaftiert war. Phong schreibt, dass es den Ausbildungsberuf Autoverwerter nicht gibt. Deshalb müssen sich die Unternehmer ihren Nachwuchs selbst anlernen. Horst Hudt ermöglicht jungen Männern, die gerade entlassen wurden, einen beruflichen Neuanfang. In Interviews mit der regionalen Presse hat er betont, dass jeder eine zweite Chance verdient hat. Er scheint ein Idealist zu sein.«

»Oder er hat ein schlechtes Gewissen«, sagte Toni. »Immerhin hat er einen Menschen getötet. Vielleicht hat er das Gefühl, etwas gutmachen zu müssen. Sonst Auffälligkeiten?«

»Nein, die Firma steht auf soliden Beinen und hat einen Gewinn erwirtschaftet. Die Bilanz ist tadellos.«

Gesa legte das Smartphone beiseite, blickte aus dem Fenster und brütete eine Weile vor sich hin, bis sie sagte: »Wenn Neudorf in die Sache verwickelt ist und seinen Onkel nicht umgebracht hat, müssen wir uns die Frage stellen, wer der Täter ist.«

»Und aus welchem Grund er getötet hat«, ergänzte Toni.

»Wenn es tatsächlich um Drogen geht, könnte der Mörder von einer rivalisierenden Bande stammen. Oder Jürgen Seitz und sein Neffe haben ihm den Stoff geklaut, und er wollte ihn sich zurückholen. Oder er gehörte von Anfang an zum Team und wollte plötzlich sein eigenes Ding durchziehen.«

»Das ist alles möglich. Und wenn du richtigliegst, ist die

Sache noch nicht ausgestanden. Wir müssen aufpassen, dass es keine weiteren Opfer gibt.«

\*\*\*

Das Navigationsgerät führte sie in ein Industrie- und Gewerbegebiet, das nördlich von Brandenburgs Stadtmitte lag. Es gab zahlreiche Fahrzeughändler, die alle bekannten Marken vertrieben. Außerdem Küchencenter, Baumärkte und Bootszubehör. In einer Seitenstraße lenkte Toni den Wagen auf das eingezäunte Gelände der Autoverwertung Ilse Hudt und fuhr auf eine graue Halle zu. Links und rechts stapelten sich Pkws. Die Reifen waren abmontiert. Einige Karosserien wiesen Unfallschäden auf, andere schienen in einem guten Zustand zu sein.

Nachdem Toni auf der markierten Stellfläche geparkt hatte, betraten sie die Halle durch das offene Tor. Im Inneren war es kühler, und ihre Schritte hallten wider. Riesige Regale reihten sich aneinander. Sie reichten bis unter die Decke und enthielten Kühlerhauben, Stoßstangen, Lichtmaschinen, Anlasser, Turbolader, Scheinwerfer und Getriebe. Offenbar handelte die Autoverwertung Ilse Hudt auch mit Ersatzteilen.

Toni trat an den Tresen, hinter dem eine kaugummikauende Sachbearbeiterin saß und emsig eine Tastatur bearbeitete. »Einen Moment bitte. Ich bin gleich fertig«, sagte sie und drückte auf die Entertaste. Als sie lächelnd aufsah, klimperte sie mit den künstlichen Wimpern. Ihr türkiser Lidschatten glitzerte. »Ihr seid vermutlich die beiden Car-Crasher. Kann ich eure Gutscheine sehen? Ist schon alles ready«, sagte sie und deutete auf einen Einkaufswagen, in dem neben Vorschlaghämmern, Brecheisen und Baseballschlägern auch Schutzbrillen und dicke Handschuhe lagen.

»Car-Crasher?«, fragte Gesa.

Etwas irritiert blickte die Sachbearbeiterin auf. »Na, zum Stressabbau. Wir haben da ein supertolles Angebot. Wir stellen das Auto und das entsprechende Werkzeug, und unsere Kunden können sich austoben.«

»Kein Quatsch?«, fragte Gesa. »So was gibt's?«

»Es ist sogar echt beliebt. Wir haben einige Stammkunden, die immer wiederkommen.«

»Wir sind jedenfalls von einem anderen Verein«, sagte Toni und zeigte seinen Dienstausweis. »Wir wollen zu Herrn Neudorf. Wo finden wir ihn?«

»Herrn? Um was geht es denn?«

»Das wollen wir ihm lieber selbst sagen.«

»Ach so«, sagte die Sachbearbeiterin und dachte nach. Dabei bearbeitete sie ausgiebig ihr Kaugummi, sodass ihr rosa Zahnfleisch sichtbar wurde. »Der sprengt Airbags. Ihr müsst raus, nach links und um die Halle rum. Da ist ein gesicherter Bereich.« Irgendwo ertönte ein dumpfer Knall. »Das war er gerade.«

»Danke«, erwiderte Toni. Er hatte sich bereits halb umgedreht, als er im Augenwinkel eine Bewegung wahrnahm und zu der jungen Frau sagte: »Lassen Sie das Handy lieber stecken. Wenn Sie ihm unseren Besuch ankündigen und er abhaut, könnte es unschön für Sie werden.«

»Ach menno. Ich wollte mir nur ein neues Kaugummi rausholen«, sagte die Sachbearbeiterin und zog eine Schnute.

Draußen begegneten Toni und Gesa einem jungen Pärchen, das sich unternehmungslustig umschaute. Vermutlich suchten sie den Pkw, den sie gleich demolieren durften. Ein Gabelstapler raste vorbei, der ein platt gewalztes Auto transportierte. Auf einem sandigen Trampelpfad gingen sie um die Halle und erreichten den Sprengplatz. In Gitterkörben lagen Hunderte Airbags bereit, die nicht wiederverwertet werden konnten.

Herr Neudorf hatte ihnen den breiten Rücken zugewandt. Sein sehniger Nacken war sorgfältig ausrasiert. Er trug einen Fleecepulli und fleckige Jeans, seine Füße steckten in Arbeitsstiefeln. Er bediente gerade eine Konsole, von der ein rotes Kabel in eine grüne Stahlbox führte. Neben ihm stand ein weiterer Angestellter des Schrottplatzes. Er war so dick, dass sogar Phong gegen ihn wie eine halbe Portion aussah.

»Drei – zwei – eins«, zählte Neudorf runter und legte einen

Kippschalter um. Aus der Stahlbox erklang ein Knall, heller Rauch stieg auf. Der schwergewichtige Kollege walzte los und zog den weißen Nylonsack heraus, um ihn abseits auf einen Stapel zu legen. »Opel-Beifahrer«, sagte er schnaufend. »Die sind am lautesten.«

Herm Neudorf wollte sich gerade den nächsten Airbag aus dem Gitterkorb schnappen, als Toni seinen Dienstausweis zückte und sagte: »Hauptkommissar Sanftleben. Das ist meine Kollegin Oberkommissarin Müsebeck. Wir sind von der Kripo Potsdam und würden uns gerne mit Ihnen unterhalten.«

Gesa hatte den Druckknopf ihres Halfters gelöst und hielt die Hand unauffällig in Pistolennähe. Sie hatte sich im rechten Winkel zu Toni und dem Hilfsarbeiter aufgestellt, sodass sie freies Schussfeld haben würde, falls sie die Waffe einsetzen musste.

»Hauptkommissar Sanftleben?«, fragte Neudorf. Sein Gesicht war von kleinen Narben übersät. Wahrscheinlich handelte es sich um Kampfspuren. »Aus Potsdam?«

»Das habe ich doch gerade gesagt«, erwiderte Toni.

»Ja, klar«, sagte Neudorf schnell und fing sich wieder. »Um was geht's?«

»Ermittlungen im Todesfall Jürgen Seitz. Das ist Ihr Onkel, wenn wir richtig informiert sind?«

»Stimmt. Ich habe von meiner Mutter von seinem Tod erfahren und helfe natürlich, wenn ich kann. Am besten gehen wir in den Aufenthaltsraum. Da sind wir ungestört.«

»Einverstanden«, sagte Toni und steckte den Dienstausweis zurück. Weil er um Neudorfs Gefährlichkeit wusste, hielt er einen Sicherheitsabstand ein, um bei einem plötzlichen Angriff reagieren zu können.

»Mach solange allein weiter«, sagte Neudorf zu dem schwergewichtigen Mitarbeiter. »Und pass mit der Verkabelung auf, sonst geht dir das Ding in der Hand los. Kommen Sie«, sagte er zu Toni und zog einen Schlüsselbund aus der Tasche. Er stapfte auf eine Tür zu, die sich an der Rückwand der Halle befand. Er schloss sie auf, öffnete sie und trat über die Schwelle.

Toni wollte ihm gerade folgen, als die Tür vor seiner Nase zugeschlagen wurde. Es schepperte metallisch. Zuerst begriff er nicht, was das zu bedeuten hatte. Er packte den Stahlknauf und rüttelte daran, aber das Schnappschloss hatte eingerastet und blieb dicht.

»Der haut ab«, sagte Toni und wandte sich an den schwergewichtigen Mitarbeiter. »Los, aufmachen! Machen Sie sofort die Tür auf!«

»Sorry«, antwortete der. »Aber ich hab keinen Schlüssel.«

»Ich werde das überprüfen«, brüllte Toni, »und wenn Sie uns verarschen, dann hat das ein Nachspiel, das kann ich Ihnen versprechen!«

»Ich hab wirklich keinen Schlüssel«, sagte der Mann eingeschüchtert.

Toni rannte los. Auf dem Trampelpfad schloss Gesa zu ihm auf. Als sie gerade um die Ecke bogen, sahen sie, wie Herm Neudorf auf eine Geländemaschine sprang, den Kickstarter runtertrat und losraste. Er nahm einen schmalen Weg, auf dem sie ihm unmöglich folgen konnten. Jedes Mal, wenn er einen Gang höherschaltete, heulte der Motor auf.

»Den kriegen wir nicht«, sagte Gesa keuchend.

Toni erreichte den Peugeot und riss die Tür auf. »Steig ein und gib seine Wohnadresse ein. Vielleicht hat er den Stoff zu Hause. Wir müssen verhindern, dass er ihn verschwinden lässt.«

## 23

Toni und Gesa rasten mit dem Auto hin und her. Ein Stück der B 102 war gesperrt, und das Navi führte sie in die Irre. Endlich fanden sie eine Busspur, die nach Hohenstücken führte. Einige Plattenbauten wirkten verlassen und waren mit Graffitis beschmiert, andere waren bewohnt und machten einen ordentlichen Eindruck. Die fünfgeschossigen Miethäuser waren ab 1972 erbaut worden, weil der Wohnraum in der Innenstadt knapp war. Die »Arbeiterschlafregale«, wie sie von den Bewohnern scherzhaft genannt wurden, waren damals sehr beliebt gewesen.

Toni und Gesa passierten den Kinder- und Jugendfreizeitclub »KiJu«, eine Skaterbahn und große Parkplätze, auf denen kaum Autos standen. Als sie merkten, dass sie zu weit gefahren waren, drehten sie schnell um. Endlich erreichten sie die Adresse, sprangen aus dem Peugeot und verständigten sich mit wenigen Worten, wie sie vorgehen wollten. Während Gesa ins Mietshaus stürmte, um die Wohnungstür zu sichern, rannte Toni um das Gebäude, um nach Neudorf und der Geländemaschine Ausschau zu halten. Er horchte in die Ferne, aber das charakteristische Motorengeräusch war nicht auszumachen.

Auf dem Weg zum Eingang versuchte Toni, den zuständigen Richter zu erreichen. Vergeblich! Vermutlich befand er sich in einer Sitzung. Also rief er Phong an und fragte: »Ist der Suchtmittelspürhund schon durch?«

»Die Kollegen sind vor einer Viertelstunde losgefahren. Bis wir eine Rückmeldung kriegen, kann es noch dauern. Was ist passiert? Du hörst dich ziemlich durch den Wind an.«

»Herm Neudorf ist abgehauen. Wir sind jetzt vor seinem Mietshaus, damit er nichts Belastendes verschwinden lässt. Ich denke, dass Dringlichkeit vorliegt, aber ich will vermeiden, dass später ein Beweisverwertungsverbot ausgesprochen wird. Deshalb musst du einen Richter auftreiben, der uns einen Durchsuchungsbeschluss ausstellt.«

»Wie soll ich argumentieren? Wir haben keine zwingenden Beweise.«

»Wenn wir Drogen an Bord der MS ›Beate‹ finden, schließt sich die Indizienkette.«

»Ich will dir nicht die Laune verderben, aber komm erst mal runter und denk nach. Selbst wenn wir Rückstände finden, könnten sie uralt sein und nichts mit den Bananenkisten zu tun haben. Vielleicht hatte der Bootsmann Krusche eine Prostituierte an Bord, die eine Line Koks gezogen hat. Wäre doch möglich! Auch kann ich nicht erkennen, dass zwischen der Ermordung des Schiffsführers und der Flucht Neudorfs ein zwingender kausaler Zusammenhang besteht.«

»Dann lass den Mord eben außen vor«, erwiderte Toni gereizt. »Verweise auf die Flucht eines vorbestraften Drogendealers und unsere Vermutung, dass sich in seiner Wohnung Stoff befindet.«

»Du willst ja immer, dass ich mitdenke«, sagte Phong. »Selbst wenn er abgehauen ist, weil Drogen im Spiel sind, kann er sein Versteck überall haben. Ein geschickter Anwalt würde argumentieren, dass ihn euer Anblick so geschockt hat, dass er einen Fluchtreflex ausgelöst hat. Bei Neudorfs langjähriger Haftstrafe wäre das nachvollziehbar. Für ›Gefahr im Verzug‹ sehe ich keinen zwingenden Anhaltspunkt.«

Tonis Adrenalinspiegel hatte sich gelegt, und er wurde ruhiger. Ihm gefiel es, wie Phong sich einbrachte. Die Verschwendung wertvoller Zeit konnte sich bei einem solchen Fall fatal auswirken. Andererseits war die Auslegung objektiver Kriterien immer eine sehr subjektive Angelegenheit, und viele richterliche Entscheidungen überraschten.

»Okay«, räumte er ein. »Wir bewegen uns auf dünnem Eis. Du startest einen Versuch, und wenn du eine klare Absage erhältst, widmest du dich wieder deinen anderen Aufgaben.«

»Klingt vernünftig. Ich melde mich.«

Besorgt setzte sich Toni auf den Bordstein. Wenn sie keinen Durchsuchungsbeschluss bekamen, würden sie früher oder später ihren Posten verlassen müssen. Herm Neudorf könnte heimkehren und in aller Ruhe die Beweismittel verschwinden lassen. Es gab gute Gründe, weshalb das Grundrecht auf Unverletzlichkeit der Wohnung so geschützt wurde. Heute würde er sie am liebsten alle in die Tonne treten.

Sein Smartphone vibrierte. Er kontrollierte das Display und sah, dass er eine Nachricht von Sofie erhalten hatte. Sofort hatte er ein flaues Gefühl im Magen. Ihm wurde klar, dass er sich in der letzten Nacht etwas vorgemacht hatte, um nicht abzustürzen, aber seine Durchhalteparolen hatten das Problem nicht gelöst. Früher oder später würde er mit ihr reden müssen, und dann würde sich zeigen, ob sie eine gemeinsame Zukunft hatten.

Er kratzte sich an der Schläfe und fragte sich, was sie von ihm wollte. Ahnte sie bereits, was er entdeckt hatte? Er tippte auf das Display und öffnete ihre Nachricht. »Geht es dir gut?«, schrieb sie. »Ich vermisse dich. Warum meldest du dich nicht? Ich mache mir Sorgen.« Mein Gott, dachte er und kam schwankend auf die Füße. Warum las er aus jeder ihrer Nachricht, wie verbunden sie sich ihm fühlte? Wie passte das zu ihrer Affäre?

»Toni!«, rief da jemand. »Sag mal, hast du Tomaten auf den Ohren?«

Toni sah die Häuserfassade hoch. Im dritten Stock lehnte Gesa aus einem Fenster, das definitiv nicht zum Treppenhaus, sondern zu einer Wohnung gehörte.

»Ich bin schon ganz heiser vom Rufen«, sagte sie. »Warum reagierst du nicht?«

»Hast du das Schloss etwa geknackt?«, rief er.

»Du weißt genau, dass ich das nie machen würde. Komm hoch und sieh dir die Bescherung selbst an.«

Toni lief ins Mietshaus, sprang die Stufen empor und trat durch die Wohnungstür, die deutliche Einbruchsspuren aufwies. Auch sonst war das Einraumapartment so verwüstet, als wäre ein Tornado durchgezogen. Im Flur war der Teppich vom Estrich gerissen. In dem winzigen Badezimmer lagen Keramikscherben, die von den Fliesen der Duschwanne stammten. In der kleinen Küche und im Wohn- und Schlafbereich sah es noch verheerender aus. Der gesamte Inhalt der Schränke und Schubladen verteilte sich auf dem Fußboden. Die Zwischenwand war aufgestemmt, sodass man den Hohlraum zwischen den Rigipsplatten sehen konnte.

»Schau mal rein«, sagte Gesa.

Toni tat ihr den Gefallen. Er steckte seinen Kopf in das Loch und entdeckte auf dem schattigen Grund eine durchsichtige Tüte, die eine Plastikkarte, Spachtel, szenetypische Papierumschläge und eine Präzisionswaage enthielt. Er richtete sich wieder auf und sagte: »Bingo. Sieht so aus, als hätte Neudorf Stoff portioniert.«

»Meinst du, dass er das Zeug hier versteckt hat?«

»Schwer zu sagen. Wenn er es getan hat, dürfte es sich jetzt im Besitz des Einbrechers befinden, aber ich glaube nicht, dass Neudorf so doof ist. Beim letzten Mal haben sie in seiner Bude Stoff für hunderttausend Euro gefunden. Ihm muss klar sein, dass die Kollegen zuerst hier suchen würden. Nein, er wird vermutlich irgendwo anders ein Depot haben.«

»Was sollen dann die Dealer-Utensilien?«

»Ich kann nur Vermutungen anstellen. Vielleicht hat er etwas abgezweigt, das er für schnelles Geld verkaufen wollte. Vielleicht wollte er ein paar alten Freunden Geschenke machen.«

Gesa nickte. »Der Einbrecher war jedenfalls sehr gründlich. Wahrscheinlich war es derselbe Täter, der schon das Schiff durchwühlt hat. Wenn er nicht gefunden hat, was er gesucht hat, dürfte Neudorf in großer Gefahr schweben.«

Toni schaute auf sein vibrierendes Handy und nahm den Anruf entgegen.

»Tut mir leid«, sagte Phong. »Ich habe alles versucht, aber –«

»Schon gut«, unterbrach Toni ihn und informierte ihn über den veränderten Sachverhalt. »Wir brauchen die Spurensicherung. Außerdem müssen wir eine Personenfahndung nach Neudorf rausgeben. Wir müssen davon ausgehen, dass ihm das gleiche Schicksal wie Jürgen Seitz droht, wenn wir ihn nicht rechtzeitig finden.«

Dieses Mal brachte Phong keine Einwände vor. Ein Straftatbestand war vollendet, die Personenfahndung hatte präventiven Charakter. »Ich veranlasse beides«, sagte er sofort.

Toni und Gesa zogen Handschuhe über und überzeugten sich, dass der Einbrecher jedes in Frage kommende Versteck durchsucht hatte. Der erste Eindruck bestätigte sich: Er war sehr gründlich vorgegangen.

Hinterher klingelten sie bei den anderen Mietern, um sie zu befragen. Eine ältere Dame hatte zwar Lärm gehört, aber sie hatte vermutet, dass Sanierungsarbeiten durchgeführt wurden, die von der Hausverwaltung angekündigt worden waren. Den Einbrecher hatte niemand gesehen.

Toni und Gesa setzten sich ins Treppenhaus und warteten auf die Spurensicherung. Eine Weile rätselten sie über die Identität des Täters. Er verfügte möglicherweise über eine militärische Ausbildung und agierte mit großer Entschlossenheit, aber ihnen fehlte es an Fakten, um eine weitere Eingrenzung vorzunehmen.

Irgendwann entschuldigte sich Toni mit dem Hinweis, dass er noch etwas erledigen müsse. Er stieg die Stufen hinunter und stellte sich in den Sonnenschein. Während er tief durchatmete, dachte er über seine Beziehung nach. Vor ihrem Verschwinden war Sofie immer die Flippige, die Lebendige und die Unternehmungslustige gewesen, aber wenn es darum gegangen war, Verantwortung zu übernehmen und unbequeme Entscheidungen zu treffen, war die Initiative meistens von ihm ausgegangen. Hinterher hatte die Physiotherapie ihren Alltag dominiert, sodass sie selten klärende Gespräche geführt hatten. Jedenfalls konnte er den Kopf nicht länger in den Sand stecken. Er zog sein Handy aus der Tasche und schrieb: »Wie sieht es heute Abend aus? Können wir uns sehen? Ich könnte was zum Kochen mitbringen.«

Keine dreißig Sekunden vergingen, bis sie antwortete: »Hab noch genügend da. Um zwanzig Uhr? Ich freue mich riesig auf dich. Dicken Kuss.«

Nachdem Toni die Nachricht gelesen hatte, schlug sein Herz so gewaltig wie eine Kirchenglocke. Ihm war bewusst, was er losgetreten hatte. In nicht einmal fünf Stunden würde sich entscheiden, ob ihre Beziehung eine Zukunft hatte, aber das war noch nicht alles. Er wollte Klarheit in jeglicher Hinsicht.

Er hatte nie viele Freunde besessen. Wenn sich jemand in der Vergangenheit diese Bezeichnung verdient hatte, dann war es Staatsanwältin Caren Winter. Zusammen hatten sie einiges durchgemacht und gemerkt, dass sie auch in schwierigen Situationen ein gutes Team waren. In seiner Not wusste er nicht, an wen er sich sonst wegen des Schadens an seinem Peugeot wenden sollte. Caren war gut vernetzt und verfügte als Staatsanwältin über Möglichkeiten, die ihm verschlossen blieben und zur schnellen Aufklärung beitragen konnten.

Er atmete tief durch und rief sie an. Nach der üblichen Begrüßung berichtete er kurz die neusten Entwicklungen. Als er zum Ende gekommen war und sie sich bereits wegen eines Termins verabschieden wollte, platzte er heraus: »Ich hab Mist gebaut!«

Dieses Geständnis traf sie unvorbereitet. Für einen Moment herrschte Stille, dann fragte sie: »Was ist passiert?«

Caren blieb sehr ruhig, als er alle Einzelheiten schilderte und nichts ausließ. Ab und zu stellte sie sachliche Fragen. Nachdem er geendet hatte, konnte man förmlich hören, wie sie nachdachte und sich geeignete Maßnahmen überlegte.

»Danke, dass du mich ins Vertrauen ziehst«, sagte sie. »Ich kann mir vorstellen, wie schwer dir das fallen muss. Trinkst du noch?«

»Nein, seit dem Vorfall keinen einzigen Tropfen.«

»Fühlst du dich imstande, die Ermittlungen zu leiten?«

»Ja, ich bin stabil. Ich bin fokussiert. Und wir machen große Fortschritte.«

»Versprichst du mir, mich sofort zu informieren, wenn du rückfällig wirst? Ich muss mich hundertprozentig auf dich verlassen können.«

»Ja, ich verspreche es.«

»Gut«, sagte sie und atmete geräuschvoll aus. »Nach deiner Schilderung gehe ich davon aus, dass du Geschädigter und nicht

Unfallverursacher bist. Ich werde nachher einige Auskünfte einholen. Solange nicht bewiesen ist, dass du dich strafbar gemacht hast, halte ich deinen Namen heraus. Sollte sich hingegen herausstellen, dass du betrunken gefahren bist und es Sach- oder Personenschäden gegeben hat, muss ich Ermittlungen einleiten.«

»Das ist mir klar. Mehr verlange ich nicht.«

»Gut. Verrätst du mir noch, ob es einen konkreten Anlass für deinen Rückfall gegeben hat?«

»Darüber möchte ich nicht reden.«

»Falls du dich strafbar gemacht hast, könnte der Grund bei der Strafzumessung und Schuldfrage von einiger Bedeutung sein.«

»Ich bin trockener Alkoholiker. Das muss genügen.«

»Hm.« Einen Moment herrschte Stille, dann sagte sie: »Da fällt mir noch was ein.«

»Ja?«

»Unser Gespräch lege ich intern so an, dass es juristisch als Selbstanzeige gewertet werden kann. Solltest du also in den Fokus von Ermittlungen geraten oder zur Befragung abgeholt werden, kannst du dich auf mich beziehen. Ich rede dann mit den Kollegen.«

»Du kannst nicht als meine Anwältin auftreten!«

»Das nicht, aber in der Zwischenzeit kannst du dir einen Rechtsbeistand besorgen. Das steht dir gesetzlich zu.«

»Ich danke dir«, sagte Toni. »Ich danke dir sehr.«

»Das ist das Mindeste, was ich für dich tun kann«, erwiderte Caren. »Wenn du jemanden zum Reden brauchst, kannst du mich jederzeit anrufen oder auch zu mir nach Hause kommen. Ich könnte uns was kochen. Du weißt ja, wo ich wohne.«

»Danke«, sagte er zum dritten Mal und verabschiedete sich kurz darauf. Nachdem er die Verbindung unterbrochen hatte, hatte er das Gefühl, dass eine Zentnerlast von ihm abgefallen war.

Ziellos trottete Sandro neben der Straße her, an der ein Verkaufsstand mit Kürbissen aufgebaut war. Der Grünstreifen war schon länger nicht mehr gemäht worden, und von Zeit zu Zeit kickte er die Spitze eines Pflanzenstängels um. Von einem Obstbaum klaute er einen rotbackigen Herbstapfel. Während er in die saftige Frucht biss, malte er sich aus, wie das Meer in Marokko aussah. Er war noch nie in Nordafrika gewesen, aber er stellte sich die Atlantikküste rau vor. Die starke Brandung toste unentwegt, skurrile Felsformationen wechselten sich mit einsamen Stränden ab, und es roch nach Salzwasser und Tang. Vor den Buchten dümpelten kleine weiß-blaue Boote, und die Fischer warfen ihre Netze aus.

»*Call me, call me on the line/Call me, call me any, anytime …*«, tönte sein Smartphone. Es war Herm. Und Sandro fragte sofort: »Welche Währung haben sie eigentlich in Marokko?«

»Was?«, rief der Freund. »Was redest du da wieder? Der Bulle, der dich eingelocht hat, ist vorhin auf dem Schrottplatz angetanzt. Er hat auf harmlos gemacht und behauptet, dass er mich zu meinem Onkel befragen wolle, aber ich hab ihm kein Wort geglaubt und bin abgehauen.«

Sandro blieb abrupt stehen. Spätestens jetzt waren all die schönen Marokkobilder weg, und er kehrte in die Realität zurück. Hauptkommissar Toni Sanftleben hatte Herm aufgespürt! Allein der Name dieses Bullen genügte, um bei ihm eine Gänsehaut zu verursachen. »Wie konnte er dich so schnell finden?«

»Ich hab keine Ahnung. Vielleicht hab ich auch überreagiert. Vielleicht wollte er wirklich nur den vorbestraften Neffen des Opfers befragen.«

»Nein, das glaub ich nicht. Er macht nichts ohne triftigen Grund. Er hat irgendetwas rausgefunden.«

»Na, dann hab ich ja den richtigen Riecher gehabt. Gleich treffe ich die Jungs bei den Schwedenwällen. Hinterher knacke ich ein Auto. Es kann sein, dass mein Motorrad zur Fahndung ausgeschrieben wurde. Wo soll ich dann hinkommen?«

»Nicht zum Hof. Ich überlege mir noch einen Ort. Ruf mich an, wenn der Deal abgewickelt ist.«

»Ja, mach ich.«

»Und pass auf dich auf. Sie könnten dich erledigen und es dir einfach klauen. Dann hätten sie es umsonst.«

Der Freund lachte. »Weißt du, wie viel Dampf ich in der Schlaghand habe? Die wären schön blöd, wenn sie es versuchen würden.«

»Herm!«

»Ja, ja, schon gut. Ich kenne die seit Langem. Die haben mich schon vorm Knast beliefert, und es gab nie Ärger. Mach dir also keinen Kopf. Du weißt doch: Unkraut vergeht nicht.«

Sandro steckte das Smartphone ein und setzte sich mit dem Rücken an einen Wander-und-Rad-Wegweiser. Der Mast mit den Richtungsschildern warf einen langen Schatten. Dahinter erstreckte sich ein Feld, auf dem der Mais hoch stand. Gleich daneben befand sich ein fast schwarzer Acker, der nur ein paar gammelnde hellbraune Halme aufweisen konnte. Ein Schwarm Graugänse watschelte über die freie Fläche. Vielleicht rasteten die Zugvögel, vielleicht suchten sie nach Nahrung.

Der erste Schreck hatte sich gelegt, und Sandro war seltsam gefasst. Vorhin hatte er sich noch über sein Glück gewundert, jetzt fühlte sich alles wieder normal an. Der Bulle hatte Lunte gerochen, und seine Zukunft war ungewiss. Sandro kannte es nicht anders – er führte ein Leben auf des Messers Schneide.

Wenn er auf sich allein gestellt wäre, könnte er sich gleich Jessens Makarow-Pistole in den Mund stecken und abdrücken, aber Herm war ein anderes Kaliber. Der Freund war abgebrüht. Außerdem war er ein Kämpfer, der sich durch seinen Siegeswillen auszeichnete. Das hatte er im Ringkäfig oft bewiesen. Eigentlich müssten ihre Chancen nicht so schlecht stehen.

Trotzdem hatte Sandro ein mieses Gefühl, denn es hatte ein alarmierendes Vorzeichen gegeben.

Vor einem Jahr hatte er eine schöne rothaarige Frau kennengelernt, die morgens allein an der Havel spazierte und auch die Stelle passierte, wo er Bonita badete. Sie zog ein Bein leicht nach und wirkte sehr melancholisch. Ihre Traurigkeit berührte Sandro irgendwie, und er grüßte sie freundlich, um sie etwas aufzumuntern.

Als sie sich das nächste Mal begegneten, blieb die Frau stehen, um sich nach der Fuchsstute zu erkundigen. Sie kamen ins Gespräch und redeten über Pferde, die Gegend und den verregneten Sommer. In den folgenden Wochen trafen sie sich häufiger zufällig, und ihre Unterhaltungen wurden persönlicher.

Irgendwann gestand sie ihm den Grund ihres Kummers. Sie sei bei ihrem Mann ausgezogen, um mit einer Frau zusammenzuleben, sagte sie. Sie liebe beide sehr, aber auf unterschiedliche Weise. Sie fühle sich so zerrissen und wisse nicht, ob sie hetero-, homo- oder bisexuell sei. Sie habe auch solche Angst, einen der beiden zu verletzen und für immer zu verlieren.

Sandro hörte gelangweilt zu. Die Arme konnte ja nicht ahnen, wie oft er solchen Storys schon gelauscht hatte. Er verstand einfach nicht, warum es sich die Leute so schwer machten. Es war doch egal, ob man Männchen oder Weibchen bevorzugte oder sich nicht entscheiden konnte. Wichtig war nur, dass man ehrlich blieb. Wohin Versteckspiel und Lügen führten, hatte er bei Ben erlebt. Die Rothaarige sollte nicht den gleichen Fehler begehen. Deshalb riet er ihr, zuerst mit dem Schubladendenken aufzuhören und dann mit beiden zu reden.

Nachdem sie ihr Herz ausgeschüttet hatte, ging es ihr besser. Sie lachte sogar und lud ihn auf den Resthof bei Deetz ein, der ganz in der Nähe lag. Dort lebte sie in einer Wohngemeinschaft. Sie reichte ihm eine weiße Visitenkarte, auf der stand: Sofie Sanftleben, Aquarellmalerei. Ihre Homepage, die E-Mail-Adresse und die Mobilnummer waren angeben.

Hatte er richtig gelesen? Sandro prüfte den Nachnamen und

sagte: »In Potsdam kannte ich mal jemanden, der Sanftleben hieß.«

»Echt?«, erwiderte Sofie. »Das ist ein seltener Name. In Potsdam weiß ich nur von meinem Mann. Toni Sanftleben. Und von unserem Sohn. Aroon.«

»Nein, nein«, sagte er schnell. »Es war eine junge Frau, die vor einigen Jahren nach Norddeutschland gezogen ist. Und wenn ich genau darüber nachdenke, hieß sie auch nicht Sanftleben, sondern nur so ähnlich.«

»Ach so«, antwortete Sofie erleichtert. Sie hatte wohl gefürchtet, dass sie einem Bekannten ihres Mannes zu viel verraten hätte.

Sandro betrachtete die Frau nun eingehender. Am Anfang hatte sie ihn wegen ihrer Melancholie gerührt, dann war sie ihm beinahe sympathisch geworden, und jetzt spürte er eine heftige Abneigung. Sie war mit dem Mann verheiratet, dem er seinen Gefängnisaufenthalt verdankte. Er wollte dieses Gespräch so schnell wie möglich beenden. Er zwang sich zu einem Lächeln und gab mit ruhiger Stimme vor, Bonita versorgen zu müssen. Außerdem versprach er, bald auf einen Kaffee vorbeizukommen. Sie erwiderte, dass sie sich freuen würde, und spazierte davon.

Natürlich meldete er sich nicht, sondern unternahm alles, um ihr nicht mehr zu begegnen. Er wählte eine andere Badestelle aus und ritt nur noch abends an die Havel. Die Treffen am Fluss blieben aus, aber in den schlaflosen Nächten maß er ihrer Zufallsbekanntschaft eine unheilvolle Bedeutung zu.

Er bekam Sofie Sanftleben nicht mehr aus dem Kopf und sah sich ihre Homepage an. Die Aquarellbilder von der Flusslandschaft und ihren Bewohnern fand er eigenwillig. Sie waren gar nicht kitschig, eher wild. Offenbar malte sie auch Postkarten, für die sie einen Verlag suchte. Im Impressum stand die Adresse des Resthofs.

Eines Nachts fuhr er mit seinem klapprigen Damenfahrrad hinüber. Er kletterte in einen Baum, von dem er einen guten Blick auf das Wohngebäude hatte. Die Fenster waren erleuchtet, und hinter ihnen bewegten sich die Bewohner. Einer von ihnen spielte Schlagzeug, aber er konnte den Rhythmus nicht halten. Ansonsten passierte nichts, und Sandro fragte sich, was er erwartet hatte. Er wollte sich schon auf den Rückweg begeben, da fuhr ein grauer Peugeot vor. Im Schein der Laterne stieg eine Person aus, die ihm bekannt vorkam und mehrere Einkaufstüten schleppte. Dann dämmerte ihm, dass es sich um Toni Sanftleben handelte. Sandro blieb ganz still in der Dunkelheit sitzen und wagte nicht zu atmen.

Seit jener Nacht fragte er sich: War es Zufall oder Schicksal, dass die Frau des Bullen in seiner Nachbarschaft wohnte?

## 25

Als Toni und Gesa im Kommissariat eintrafen, kam ihnen Phong auf dem Gang entgegen.

»Wir haben gerade einen Drogenfahnder im Haus«, rief der Kollege. »Er hat gesagt, dass er uns hilft, wenn es nicht zu lange dauert.«

»Wer ist es?«, fragte Toni.

»Oliver Abaza.«

»Den kenne ich. Das ist ein erfahrener Mann, der sich in der Szene auskennt. Wir warten im Besprechungsraum auf euch.« Phong flitzte los.

Gesa sah ihm nach und schüttelte ungläubig den Kopf. »Was so ein kleines Donnerwetter alles bewirken kann! Ist ja kaum wiederzuerkennen, der Kollege.«

Toni bestätigte ihren Eindruck und begab sich in die Küche, um Kaffee aufzusetzen. Er brauchte dringend einen Wachmacher. In einem der Schränke fand er eine Dose Kekse. Er belud das Tablett mit der vollen Thermoskanne, Bechern, Kondensmilch, Zucker und Löffeln und machte sich auf den Rückweg. Er kam gerade rechtzeitig, um Oliver zu begrüßen, mit dem er bei zwei Fällen im Drogenmilieu zusammengearbeitet hatte.

Der Fahnder hatte eine deutsche Mutter und einen libanesischen Vater. Er war im Berliner Arbeiterstadtteil Wedding aufgewachsen. Bei der Kriminalpolizei hatte er bei der Sitte angefangen, war irgendwann bei der Organisierten Kriminalität gelandet und hatte wegen ernst zu nehmender Morddrohungen erneut wechseln müssen. Mittlerweile war er Anfang vierzig und hatte sich ein dezernatübergreifendes Wissen angeeignet. Bei einer Körpergröße von einem Meter siebzig hatte er die Figur eines Bodybuilders, der ein bisschen aus dem Leim gegangen war. Sein schwarzes Haar trug er raspelkurz. Das breite Gesicht wurde durch eine schiefe Nase dominiert, die er sich bei einer Schlägerei gebrochen hatte. Mit der farbigen

Harley-Davidson-Lederjacke, den Markenjeans und den New-Balance-Turnschuhen sah er aus wie ein Zuhälter. Nur seine ernsten Augen verrieten, dass er klüger und rationaler war, als eine oberflächliche Musterung vermuten ließ.

Während Toni alle mit Kaffee versorgte, erläuterte er den Ermittlungsstand und ihre Vermutung, dass sich der Fall um eine größere Menge Drogen drehen könnte.

»Zeig mir mal die Bananenkisten«, sagte Oliver.

Phong schob ihm ein Foto zu, bei dem es sich offensichtlich um ein Standbild vom Bootsanleger in Brandenburg handelte. Zu sehen war ein gelblich brauner Karton, der mit Belüftungslöchern versehen war. Außerdem konnte man die Aufschriften »Premium Bananas« und »Renata« entziffern.

Oliver reichte das Bild zurück. »›Renata‹ ist eine bekannte Exportfirma in Kolumbien, die große Mengen Bananen nach Europa verschifft und ihren Sitz in Turbo hat. Das ist eine Hafenstadt am Karibischen Meer. Der Nordwesten Kolumbiens ist nicht nur das Zentrum der Bananenproduktion, sondern auch das Herrschaftsgebiet des mächtigsten Drogenclans. Um wie viele Kartons geht es?«

»Vierundzwanzig.«

Oliver nickte. »Die Größenordnung passt. 2015 haben wir in Berlin und Brandenburg dreihundertsechsundachtzig Kilogramm Kokain sichergestellt, die in Bananenkisten verpackt waren und versehentlich an Aldi-Filialen geliefert wurden. 2014 waren es einhundertvierzig Kilogramm, ebenfalls in Bananenkisten. Der Stoff war in schwarze Folie eingeschweißt. Ein Päckchen wog ein Kilo. Mal steckte nur eines im Karton, mal waren es achtzehn. Drum herum waren Früchte drapiert, sodass der eigentliche Inhalt versteckt war. Wie sicher seid ihr euch?«

»Bedien dich nur. Das sind meine letzten Vorräte«, sagte Phong und schob Oliver eine Schüssel mit Gummibärchen und Haribo-Konfekt zu, auf die dieser schon die ganze Zeit geschielt hatte. »Wir werden immer sicherer. An Bord des Binnenfrachters hat der Suchtmittelspürhund angeschlagen. Es wurden kleine Mengen Kokain gefunden. Vielleicht war ein

Päckchen durch den Transport beschädigt. Der Schnelltest hat ergeben, dass der Stoff einen Reinheitsgrad von über achtzig Prozent hat.«

»Das wusste ich noch gar nicht«, sagte Toni.

»Ich hab es eben erst erfahren«, erwiderte Phong.

»Über achtzig Prozent?« Oliver blies die Backen auf. »Das ist ziemlich rein und spricht dafür, dass der Stoff tatsächlich aus Kolumbien stammt.«

»Das ist noch nicht alles«, antwortete Phong. »Die Kollegen haben auch schon die Kokainrückstände in Neudorfs Wohnung getestet. Sie haben den gleichen Reinheitsgrad. Wir müssen die genaue Analyse abwarten, aber alles spricht dafür, dass beide Proben aus derselben Lieferung stammen.«

»Damit schließt sich die Indizienkette weiter«, sagte Toni. »Kannst du ungefähr abschätzen, um welche finanzielle Größenordnung es geht?«

»Wir könnten spaßeshalber ein bisschen rumrechnen«, erwiderte Oliver.

»Gerne.«

»Wenn wir von der kleinsten Menge ausgehen und vermuten, dass jede Bananenkiste ein Kilo enthält –«

»Glaub ich nicht«, unterbrach ihn Phong. »Man kann auf den Aufnahmen sehen, wie schwer die beiden Männer an den Kartons tragen. Der Binnenkapitän hat sicher keine Wackersteine reingelegt.«

»Okay«, sagte Oliver, »dann gehen wir eben von zehn Kilo pro Karton aus. Das entspricht auch ungefähr dem Durchschnittswert der bisherigen Funde. Insgesamt würde das zweihundertvierzig Kilo achtzigprozentigen Stoff ergeben. Wenn man sich auskennt und keine Skrupel hat, kann man Koks von dieser Qualität auf die vierfache Menge strecken. Dann hätten wir neunhundertsechzig Kilo. Pro Kilo kannst du mit Einnahmen von fünfzigtausend Euro rechnen. Hat jemand mal einen Taschenrechner?«

Gesa zog die Stirn kraus. »Den brauch ich nicht. Das macht achtundvierzig Millionen.«

»Was?«, sagte Toni und blickte in die Runde. »Ich glaube, jetzt brauche ich auch ein paar Gummibärchen.«

Oliver fischte sich noch eine Handvoll grüne Frösche heraus und schob die Schüssel weiter.

»Wer verfügt über ein Vertriebsnetz, das eine solche Menge verkaufen kann?«, fragte Toni.

»Herm Neudorf und Jürgen Seitz jedenfalls nicht«, stellte Gesa klar.

Oliver nickte. »Hier in Potsdam kannst du eine solche Menge nicht absetzen. Dazu ist der Markt viel zu klein. Da müsstest du über die Stadtgrenze nach Berlin gehen, aber da sind der Görlitzer Park, die Hasenheide und das Kottbusser Tor fest in der Hand von arabischen Clans. Immer öfter werden Koks und die synthetischen Drogen auch im Darknet verkauft und über den Postweg versandt, aber bei solchen Onlinegeschäften geht es um kleine Mengen, die sich erst mit der Zeit summieren.«

»Könnte es sein, dass Herm Neudorf und Jürgen Seitz für einen dieser Clans arbeiten?«, fragte Gesa.

»Möglich«, erwiderte Oliver. »Ehrlich gesagt wissen wir nicht, wie viel Stoff nach Berlin geschleust wird. Bei Heroin ist es einfacher hochzurechnen, weil die meisten Junkies das soziale Hilfsangebot der Stadt in Anspruch nehmen. Bei den Koksern handelt es sich um ein völlig anderes Klientel, das unauffällig agiert. Wenn wir eins von den Kokstaxis erwischen, ist das ein seltener Glücksfall. Trotzdem bin ich skeptisch, was die Menge betrifft. Auch bei den großen Banden stellen wir eher zweistellige Kilomengen im unteren Bereich sicher. Eine solche Ladung war vermutlich für einen Zwischenhändler bestimmt, der den Stoff auf verschiedene Abnehmer in verschiedenen Städten verteilt hätte.«

»Könnte Herm Neudorf ein solcher Zwischenhändler sein?«, wollte Gesa wissen.

Oliver lachte. »Euer Verdächtiger ist bestimmt ein harter Bursche, aber dieser Deal wäre mehrere Nummern zu groß für ihn. Er braucht die Kontakte nach Südamerika, er braucht das Kapital, um den Stoff zu kaufen oder Garantien zu geben, und er braucht Kunden, die ihm solche Mengen abnehmen. Wenn ich darüber nachdenke, dürfte eine solche Lieferung auch die Möglichkeiten der arabischen Clans übersteigen.«

»Könnten die beiden einen Zwischenhändler bestohlen haben?«, fragte Toni. »Könnte der Täter im Auftrag dieses Zwischenhändlers handeln?«

»Das klingt schon besser«, erwiderte Oliver. »Im Hamburger Hafen legen viele Frachter aus Südamerika mit Bananen an. Alle Container können unmöglich kontrolliert werden. Hinzu kommt, dass der Stoff nicht nur in Fruchtlieferungen, sondern auch in Kaffeesäcken, Maschinenteilen, Tropenholz und so weiter versteckt wird. Trotzdem gelingen dem Zoll immer wieder Sensationsfunde. Vor Kurzem haben sie eine Ladung mit dreitausendachthundert Kilo Kokain sichergestellt, das einen Verkaufswert von achthundert Millionen Euro hatte.«

»Alle Achtung!«, sagte Gesa. »Fraglich ist also, wie die beiden von der Lieferung Wind bekommen und sich den Stoff angeeignet haben. Wer ist normalerweise an dem Schmuggel beteiligt?«

»Tja«, antwortete Oliver. »Wir wissen nur, dass die betreffenden Kartons markiert sind. Manchmal wird auch ein GPS-Peilsender reingelegt. Ein Komplize holt die Ware im Bestimmungshafen aus dem Container oder aus der Lagerhalle. Wenn ein Frachtschiff wegen Sturm oder sonstiger Ereignisse verspätet einläuft oder die Ladung wegen Zollproblemen nicht freigegeben werden kann, kommt der Komplize nicht mehr an die Ware, und sie nimmt den normalen Vertriebsweg. So landet sie bei Aldi, in einer Bananenreiferei in Köln oder auf dem Großmarktgelände in der Berliner Beusselstraße. Ich würde euch empfehlen, im Hamburger Hafen anzusetzen und die dortigen Kollegen zu kontaktieren. Es geht hier um einen Haufen Kohle. Wenn der Stoff tatsächlich gestohlen wurde, wird er an einer anderen Stelle vermisst, und das hat garantiert Ärger gegeben.«

Alle waren sich einig, dass dieser Ansatz vielversprechend klang. Oliver verabschiedete sich bald. Seine Tochter hatte ihre Führerscheinprüfung bestanden, und er wollte einen gebrauchten Kleinwagen abholen, den er ihr schenken wollte. Toni bedankte sich bei dem Drogenfahnder und verabredete, dass sie in Kontakt blieben.

Als sie wieder zu dritt waren, sagte er: »Damit dürften wir einen Schritt weiter sein. Hast du sonst noch was rausgefunden?«

»Hab ich«, antwortete Phong und schob die Süßigkeitenschüssel von sich, ohne etwas zu nehmen. »Auf dem Foto war zu sehen, dass der Golf am Türschweller eine leichte Delle hatte, die durch die unsachgemäße Anwendung eines Wagenhebers entstanden sein könnte. Ein solches Auto ist vor einigen Tagen in Hamburg gestohlen worden. Ich hab die Fahndung mit dem Zusatz versehen, dass das Fahrzeug möglicherweise bei Ketzin und Wustermark gesichtet wurde und sich im Brandenburger Raum befindet, aber ich kann mir nicht vorstellen, dass unser Täter noch mit dem Golf unterwegs ist. In der Zwischenzeit wird er sich Ersatz besorgt haben.«

»Immerhin«, sagte Toni. »Wenn er das Auto irgendwo zurücklässt, werden wir es finden. Haben wir eigentlich Täter-DNA auf der MS ›Beate‹ sicherstellen können?«

»Nein, Fehlanzeige.«

»Schade. Sonst noch was?«

Phong schüttelte den Kopf. »Die kriminaltechnische Untersuchung der Signalpistole ist abgeschlossen, aber sie bestätigt nur unsere Hypothese zum Tathergang. Die Phantombildzeichnung hat nichts ergeben. Herr Kiekebusch konnte sich nur auf eine Haarfarbe festlegen, die wohl eher dunkelblond als hellbraun war. Er hat aber mehrmals wiederholt, dass der Schaulustige am Havelport und der Brückenspringer ein und dieselbe Person sind.«

»Vor Gericht ist eine solche Aussage nicht verwertbar«, sagte Toni. »Aber wenigstens bekommen wir allmählich eine Ahnung vom Täter.«

»Auch mit dem Bildbearbeitungsprogramm haben die Kollegen sein Gesicht nicht herausfiltern können«, fuhr Phong fort. »Sie haben lediglich seine Körpergröße auf einen Meter vierundachtzig plus/minus einen Zentimeter bestimmt. Zudem macht der Verdächtige einen athletischen Eindruck.«

»Hast du die Verbindungsdaten gecheckt?«

»Hab ich. Der Anruf vom Brandenburger Bootsanleger taucht nicht in den Nachweisen auf. Auch sonst gibt es keinerlei telefonischen Kontakt zwischen Seitz und Neudorf. Wir müssen davon ausgehen, dass sie Prepaidkarten benutzt haben.«

»Okay«, sagte Toni. »Wir suchen nach einem dunkelblonden, einen Meter vierundachtzig großen Mann, der wahrscheinlich Autos kurzschließen, mit einem Wurfmesser umgehen und mit bloßen Händen töten kann. Am Tattag war er mit einem silbernen Golf unterwegs und trug einen Kapuzenpullover, Jeans und Nike-Sneakers. Er ist gewalttätig und als extrem gefährlich einzustufen.«

»Torben Schulz«, sagte Phong, »also den Mann, der Frau Seitz und ihren Sohn Arne bei dem illegalen Autorennen getötet hat, können wir ausschließen. Abgesehen davon, dass er viel muskelbepackter ist als der Mann auf dem Foto, hat er ein wasserdichtes Alibi, das ich mittlerweile überprüft habe.«

»Gut gemacht«, sagte Toni. Den früheren Fallschirmjäger und Einzelkämpfer hatte er gar nicht mehr auf der Rechnung gehabt.

»Denkst du an eine öffentliche Fahndung?«, fragte Gesa.

»Was meint ihr?«, antwortete Toni.

»Wenn er auf der Flucht wäre, würde es vielleicht Sinn machen«, erwiderte Gesa nachdenklich. »Dann könnten wir ihn unter Druck setzen und Fehler provozieren. Momentan halte ich es jedoch für klüger, wenn wir uns zurückhalten und ihn in Sicherheit wiegen. Wir gehen ja davon aus, dass er den Stoff noch nicht gefunden hat. Er wird weiter nach ihm suchen, und wir wissen, wo er ihn vermutet. Nämlich bei Herrn Neudorf. Wenn wir den finden, kriegen wir vielleicht auch den Täter und das Kokain.«

»Außerdem agiert er sehr professionell«, sagte Phong. »Der Junge ist geschickter als die Typen, mit denen wir es normalerweise zu tun bekommen. Ich bin mir sicher, dass er in regelmäßigen Abständen sein Erscheinungsbild ändert und sein Verkehrsmittel wechselt. Und wenn das so ist, bleibt nicht viel von der Täterbeschreibung übrig. Solange wir sein Gesicht nicht kennen, riskieren wir bei einem öffentlichen Aufruf nur unzählige Hinweise, die irrelevant sind und die wir nicht bewältigen können.«

»Einverstanden«, sagte Toni. »Dann dient die Täterbeschreibung nur dem internen Gebrauch. Die Personenfahndung nach Neudorf ist raus, weiter können wir nichts zu seinem Schutz tun. Das war ein langer und harter Tag. Wir machen jetzt Schluss und treffen uns morgen früh wieder, um mit der Hamburger Spur zu beginnen.«

Gesa packte eilig ihre Sachen zusammen und rief: »Tschüss.«

Phong ließ sich Zeit. Offenbar wartete er, bis die Kollegin außer Hörweite war. »Ich möchte in kein anderes Team«, sagte er plötzlich. »Tut mir leid, dass ich manchmal so mies drauf war. Seit Monaten will ich abspecken, aber ich schaffe es einfach nicht. Ich muss nur einen Schokoriegel ansehen und kann nicht mehr klar denken. Jedenfalls möchte ich bei euch bleiben. Geht das noch in Ordnung?«

Toni unterbrach seine Aufräumarbeiten und betrachtete den Kollegen ernst. Heute hatte er gezeigt, was er leisten konnte, aber in der Vergangenheit hatte er sich oft hängen lassen. »Ich kann verstehen, dass eine fehlgeschlagene Diät frustrierend ist, aber sie darf nicht die Qualität deiner Arbeit beeinträchtigen. Dazu steht in unserem Job zu viel auf dem Spiel.«

»Ja, ich weiß.«

»Aber solange du dich so einsetzt wie heute, sehe ich keinen Grund, weshalb sich etwas ändern sollte. Du hast gute Arbeit geleistet und die Ermittlungen entscheidend vorangebracht. Jetzt geh nach Hause und ruh dich aus. Und vergiss nicht, deine Überstunden aufzuschreiben.«

»Yeah!«

»Hast du dich denn schon mal an einen Ernährungscoach oder die Weight Watchers gewendet? Vielleicht kann dir jemand ein paar Tipps geben.«

»Mach ich bestimmt«, sagte Phong überschwänglich und verabschiedete sich bald.

Toni räumte den Tisch ab, brachte das Tablett in die Küche und sortierte das Geschirr in die Spülmaschine ein. Hinterher begab er sich an seinen Computer, um sich in sein E-Mail-Postfach einzuloggen. Caren hatte ihm bereits geschrieben. Sie berichtete, dass sie alles in die Wege geleitet hatte und dass sie morgen im Laufe des Tages Bescheid wissen sollte. Toni wusste, dass sie ihre Beziehungen spielen lassen und sich ziemlich weit aus dem Fenster lehnen musste, um an die Informationen zu gelangen. Er bedankte sich für ihren Einsatz. Es war ein gutes Gefühl, dass die quälende Ungewissheit in absehbarer Zeit ein Ende haben würde.

Nachdem er den Computer runtergefahren hatte, griff er nach seiner Jacke und machte sich auf den Weg nach Groß Kreutz. Offenbar waren dies die Tage der Entscheidungen. Schon bald würde er Sofie gegenübersitzen und erfahren, ob sie eine gemeinsame Zukunft hatten.

## 26

Der Götzer Berg war eine Erhebung, die in der letzten Eiszeit entstanden war und sich achtzig Meter über die umliegende Landschaft hob. Auf der Spitze thronte ein Turm, den man über zahlreiche Stufen erklimmen konnte. Die Aussichtsplattform befand sich auf einer Höhe von siebenundzwanzig Metern und bot einen grandiosen Ausblick.

Dort oben, weit über den Baumwipfeln, kauerte Sandro am Geländer und hielt seine dünne Jacke über der Brust zusammen. Die Gitterkonstruktion bot kaum Schutz gegen den Wind, der ihm gnadenlos um die Ohren pfiff. Ihm war kalt. Bis auf den Apfel hatte er seit dem Frühstück nichts gegessen. Und Herm hatte noch nicht angerufen.

Sandro war so in Sorge, dass er für das atemberaubende Naturschauspiel keinen Blick erübrigen konnte. Der Himmel klarte auf, und über Brandenburg an der Havel, Premnitz und Rathenow ging die Sonne unter. Glutroter Dunst flirrte über den Städten, und es hatte den Anschein, als würde der Horizont in Flammen stehen. Das goldene Band der Havel mündete in dieses Lichterinferno.

Bestimmt zum hundertsten Mal kontrollierte Sandro die Uhr. Mehr als genügend Zeit war verstrichen, um den Deal abzuwickeln. Der Freund hatte gesagt, dass er sich hinterher melden würde. Normalerweise hielt er seine Versprechen. Sandro schloss daraus, dass der Handel noch nicht fix war oder dass es Schwierigkeiten gegeben hatte, die Herm daran hinderten, ihn zu kontaktieren.

Sandro stand auf und schüttelte die Beine aus. Er legte eine Hand auf die Seitenstrebe und blickte auf die Deetzer Erdelöcher herab, die in nordöstlicher Richtung lagen. Die Teiche breiteten sich wie grünbraune Karos über die Landschaft aus. Schmale Grünstreifen trennten sie voneinander. An einem Ufer hatte Sandro die Hälfte des Kokains vergraben, und niemand würde die hundert Päckchen je finden, solange er den Ort nicht verriet. Eigentlich sollte ihn das Versteck beruhigen, aber er hatte bei der Sache nur mitgemacht, weil er mit Herm zusammen sein wollte. Die Drogen waren ihm egal, und auch das Geld bedeutete ihm einen Scheißdreck.

Sein Hals schnürte sich zu. Jetzt heul bloß nicht wieder, ermahnte er sich. Dafür war es noch zu früh. Er wollte sich ablenken, in dem er sich ihr Leben in Marokko ausmalte. Aber er konnte sich nicht konzentrieren. Die Bilder von der Atlantikküste stiegen auf, doch ehe sie Konturen annahmen, waren sie schon wieder verblasst. Die Ungewissheit zerrte an seinen Nerven. Schließlich hielt er es nicht länger aus und wählte die Nummer des Freundes.

Ein Freizeichen ertönte. Wenigstens hatte Herm das Handy angelassen. Es tutete ein zweites Mal. Und dann ein drittes, viertes und fünftes Mal. Sandro befürchtete, dass er zu einem ungünstigen Moment anrief und die Abwicklung des Deals störte. Vielleicht war Herm zu beschäftigt und konnte nicht rangehen. Sandro wollte schon auflegen, als er hörte, wie es klickte und in der Leitung knisterte.

»Herm?«, fragte er. »Bist du das?«

Keine Antwort.

»Sag doch was«, rief Sandro. »Warum sagst du nichts?«

Keine Antwort.

Auf dem Aussichtsturm rauschte der Wind so stark, dass er schlecht hören könnte. Also hielt er sich das linke Ohr zu und konzentrierte sich ganz auf die Telefonverbindung. Endlich vernahm er ein unregelmäßiges Schnaufen. Es klang so, als würde jemand nach schwerer körperlicher Betätigung nach Atem ringen.

»Kannst du nicht reden?«, fragte Sandro. »Bist du verletzt? Bitte sag doch was.«

Aber die Person am anderen Ende der Leitung antwortete nicht. Sie keuchte nur.

Sandro brach in Tränen aus. Er wollte dieses Telefonat nicht beenden, weil er das Gefühl hatte, damit die letzte Verbindung zu Herm zu kappen. »Bitte«, rief er schluchzend. »Bitte sag doch was.«

Keine Antwort, nur dieses Schnaufen, in das sich allmählich ein Rasseln mischte, so als hätte auch die Lunge etwas abbekommen.

Vor Verzweiflung warf Sandro den Kopf in den Nacken und stampfte mit dem Fuß auf, aber es half nichts. Die Vernunft siegte. Um nicht geortet zu werden, entfernte er die SIM-Karte. Die einzelnen Teile behielt er in den Händen und starrte sie verzweifelt an, so als könnten sie ihm eine Antwort auf die Frage geben, was bei den Schwedenwällen passiert war.

Auf Anhieb fielen Sandro nur vier Personen ein, die am anderen Ende der Leitung gewesen sein könnten: Herm selbst. Der Dealer, mit dem er sich treffen wollte. Der Killer, der schon den Binnenkapitän kaltgemacht hatte. Und Hauptkommissar Toni Sanftleben. Einer dieser Männer hatte den Anruf entgegengenommen.

Sandro wusste nicht, wie er das Schweigen verstehen sollte, aber er war sich sicher, dass es nichts Gutes bedeutete.

## 27

In der Wohnküche des Resthofs hätte es ein schöner Abend werden können. Aus den Boxen ertönte der italienische Liedermacher Paolo Conte, der mit seiner rauchigen Stimme und seinem rhythmischen Klavierspiel eine beschwingte Atmosphäre erzeugte. Sofie tanzte am Herd und gab unter ständigem Rühren gehackten Knoblauch, Tomatenwürfel, Vollmilchjoghurt und marinierte Hähnchenbrustfiletstücke in den Topf; Toni reichte ihr die Gewürze, und Hanna deckte – ebenfalls tanzend – den Tisch. Auf der Fensterbank, auf den Regalen und den Anrichten flackerten Teelichter. Es roch nach Kurkuma, Kardamom und Zimt, und die Mitbewohner schauten in der Hoffnung rein, einen Teller Curry abzustauben.

Es hätte ein schöner Abend werden können, wenn Toni das Geschehen nicht mit anderen Augen betrachtet hätte. Überall suchte er nach Anzeichen, die ihm in den letzten Monaten entgangen waren, aber er konnte weder im Verhalten der beiden Frauen noch in dem Betragen der Mitbewohner Hinweise entdecken. Sie hatten die Lüge so verinnerlicht, dass sie nicht mehr merkten, dass sie ihm etwas vorspielten. Vielleicht war ihre Loyalität gegenüber Sofie und Hanna auch so groß, dass es ihnen gleichgültig war, ob sie den »Sheriff« hinters Licht führten.

Als sich Claude Malheur mit einem Glas Orangensaft zu ihm stellte und sie sich eine Weile auf Französisch unterhielten, bemerkte Toni schnell, dass er ihr Verhältnis falsch eingeschätzt hatte. Er hatte Claude für einen Freund gehalten. Dabei teilten sie nur einige Interessen, über die sie sich austauschen konnten. Persönlich wussten sie kaum etwas voneinander, und der Kontakt würde sich auch nicht mehr vertiefen. Als Claude merkte, dass Toni immer einsilbiger wurde, schenkte er sich noch ein Glas Orangensaft ein, rief schmunzelnd »Salut« und verschwand.

Ernüchtert setzte sich Toni vor den dampfenden Curry-Teller an den Tisch und verfolgte die Unterhaltung der Frauen.

Thematisch streiften sie den Gemüseanbau, ließen sich lang und breit über einen Film aus, den sie im »Scala Kulturpalast« in Werder gesehen hatten, und landeten endlich bei der Flüchtlingskrise, über die Sofie und Hanna konträre Meinungen vertraten.

Toni konnte den Blick nur selten von seiner Frau nehmen. Mit ihren langen roten Haaren, den grünen katzenhaften Augen und der sommersprossigen Haut war sie von einer Schönheit, die ihn berührte. Äußerlich war sie mit Adjektiven wie »fein« und »grazil« zu beschreiben, aber er wusste nur zu gut, wie viel Freisinn und Ungestüm in ihr steckten. Vielleicht war es gerade dieser Gegensatz, der sie so begehrenswert machte.

Auch Hanna war eine attraktive Frau, aber ihre Anziehungskraft hatte einen anderen Charakter. Ihr stechender Blick aus braunen Augen kontrastierte mit einer warmen Stimme, die stets die richtigen Worte fand. Selbst im Streit blieb sie so authentisch, dass ihrem Gegenüber schnell die Argumente ausgingen. Sie hatte ein feines Gespür für Gefühle und konnte sich gut auf ihren Gesprächspartner einlassen. Dabei blieb sie immer bodenständig.

Anfänglich hatte Toni der Situation noch positive Seiten abgewinnen können. Sie lenkte ihn von seinen Sorgen um den Autoschaden ab. Auch freute er sich, Sofie so nah zu sein, aber je länger er mit den beiden Frauen zusammensaß, desto schwerer wurde ihm ums Herz. Seit seiner Ankunft hatte er sich auf kurze Beiträge beschränkt, was nicht weiter aufgefallen war, weil er noch nie ein großer Redner gewesen war und die beiden Frauen aus einem unendlichen Reservoir an Worten schöpften. Mittlerweile bekam er seine Lippen kaum noch auseinander. Die Situation wurde immer unerträglicher, einzig die drohenden Konsequenzen einer Aussprache hielten ihn noch zurück, reinen Tisch zu machen.

»Du bist heute so still«, sagte Sofie und bedachte ihn mit einem zärtlichen Lächeln, das ihn früher sofort entwaffnet hätte. »Ist es wegen des Rotweins? Ich kann ihn wegkippen, wenn du willst.«

Natürlich machte es Toni zu schaffen, dass die Frauen Alkohol tranken. Am liebsten hätte er sich die Pulle gegriffen und in einem Zug geleert, damit er nichts mehr mitbekam und nichts mehr spürte, aber er war viel zu stolz, um sich eine solche Blöße zu geben. »Wie lang geht das schon mit euch?«, sagte er rau.

»Wie bitte?«

»Wie lange geht das schon mit euch?«, wiederholte er lauter.

Etwas ungläubig schaute Sofie von ihm zu Hanna und wieder zurück. »Was meinst du?«

»Ich hab euch vorgestern gesehen. Ich war in der Nähe und wollte dir das Malzeug vorbeibringen. Ich bin über die Wiese gegangen, um über die Terrassentür reinzukommen. Da hab ich euch gesehen.«

Sofie schoss auf die Füße. Ihr Stuhl ruckelte geräuschvoll nach hinten. Sie schlug die Hände vors Gesicht, drehte sich weg und atmete so heftig, dass ihr ganzer Oberkörper pumpte.

Hanna war ebenfalls aufgesprungen, legte ihr einen Arm um die Schultern und redete so leise und beruhigend auf sie ein, dass Toni kein Wort verstand.

»Nein«, sagte Sofie plötzlich heftig und schüttelte die Berührung ab. »Nein, nein, nein. Ich hab dir gesagt, dass das passieren kann. Ich hab dir nie was vorgespielt.«

»Ich weiß«, erwiderte Hanna sanft. »Du hast dich immer fair verhalten.«

»Du wusstest von Anfang an, worauf du dich einlässt. Du wusstest genau, dass es so kommen kann. Und jetzt ist es passiert.«

Hanna betrachtete ihre Freundin lange. In ihrem Gesicht spiegelten sich unterschiedliche Gefühle wider. »Dann lass ich euch jetzt besser allein«, sagte sie gefasst und verließ die Küche. Man konnte hören, wie sie durch den Flur schritt, sich von der Garderobe eine Jacke nahm und aus dem Haus trat.

Sofie wandte sich an Toni und streckte die Hand nach ihm aus. »Komm bitte mit. Ich muss mit dir reden.«

## 28

Über dem Götzer Berg wölbte sich die Nacht wie eine glitzernde blauschwarze Kuppel. Die Bäume ragten finster auf und wiegten sich im Wind, so als würden sie einen Abschiedswalzer tanzen. Zwischen den Stämmen huschten niedrige Schatten hin und her. Manchmal meinte Sandro, die Silhouette von einem Fuchs zu erkennen, der schnuppernd seine Nase reckte. Vermutlich witterte das Tier ihn und hoffte auf eine Mahlzeit.

»Du musst noch warten«, sagte Sandro und drückte sich fester in die Erdmulde, die er mit bloßen Händen zwischen knorrigen Wurzeln gegraben hatte. Den Boden hatte er mit weichem Moos ausgelegt. Als Decke benutzte er zwei blaue Plastiksäcke, die er aus den Mülleimern gezogen hatte. Trotzdem fror er so erbärmlich, dass seine Zähne unkontrolliert klapperten. Den Hunger spürte er kaum noch, aber so langsam machte sich der Durst bemerkbar.

Natürlich hätte er runter ins Dorf laufen und sich an einem der Wasserhähne bedienen können, die sich an den Außenfassaden der Einfamilienhäuser befanden. Er hätte sicher auch einen Stall oder Schuppen gefunden, in dem er die Nacht verbringen konnte, aber er wollte nicht weg. Hier war er allein und würde garantiert niemandem begegnen, der ihn anschrie oder verjagte. Bis zum Morgen wollte er ausharren, und dann würde er weitersehen.

Ununterbrochen zermarterte er sich das Hirn, was bei den Schwedenwällen passiert sein könnte. Von Zeit zu Zeit keimte sogar etwas Hoffnung auf, vielleicht gab es eine einfache Erklärung, aber auf Dauer war er zu realistisch, um sich die Situation schönzureden. Die Lage war miserabel. Er schätzte sie sogar so aussichtslos ein, dass er bereits eine persönliche Bilanz zog.

Er ging davon aus, dass jemand Herm getötet hatte, um

sich das Kokain unter den Nagel zu reißen. Somit konnte der Freund den Stoff nicht mehr verkaufen und Bonita mit dem Erlös retten. Die Fuchsstute würde abgeholt werden und in einem Umfeld verenden, in dem nur die Leistung zählte. Damit waren die beiden einzigen Wesen, die ihm etwas bedeuteten, für immer verloren.

Der Job auf dem Reiterhof hatte sich erledigt. Mit seiner Vorgeschichte würde er so schnell keine neue Arbeit finden. Er war obdachlos. Wenn er Glück hatte, würde er einen Freier bequatschen können, ihn bei sich wohnen zu lassen, aber Sandro machte sich nichts vor. Mit fünfundzwanzig Jahren war der Lack ab. Der Markt bot knackigere Jungs, die vom Leben noch nicht enttäuscht waren, die voller Abenteuerlust steckten und alles mit sich machen ließen. Er war beschädigte Ware, ein Auslaufmodell.

Hinzu kam, dass sich Toni Sanftleben an seine Fersen heften würde. Der Potsdamer Hauptkommissar würde die Umstände von Herms Tod untersuchen und garantiert herausfinden, dass sie Acid, Heroin, Crystal Meth, Ecstasy, »Badesalz«, Ketamin und Psychopharmaka im Darknet vertickt hatten. Herm hatte den Einkauf erledigt, und er hatte den Stoff in den einschlägigen Foren angeboten. Sie hatten gut verdient. Bei seiner Vorgeschichte würde er nicht mit einer Bewährungsstrafe davonkommen. Und was ein Knastaufenthalt bedeutete, wusste er bereits. Eine Wiederholung würde er nicht verkraften.

Es gab keinen Ausweg.

Nachdem Sandro diese Feststellung erst getroffen hatte, kam die Schwere wie ein alter Freund, von dem man genau wusste, dass er einen schlechten Einfluss hatte, und den man trotzdem nicht abwimmeln wollte. Es fühlte sich an, als würde er von Tonnen niedergedrückt werden. Er konnte kaum noch einen Finger rühren und ließ das Ungeziefer über seine Haut krabbeln. Ihm waren die Stiche und Bisse egal. Er spürte sie kaum noch. Je länger er in der Erdmulde lag, desto mehr kam sie ihm vor wie sein Grab.

Sandro hatte alles verloren, was ihm lieb und teuer war, und es bestand keine Hoffnung, es jemals zurückzuerhalten. Sein Denken verlor die Farbe und floss immer zäher. Bald verengte es sich auf eine einzige Frage: Wer war schuld an seinem ganzen Unglück?

## 29

In der Küche des Resthofs hielt Sofie die Hand nach ihm ausgestreckt. Toni musste nicht lange überlegen. Seine Position war klar. Er wollte seine Frau zurück, und zwar für sich. Das gemeinsame Verlassen des Raums war ein erster Schritt in diese Richtung. Er ergriff ihre Hand und ließ sich mitziehen.

Sofie führte ihn durch den langen Flur, der schon eine Baustelle gewesen war, als Toni dieses Haus zum ersten Mal betreten hatte, und es wohl noch lange bleiben würde. Die morschen alten Dielen waren herausgerissen worden, und über dem blanken Estrich lagen Tapetenbahnen, die von Zeit zu Zeit abgefegt wurden.

Sofie schob ihn in ihr Zimmer, zündete einige Kerzen an und setzte sich zu ihm aufs Sofa. Erst jetzt merkte er, wie stark sie zitterte.

»Was denkst du?«, fragte sie und strich sich nervös einige Strähnen aus der Stirn.

In seinem Kopf herrschte ein Vakuum. Er spürte nur ein Wirrwarr an Gefühlen, die in seinem Magen ein Ziehen verursachten. Er schluckte geräuschvoll, bevor er endlich herausbrachte: »Ich bin ziemlich fertig.«

Sofie nickte mehrmals, holte tief Luft und sagte: »Es ist nicht so, wie du glaubst. Es ist viel komplizierter. Weißt du noch, als ich in Indien in dieser Hippie-Krabbelgruppe war? Dort habe ich eine Engländerin kennengelernt. Sie war so wie Hanna. Vom Typ her, meine ich. Da habe ich es zum ersten Mal gespürt. Ich wollte es nicht. Ich hab mich dagegen gewehrt. Es hat mich wahnsinnig gemacht. Und dann war sie fort, und wir reisten zurück nach Berlin, und alles war so funktional, trist und freudlos. Du hast gejobbt, du hast für uns ein Leben aufgebaut, aber du hattest keine Zeit mehr für mich. Ich hab mich so einsam gefühlt. Die Situation wuchs mir über den Kopf. Der Kleine hat ständig geschrien, dich wollte ich nicht enttäuschen, und diese Gefühle für diese Frau hätte ich am liebsten rausgeschnitten. Ich konnte nicht mehr schlafen, ich konnte nicht mehr essen, ich konnte mich nicht mehr konzentrieren, ich konnte gar nichts mehr. Und ständig hat der Kleine gefordert, gefordert, gefordert. Es hat mich aufgefressen. Ich wollte nur noch, dass es aufhört.« Sie sah ihn flehentlich an. »Verstehst du? Ich wollte, dass es aufhört.«

»Bist du deshalb in die Havel gegangen?«

»Ich wollte euch nicht verlassen. Ich hätte es nie übers Herz gebracht, euch zu verlassen, aber ich wusste keinen Ausweg mehr. Ich kam mir falsch und verlogen vor und hab mich geschämt, so unglaublich geschämt. Dabei habe ich dich immer geliebt«, sagte sie und führte ihre Hand an seine Wange. »Ich liebe dich immer noch. Du bist der wichtigste Mensch in meinem Leben. Mein bester Freund. Dir verdanke ich so viel.«

Toni fiel es immer noch schwer, die Situation zu analysieren und einen klaren Gedanken zu fassen. Momentan wusste er nur, dass Sofie seine Frau war und dass er sie nicht aufgeben würde. Er spürte ihre warme Hand und schmiegte sein Gesicht an ihre Finger. Er atmete ihren Geruch ein, und ihm wurde klar, dass er jetzt alles hatte, was er wollte. Am liebsten hätte er die Zeit angehalten und nicht über den Augenblick hinaus gedacht. Was später kommen würde, erschien ihm unwichtig und fern.

Da legte sie die andere Hand an seine Wange. Er sah in ihre Augen und wäre am liebsten in ihnen ertrunken. Was wollte sie? Suchte sie Verständnis? Vergebung? Nähe? Er kannte die Antwort nicht, er wusste nur, was er selbst wollte. Sein Herz hämmerte wie verrückt, als er sich vorbeugte und sich ihr näherte. Er registrierte, dass sie ihren Mund nicht zurückzog, sondern ihm entgegenkam. Ihre Lippen öffneten sich. Sie fühlten sich rau an. Zuerst zaghaft und dann immer drängender erwiderte sie seine Küsse.

Wie sehr hatte er auf diesen Moment gewartet, wie sehr hatte er ihn herbeigesehnt! Seine Hände strichen über ihren Leib. Stück für Stück wagten sie sich weiter vor und erkannten alles wieder. Sofie schaute ihm vertrauensvoll in die Augen, und als sie sich ihm entgegenreckte, schob er ihr Kleid hoch und zog den Slip herunter. Er beugte sich hinab und stimulierte sie, bis sie vor Verlangen stöhnte.

Zitternd kam er über sie und drang in sie ein. Er wollte sie haben, er wollte sie besitzen, er wollte ihr die Gefühle für Hanna austreiben. Mit allem, was er war, und mit allem, was er hatte. Sie schloss ihre Beine über ihm und drückte ihn an sich. Ihre Körper pumpten, ihr Atem flog. Mit aller Kraft klammerten sie sich aneinander, als könnten sie sich noch verlieren.

*⁕⁕*

Später lagen sie da und lauschten dem Keuchen des anderen. Draußen war längst die Nacht hereingebrochen, und vor dem dunklen Himmel bewegten sich die schwarzen Äste der Birke.

»Mein Vater wird mich nie verstehen«, sagte Sofie in die Stille hinein.

»Das muss er auch nicht«, erwiderte Toni sofort.

»Das sagst du so leicht. Du bist ja nicht mit ihm aufgewachsen.«

»Stimmt«, antwortete Toni verhalten. Lieber hätte er geschwiegen, seinen Gedanken nachgehangen und die Nähe genossen. Zwar war er froh, dass sie sich öffnete, aber alles war noch so zerbrechlich. Er konnte nicht abschätzen, worauf sie zusteuerten.

Seinen Schwiegervater hatte er im Laufe der Jahre gut kennengelernt. Er war ein komplexer Mann, der empfindsame Seiten hatte und ein toller Großvater gewesen war, aber sobald die Sprache auf Linke und Homosexuelle gelenkt wurde, brach der Hass ungefiltert aus ihm heraus. Er war dann kaum wiederzuerkennen.

Toni erklärte sich seine Haltung mit dessen Jugend im Dritten Reich. Er war Jahrgang 1930 und durch die NS-Schulpolitik, das Jungvolk und die Hitlerjugend indoktriniert worden. Kommunisten waren Landesverräter und Schwule degenerierte Perverse gewesen, die in Konzentrationslagern getötet wurden.

Hatte Sofie deshalb Schwierigkeiten, sich einzugestehen, dass sie sich auch zu Frauen hingezogen fühlte?

Toni hatte oft vermutet, dass sie mit ihm auf Weltreise gegangen war und einen unkonventionellen Lebensstil pflegte, um sich von ihren konservativen Eltern abzugrenzen, aber er hätte niemals für möglich gehalten, dass der Einfluss so groß war, dass sie eher Selbstmord begehen würde, als zu ihrer Veranlagung zu stehen. Allerdings war das Verhältnis zu ihrem Vater nicht ausschlaggebend gewesen. Das hatte sie klar zum Ausdruck gebracht. Ihr damaliges Stimmungsbild war komplizierter gewesen. Auch andere Faktoren wie Überforderung hatten eine Rolle gespielt.

In seinen Augen war sie immer eine kühne, selbstbestimmte Person gewesen, die ihren eigenen Weg gegangen war. Sie war authentisch und ließ sich weder durch Geld noch durch Status kompromittieren. Sie hatte den Mut zu träumen, und sie hatte das Selbstbewusstsein, ihre Träume umzusetzen. Hatte er sie für stärker gehalten, als sie eigentlich war? Er fragte sich, wie gut man einen Menschen kennen konnte.

»Wenn man von klein auf immer die gleichen Parolen hört«, sagte sie, »dann glaubt man irgendwann selbst daran.«

»Ich mag deinen Vater«, erwiderte Toni, »aber er hat in seinem Leben schon viel Stuss geredet. Er selbst hält seinen Standpunkt für den einzig richtigen, aber er kaut nur wider, was ihm von einem unmenschlichen Regime eingetrichtert wurde. Das ist keine große Leistung.«

»Findest du mich abstoßend?«

»Was?« Toni rollte sich auf die Seite. »Wie kommst du denn darauf?«

Mittlerweile konnte er ahnen, wie schwer es für Sofie sein musste, über ihre Ängste zu sprechen. Gleichzeitig hatte er begriffen, dass ihre Bisexualität Gefahren barg. Je mehr Platz sie ihr einräumten, desto chaotischer würde ihre Beziehung werden. Deshalb suchte er nach einer Möglichkeit, diesem Gespräch eine andere Richtung zu geben. Er wusste, dass er sich nicht sehr einfühlsam verhielt, aber er konnte nicht anders.

Auch er hatte Gefühle, auch er hatte Sehnsüchte und Träume. Nach langem Werben war er endlich am Ziel angelangt. Sie waren wieder vereint. Nichts sollte sie jetzt trennen, nichts sollte den Moment zerstören. Er ließ seinen Blick über die sanften Hügel ihrer Brüste, den flachen Bauch und den sich wölbenden Venushügel streichen. Er kannte diesen Körper, seitdem sie es zum ersten Mal getan hatten. Er wusste, wie er sich anfühlte, wie er roch und wie er schmeckte.

»... so wie du«, meinte sie und stützte sich auf den Ellenbogen auf. »Sag mal, hörst du mir überhaupt zu?«

»Warum bist du nur so schön?«, flüsterte er ergriffen und ließ seinen Zeigefinger über ihre Lippen streichen. Er hob ein Knie über ihre Hüfte und kam in den Vierfüßerstand. Seine Hände setzte er links und rechts neben ihrem Kopf ab. Er blickte auf sie hinab und bedeckte ihre Stirn und ihren Hals mit Küssen. Er konnte nicht aufhören, ihren Geruch aufzusaugen und sich zu vergewissern, dass sie bei ihm war.

Sie war warm und weich und nachgiebig, aber er fürchtete nach wie vor, zurückgewiesen zu werden. Da spürte er, wie sie nach ihm griff und ihn streichelte. Dieses Mal ließen sie sich Zeit und kosteten es aus ...

Hinterher tranken sie abwechselnd aus einer Wasserflasche, die neben dem Bett gestanden hatte. Dann legten sie sich nebeneinander, starrten an die Decke und hingen ihren Gedanken nach.

»Es war ein Zeichen, dass ich damals beim Baumblütenfest nicht ertrunken bin«, sagte Sofie. »Ich war völlig verwirrt, aber ich hab sofort gefühlt, dass ich meiner inneren Stimme folgen muss.«

Toni hatte bis zum heutigen Tag gedacht, dass sie sich nicht an die Ereignisse in jener Nacht erinnern konnte. »Seit wann weißt du es?«

»Seit der letzten Hypnosetherapiesitzung. Hanna war mir immer vertrauter geworden, und plötzlich fiel mir ein, was ich für die Engländerin empfunden hatte. Ich hatte die Gefühle tief in mir begraben. Vielleicht hatte ich sie auch verdrängt, weil ich sie für eine Gefahr hielt, aber irgendwann konnte ich sie nicht mehr verleugnen. Die ganze Zerrissenheit kam wieder hoch. Und Hanna hat mir geholfen, mit ihr umzugehen.«

»Warum hast du es mir nicht gesagt?«

»Ich wollte es, aber ich hatte solche Angst, dich zu verlieren. Ich hab es immer weiter aufgeschoben, und irgendwann hatte ich den richtigen Zeitpunkt verpasst.«

Auch wenn Toni sich vor diesem Gespräch gefürchtet hatte, konnte er es nicht länger aufschieben. Sofie redete sich alles von der Seele, und er liebte sie zu sehr, um ihr mit etwas anderem als Verständnis zu begegnen. Auch ihre Körper vereinigten sich erneut, aber es war kein Sex, der gierig auf einen Höhepunkt zustrebte. Es war vielmehr eine Form der Kommunikation. Es diente der Bestätigung, dass sie sich voneinander angezogen fühlten, und es diente der Beruhigung, dass die Kluft zwischen ihnen nicht zu groß geworden war.

Das Bett kam Toni zunehmend wie eine Insel vor, die weitab von der übrigen Welt lag. Auf ihr gab es nur sie beide und ihre Geschichte. Sie lagen Gesicht an Gesicht und betrachteten einander. Was würde geschehen, wenn er dieses Eiland verlassen würde? Toni wusste es nicht. Deshalb prägte er sich jede ihrer Sommersprossen und jedes Lachfältchen ein, als würde er sie zum letzten Mal sehen. Draußen zwitscherten längst die Vögel.

»Und jetzt?«, fragte er nervös.

»Ich mache alles, was du willst«, flüsterte Sofie. Sie ließ offen, ob sie damit ihre weitere Beziehung oder nur die nächste halbe Stunde meinte. Sie küsste ihn leidenschaftlich und rutschte an seinem Bauch herunter. Obwohl er sich wund und aufgescheuert fühlte, spürte er, wie die Erregung erneut in ihm hochkroch …

∗∗∗

Eine gute Stunde später wurde er von seinem vibrierenden Smartphone geweckt. In einer Kurzmitteilung wurde er informiert, dass bei Brandenburg an der Havel ein Leichnam entdeckt worden war, bei dem es sich wahrscheinlich um Herrn Neudorf handelte. Eine detaillierte Wegbeschreibung zum Tatort war angefügt, Informationen zu den näheren Tatumständen fehlten.

Toni setzte sich auf die Bettkante und rieb sich den Schädel. Er fühlte sich zerschlagen, und sein Denkapparat kam nur mühsam auf Trab. Herrn Neudorf war also tot. Wenn er gestern nicht abgehauen wäre, würde er in einer Zelle schmoren. Das war für alle Beteiligten schlecht gelaufen. Jetzt ermittelten sie in einem Doppelmord. Möglicherweise waren noch weitere Personen in Gefahr. Solange er ein Team leitete und die Verantwortung trug, musste er verfügbar sein. So schwer es ihm fiel – die Nacht war vorüber. Er musste los.

Zärtlich betrachtete er seine Frau, strich über ihren Nacken und entschloss sich, sie nicht zu wecken. Sie musste sich ausruhen und Kraft tanken. Der kommende Tag würde nicht einfach werden. Er schrieb ihr eine Nachricht, zog sich leise an und verließ auf Zehenspitzen das Haus.

Draußen ging ein leiser Nieselregen nieder, der die Stallgebäude und den gepflasterten Hof in einen hellgrauen Dunst tauchte. Er atmete die frische Morgenluft ein und zog den Reißverschluss seiner Outdoorjacke zu.

»Toni«, sagte da jemand.

Er wandte den Kopf zur Seite und erblickte Hanna, die neben der Eingangstür auf der Holzbank saß. Ihr Haar war vom Niederschlag platt gedrückt, das Gesicht glänzte feucht. Um den Leib hatte sie sich eine Wolldecke geschlungen, die sie nun abstreifte. Sie erhob sich und trat vor ihn hin.

Eine Weile standen sie sich schweigend gegenüber.

»Wie lange sitzt du hier schon?«, fragte er schließlich.

»Noch nicht lange«, erwiderte sie. »Ich bin die ganze Nacht durch die Gegend gelaufen und habe nachgedacht.«

Die Lichtverhältnisse waren schlecht, aber die Schatten um ihre Augen waren nicht zu übersehen. In ihrem Gesicht stand keine Anklage, sondern nur eine verzweifelte Entschlossenheit. Wahrscheinlich ahnte sie, was zwischen Sofie und ihm geschehen war. Es war beeindruckend, wie sie die Fassung bewahrte. Toni konnte keine Gegnerin in ihr erkennen. Eher eine Leidensgefährtin.

»Ich liebe sie«, sagte er beinahe entschuldigend. »Schon seit der Schulzeit. Ich kann mir ein Leben ohne sie nicht vorstellen.«

»Ich auch nicht«, erwiderte Hanna, nahm eine aufrechte Haltung an und trat näher. »Ich würde alles tun, um sie zu halten«, sagte sie, griff nach seiner Hand und legte sie sich auf die Brust. Durch leichtes Drücken seiner Finger bewirkte sie, dass er das weiche Fleisch massierte.

Toni war völlig perplex. Was sollte das? Schlug sie ihm eine Dreiecksbeziehung vor? Eine solche würde verhindern, dass Sofie sich entscheiden musste, aber er spürte sofort, dass diese Möglichkeit für ihn ausschied. Sein Liebesanspruch war absolut, nur in klaren Verhältnissen konnte er sich entfalten. »Danke, dass du dir das vorstellen kannst«, sagte er und zog seine Hand zurück, »aber das kommt für mich nicht in Frage. Sofie muss wählen.«

»Überleg es dir in Ruhe«, sagte Hanna. »Etwas ist besser als nichts.«

»Nein«, erwiderte Toni sofort. »Etwas stillt nie den ganzen Hunger. Etwas ist eine Katastrophe.«

Spätestens jetzt begriffen sie, dass die Geschichte nur für einen von ihnen glücklich enden konnte.

Toni nickte ihr zu und ging zum Auto.

## 30

Am frühen Morgen kletterte Sandro erneut auf den Aussichtsturm. Der Himmel war bewölkt, und der feine Regen sah wie ein weißer Schleier aus, der sich sanft über den Wald und die Flusslandschaft legte. Über dem Fluss waberten Nebelschwaden. Die Luft roch schon nach Herbst.

Sandro rieb sich mit dem Handrücken über die tropfende Nase und dachte, dass die Menschen ihn stets unterschätzt hatten. Sie hatten ihn nur nach seinem hübschen Aussehen beurteilt. Wie sollten sie auch wissen, dass er niemals eine Kränkung vergaß?

Manchmal überkam ihn der Zorn so plötzlich wie bei Ben. Manchmal staute sich die Wut an, bis sie irgendwann einen Kanal fand wie bei Alf. Nicht einmal Herm hatte gewusst, dass er den früheren Peiniger längst fertiggemacht hatte.

Alf hatte wegen zahlreicher Verstöße gegen das Betäubungsmittelgesetz, wegen Beschaffungskriminalität und wegen Körperverletzung mit Todesfolge gesessen. Er war ein Crystaljunkie und als jugendlicher Intensivtäter eingestuft worden. Im Knast entzog er erfolgreich, aber niemand unternahm etwas gegen seine krankhafte Hyperaktivität, die sich vor allem in Gewaltausbrüchen und sexualisiertem Verhalten ausdrückte.

Zuerst hatte Alf ihn gemobbt, dann brutal zusammengeschlagen und schließlich vergewaltigt. Irgendwann kam er auf die Idee, ihm eine blonde Perücke aufzusetzen, Damenunterwäsche anzuziehen und ihm die Lippen rot zu schminken. Alfs Freunde durften ihn dann »ausleihen«. Wenn er sich wehrte, hatte das schlimme Folgen.

Über ein Jahr lang ging er durch die Hölle. Er magerte ab, trug Verletzungen davon und fühlte nichts mehr. Mit der Zeit kam er sich so stumpf wie ein Zombie vor, der seelenlos durch die Gegend wankte.

Er traf bereits Vorkehrungen, um sich am Zellengitter aufzuhängen, als Herm in seinen Jugendknast verlegt wurde. Der Kampfsportler sah sich das Treiben an und knöpfte sich Alf vor. Er brauchte nur eine Woche, um sich in der Hierarchie an die Spitze zu prügeln und allen zu zeigen, wer der neue Boss war.

Danach stand Sandro unter Herms persönlichem Schutz und wurde nie wieder angefasst. Trotzdem konnte er die Misshandlungen nicht vergessen und hielt sich über Alfs Werdegang auf dem Laufenden. Dieser wurde auf freien Fuß gesetzt, als sie gerade begonnen hatten, im Darknet Drogen zu verticken.

Sandro zweigte vierzehn Tütchen mit dem besten Crystal Meth ab und versandte jeden Tag eines mit der Post an Alfs neue Adresse. Einen Absender ließ er weg, aber er steckte in den Umschlag stets ein Kärtchen, auf das er schrieb: »Von einem Freund«.

Drei Monate ließ Sandro verstreichen und machte sich dann auf den Weg, um sich das Ergebnis anzuschauen. Alf lungerte am Eingang des heruntergekommenen Miethauses herum und zog hässliche Grimassen, wenn ein Passant vorbeiging. Schon von Weitem konnte Sandro sehen, dass er voll drauf war. Sein Gesicht war von Ekzemen übersät, so als hätte jemand mit einer Drahtbürste über die Haut geschrubbt.

Insbesondere Crystal-Meth-Rückfälle konnten sich verheerend auf die Gesundheit auswirken. Alf übertrieb den Konsum natürlich und wurde innerhalb weniger Monate noch verrückter, als er ohnehin schon war. Mittlerweile saß er mit irreparablen Hirnschäden in einer geschlossenen Nervenheilanstalt. Er war so kaputt, dass er nie wieder ein normales Leben führen würde.

Das ist meine Welt, dachte Sandro und fragte sich, wie er so werden konnte. Seine Suffeltern kamen ihm in den Sinn. Er dachte an die Hänseleien auf der Straße, weil er ein Heimkind war; an die Pflegefamilie, in der er wegen jeder Lappalie verprügelt wurde; an die greisen Freier, die um jeden Cent feilschten und dann die bizarrsten Forderungen stellten. Er erinnerte sich an die Vergewaltigungen im Knast und an tausend andere Dinge, aber ein Name sprang ihn förmlich an und brannte sich ein. Er war ein Symbol für alle, die auf der »richtigen« Seite standen und auf ihn herabsahen, für alle, denen er es nie recht machen konnte und die nur auf eine Gelegenheit warteten, um ihn wegzusperren.

Sandro atmete tief durch und sah in die Ferne, wo sich der Horizont als verschwommene graue Linie abzeichnete. Den kalten Wind spürte er kaum noch. Sein Haar war nass und tropfte. Er fühlte sich fiebrig und sah die Dinge trotzdem mit einer kristallinen Schärfe.

Schon in frühster Kindheit hatte er in der Villa gelernt, dass man sich nichts gefallen lassen durfte. Bei der erstbesten Gelegenheit musste man sich wehren, ansonsten verloren die anderen nur den Respekt und nahmen sich alles heraus. In seinem ganzen Leben hatte er zurückgeschlagen, und daran würde sich auch jetzt nichts ändern.

# 31

Auf der Fahrt zum Tatort quietschte der Scheibenwischer, was Toni gehörig auf die Nerven ging. Er war hundemüde. Ihm fehlte der Schlaf, und er würde heute auch nicht die Möglichkeit haben, ihn nachzuholen. Irgendwie musste er durch den Tag kommen. Die Ereignisse spitzten sich zu, und er durfte nicht nachlassen.

Also rief er Gesa an und fragte: »Wo steckst du?«

»Guten Morgen«, erwiderte die Kollegin gähnend. »Ja, ich habe wohl geruht. Danke der Nachfrage.«

»Hast du die Mitteilung über den Leichenfund erhalten?«

»Soll ich hinfahren?«

»Deshalb rufe ich an. Ich bin in der Nähe und erledige das. Unterstütze bitte Phong bei der Hamburger Spur. Wir müssen jetzt Dampf machen. Wenn Neudorf geredet hat, haut der Täter bald ab. Wir brauchen Ergebnisse.«

Kurz nachdem Toni die Verbindung unterbrochen hatte, rumpelte er über die Kopfsteinpflasterstraße. Er kannte die Gegend recht gut und parkte am nördlichen Ende des Bohnenländer Sees neben einer Löschwasserentnahmestelle, wo auch der Uferpfad endete. Auf dem Forstweg neben den Schwedenwällen würde er nur Gefahr laufen, zugeparkt oder selbst zum Hindernis zu werden.

Der Nieselregen hatte ausgesetzt, und er lief über die noch nasse Straße zu der Verteidigungsanlage, die sich von hier bis zum Grönschen Bruch Brielow erstreckte. Sie bestand aus zwei Wällen und drei Gräben und war vermutlich als Landwehr errichtet worden. Ihren Namen erhielt sie im Dreißigjährigen Krieg, als Brandenburg an der Havel von den Schweden besetzt war.

Am Forstweg herrschte, wie er erwartet hatte, ein hektisches Rangieren von Einsatzwagen, die sich gegenseitig blockierten. Toni ließ sich Schutzkleidung aushändigen und den Trampelpfad zum Tatort zeigen, der mit rot-weißem Flatterband markiert war. Den Fragen zweier Lokalreporter, die nähere Informationen zum Leichenfund wollten, wich er freundlich aus und trat hinter den abgesperrten Bereich.

Die frühere Verteidigungsanlage war bewaldet und wies eine artenreiche Flora und Fauna auf. Während Toni über den weichen Boden wanderte, entdeckte er Ebereschen, Hainbuchen, Haselnuss, Weißdorn und Eichen. In einiger Entfernung brummte eine Motorsäge, wahrscheinlich Forstarbeiten.

Ein KTU-Mitarbeiter hockte neben seinem Koffer und rührte Gips an. Es war Tore Karlsen, ein fünfunddreißigjähriger Hüne, der aus Eberswalde stammte. Seine langen dunkelbraunen Haare waren unter einer weißen Haube versteckt. Von seiner Halstätowierung sah man so gut wie nichts. In seiner Freizeit trainierte er mittelalterlichen Schwertkampf. Schon an Bord der MS »Beate« hatte er die Spuren gesichert.

Toni kam gut mit ihm aus und fragte: »Kannst du schon was sagen?«

Karlsen kam ächzend auf die Beine und streckte den Rücken durch. »Scheiße, ich werde langsam alt. Wir haben perfekte Abdrücke. Nike-Sportschuhe, Größe fünfundvierzig. Es gibt individuelle Merkmale, also kleine Beschädigungen an der Sohle, die den Schluss erlauben, dass es dieselben sind wie auf dem Frachtschiff und in Neudorfs Wohnung.«

»Sehr gut.«

»Der Täter ist mit dem Auto hergefahren und hat ungefähr fünfhundert Meter entfernt geparkt.« Karlsen zeigte die Himmelsrichtung an. »Von den Reifenprofilen nehmen wir auch Abdrücke.«

»Warum hat er den Wagen dahinten abgestellt?«, fragte Toni und dachte sofort, dass er wohl noch nicht wach war. Die Antwort lag auf der Hand. Mit den Fingerspitzen massierte er sich die Schläfen, um die Müdigkeit zu vertreiben.

»Das fällt in deinen Aufgabenbereich«, erwiderte Karlsen sachlich. »Ich liefere nur die Fakten. Jedenfalls hat er sich dem Tatort allein genähert. Er hat kurze Schritte und geringe Abrollbewegungen gemacht, woraus ich schließe, dass er sich langsam fortbewegt hat. Er hat nicht den direkten Weg genommen, sondern die Deckung von Bäumen und Büschen gesucht.«

Toni nickte. Das passte ins Bild. Vermutlich hatte der Täter weit weg geparkt, um nicht gehört zu werden. Dann schlich er sich an, um das Überraschungsmoment zu nutzen. Wahrscheinlich wollte er verhindern, dass Neudorf die Flucht ergriff. »Sonst noch was?«

»Und ob«, antwortete Karlsen. »Dieses Mal haben wir sogar einen Ohrabdruck.«

»Das ist ja mal was Neues«, sagte Toni. Ohrabdrücke waren so einzigartig wie Fingerabdrücke. Die Form bildete sich im Mutterleib aus und blieb bis zum Tod erhalten. Bei Wohnungseinbrüchen wurden manchmal Ohrabdrücke an Telefonhörern sichergestellt. Mit ihnen konnten Verdächtige zweifelsfrei überführt werden. Allerdings waren solche Spuren unter freiem Himmel sehr selten.

»Alles deutet darauf hin«, sagte Karlsen, »dass es einen heftigen Kampf gegeben hat, bei dem das Opfer zeitweise die Oberhand gewonnen und den Kopf des Täters auf den Grund gedrückt hat. Es muss ganz schön roh zugegangen sein, und ich bin mir sicher, dass wir an dem Leichnam die gleiche DNA finden wie in Neudorfs Wohnung.«

»Ihr habt seine DNA?«

»Davon gehen wir aus, ja. Auf dem Schiff hatten wir Pech, aber in der Wohnung hat er sich an einer Scherbe geritzt, als er die Duschwanne zertrümmert hat, um in die Hohlräume zu schauen. Sobald die Ergebnisse vorliegen, schicken wir sie euch.«

Was hatte das zu bedeuten?, überlegte Toni. Einerseits ging der Täter professionell vor, andererseits hinterließ er Spuren, die zu seiner Identifizierung führen konnten. Handelte er unter Zeitdruck und war unachtsam geworden? War er lediglich auf die schnelle Wiederbeschaffung der Drogen fokussiert? Oder war er überzeugt, rechtzeitig abtauchen und sich dem Zugriff entziehen zu können?

»Ich mach dann mal weiter«, sagte Karlsen. »Den Rest besprichst du besser mit Frau Dr. Grahn.«

»Alles klar«, sagte Toni und ging rüber zu der Gerichtsmedizinerin.

Sie wies gerade ihre Gehilfen an, den Leichnam anzuheben und in einen Sack zu legen. Sie war Ende fünfzig, Mutter dreier erwachsener Töchter und vor Kurzem geschieden worden. Seitdem hatte sie sich verändert. Sie legte Wert auf eine modische Erscheinung und bevorzugte knallige Farben. Momentan schuf ihr roter Lippenstiftmund einen leuchtenden Kontrast zu ihrem weißen Overall.

»Hallo, Ursula«, sagte Toni. »Darf ich kurz einen Blick auf ihn werfen?«

»Wenn es nur ein Blick ist.« Die Rechtsmedizinerin war gut gelaunt und nickte ihren Gehilfen zu, die einen Schritt zurücktraten und so die Sicht auf den Leichnam freigaben.

Toni erkannte sofort, dass das Opfer übel zugerichtet war. Das Gesicht wies Schwellungen, Blutergüsse und Platzwunden auf. Die Ärmel seiner Oberbekleidung und die Hosenbeine waren aufgeschnitten und hingen in losen Bahnen herab. An den Hand- und Fußgelenken hatte er Fesselspuren. Die Drähte, Schnüre oder Kabelbinder hatten sich tief ins Fleisch gegraben. Die Finger beider Hände standen in unnatürlichen Winkeln ab. Das Gleiche galt für die Zehen. Beide Knie und Schienbeine waren deformiert. Ein steriles weißes Tuch bedeckte den Genitalbereich. Der Tote wies nur noch geringe Ähnlichkeit mit dem jungen Mann auf, dem Toni gestern Nachmittag auf dem Schrottplatz begegnet war.

»Woher wisst ihr, dass es sich um Neudorf handelt?«

»Wir wissen es nicht. Wir gehen davon aus«, erwiderte Ursula und deutete hinter sich. »In dem Graben steht ein Motorrad, das auf einen Halter dieses Namens zugelassen ist. Außerdem trug das Opfer den Ausweis eines Fitnesscenters bei sich. Allerdings ist ein Vergleich mit dem Foto kaum noch möglich. Eigentlich schade, er muss mal ein knackiges Kerlchen gewesen sein.«

»Was kannst du über seine Verletzungen sagen?«

»Zum jetzigen Zeitpunkt nichts.«

»Ach bitte. Es kann sein, dass sich der Täter absetzen will. Wir stehen unter Zeitdruck.«

»Weil du es bist«, sagte Ursula nachsichtig und überlegte kurz. »Unter Vorbehalt würde ich die Verletzungen in drei Gruppen einteilen. Erstens Kampfspuren. Dazu zähle ich diverse Blutergüsse, Platzwunden, einen Jochbeinbruch, drei Messerstiche und gebrochene Rippen. Zweitens Folterspuren. Dazu gehören gebrochene Finger- und Zehengelenke, zertrümmerte Schienbeine und Kniescheiben und ein Hodentrauma, wahrscheinlich eine Ruptur, hervorgerufen durch eine Quetschung. Und drittens die Todesursache. Der Genickbruch. Außerdem habe ich einen intramuskulären und zwei intravenöse Einstiche gesichtet und habe dazu eine Vermutung.«

»Lässt du mich an ihr teilhaben?«

Ursula lächelte. »Ich gehe davon aus, dass er infolge der Folterungen mehrfach das Bewusstsein verloren hat. Der Täter hat ihm etwas gespritzt, um ihn aufzuwecken, aber da müssen wir die Blutuntersuchung abwarten.«

»Das Opfer hat früher gedealt. Drogenkonsum kannst du ausschließen?«

»Die Einstiche sind frisch. Altes Nabengewebe habe ich nicht entdeckt. Ein Junkie war er nicht.«

»Wenn der Täter ein Mittel und eine Kanüle bei sich trug, hat er sich auf die Folterung vorbereitet und vorsätzlich gehandelt.«

»Sieht so aus, ja.«

Toni nickte und rekonstruierte aus den erhaltenen Informationen das Geschehen: Die beiden Männer hatten erbittert gekämpft, bis der Täter die Oberhand gewonnen und Neudorf gefesselt hatte. Bei der Intensität der Auseinandersetzung war davon auszugehen, dass der Unbekannte ebenfalls Verletzungen davongetragen hatte. Vielleicht hatte er sichtbare Blutergüsse, vielleicht humpelte er oder trug einen Arm in der Schlinge. Das waren Merkmale, die ihn aus der Masse heraushoben und zu seiner Identifizierung beitragen konnten. Toni nahm sich vor, sein Team darüber zu informieren.

»Lass uns mal vermuten«, sagte er, »dass Neudorf gefoltert wurde, um etwas preiszugeben. Meinst du, dass der Täter bekommen hat, was er wollte?«

»Puh«, machte Ursula und überlegte kurz. »Anhand der Folterspuren kann man davon ausgehen, ja.«

»Woraus schließt du das?«

»Ich habe in meinem Berufsleben drei oder vier Folteropfer untersucht, und die Verletzungen wiesen bei allen eine gewisse Systematik auf. Die Peiniger beginnen mit Misshandlungen, die zwar wehtun, aber nicht lebensbedrohlich sind. Vermutlich hat er sich zuerst die Finger und Zehen vorgenommen. Dann hat er sich gesteigert. Er hat etwas Schweres benutzt, wahrscheinlich einen Stein, den wir sichergestellt haben, und hat die Schienbeine und Kniescheiben zertrümmert. Spätestens zu diesem Zeitpunkt hat Neudorf die Besinnung verloren. Er hat ihn mit einem Mittel zurückgeholt und sich der nächsten Stufe zugewandt. Auffällig ist, dass er ihm nur einen Hoden gequetscht hat. Wenn er die gewünschte Information nicht erhalten hätte, hätte er auch den zweiten Testikel zerdrückt. Stattdessen hat er sein Opfer auf den Bauch gelegt und ihm das Genick gebrochen. Ja, du kannst davon ausgehen, dass er die Information erhalten hat.«

»Oder er wurde überrascht und musste die Sache schnell beenden«, sagte Toni, glaubte aber selbst nicht daran. »Danke, Ursula.«

»Gerne«, erwiderte die Gerichtsmedizinerin schmunzelnd. Sie amüsierte sich offenbar über irgendetwas, dass sich Toni nicht erschloss. Die Scheidung ist ihr wirklich gut bekommen, dachte er.

Bei Tore Karlsen erkundigte er sich, ob die Geländemaschine bereits untersucht wurde, und erhielt die Auskunft, dass dies nicht der Fall sei. Aus dem Beweismittelkoffer nahm er eine Stabtaschenlampe und überquerte den Wall. Seit gestern fragte er sich, warum der Täter bei der Durchsuchung von Neudorfs

Wohnung so rabiat vorgegangen war. Hatte er den früheren Dealer schocken und zu einem Fehler provozieren wollen? Hatte er gehofft, dass er ihn zum Versteck führen würde? Außerdem überlegte er, wie der Täter ihn an diesem Ort aufspüren konnte.

Toni kniete sich hin und leuchtete in jede noch so winzige Lücke des Motorrads, bis er unter dem Sattel fand, wonach er gesucht hatte. Der GPS-Peilsender war kleiner und flacher als eine Streichholzschachtel. Der Täter hatte die ganze Zeit gewusst, wo sich Neudorf aufgehalten hatte.

## 32

Auf dem Aussichtsturm setzte Sandro die SIM-Karte wieder in sein Smartphone und schaltete es an. Er sah, dass Sonja versucht hatte, ihn anzurufen. Ihr Treffen hatte er vollkommen vergessen. Außerdem hatte sich Frau Lüttke gemeldet. Vermutlich wollte die »Herbergsmutter« ihm mitteilen, was er zum Spätsommerfest mitbringen sollte.

Sandro wusste, dass er die Heimleiterin nur um Hilfe bitten musste, damit sie sich wie eine Löwin vor ihn stellte, aber er war nicht an ihrem Beistand interessiert. Er war kein Kind mehr, dem man weismachen konnte, dass sich alles wieder einrenken würde. Er hatte genügend Erfahrungen gesammelt, um seine Schlüsse zu ziehen.

Zuerst wollte er sichergehen, dass er sich nicht verrannt hatte, und öffnete den Internetbrowser. Schnell gab er ein paar Begriffe in die Suchmaschine ein und erzielte einen Treffer mit neunundneunzigprozentiger Übereinstimmung. Es war ein Artikel, der online bei einer Lokalzeitung erschienen war. In ihm wurde berichtet, dass bei den Schwedenwällen ein Leichnam gefunden worden sei. Offenbar sei der Mann mit einer Geländemaschine unterwegs gewesen. Die genaueren Todesumstände seien noch nicht bekannt und würden derzeit untersucht. Die Kriminalpolizei gehe allerdings von einem Gewaltverbrechen aus.

Um Sandros Brust legte sich ein Ring, der sich brutal zusammenzog und ihm die Luft raubte. Er glaubte zu ersticken und ließ das Smartphone fallen, das mit einem Scheppern auf dem Gitter landete. Hektisch sog er Atem ein und füllte seine Lunge mit so viel Sauerstoff, dass ihm schwindlig wurde. Er musste sich am Geländer festhalten, um nicht der Länge nach hinzuschlagen.

Der Tote war mit einer Geländemaschine unterwegs gewesen.

Mehr Gewissheit brauchte Sandro nicht.

Seine schlimmsten Befürchtungen hatten sich bestätigt.

Herm war tot!

Sein Beschützer und Freund würde nie wieder zu ihm sprechen. Er war gestorben, bevor er ihm sagen konnte, wie sehr er ihn liebte.

Sandro verzog den Mund und brachte einen tierischen Laut hervor. »Es tut mir leid«, rief er und warf den Kopf in den Nacken. »Es tut mir leid, es tut mir so unendlich leid.« Wenn er nicht so ein hysterisches Theater wegen Bonita veranstaltet hätte, hätten sie einfach abhauen können und Herm wäre noch am Leben.

Er war schuld!

Er allein war schuld!

Doch in die Selbstvorwürfe mischten sich auch die ersten Anklagen: Wenn dieser Bulle nicht so einen Aufriss gemacht hätte, hätte Herm nicht fliehen müssen und hätte auf seinem Motorrad zu ihm fahren können. »Dieser Scheiß-Wichser, dieser Scheiß-Wichser, dieser verdammte Scheiß-Wichser«, tobte Sandro und trampelte auf seinem Smartphone herum, bis es in tausend Stücke zerbrach.

Dann rannte er los. Den Aussichtsturm hinunter und durch den Wald in die Ebene. Er lief so schnell, wie er konnte, und wusste zuerst nicht, wo er hinwollte. Die Wolkendecke riss entzwei, und die Sonne blitzte gleißend hell auf. Sandro spürte nur das Brennen in den Augen, das Ziehen in seiner Brust und das Stechen in seinen Oberschenkeln. In den Gummistiefeln rutschte er hin und her und stieß mit den Zehen vorne an. Er spürte den Schmerz kaum und rannte weiter. Fahrradfahrer drehten sich nach ihm um, einige Schafe ergriffen die Flucht. Der Schweiß lief in Strömen an seinem Rücken hinunter, sein Atem flog. Erst als er den Pferdestall auftauchen sah, wurde ihm klar, was er hier suchte.

An der Hofausfahrt bremste Sandro ab und wunderte sich keuchend über den Sperrmüllstapel. Auf den zweiten Blick erkannte er, dass es seine Möbel waren. Hartmut Jessen hatte alles nach draußen geschafft und mit einem Vorschlaghammer zu Kleinholz verarbeitet. Sandro griff mit zitternden Fingern in die Trümmer und zog die Reste der Harlekinkostüme heraus, die er als Heranwachsender in der Villa genäht hatte und die ebenfalls Jessens Zerstörungswut zum Opfer gefallen waren.

So ein Schwein!, dachte Sandro. So ein verdammtes Schwein! Glaubt dieser Wichser, dass er sich alles erlauben kann? Hält er sich für unverletzbar? Der wird sich umschauen. Der wird mich kennenlernen. Der wird den Tag seiner Geburt noch verfluchen!

Blind vor Wut rannte Sandro durch die Boxengasse und kletterte die Leiter zum Dachboden hoch. Er stürzte zu den Kartons, in denen Jessen die Erinnerungsstücke aus seiner Militärzeit aufbewahrte. Er klappte das oberste Pappbehältnis auf, aber die Makarow-Pistole und die Munition fehlten. Jessen musste sie entfernt haben!

Mit wogender Brust sah Sandro sich um und fragte sich, was er tun sollte. Schließlich stürzte er zu der Schräge, wo sein Bett gestanden hatte, und zwängte seine Hand in den Hohlraum. Er holte die Blechdose heraus, nahm den Deckel ab und griff hinein. Das Geld war weg! Das Geld war tatsächlich weg! Aber ein Zettel steckte im Inneren. Jessen hatte ihm eine Nachricht hinterlassen, auf der stand: »Die dreihundertzehn Euro nehme ich als Anzahlung. Du schuldest mir noch zweitausendsechshundertneunzig Euro Miete, die ich bis zum Ende des Monats haben will. Zahlst du sie nicht, schalte ich meine Rechtsschutzversicherung ein, die Wege und Mittel finden wird, für Gerechtigkeit zu sorgen. Die Lügen, die du über meine Frau erzählst, wird dir niemand glauben. Vergiss nicht, dass du ein verurteilter Totschläger bist. Halt also besser dein Maul, ansonsten zeige ich dich wegen Verleumdung an.«

Als Sandro am Ende angelangt war, zerknüllte er das Papier und schmiss es in den Raum. Jessen hatte sich den falschen Tag ausgesucht, um ihn anzugreifen. Sandro kletterte über die Leiter nach unten und holte aus einem Spind das Hufmesser.

Auf dem Weg zum Wohnhaus steckte Sandro das scharfe

Werkzeug hinten in den Hosenbund. Er wischte sich die nassen Haare aus dem Gesicht, stieg die kleine Eingangstreppe hoch und drückte auf den Klingelknopf. Soweit er wusste, war Regina heute den ganzen Tag unterwegs. Das war gut – gegen sie hatte er nichts.

Er läutete Sturm, und es dauerte bestimmt dreißig Sekunden, bis im Inneren des Hauses Geräusche erklangen. Jemand polterte die Treppenstufen hinunter. Dann sah Sandro durch die Milchglasscheibe, wie sich ein Schatten durch den Flur näherte. Die Klinke wurde heruntergedrückt und die Haustür aufgerissen.

»Du?«, fragte Jessen. Sein Zuckerwattehaar war zerdrückt. Er trug ein weißes Unterhemd. Auf seinen nackten Schultern wuchsen lange graue Haare. »Was willst du?«

Sandro starrte ihn an und spürte, wie das Blut in seinen Ohren rauschte. Die Schlagader an seinem Hals pochte gefährlich.

»Wenn du gekommen bist, weil du deinen Job zurückwillst«, sagte Jessen, »kannst du das vergessen. Das hättest du dir früher überlegen müssen. Ich hab keine Verwendung mehr für dich. Und hier in der Gegend wirst du auch keine Arbeit finden. Ich werde den anderen Stallbesitzern erzählen, dass du meine Frau belästigt hast. Und jetzt rate mal, wem sie glauben werden.«

Sandro spürte, wie trocken seine Kehle war. Wollte er diesen Weg wirklich beschreiten? Wollte er alle Brücken hinter sich abreißen? Wenn er es täte, würde es kein Zurück mehr geben. Dann wäre der Ausgang besiegelt. Er schluckte hart und dachte an Herm und Bonita.

»Du hast bestimmt meinen Zettel gefunden«, sagte Jessen. »Wenn du über die Miete reden willst, kannst du das auch vergessen. Wir haben keinen schriftlichen Vertrag geschlossen, und es wird Wort gegen Wort stehen. Kein Richter wird dir glauben. Wie siehst du überhaupt aus? Hast du draußen gepennt? Am besten gewöhnst du dich gleich dran. Und jetzt sieh zu, dass du Land gewinnst. Hau ab! Ich will mich endlich wieder hinlegen.«

»Ich …«, sagte Sandro rau und führte seine rechte Hand

nach hinten zum Hosenbund. »Ich will die Makarow und die Munition.«

»Du hast wohl den Verstand verloren«, sagte Jessen belustigt. Plötzlich veränderte sich sein Gesichtsausdruck. Der Spott wich Überraschung. Er riss die Augenbrauen hoch, und seine blassblauen Augen weiteten sich. Er taumelte einen Schritt zurück und hob abwehrend den Arm, aber da war es bereits zu spät.

Sandro hatte ausgeholt und rammte ihm das Hufmesser bis zum Heft in den Hals.

## 33

Im Kommissariat setzte sich Toni an den Computer und öffnete sein E-Mail-Postfach. Caren hatte ihm wegen des Autoschadens noch nicht geschrieben. Ob das ein gutes oder schlechtes Zeichen war, konnte er nicht einschätzen. Vielleicht hatte es keine Bedeutung. Nach wie vor hatte er das Gefühl, das Richtige getan zu haben.

»Wir wären dann so weit«, sagte Gesa und trat an seinen Schreibtisch. »Die Benachrichtigung von Herrn Neudorfs Angehörigen habe ich delegiert. Im Besprechungsraum ist alles vorbereitet, aber vorher möchte ich dich noch bitten, diese Papiere zu unterschreiben.«

»Was ist das?«, fragte Toni und schaute auf mehrere DIN-A4-Bogen, die dicht bedruckt waren und leicht gefächert vor ihm lagen.

»Keine Panik. Ich hab nicht gebummelt, ich hab den Bericht gestern Nacht aufgesetzt. Er beschreibt die Ereignisse bei Sonnemanns Einstand, in vierfacher Ausfertigung. So etwas darf nicht noch einmal passieren. Als Kommissionsleiter hätte Schmitz einschreiten müssen.«

»Vielleicht solltest du vorher unter vier Augen mit ihm reden«, sagte Toni. »Die Angelegenheit lässt sich vielleicht auch so bereinigen.«

»Ich hab es versucht«, erwiderte Gesa, »aber Schmitz hat mir nur die Schulter getätschelt und gemeint, dass ich mir mein hübsches Köpfchen nicht zerbrechen solle. Das sei seine Kommission und er allein entscheide, was in Ordnung gehe und was nicht.«

»Das hat er tatsächlich gesagt?«

»Ich hab in meinem Leben schon viel Quatsch gehört. Du weißt ja, dass ich mit sechs Brüdern aufgewachsen bin. Und da ist man so einiges gewohnt, aber noch nie hat jemand behauptet, dass ich ›ein hübsches Köpfchen‹ hätte. Das passt nun wirklich nicht. Und alles andere auch nicht. Der Mann liegt in jeder Lebenslage daneben.«

Vermutlich hat sie recht, dachte Toni. Der Kriminalrat erkannte nicht mal die Gelegenheit, den Hals aus der Schlinge zu ziehen, wenn sie sich ihm bot.

»Es ist mein Bericht«, sagte Gesa. »Du bestätigst den Vorfall lediglich als Zeuge. Es haben noch zwei andere Kollegen unterschrieben.«

Toni verschränkte die Hände am Hinterkopf und schloss kurz die Augen.

»Was denkst du?«, fragte Gesa. »Bitte sei ehrlich. Fürchtest du Scherereien? Soll ich mich lieber an jemand anderes wenden?«

»Nein, nein. Ich hab nur überlegt, was du dir aufhalst. Eine solche Beschwerde kann nach hinten losgehen. Bist du dir wirklich sicher, dass du die Angelegenheit durchziehen willst?«

»Hundertprozentig. Weil Schmitz mich für dumm verkaufen will. Für meinen Bruder, für das Ansehen unserer Behörde und aus Prinzip.«

»Also gut«, erwiderte Toni. Er überflog den Bericht, griff nach einem Kugelschreiber und zeichnete ihn viermal ab. »Meine Rückendeckung hast du. Für wen sind die einzelnen Exemplare bestimmt?«

»Drei gehen in die Poststelle. Den vierten drücke ich dem Kriminalrat persönlich in die Hand. Ich will da kein Geheimnis draus machen. Und ich finde es besser, wenn er es von mir erfährt. Bis gleich«, sagte Gesa und eilte aus dem Büro.

Viel Glück, dachte Toni und sah ihr mit gemischten Gefühlen nach. Obwohl er unter dem Abend gelitten hatte, hätte er ihn unter den Tisch fallen lassen. In dieser Angelegenheit wäre er niemals auf Konfrontationskurs gegangen. Zum einen, weil es ihm peinlich war, öffentlich einzugestehen, dass er ein Suchtproblem hatte. Zum anderen, weil er selbst einen Fehler begangen hatte und es ihm widerstrebte, über das Verhalten anderer zu richten. Allerdings war er in diesem Fall nicht der Ankläger, sondern bezeugte nur den Sachverhalt. Das war ein

Unterschied. Die Beschwerde war Gesas Entscheidung. Vermutlich handelte sie sich Ärger ein, aber manchmal musste man Dinge tun, um sich seiner selbst zu vergewissern. Toni respektierte das.

Schwerfällig stemmte er sich hoch und schleppte sich in die Küche. Seine Augen waren heute so lichtempfindlich, dass er am liebsten eine Sonnenbrille getragen hätte. Das Smartphone gab einen Warnton von sich. Offenbar war der Akku beinahe leer. Er nahm sich vor, es aufzuladen. Er schenkte sich einen Becher Kaffee ein und begab sich in den Besprechungsraum, wo Phong auf die Tastatur seines Laptops einhackte.

»Ich bin gleich so weit«, sagte der Kollege hoch motiviert und steckte sich eine Sushi-Rolle in den Mund.

»Kein Schokoriegel?«, fragte Toni.

»Ich geh's jetzt richtig an, ich hab die Nase voll. Fast Food und Zucker rauben mir die Power. Außerdem stecken in dem Fisch viele Omega-3-Fettsäuren. Und die sorgen für Höchstleistungen im Oberstübchen.«

»Sehr gut. Du packst das«, erwiderte Toni munterer, als ihm zumute war.

Die folgenden Minuten nutzte er, um die bittere Brühe zu schlürfen und aus dem Fenster zu schauen. Der Himmel hatte sich wieder zugezogen. Tief hängende, dräuende Wolken zogen ostwärts. Möglicherweise würde es einen Schauer geben. Der Sekundenzeiger tickte, die Minuten verstrichen, und er wäre wohl eingenickt, wenn Gesa nicht zur Tür hereingestürmt wäre.

»Entschuldigt«, sagte sie. »Jetzt kann es losgehen.«

Toni richtete sich in seinem Stuhl auf. »Und?«, fragte er.

»Er war nicht erfreut«, erwiderte Gesa, »aber das war auch nicht zu erwarten.«

Phong sah von seinem Monitor auf und fragte: »Ist mir was entgangen?«

»Nichts Fallrelevantes«, antwortete Toni. Er wollte endlich beginnen und berichtete von den Erkenntnissen, die er an den Schwedenwällen gesammelt hatte. »Weißt du, dass in Neudorfs Wohnung Täter-DNA sichergestellt wurde?«

»Klar«, erwiderte Phong. »Vorausgesetzt natürlich, dass der Einbrecher und der Mörder dieselbe Person sind und nicht nur dieselben Turnschuhe tragen. Ich warte auf den Datensatz. Sobald ich ihn habe, leite ich ihn weiter.«

»Außerdem müssen wir uns fragen«, fuhr Toni fort, »warum Herm Neudorf gefoltert und Jürgen Seitz sofort getötet wurde.«

»Da hätte ich eine Idee«, erwiderte Gesa.

»Dann schieß los.«

»Der Täter war sich sicher, dass sich die Drogen an Bord der MS ›Beate‹ befanden. Er glaubte sogar, das genaue Versteck zu kennen. Als Seitz flüchtete, lief keine Informationsquelle, sondern ein Zeuge davon, der sein Gesicht gesehen hatte. Aus diesem Grund musste er ihn schnell beseitigen, denn er handelte unter Zeitdruck. Hinterher erkannte er, dass er sich getäuscht hatte. Das Kokain war nicht in dem vermuteten Versteck. Also durchforstete er das Boot und wurde sich zunehmend sicherer, dass die Drogen bereits weggebracht worden waren. Er gab die Suche auf und sprang über Bord.«

»Du hast sicher deine Gründe, von diesem Tathergang auszugehen, und wirst sie noch erläutern«, sagte Toni. »Mal angenommen, du liegst richtig. Weshalb hat er den Bootsmann verschont?«

»Er hat gewusst, dass Krusche keine Ahnung hat. Seine Befragung hätte ihm nichts gebracht.«

»Und wie wollte er die Drogen von Bord schaffen?«

»Mit Hilfe von AIS konnte er genau bestimmen, wie viel Zeit ihm blieb, bis ein anderes Boot auftauchen würde. Sagen wir mal, fünfzehn Minuten. Wir wissen ja, dass auf dem Havelkanal kaum Verkehr herrschte.«

»Das hat ihm Spielraum verschafft«, merkte Toni an.

»Genau«, fuhr Gesa fort. »An seiner Stelle hätte ich ein Netz mitgenommen, die eingeschweißten Kokainpäckchen verstaut und alles mit einem Unterwassermarker oder Peilsender über Bord geworfen. In der Nacht wäre ich mit einer Taucherausrüstung zurückgekehrt und hätte die Drogen geborgen. Am

Ufer gibt es weit und breit kein Haus. Das wäre niemandem aufgefallen.«

»Klingt gut durchdacht.«

»Danke.«

»Allerdings stellt sich mir die Frage, warum sich der Täter nach der erfolglosen Kokainsuche nicht doch noch den Bootsmann vorgeknöpft hat.«

»Die Zeit war abgelaufen«, sagte Gesa. »Andere Schiffe näherten sich. Außerdem war er nach wie vor überzeugt, dass Krusche nichts wusste.«

»Hm«, machte Toni skeptisch. »Dann möchte ich jetzt erfahren, von wem der Täter all die Informationen haben soll. Seid ihr mit der Hamburger Spur weitergekommen?«

Phong und Gesa wechselten einen Blick und verständigten sich darauf, dass die Kriminaloberkommissarin beginnen sollte.

»Ich habe heute Morgen mit dem Personalbüro der Hamburger Hafenlogistik AG telefoniert«, sagte sie, »und dabei eine interessante Information erhalten. Ein Mitarbeiter fehlt seit einigen Tagen unentschuldigt. Sein Mobiltelefon ist ausgeschaltet. In seiner Wohnung war er nicht. Und seine Eltern wissen auch nicht, wo er sich aufhält. Es sticht natürlich ins Auge, dass er in der Nacht vor Seitz' Ermordung verschwunden ist.«

»Was wissen wir über den Mann?«, fragte Toni.

»Er heißt Achim Mazur, ist achtundzwanzig Jahre alt und Facharbeiter im HHLA Frucht- und Kühlzentrum, wo hauptsächlich Bananen umgeschlagen werden. Er stattet die Paletten mit einem Sender aus, damit sie in den Kühlkammern auffindbar bleiben. Außerdem ist er für die Grün- und Temperaturkontrolle zuständig, bevor die Früchte bei vierzehn Grad Celsius eingelagert werden. Bananen dürfen erst kurz vor dem Verkauf im Einzelhandel reifen.«

»Ihm hätte also auffallen können, dass einige Kisten markiert sind?«

»Na klar. Die Markierungen sind zwar versteckt angebracht, aber wenn man sich die Zeit nimmt und wie die Kollegen vom Zoll sucht, kann man fündig werden. Vielleicht hat sich alles auch viel simpler abgespielt, vielleicht hat er bei der Qualitäts-kontrolle zufällig in ein Päckchen Kokain gegriffen, und das war es dann.«

»Was wissen wir noch über ihn?«

»Keine Vorstrafen. Er gilt als außerordentlich zuverlässiger Mitarbeiter, der in neun Jahren nur zweimal krankheitsbedingt gefehlt hat. Einmal hatte er sich beim Kicken einen Bänderriss zugezogen, das andere Mal hat er sich bei einem Betriebsun-fall so übel den Daumen gequetscht, dass er operiert werden musste. Er ist ledig und spielt Vereinsfußball.«

»Klingt nach einem vorbildlichen Mitarbeiter.«

»Ja, schon«, sagte Gesa. »Aber jeder hat einen dunklen Fleck in der Vita.«

»Du auch?«, fragte Phong.

»Ich bin die goldene Ausnahme«, erwiderte Gesa grinsend.

»Ist er als vermisst gemeldet worden?«, fragte Toni.

»Ja«, antwortete Gesa, »doch die Nachforschungen der Vermisstenstelle haben ergeben, dass er am Vorabend seines Verschwindens auf dem Hamburger Kiez unterwegs war. Meh-rere Kumpels aus seinem Fußballverein haben berichtet, dass er nach dem Training zum Hans-Albers-Platz wollte. Da gibt es viele Bars. Von kultig über heruntergekommen bis nobel ist alles dabei. Ein paar Meter entfernt befindet sich die Herbert-straße, wo die Mädchen an den Fenstern sitzen und auf Freier warten. Die Kollegen von der Vermisstenstelle gehen von einer mehrtägigen Kneipen-und-Puff-Tour aus. So etwas soll in der Hansestadt wohl häufiger vorkommen. Sie lassen den Fall vor-erst ruhen und werden erst aktiv, wenn er in zwei Tagen noch nicht aufgetaucht ist.«

»Und was denken wir?«

»Wir sind sehr skeptisch, was diese Hypothese angeht. Denn es passt alles zusammen.«

Plötzlich ertönte ein »Blink«-Ton. Phong schaute auf den Monitor und sagte: »Das DNA-Profil ist da. Ich schicke es um-gehend zum Abgleich an das BKA und an Interpol. Macht nur weiter. Ich höre zu.« Seine Finger hackten auf die Tastatur ein.

»In Frage kommen vor allem Mitarbeiter des Frucht- und Kühlzentrums«, sagte Gesa, »die bei der Ankunft der letzten kolumbianischen Bananenschiffe Dienst hatten. Und jetzt ratet mal.«

»Mazur hatte Dienst.«

»Ganz genau, aber das ist nicht alles. Er kommt gebürtig aus Päwesin. Der Ort liegt nur ein paar Kilometer von Ketzin entfernt, wo Herm Neudorf aufgewachsen ist. Möglicherweise kennt er ihn nicht nur von früher, sondern wusste auch von dessen Inhaftierung wegen Drogenhandels. Vielleicht traute er sich nicht zu, eine so große Menge Kokain abzusetzen, und wandte sich an den einzigen ›Fachmann‹, der ihm einfiel.«

»Und dieser überlegte, wie er die Drogen aus dem Freihafen wegschaffen konnte«, spekulierte Toni weiter. »Da fiel ihm sein Onkel ein, der regelmäßig Hamburg anlief und auch in finanzieller Not steckte. Wissen wir, wie Seitz an den Auftrag gekommen ist?«

»Ich hab bereits mit dem Disponenten Finn Richter telefoniert«, erwiderte Gesa. »Die Initiative für die Tour ging tatsächlich von Seitz aus. Er hat konkret angefragt, ob es Fracht von oder nach Hamburg gibt. Er wollte den Auftrag unbedingt und hat sogar eine Leerfahrt in Kauf genommen. Insgesamt dürfte ihm die Tour kaum mehr als die Unkosten eingebracht haben.«

»Okay«, sagte Toni und fasste die Motivlage zusammen. »Seitz hat sich auf die Kurierfahrt eingelassen, weil er mit dem Lohn die Behandlung seiner Enkeltochter bezahlen wollte. Neudorf können wir unterstellen, dass er zu seinen Wurzeln als Dealer zurückgekehrt ist und Profit machen wollte. Welchen Grund hatte Mazur, vom Mitarbeiter des Monats zum Drogenhändler zu werden?«

»Angst«, erwiderte Gesa. »Ich habe mit seinem besten Kumpel aus dem Fußballverein gesprochen. Er hat nicht richtig mit der Sprache rausgerückt, aber zwischen den Zeilen hab ich herausgelesen, dass Mazur Schulden bei zwielichtigen Geldverleihern hat, die beim Eintreiben nicht zimperlich vorgehen.

Er hat wohl gespielt, hauptsächlich im Casino Reeperbahn. Wahrscheinlich wollte er sich mit dem Deal sanieren.«

Toni nickte. »Und wie sind die Bananenkisten an Bord der MS ›Beate‹ gekommen? Ich meine, Mazur wird sich nicht einfach eine Sackkarre geschnappt und sie rübergebracht haben. Das wäre zu auffällig gewesen.«

»Das geht auch gar nicht, weil die EDV des Frucht- und Kühlzentrums alle Vorgänge aufzeichnet, sodass jeder Karton zurückverfolgt werden kann. Wir wissen nicht, wie er das Warenwirtschaftssystem ausgetrickst hat, und werden es wohl auch nicht mehr erfahren. Seitz ist tot, und Mazur wird nicht lebendig auftauchen. Ich gehe davon aus, dass unser Täter ihn aufgespürt, gefoltert und getötet hat. Nur von Mazur kann er wissen, dass sich das Kokain an Bord der MS ›Beate‹ befunden hat. Von ihm wird er auch das genaue Versteck erfahren haben. Es gibt übrigens noch einen weiteren Punkt, der unsere Hypothese stützt. Phong, du bist an der Reihe.«

Der Kriminalkommissar nahm einen Schluck Mineralwasser und rückte seine getönte Brille zurecht. »Ich bin unsere Ermittlungen durchgegangen und habe sie in Verbindung zu der Hamburger Spur gesetzt. Dabei ist mir ein Versäumnis aufgefallen. Der Bootsmann wurde in Brandenburg an der Havel von Bord geschickt, damit Seitz die Bananenkisten unauffällig an Neudorf übergeben konnte. Allerdings muss der Stoff genauso unauffällig an Bord gekommen sein.«

»Stimmt«, sagte Toni. »Wir müssen Krusche herzitieren und befragen.«

»Hab ich bereits erledigt«, erwiderte Phong. »Er hat ausgesagt, dass Seitz in der fraglichen Nacht Labskaus mit Spiegelei und Rollmops zubereitet hat. Dazu haben sie ein Bier getrunken. Eigentlich wollten sie noch ein Dartsturnier im Fernsehen anschauen, aber der Bootsmann ist nach der Mahlzeit so müde geworden, dass er sich gleich in die Koje gehauen und durchgeschlafen hat. Sonst muss er nachts mindestens dreimal raus, weil er eine schwache Blase hat. Am nächsten Morgen fühlte er sich benommen.«

»Hat Seitz ihm ein Schlafmittel ins Essen gemischt?«, fragte Toni.

»Selbst durch eine Blutentnahme lässt sich das nicht mehr feststellen, aber die Vermutung liegt nahe. Krusche hat erzählt, dass der Lademeister an Bord gekommen ist, und zwar kurz nachdem sie in Hamburg angelegt haben. Er soll sich mit Seitz unter vier Augen besprochen haben. Krusche hat die Unterhaltung nicht verfolgt, weil er das Deck geschrubbt hat, aber ich habe ihm ein Bild von Achim Mazur vorgelegt, und er hat ihn zweifelsfrei als den Mann identifiziert, der sich als Lademeister ausgegeben hat. Außerdem hat Seitz auf der Fahrt von Hamburg zum Havelport sein Büro abgeschlossen und die Rollos runtergezogen. Das hat er sonst nie getan«, sagte Phong und schaute auf seinen Laptop, weil ihn der »Blink«-Ton informiert hatte, dass er eine weitere Nachricht erhalten hatte.

Toni nickte zufrieden. Sein Team leistete gute Arbeit. »Krusche wurde also verschont, weil Mazur dem Täter unter Folter berichtet hat, dass Seitz seinen Bootsmann betäuben beziehungsweise von Bord schicken wollte, um ungestört die Drogen entgegenzunehmen beziehungsweise zu übergeben.«

»Wieso ist das wichtig?«, fragte Gesa.

»Weil Krusche ansonsten in Gefahr gewesen wäre. Wenn sich der Täter nicht absolut sicher gewesen wäre, dass der Bootsmann unbeteiligt war, hätte er ihn in seine Gewalt gebracht, um Informationen herauszupressen.«

»Soll Krusche unter Polizeischutz gestellt werden?«

»Nein, nein. Spätestens jetzt ist das nicht mehr notwendig. Der Täter hat von Herrn Neudorf wahrscheinlich alle Informationen erhalten, die er wollte.« Toni blickte seine Kollegen ernst an. »Damit dürften wir rekonstruiert haben, wie und durch wen das Kokain an Bord der MS ›Beate‹ gelangt ist. Wir müssen jetzt den nächsten Schritt machen. Diese Erkenntnisse bieten uns zahlreiche Ansatzpunkte, um –«

»Interpol hat geantwortet«, platzte Phong heraus und hing gefesselt an dem Monitor. »Ich fass es nicht.«

»Was ist los?«, fragte Toni. Er wusste, dass die DNA-Database von Interpol ungefähr einhundertfünfundfünfzigtausend Profile enthielt. Das war im Gegensatz zur DNA-Analyse-Datei vom BKA, die rund die sechsfache Menge an Datensätzen umfasste, eine eher geringe Zahl, aber es gab auch nicht viele Täter, nach denen international gefahndet wurde. Die Suchanfragen wurden in der Regel in fünfzehn Minuten beantwortet. »Nun rede schon.«

»Wir haben einen Treffer«, antwortete Phong. »Wir wissen, wer er ist.«

## 34

*Vor einigen Tagen*

In Kolumbien stapfte der US-Amerikaner Troy Gardener durch die Bananenplantage, die sich im Departamento de Antioquia am Golf von Urabá über eine riesige Fläche erstreckte. Er hasste die ländliche Region mit ihrer tropischen Hitze, den Moskitoschwärmen und dem Gestank. Obwohl er schon seit Jahren hier lebte, war er nie heimisch geworden. Wenn er sich nachts im Bordell am Fluss »vergnügte« und die Huren vor Schmerzen wimmerten, erzählte er ihnen gerne von den weiten Feldern Minnesotas, die im Winter mit hohem Schnee bedeckt waren.

»Weißt du, warum du mich begleiten solltest?«, fragte Miguel Ospina. Der Fünfzigjährige hatte einen Echsenkopf, einen rundlichen Leib und kurze, stämmige Beine. In den Dörfern nannte man ihn La Tortuga, die Schildkröte. Er war der Boss des Ospina-Clans, der aus ehemaligen Paramilitärs entstanden war. Die *banda criminal* kontrollierte den Drogenschmuggel und herrschte über den Nordwesten des Landes. Über sechzig Kommandanten und dreitausend Soldaten standen im Sold. Die Polizeichefs und Lokalpolitiker erhielten großzügige Spenden. Trotzdem wütete ein gnadenloser Krieg mit der Regierung, der viele Bandenmitglieder das Leben gekostet hatte.

Troy Gardener wusste, dass keine Antwort von ihm erwartet wurde. Aus seiner Zeit als DEA-Agent kannte er Ospinas Werdegang und psychologisches Profil genau. Er war ein Soziopath, der schon zu Paramilitärzeiten so viel Blut vergossen hatte, dass man mehrere Swimmingpools damit füllen könnte. Für seine Bananenplantage hatte er vierhundert Familien von ihrem Land vertrieben. Die Bauern, die seinen Befehlen nicht gefolgt waren, hatte er eigenhändig enthauptet. Die Köpfe spießte er auf Speere auf und stellte sie zur Warnung an den Wegesrand.

Jetzt markierte er den Wohltäter und wandte sich an einen Arbeiter, der gerade mit einer Machete eine Bananenstaude vom Baum hackte. Die noch grünen Früchte waren von einer blauen durchlöcherten Plastikfolie umhüllt, die vor Schäden durch die scharfkantigen Blätter und Insektenbefall schützte. Der dürre, schmutzige Tagelöhner senkte den Kopf, ließ sich die Fünfzig-Dollar-Note in die Brusttasche stecken und bedankte sich untertänig.

Zufrieden verlangte Ospina eine Dose Coca-Cola aus der Kühlbox, die ein Diener überall hinter ihm herschleppte. La Tortuga war regelrecht süchtig nach dem amerikanischen Softdrink und schüttete sich mehrere Liter am Tag in den Rachen. Durch das zuckerhaltige Getränk faulten seine Zähne. Wenn er den Mund öffnete, sah man kleine braune Stummel. »Willst du auch eine Coke?«, fragte der Drogenboss.

Gardener schaute auf die beiden Fußsoldaten, die sie mit Schnellfeuergewehren begleiteten. Nahm er das Angebot an, könnte Ospina das als Dreistigkeit auslegen und einen seiner berüchtigten Wutanfälle bekommen. Lehnte er es ab, könnte er ihn für undankbar halten und ihn an Ort und Stelle erschießen. Ospina war völlig unberechenbar. In seiner Gegenwart befand man sich immer mit einem Fuß im Grab. Es gab keine Verhaltensrichtlinie, die das Überleben sicherte. Am besten blieb man so loyal und unauffällig wie möglich.

»Willst du mir nicht antworten?«, bohrte er nach.

Schon als Ospina ihn auf den Spaziergang eingeladen hatte, war Gardener misstrauisch gewesen. Jetzt schaute er erneut auf die beiden Fußsoldaten, die noch halbe Kinder waren. Mit ihnen würde er fertigwerden. Ospina selbst war fett und langsam, aber er wäre nicht so weit gekommen, wenn er sich nicht abgesichert hätte. Garantiert hockte ein Scharfschütze zwischen den Bananenbäumen und nahm Gardener ins Fadenkreuz. Bei der ersten verdächtigen Bewegung würde er ein hübsches Loch in der Stirn haben. Ein Angriff war noch keine Option. Erst würde er entscheiden müssen, ob er eine Coke wollte oder nicht. Er wusste nicht, wie die richtige Antwort lautete; er wusste nur, dass seine Kehle trocken war. Also sagte er: »Gerne, *patrón*!«

Ospina nickte seinem Diener zu, der aus der Kühlbox eine weitere Dose des Erfrischungsgetränks zog. Sie war eiskalt, und Gardener hielt sie sich an die Schläfen. Mittlerweile hatten sie die Seilbahn erreicht, wo die Arbeiter Bananenstauden an Eisenhaken aufhängten und zur Verpackungsstation zogen.

»Erinnerst du dich an William Cardona?«, fragte Ospina.

Gardener begriff, dass das Vorgeplänkel vorbei war. Vor drei Monaten hatte er die neunköpfige Familie des Kommandanten Leandro Cardona fast vollständig ausgelöscht. Der Verräter hatte mit der kolumbianischen Regierung kooperiert und Belastungsmaterial gesammelt. Nur der elfjährige Sohn William war entwischt. Obwohl er vier Wochen nach dem Jungen suchte und Verwandte, Freunde und Nachbarn folterte, hatte er ihn nicht aufspüren können. Er ahnte auch, warum. Wahrscheinlich hielten seine früheren Kollegen von der DEA ihn an einem sicheren Ort versteckt. »Natürlich, *patrón*«, erwiderte er und beließ es dabei.

»Du hast dich nie kleiner gemacht, als du bist«, sagte Ospina. »Das mochte ich immer an dir. William Cardona hat den Gringos verraten, wo sein Vater das Notizbuch versteckt hat. Ihm verdanken wir, dass die Regierung das Lager in Santa Marta aufgestöbert und zwölf Tonnen Kokain beschlagnahmt hat. Sie hat außerdem den dortigen Ring zerschlagen. Wir wissen nicht, ob der kleine Hurensohn noch mehr Informationen preisgeben kann, aber es kann nicht mehr lange dauern, bis wir ihn haben.«

Sie erreichten die Verpackungsstation, die inmitten der Bananenplantage lag. Ein riesiges Wellblechdach stand auf Holzsäulen. Weil es keine Wände gab, herrschte ein erfrischender Durchzug. Ospina gab sich jovial und verteilte Fünfzig-Dollar-Scheine unter den Arbeitern. Gardener riss die Cola auf und trank sie aus. Der Diener nahm ihm die leere Dose ab.

Seitlich hinter Gardener wurden die Bananenstauden von der blauen Plastikhülle befreit. Beschädigte Früchte wurden aussortiert. Die qualitativ hochwertige Ware wurde in einem großen Wasserbassin gereinigt, in einem Begasungsofen desinfiziert und schließlich in Kartons der Exportfirma Renata verpackt. An einem weißen Plastiktisch wurden Kokainpäckchen und Peilsender unter den Früchten versteckt.

La Tortuga kehrte von seinem Rundgang zurück und sagte: »Meine Kommandanten geben dir die Schuld. Sie wollen dich tot sehen, aber das wollten sie schon vorher, weil du ein Gringo bist und sie dir nicht vertrauen. Ich wusste deine besonderen Fähigkeiten hingegen immer zu schätzen. Man findet selten einen Mann von deinen Qualitäten.«

»Danke, *patrón*«, sagte Gardener. Er hatte immer gewusst, dass er anders war. Richtig kapiert hatte er es erst als Soldat im Afghanistankrieg. Bei den Operationen Red Wings und Whalers hatte er in der Provinz Kunar ein paar schwierige Situationen »gemeistert«. Im Zivilleben wäre er für solche Taten auf dem elektrischen Stuhl gelandet, aber beim Militär überhäufte man ihn mit Auszeichnungen und lobte seine Kaltblütigkeit. Noch während seiner aktiven Zeit wurde er von der DEA abgeworben. Ein Mann von seiner Art wurde anscheinend an vielen Orten gebraucht.

Über den grauen Betonplatz gingen sie zu dem Kai, an dem der hellbraune Fluss vorbeidümpelte. Einige Bargen, flache Schwimmkörper, waren an den Pollern vertäut. Immer wieder fuhren Gabelstapler vor, um die Europaletten mit den Bananenkartons abzustellen. Ein Kran hob sie an Bord, wo sie mit Hilfe eines verschiebbaren Wellblechdaches vor Sonnenlicht geschützt wurden. Sobald die Verladung abgeschlossen war, würde ein Schlepper die Schwimmkörper aufs Meer ziehen, wo die Früchte zum Weitertransport auf Kühlschiffe gehievt werden würden.

»Stell dich an die Kaikante«, befahl Ospina und sagte zu den beiden Fußsoldaten: »Und ihr beide stellt euch da hin und ladet endlich eure Waffen fertig.«

Gardener schaute hinter sich, wo die Flussbrühe gegen die Kaimauer klatschte und einen fürchterlichen Gestank verbreitete, weil hier die Fäkalientanks geleert wurden. An dieser

Stelle waren schon viele Feinde und ehemalige Weggefährten von Ospina erschossen worden. Ohne große Spuren zu hinterlassen, kippten sie ins Wasser und wurden von der Strömung fortgetragen. Die meisten Körper blieben verschwunden. Nur selten wurde ein Toter ans Ufer gespült. Fischfraß und Schiffsschrauben hatten ihn dann so entstellt, dass die Identifizierung nur noch über einen Gebissabdruck oder DNA-Abgleich möglich war. So viel Mühe machten sich die kolumbianischen Gerichtsmediziner allerdings nur in seltenen Ausnahmefällen.

»Kann ich noch eine Coke haben?«, fragte Gardener.

»Ihr Gringos wisst eben, was gut ist«, erwiderte Ospina amüsiert und machte seinem Diener ein Zeichen. »Du musst nicht baden gehen. Ich will dir zuerst ein Angebot machen.«

Na, da bin ich aber gespannt, dachte Gardener, riss die Dose auf und leerte sie mit großen Schlucken. Eigentlich bevorzugte er Zuckerrohrschnaps, der in Kolumbien mit Anis aromatisiert wurde, aber er hatte noch nie ein Erfrischungsgetränk zu sich genommen, das besser geschmeckt hatte. *Holy shit!* Jetzt war er bereit! Sobald die Jungs den Zeigefinger auf den Abzug legten, würde er sie ablenken und sein Wurfmesser schleudern. Den zweiten Fußsoldaten würde er mit einem Highkick ausknocken und Ospina als Schutzschild benutzen. Wenn er schnell genug war und der Scharfschütze ihn beim ersten Schuss verfehlte, schätzte er seine Chancen gar nicht so schlecht ein. Er hatte sich schon aus schlimmeren Situationen befreit.

»Du hast doch eine Mutter aus Frankfurt und kannst Deutsch?«, fragte der Drogenboss.

»Stimmt«, erwiderte Gardener überrascht.

»Wir haben ein Problem in Hamburg. Uns wurde eine größere Lieferung gestohlen. Schlimmer ist jedoch, dass der Nachschubweg nicht mehr sicher ist. Unser Großhändler hat zahlreiche Bestellungen, und die Kunden werden ungeduldig. Ich brauche einen Problemlöser, der den Nachschubweg frei macht und die verlorene Lieferung zurückbeschafft.«

»Ich bin Ihr Mann, *patrón*!«, sagte Gardener sofort.

»Der Auftrag ist deine letzte Bewährungschance«, erwiderte Ospina. »Solltest du versagen, wird es dir nicht helfen, irgendwo im Ausland unterzutauchen. Du verlierst meinen Schutz, und ich spiele deiner Regierung das Video zu. Dann hat sie nicht nur Indizien, sondern einen unwiderlegbaren Beweis. Auch der beste Strafverteidiger könnte dich nicht mehr rausboxen.«

»Ich werde Sie nicht enttäuschen«, sagte Gardener, der sich über die Folgen eines Scheiterns im Klaren war. In dem dreißigminütigen Film war er als Hauptdarsteller einer kleinen Sexparty zu sehen. Er hatte schon immer die härtere Gangart bevorzugt und an jenem Abend eine junge Frau versehentlich erwürgt. Drei ihrer Freundinnen rannten schreiend davon, und er jagte ihnen nacheinander eine Kugel in den Rücken, um sie an der Flucht zu hindern. Die folgenden Kopfschüsse überlebte keine von ihnen. Wegen dieser Morde tauchte er ab, kontaktierte irgendwann Ospina und wechselte die Seiten. Erst viel später fand er heraus, dass die vier Opfer Prostituierte waren, die im Auftrag des Drogenbosses mit ihm aufs Hotelzimmer gegangen waren. Eine versteckte Kamera hatte alles aufgezeichnet. »In ein paar Tagen gehört Deutschland wieder Ihnen.«

Ospina musterte ihn kühl. »Ich habe mehrere Männer, die sich für diesen Job eignen, aber keiner von ihnen ist so flexibel und zielstrebig wie du. Also gut«, sagte er und machte den beiden Fußsoldaten ein Zeichen, dass sie die Waffen senken sollten. La Tortuga winkte einen schwarzen Chevrolet heran, der im Schatten der Abfertigungshalle gewartet hatte. Der schwere SUV fuhr brummend vor. Ospina öffnete ihm die Tür und sagte: *»Mucha suerte!«*

»Danke, *patrón*«, erwiderte Gardener, stieg ein und ließ sich in die Ledersitze sinken. Sogleich spürte er die angenehme Kühle der Klimaanlage. Der Geländewagen fuhr einen Bogen und verließ das Kaigelände. Auf einem Feldweg rumpelte er zwischen Bananenbäumen Richtung Süden. Gardener stellte keine Fragen. Mittlerweile kannte er Ospinas Vorgehensweise und wusste, dass für alles gesorgt sein würde.

## 35

Im Kommissariat saß das Ermittlungsteam eng beieinander und betrachtete die ausgedruckten Fotos, die Troy Gardener als Messdiener, als Schüler, als Collegeabsolventen, als Soldaten und als Agenten der DEA zeigten. Toni isolierte ein DIN-A4-Bild, auf dem er den *US Marine Corps Blue Dress* eines First Lieutenants trug. Die weiße Mütze mit dem schwarzen Schirm hatte er unter die Achsel geklemmt, die mitternachtsblaue Jacke mit zahlreichen Orden schmiegte sich an die muskulöse Brust, ein weißer Gürtel, von dem ein langer Säbel hing, betonte die schmale Taille, und eine himmelblaue Hose mit rotem Streifen ging nahtlos in schwarze Lackschuhe über.

Besonders Gardeners Kopf fiel auf. Er hatte dunkelblonde streichholzlange Haare, die er mit Gel aus der Stirn gekämmt hatte. Seine hellen Augen blickten wachsam in die Kamera. Auf der Nase prangten einige Sommersprossen. Seine Lippen standen einen Spaltbreit auf und entblößten ebenmäßige Zähne.

»Der Junge sieht aus wie der amerikanische Traum«, sagte Toni. »Mit seinem Äußeren, der akademischen Ausbildung und den Kriegsverdiensten hätte er alle Möglichkeiten gehabt. Trotzdem wird nach ihm im Zusammenhang mit einem vierfachen Mord gefahndet. Wenn er es wirklich war, frage ich mich, warum seine Biografie so krass abbricht. Was ist passiert? Warum ist er so ausgerastet?«

»Er war über vier Jahre in einem Kriegsgebiet stationiert«, erwiderte Phong. »Er wäre nicht der erste und nicht der letzte Soldat, der von einem solchen Einsatz mit einem kleinen Dachschaden heimkehrt.«

»Mit einem kleinen Dachschaden killt man nicht vier Frauen«, antwortete Gesa. »Dazu gehört schon eine Vollmeise. Ich kann euch garantieren, dass der nicht erst in Afghanistan so geworden ist, der war schon vorher so.«

»Hm«, machte Toni. »Falls wir ihn lebend fassen, wird er

kaum kooperieren. Aber das ist nebensächlich. Mittlerweile können wir ihn mit drei Kapitalverbrechen auf deutschem Boden in Verbindung bringen, es besteht Fluchtgefahr, und von ihm geht eine hohe Gefahr für die allgemeine Sicherheit aus. Es liegt Dringlichkeit vor, und wir sollten problemlos eine richterliche Anordnung für die Öffentlichkeitsfahndung erhalten. Kümmere dich darum, Phong. Wenn es zu lange dauert, schalte Staatsanwältin Winter ein. Sie kann den Vorgang beschleunigen.«

»Mach ich«, erwiderte der Kriminalkommissar. »Was soll ich in den Steckbrief schreiben?«

»Erschlage die Leute nicht mit Informationen«, sagte Toni. »Die Bilder sind aussagekräftig. Haarfarbe, Größe und Statur würde ich sagen. Außerdem, dass er möglicherweise verletzt ist. Seine Gewalttätigkeit solltest du betonen. Ich will nicht, dass irgendjemand den Helden spielt.«

»Wie steht es um seine Sprachkenntnisse?«, fragte Gesa.

»Guter Ansatz«, antwortete Toni.

Phong blätterte in den Papieren. »Seine Mutter stammt aus Frankfurt. Aus der Akte geht hervor, dass er über sehr gute Deutschkenntnisse verfügt und mit einem leichten amerikanischen Akzent spricht.«

»Den Akzent unbedingt vermerken«, sagte Toni und schaute auf sein Smartphone. Das Batteriesymbol war beinahe leer, aber dieser Umstand hatte nicht seine Aufmerksamkeit erregt. Er hatte eine E-Mail erhalten, die über einen ausländischen Server an ihn versandt worden war. Mit einem Fingertipp öffnete er sie und las die Nachricht. Sie war kurz und bestand nur aus sechs Sätzen, aber der Inhalt hatte es in sich. Als er zum Ende gekommen war, schluckte er hart und begann sogleich von vorne.

»Hast du ’ne Vaterschaftsklage gekriegt, oder was?«, fragte Phong grinsend.

»Hört euch das an«, erwiderte Toni. »Ein unbekannter Absender hat mir folgende Nachricht geschickt: ›Du gibst einfach keine Ruhe. Jetzt bist du auch noch schuld an Herms Tod. Du hast alles kaputtgemacht. Dieses Mal kommst du nicht davon.

Dieses Mal wirst du bezahlen, dafür werde ich sorgen. Schon bald sehen wir uns wieder.«

»Noch so ein Arschloch«, sagte Phong achselzuckend. »Ist nicht das erste Mal, dass wir Drohungen erhalten. Gesa kann eine ganze Wand damit tapezieren. Ist es nicht so?«

»Schon«, erwiderte sie nachdenklich, »aber diese Nachricht klingt anders.«

»Das sehe ich genauso«, sagte Toni. »Er nimmt nicht nur Bezug auf Neudorf, sondern gibt auch indirekt zu, in den Drogendeal involviert zu sein. Außerdem bin ich ihm schon mal in die Quere gekommen, und das hat ihm nicht gefallen.«

»Warum meldet er sich?«, fragte Gesa. »Das ist doch dämlich. Er steht nicht im Fokus der Ermittlungen, und nach unserem derzeitigen Wissenstand hätte er gute Chance, ungeschoren davonzukommen oder rechtzeitig abzuhauen. Warum liefert er sich auf dem Silbertablett aus?«

»Das wüsste ich auch gerne«, antwortete Toni. »Haben wir irgendetwas übersehen?«

Gesa biss sich auf die Unterlippe. »Entweder ist er so wütend, dass er jede Vorsicht vergisst, oder ...«

»Oder?«, fragte Phong.

»Oder er hat nichts zu verlieren, und ihm ist alles egal.«

Toni nickte. Auch er hatte schon Drohungen erhalten. In seinen ersten Dienstjahren hatte er sie ernst genommen. Im Laufe der Zeit hatte er sich daran gewöhnt, beschimpft, genötigt und sogar körperlich angegriffen zu werden. Ein spannungsgeladenes Umfeld gehörte zu seinem Beruf dazu, aber diese Kurzmitteilung beunruhigte ihn stärker als gewöhnlich.

»Gesa«, sagte er. »Ich möchte, dass du die Kollegen in Hamburg um Amtshilfe ersuchst und sie mit unseren Ermittlungsergebnissen und allem Material versorgst, das wir über Troy Gardener haben. Vielleicht lässt sich sein Aufenthalt in der Hansestadt rekonstruieren, vielleicht hat er dort Komplizen, eine sichere Adresse oder Ähnliches. Wahrscheinlich werden sie nicht alles stehen und liegen lassen, um uns zu helfen, aber verdeutliche ihnen, wie dringlich dieser Fall ist. Hinterher unterstützt du Phong bei der Öffentlichkeitsfahndung. Sobald ihr grünes Licht habt, setzt ihr den Steckbrief in die sozialen Medien. Dort wird er sich wie ein Lauffeuer verbreiten. Sagt mir Bescheid, wenn ihr fertig seid. Ich rechne damit, dass die ersten Hinweise schnell eingehen.«

»Was wirst du in der Zwischenzeit tun?«, fragte Gesa.

»Ich schau mir Neudorfs Sachen an«, erwiderte Toni. »Vielleicht begegnet mir ein alter Bekannter.«

## 36

Sandro würde dafür sorgen, dass sie sich schon bald begegneten. Bis dahin sollte sich der verdammte Bulle vor Angst in die Hose machen und sich fragen, wer ihm die E-Mail geschickt hatte.

Sandro loggte sich aus. Er riss alle Kabel von Jessens Computer aus den Buchsen und stürzte das Glas Orangensaft hinunter. Bevor sie im Internet Drogen verticht hatten, hatte er lernen müssen, wie man Nachrichten verschlüsselte. Eigentlich war es egal, ob der Bulle die IP-Adresse herausfand. Trotzdem war Sandro auf Nummer sicher gegangen. Das nannte man wohl Berufskrankheit.

Er steckte sich die Makarow-Pistole und das Hufmesser in den Hosenbund und ließ das karierte Oberhemd, das er sich aus dem Schrank seines ehemaligen Chefs genommen hatte, darüberfallen. Er hatte sich komplett neu eingekleidet. Seine Windjacke, das T-Shirt und die Arbeitshose waren mit Blut bespritzt, weswegen er sie in den Müll gestopft hatte. In der Küche holte er sich noch ein paar Bockwürstchen, stieg im Flur über den Leichnam und die klebrige Lache und machte sich auf den Weg zum Pferdestall.

Was jetzt kam, war das Schwerste. Es würde ihm alles abverlangen und an seine Grenzen bringen. Allein der Gedanke daran ließ ihm die Beine weich werden. Er hatte hin und her überlegt, aber er hatte keinen Ausweg entdeckt. Ihm würde nichts anderes übrig bleiben, als es zu tun. Es war eine Entscheidung aus Liebe.

Sandro ging mit wackligen Knien durch die Boxengasse und nahm eine Tüte mit Karottenleckerlis aus dem Spind. Dann bewegte er sich schwankend zum Paddock und pfiff auf den Fingern. Als Antwort erhielt er ein Wiehern, und Bonita löste sich von der Herde, um zum Gatter zu laufen.

Als er sie da stehen sah, so arglos und voller Vertrauen, zerbrach ihm beinahe das Herz. Seine Augen liefen über, sodass er kaum noch etwas sehen konnte, aber er musste es tun. Er war es ihr schuldig. Eine Handvoll Trockenfutter bekam sie sofort. Den Rest zeigte er ihr und stellte so sicher, dass sie ihm folgte.

Natürlich hatte er sich gefragt, wo er es tun sollte. Es sollte ein Ort sein, mit dem sie schöne Erinnerungen verband. Vor dem Fluss fürchtete sie sich. Deshalb hatte er sich für die Weide entschieden, auf der sie nach ihrer Gesundung mit der Herde herumgetollt hatte. Sie hatte dort eine Freundin gefunden. Die beiden Stuten waren unzertrennlich gewesen und hatten immer die Köpfe zusammengesteckt. Bonita war damals so glücklich gewesen.

»Ich kann nicht zulassen, dass dir jemand wehtut«, sagte er mit brechender Stimme. »Du denkst vielleicht, dass ich kein Herz habe, aber du irrst dich. Ich weiß, wie es sich anfühlt, wenn man bei Leuten unterkommt, denen man egal ist. Wenn du nicht spurst, werden sie dich schlagen. Wenn du krank bist, machen sie dir Vorwürfe. Und wenn du nicht funktionierst, wollen sie dich loswerden. Du musst deine Leistung erbringen, ansonsten bist du nur Ballast.«

Er öffnete das alte, rostige Weidegatter und führte Bonita über die Wiese zum Waldrand. Hohe Kiefern, Eichen und Birken ragten auf und warfen lange Schatten. Hier hatte Bonita mit ihrer Freundin gegrast, hier sollte sie ihren letzten Atemzug tun.

Sandro straffte sich. Er musste jetzt stark sein und sich zusammenreißen. Er vergegenwärtige sich erneut, dass es keine Alternative gab und dass es eine Entscheidung aus Liebe war.

»Ich hab dir versprochen«, sagte er, »dass ich immer auf dich aufpasse. So wie Herm mir versprochen hat, dass er immer auf mich aufpasst. Es gibt nur einen Ort, an dem wir noch zusammen sein können und an dem ich ein Auge auf dich haben kann. Herm wartet schon, du folgst ihm jetzt, und in ein paar Stunden komme ich nach. Ich muss nur noch was erledigen.«

Er riss die Tüte mit Karottenleckerlis auf und schüttete den Inhalt aus. Während Bonita den Kopf senkte und fraß, zog er die Makarow aus dem Hosenbund und lud sie durch. Mit dem Finger am Abzug zielte er auf ihren Kopf.

»Ich danke dir«, sagte er. »Ich danke dir für das Vertrauen, das du mir geschenkt hast, und für all die schönen Tage, die wir hatten. Ich danke dir, dass du mir gezeigt hast, dass ich etwas wert bin. Ich hätte niemals gedacht, dass man so für ein Pferd empfinden kann, aber ich liebe dich. Ich liebe dich mehr als mein Leben.«

Dann drückte er ab.

## 37

Toni hatte sich eine Kopie von Neudorfs Computerfestplatte besorgt und arbeitete sich durch die Dateien. Der Film-und-Foto-Ordner enthielt Aufnahmen von MMA-Kämpfen und Dokumentationen über Wikinger, Elitesoldaten, Weltkriegsschlachten und Kriegsgräuel. Er musste alles öffnen, um zu überprüfen, ob Titel und Inhalt zusammenpassten. Das war notwendig, weil oft unauffällige Namen benutzt wurden, um belastendes Material zu verstecken. Nach einer Stunde brauchte er eine Pause. In der Küche trank er einen gezuckerten Kaffee, schaute gedankenlos aus dem Fenster und kehrte schließlich an den Schreibtisch zurück.

Bei den wenigen Textdokumenten handelte es sich um To-do-Listen der besonderen Art. Unter den Top Ten befanden sich Vorhaben wie: »Alf den Kopf abreißen und in den Hals scheißen«; »Zum Harzhorn fahren«, wo sich im dritten Jahrhundert eine blutige Schlacht zwischen Römern und Germanen zugetragen hatte; »einen Porsche Carrera GT kaufen«; »bei den German MMA Championships siegen« und so weiter.

Eine Person namens Alf tauchte mehrmals auf. Jedes Mal wurde er mit einer Spezialbehandlung bedacht wie beispielsweise »Baseballschläger in den Arsch rammen und die Scheiße aus dem Maul pressen«. Offenbar empfand Neudorf eine starke Abneigung gegen den Namensträger. Sicher wäre es interessant, seine Identität herauszufinden. Vielleicht hatte er nützliche Informationen. Toni glaubte jedoch nicht, dass der anonyme E-Mail-Schreiber und Alf dieselbe Person waren. Letzterem war Neudorf feindlich gesinnt, während zwischen ihm und dem unbekannten Absender eine geschäftliche oder sogar freundschaftliche Beziehung bestanden hatte.

Der Festplatteninhalt sagte einiges über den Charakter, die Interessen und das Niveau des Besitzers aus, aber er gab keine fallrelevanten Hinweise. Das Internetprotokoll enthielt

Adressen von kostenlosen Pornoseiten. Außerdem hatte sich Neudorf über Homosexualität informiert. Im vernachlässigten E-Mail-Account hatten sich über tausend Spammails angesammelt. Wenn Neudorf online Drogengeschäfte abwickelte, nutzte er einen anderen Rechner.

Toni rieb sich die brennenden Augen. Es war schwer, etwas zu finden, wenn man nicht genau wusste, wonach man suchte. Er musste einen neuen Ansatzpunkt wählen. Also schnappte er sich seine Jacke und ging rüber in den Besprechungsraum, wo Gesa und Phong sich notdürftig eingerichtet hatten.

»Wie läuft's?«, fragte er.

»Es kann nicht mehr lange dauern, bis wir die richterliche Anordnung bekommen«, erwiderte Gesa. »Staatsanwältin Winter ist persönlich mit der Akte losgezogen. Wir bereiten gerade den Steckbrief vor. Wenn wir alles beisammenhaben, gehen wir online.«

»Gut. Hast du schon Neudorfs Verbindungsdaten gecheckt?«

»Einen Festnetzanschluss hat er nicht«, antwortete Phong. »Sein Mobilfunkanbieter lässt sich Zeit. Wenn du willst, kann ich nachhaken.«

»Mach das. Ich brauche die Namen von allen Personen, mit denen er zu tun hatte. Wenn ein Alf darunter ist, nimm ihn besonders unter die Lupe. Außerdem will ich wissen, mit wem Neudorf zur Schule gegangen ist. Mit wem war er im Jugendarrest? Wer hat seinen Stoff gekauft? Mit wem hat er im Knast gesessen? Und wer gehört zu seinen Kollegen auf dem Schrottplatz? Schickt mir die Listen so schnell es geht. Wenn ich den Namen des E-Mail-Schreibers schwarz auf weiß sehe, müsste es klingeln.«

»Weißt du, wie lange das dauert?«, fragte Gesa.

»Das geht schon«, sagte Phong. »Das mache ich nebenbei.«

»Wirklich?«, fragten Toni und Gesa gleichzeitig.

»Null Problemo«, erwiderte der Kriminalkommissar souverän.

»Die Fahndung nach Troy Gardener hat Priorität«, sagte

Toni. »Vielleicht jagt er den anonymen E-Mail-Schreiber und dieser ist in Gefahr. Vielleicht besteht zwischen beiden eine Verbindung, die wir nicht sehen. Ich fahre jetzt in Neudorfs Wohnung. Möglicherweise entdecke ich ein Foto von dem Unbekannten oder dergleichen. Hinterher komme ich sofort zurück und unterstütze euch am Telefon. Ruft mich an, wenn sich irgendetwas ergibt.«

»Mach nur«, sagte Phong und widmete sich wieder dem Computer. »Wir schaffen das schon.«

Toni fühlte sich hin- und hergerissen, als er zum Parkplatz ging und ins Auto stieg. Einerseits verließ er nur ungern das Zentrum der Ermittlungen, wo schon bald wichtige Hinweise eingehen würden. Andererseits könnte die Identität des E-Mail-Schreibers ein völlig anderes Licht auf den Fall werfen und zur schnellen Aufklärung beitragen. Er musste unbedingt herausfinden, wer er war.

Auf der Fahrt nach Brandenburg an der Havel kramte er in seinem Gedächtnis. Es gab zahlreiche Kriminelle, mit denen er zu tun gehabt hatte und denen er eine solche Drohung zutraute. Es waren rohe und vom Leben enttäuschte Männer, die er hinter Gitter gebracht hatte und deren Zukunftsprognose nicht rosiger geworden war. Er wusste ungefähr, wer noch saß, wer Freigänger war und wer bereits entlassen worden war. Die E-Mail enthielt jedoch zu wenige Informationen, um ein aussagekräftiges Profil zu erstellen.

Mehrere Männer schloss er aufgrund ihres hohen Alters aus. Einige jüngere Burschen konnte er sich nicht im Drogenmilieu oder an der Seite von Herm Neudorf vorstellen. Andere bemühten sich ernsthaft um ihre Sozialisierung. Sie schlossen im Knast eine Berufsausbildung ab, gründeten draußen eine Familie und zahlten Steuern. Sie bauten sich mühevoll eine bürgerliche Existenz auf, die sie nicht leichtfertig aufs Spiel setzen würden.

Letztendlich blieben zehn oder elf Kandidaten übrig, die ihm feindlich gesinnt waren, aber half ihm diese Feststellung weiter? Nein. Jedenfalls nicht sofort. Er war ja nicht einmal hundertprozentig sicher, dass er dem E-Mail-Schreiber bei der Ausübung seines Berufs begegnet war. Möglicherweise hatte er ihn bei einer anderen Gelegenheit gegen sich aufgebracht. Es war verdammt schwer, eine Eingrenzung vorzunehmen, und er ahnte, dass er auf einen Glückstreffer angewiesen sein würde.

Als Carens Name und Mobilnummer auf dem Display erschienen, zögerte er kurz. Sie rief nur an, wenn sie einen triftigen Grund hatte. Entweder ging es um die Ermittlungen oder ... Plötzlich merkte er, wie trocken seine Mundhöhle war. Mit zitterndem Finger drückte er auf die grüne Taste und sagte: »Hallo?«

»Welche Nachricht willst du zuerst?«, erwiderte sie. »Die gute oder die gute?«

Erst jetzt merkte Toni, dass er die Luft angehalten hatte. »Dann ist alles in Ordnung?«

»Ich habe alle Polizeiprotokolle, Anzeigen und Krankenhäuser überprüft. In jener Nacht hat sich weder in Potsdam noch im Umland ein Unfall mit Sach- oder Personenschaden ereignet, der in Frage kommt. In Drewitz gab es zwar einen Zusammenstoß mit Fahrerflucht, aber der Unfallverursacher fuhr einen roten Renault Clio. Dein Peugeot ist grau, richtig? Wenn dir das nicht reicht, kann ich mit Videoaufnahmen von einer Nachttankstelle dienen. Auf diesen ist zu sehen, wie um zwei Uhr morgens ein Taxi vorfährt und ein stark alkoholisierter Mann aussteigt, der dir sehr ähnlich sieht. Ich schicke dir die Aufnahmen, wenn du magst.«

»Nein, besser nicht«, sagte er schnell und konnte sich genau vorstellen, was für einen erbärmlichen Anblick er bot. Es war ihm peinlich, dass Caren ihn so gesehen hatte, und er spürte, wie ihm das Blut ins Gesicht schoss.

»Du bist also mit Sicherheit Unfallgeschädigter«, fuhr die Staatsanwältin fort. »Falls du an einer weiteren Aufklärung Interesse hast, solltest du einen Zettel am Anwohnerparkplatz aufhängen. Vielleicht hat jemand beobachtet, was passiert ist.«

»Ich weiß gar nicht, was ich sagen soll«, erwiderte Toni.

»Dann sag nichts«, meinte Caren. Ihre Stimme klang jetzt

gefühlvoller, nicht mehr so aufgekratzt. »Nach allem, was du für mich getan hast, konnte ich mich endlich revanchieren. Jetzt lass uns nicht mehr darüber reden. Es gibt Wichtigeres. Die Öffentlichkeitsfahndung ist raus. Das soll ich dir von deinem Team ausrichten.«

»Danke, Caren. Danke für alles.«

Toni war erleichtert und brachte dies auch zum Ausdruck. Er überlegte, ob er fragen sollte, was mit dem kompromittierenden Video von der Nachttankstelle geschehen sollte, aber er vertraute Caren. Sie würde das Richtige tun. So berichtete er von seinem Vorhaben, Neudorfs Wohnung zu filzen, und fragte sie, ob sie sich vorstellen könne, wer der anonyme E-Mail-Schreiber war. Immerhin hatten sie viele Fälle zusammen bearbeitet, aber Caren hatte auch keine Idee. Nachdem sie vereinbart hatten, sich gegenseitig auf dem Laufenden zu halten, unterbrach Toni die Verbindung und suchte sich in Hohenstücken vor Neudorfs Mietshaus einen Parkplatz.

Erneut erklang ein Warnton. Das Display seines Smartphones erlosch. So ein Mist!, dachte Toni. Hektisch suchte er nach dem Ladekabel, aber fand es nicht. Er ärgerte sich, dass er im Kommissariat nicht daran gedacht hatte. In dieser Phase war es zwingend erforderlich, Kontakt zu halten. Ohne seine Weisung konnten die Kollegen keine Maßnahmen ergreifen. Er entschloss sich, sie nach der Wohnungsdurchsuchung von einem Kartentelefon aus zu kontaktieren.

Er sprang aus dem Wagen, lief durch das Treppenhaus und durchtrennte das Siegel. Mit dem Schlüssel öffnete er das notdürftig reparierte Schloss und betrat die Wohnung, die nach wie vor wie ein Schlachtfeld aussah. Toni erinnerte sich, dass er einige Aktenordner und Fotos gesehen hatte, die auf dem Boden gelegen hatten. Mit ihnen würde er beginnen.

In den Heftern befanden sich Dokumente, die für Neudorf bedeutsam gewesen waren. Geburtsurkunde, Gerichtsurteil, Entlassungsschein, Zulassungspapiere fürs Motorrad, Mietvertrag, Schreiben der Krankenkasse, Arbeitsvertrag, Kontoauszüge, Ratenkaufvertrag für einen Flachbildfernseher und

Ähnliches. Im Jugendknast hatte er offenbar gelernt, Ordnung zu halten.

Toni wühlte sich weiter durch das Chaos. Tatsächlich fischte er einige Bilder heraus, aber sie zeigten nur Neudorf, wie er mit nacktem Oberkörper und angespanntem Bizeps posierte. Auf einem Schwarz-Weiß-Poster blickte der berühmte Boxweltmeister Muhammad Ali auf seinen Gegner hinab, der geschlagen im Ringstaub lag.

Toni schaute auf seine Uhr. Eine halbe Stunde war vergangen. Er würde sich noch den Kellerraum ansehen und dann zum Fernsprecher laufen.

Rasch versiegelte er die Wohnungstür und sprang die Stufen hinunter. Unten war es kühler und roch nach feuchtem Gemäuer. Einige Rohre liefen unter der Decke entlang. Die Beleuchtung war hell genug, um die Gegenstände in den Zellen zu erkennen. Fahrräder, Wäscheständer, Kinderwagen, Holzkohlegrills und Regale mit Werkzeug. Endlich erreichte Toni das Abteil, das die gleiche Nummer auf der Brettertür hatte wie der kleine Schlüssel an dem Bund.

Toni durchtrennte das Siegel und schloss auf. Der zwei mal vier Meter große Raum war bis unter die Decke mit Umzugskartons vollgestellt. Es würde Stunden dauern, bis er alles durchforstet hätte. Welche Prioritäten sollte er setzen?

Weil er schon mal hier war, entschied er sich, sich stichprobenartig einen Überblick zu verschaffen und von den Funden sein weiteres Vorgehen abhängig zu machen. Also stellte er mehrere Kartons in den Gang und klappte sie auf. Sie enthielten protzige Turnschuhe, Basecaps und Kleidungsstücke von teuren Marken, die von Gangsterrappern und Kids neureicher Eltern bevorzugt wurden. Außerdem entdeckte er eine riesige Sammlung von harten PC-Spielen wie »Counter-Strike« und »Call of Duty« sowie eine exklusive Bang-&-Olufsen-Anlage, die er sich von seinem Beamtengehalt nicht leisten konnte.

Toni dämmerte, dass die Gegenstände aus Neudorfs Zeit als Drogendealer stammten. Vermutlich waren sie während seiner Haftzeit zwischengelagert gewesen und hatten nach seiner Entlassung den Weg zurück zu ihm gefunden. Warum er sie hier verrotten ließ, war schwer einzuschätzen, aber es war durchaus möglich, dass die Kartons persönliche Dinge enthielten, die fallrelevant waren. Also könnte es sich lohnen, hier weiterzusuchen.

Toni blickte auf seine Uhr. Weitere dreißig Minuten waren verstrichen. Zuerst würde er Gesa und Phong kontaktieren und dann im Keller weitermachen. Er eilte die Treppe hoch und bemerkte draußen, dass ein Peterwagen am Bordstein parkte.

War etwas passiert, ohne dass er es bemerkt hatte? Oder hing die Ankunft der Kollegen mit ihm zusammen? Er wollte der Sache auf den Grund gehen und stieß im Eingang des Mietshauses mit zwei uniformierten Beamten zusammen, die ihm entgegenkamen.

Einer hielt ein Handy ans Ohr und sagte: »Ich glaube, jetzt haben wir ihn ... Ja, ja, mach ich ... Gern geschehen ... Sind Sie Hauptkommissar Sanftleben?«

»Was ist los?«, erwiderte Toni.

»Hier ist jemand, der Sie dringend sprechen möchte«, sagte der Polizeihauptmeister.

Toni nahm das Handy entgegen. »Hallo?«

»Gott sei Dank, dass ich dich erwische«, erwiderte Caren.

»Mein Handy –«, setzte Toni zu einer Erklärung an, wurde aber sogleich von der Staatsanwältin unterbrochen.

»Das ist jetzt egal«, sagte sie. »Es ist etwas passiert. Kurz nachdem wir unser Gespräch beendet hatten, ist ein Unbekannter in den Resthof eingedrungen, wo deine Frau lebt, und hat alle Bewohner als Geiseln genommen. Um zu demonstrieren, wie ernst er es meint, hat er jemanden erschossen. Das SEK und die Verhandlungsgruppe sind bereits alarmiert und werden bald in Groß Kreutz eintreffen.«

Toni hatte das Gefühl, den Boden unter den Füßen zu verlieren. »Wer ist das Opfer?«

»Ein Franzose namens Claude Malheur.«

»Claude!«, rief Toni geschockt. »Ich kannte ihn. Er war mein ... mein Freund. Geht es Sofie gut?«

»Ich weiß es nicht. Ich bin gerade auf dem Weg, um mir selbst ein Bild zu machen. Es tut mir sehr leid.«

»Wer ist der Geiselnehmer?«

»Er hat sich nicht zu erkennen gegeben, er wurde bisher auch noch nicht gesehen, aber wir arbeiten mit Hochdruck an seiner Identifizierung, und es kann nicht mehr lange dauern, bis wir seinen Namen haben.«

»Was will er?«

»Nach eigener Aussage ist er ein Freund von Herrn Neudorf. Er hat ausdrücklich nach dir verlangt und will nur mit dir sprechen. Deshalb hab ich die Kollegen losgeschickt. Das Schlimmste kommt aber noch: Er hat gedroht, Sofie zu erschießen, wenn du bis siebzehn Uhr nicht da bist.«

Toni schloss die Augen.

»Bist du noch dran?«, fragte Caren.

»Ja.«

»Wir nehmen seine Worte sehr ernst. Wir werden alles tun, um deine Frau zu retten, aber wir brauchen mehr Informationen. Glaubst du, dass er der E-Mail-Schreiber ist, der dir gedroht hat?«

»Ja, vermutlich. Ich fahre jetzt los und bin in zwanzig Minuten da. Wenn du in Groß Kreutz eintriffst, informiere bitte die Einsatzkräfte, dass ich unterwegs bin.«

Toni warf dem Polizeihauptmeister sein Handy zu und sprang ins Auto. Nachdem er das Blaulicht aufs Dach gesetzt hatte, raste er mit durchdrehenden Reifen los. Sofie!, dachte er und biss die Zähne so fest zusammen, dass es knirschte. Er spürte ein Zittern, das in seinen Beinen begann und sich bis in die Fingerspitzen fortsetzte. Mehrmals ballte er die Hände zu Fäusten. Er musste seine Gefühle unter Kontrolle bringen. Für Angst war jetzt nicht der richtige Zeitpunkt. Er musste den Überblick bewahren und sich auf das Wesentliche konzentrieren. Der Geiselnehmer wollte ihn. Von ihm würde abhängen, wie alles endete.

Er rief sich ins Gedächtnis, dass Sofie bis siebzehn Uhr nicht in Lebensgefahr schwebte. Ihm blieb also eine Stunde, um sie da rauszuholen. Zwar hatte er noch keine Idee, wer der Geiselnehmer war, aber Toni wusste, warum er nach ihm verlangt hatte. Wenn der Täter und der E-Mail-Schreiber dieselbe Person waren, hatte er sich ohne Not in diese Lage gebracht. Außerdem hatte er einen Menschen erschossen und so jede Hoffnung auf einen glimpflichen Ausgang zerstört. Ihm war es egal, ob er gefasst wurde oder flüchten konnte. Wenn er das gewollt hätte, hätte er es längst gemacht. Nein, er war in den Resthof eingedrungen, um etwas zu beenden. Und dieses Etwas hatte er in seiner E-Mail klar formuliert: »Dieses Mal kommst du nicht davon«, hatte er geschrieben. »Dieses Mal wirst du bezahlen, dafür werde ich sorgen.«

Toni schaltete einen Gang runter, trat das Gaspedal durch und überholte mit aufbrüllendem Motor ein Taxi. Der entgegenkommende Verkehr wich auf den Seitenstreifen aus. In den Autos sah er alarmierte, erschrockene und aufgebrachte Gesichter. Ein Hupkonzert erschallte und verklang wieder.

Plötzlich tauchte ein Gedanke auf, der in seiner Klarheit bestechend war: War dies der Weg, den er beschreiten musste?

In den vergangenen Tagen hatte er nach Möglichkeiten gesucht, um seine privaten Probleme zu lösen. Er hatte sich vergeblich den Kopf zerbrochen und war fast darüber verzweifelt. Jetzt spürte er, mit welcher Kraft und Unausweichlichkeit sich etwas anbahnte.

## 38

In der Gemeinde Groß Kreutz bei Deetz war der Resthof weit-
räumig abgesperrt. An einem Streifenwagen stoppte Toni, ließ
das Seitenfenster herunter und zeigte seinen Ausweis. Der Polizist meldete seine Ankunft über Funk und nahm Weisungen
entgegen. Toni sah unterdessen in die erhitzten Gesichter einiger Kinder, die mit ihren Fahrrädern am Straßenrand standen
und ihn mit großen Augen anstarrten. Mit Kordeln hatten sie
Blechdosen an die Gepäckträger gebunden, die sie scheppernd
hinter sich hergezogen hatten. Die Geiselnahme hatte ihr un-
schuldiges Spiel unterbrochen. Heute würden sie eine erste Ahnung davon bekommen, wie viel Gewalt, Zorn und Schmerz
in der Welt wüteten.

Der Beamte winkte ihn durch, und Toni gab so viel Gas,
dass die Reifen durchdrehten. Hundert Meter weiter schlug er
das Lenkrad hart ein und holperte über die Wiese. Mehrfach
setzte er krachend auf. Er hielt neben drei Mannschaftsbussen,
die im Schutz einer kleinen Baumgruppe zu einer sichelför-
migen Wagenburg geparkt waren. Offenbar handelte es sich
um die Einsatzzentrale. Der Standort lag einige hundert Meter
vom Wohnhaus entfernt. Ein Wäldchen und die leicht hüge-
lige Landschaft verhinderten, dass es ein freies Sichtfeld gab.
Trotzdem waren die Sicherheitsvorkehrungen notwendig, weil
sich die Beamten theoretisch in der Reichweite eines Gewehrs
befanden.

Toni warf die Fahrertür zu und marschierte über das Wei-
degras los. Er hatte noch keine vier Schritte bewältigt, als sich
Kriminalrat Schmitz aus einer Gruppe löste und sich ihm in
den Weg stellte. Seine modischen spitz zulaufenden Glattle-
derschuhe waren mit Dreck beschmiert. Seine figurbetonte
Anzugshose war unterhalb des Knies von grauen Spritzern
übersät.

»Sie haben Ihre Pflichten vernachlässigt«, sagte sein Vorgesetzter. Man konnte sehen, wie schwer es ihm fiel, sachlich zu bleiben. »Sie haben alles verbockt. Wie konnten Sie Oberkommissarin Müsebeck nur zu so einem Bericht anstiften? Wenn der Polizeipräsident davon erfährt, ist meine Karriere im Eimer. Eins sage ich Ihnen gleich: Wenn die Geschichte hier den Bach runtergeht, können Sie sich auf was gefasst machen. Dann werfe ich Sie der Presse zum Fraß vor. Wissen Sie denn nicht, dass Sie ständig und überall erreichbar sein müssen?«

Toni musste sich zwingen, die Aussagen seines Vorgesetzten zu sortieren. Schmitz machte ihn für Gesas Bericht verantwortlich. Wenn man ihr gestörtes Verhältnis berücksichtigte, war diese Schlussfolgerung nachvollziehbar. Toni fehlte die Zeit und die Lust zu einer Richtigstellung. Sollte Schmitz doch glauben, was er wollte. Erklärungen würde er ohnehin nur falsch interpretieren. Seine anderen Vorwürfe waren natürlich auch an den Haaren herbeigezogen. »Wollen Sie mir etwa weismachen, dass ich an der Geiselnahme schuld bin, weil der Akku meines Handys leer ist? Das ist ja lächerlich. Ich will mit dem Einsatzleiter sprechen.«

»Der steht vor ihnen«, sagte Schmitz und fuhr sich durch seine Strähnchenfrisur.

»Sie?«

»In Absprache mit dem Polizeipräsidenten koordiniere ich die Einsatzkräfte, ja. Was dagegen?«

Natürlich hab ich das, dachte Toni. Dass man das Leben von Sofie und den anderen Geiseln in die Hand dieses Mannes legte, war eine krasse Fehlentscheidung, die schlimme Folgen haben konnte. Allerdings war das Kind bereits in den Brunnen gefallen. So kurz vor Ablauf der Frist würde es nichts bringen, gegen die Aufgabenverteilung zu protestieren und einen anderen Einsatzleiter zu verlangen.

Toni sah auf seine Armbanduhr und ermahnte sich erneut, sich auf das Wesentliche zu konzentrieren. Ohne ein weiteres Wort zu verlieren, ließ er seinen Vorgesetzten stehen und marschierte an vier Präzisionsschützen vorbei, die bei ihren aufgeklappten Gewehrkoffern hockten und ihre Waffen zusammensetzten. Neben den Männern kniete der stellvertretende Kommandoführer des SEK im Gras, gab Erläuterungen und zeigte auf ein großformatiges Satellitenbild. Mit einem Filzstift legte er Stellungen und Schussfelder fest. Die Präzisionsschützen kommentierten die Auswahl und machten Verbesserungsvorschläge.

Endlich erreichte Toni den weißen Klapptisch und wandte sich sofort an den Polizeipräsidenten Kien, der mit seinen grau melierten Haaren, den goldenen Rangabzeichen an seiner Uniformjacke und den breiten Schultern nicht nur hier im Einsatz, sondern auch vor den Fernsehkameras eine imposante Figur abgab.

Ehe Toni auch nur ein Wort herausbringen konnte, gebot ihm Kien mit erhobener Hand Einhalt. »Einen Moment bitte«, sagte er und deutete erklärend in eine bestimmte Richtung.

Nervös schaute Toni hinüber und sah, wie der ungefähr fünfzigjährige Kommandoführer des SEK zu achtzehn Männern in voller Kampfmontur sprach. Nach ihrer Aufstellung zu urteilen waren sie in drei Zugriffsteams eingeteilt worden. Wegen der Titanhelme und Sturmhauben sah man nur ihre Augenpartien. Ihre starren Blicke verrieten, wie fokussiert sie waren. Sie waren mit Maschinenpistolen, Blendgranaten und beschusshemmenden Schutzschilden ausgestattet.

»Einsatzbereitschaft herstellen«, befahl der Kommandoführer schließlich. Er trug ein schwarzes Barett, unter dem die rotblonden Haare hervorlugten. Er hatte ein fleischiges rosafarbenes Gesicht und Speckwülste am Hals. Trotz seiner Korpulenz bewegte er sich mit einer überraschenden Geschmeidigkeit, als er an den Besprechungstisch trat und sagte: »Die Uhr tickt, und ich würde gerne vorab klären, ob wir die Erlaubnis für den finalen Rettungsschuss haben.«

Der Polizeipräsident gab durch ein kurzes Nicken sein Einverständnis.

»Es wird schwer«, sagte der Kommandoführer und wischte sich mit einem Taschentuch den Nacken aus, »weil wir den Täter noch nicht identifiziert haben und nicht wissen, wie er aussieht. Er könnte einer Geisel eine ungeladene Waffe in die Hand drücken, um von sich abzulenken. Das haben wir schon erlebt. In Nauen 2013. Außerdem wird die Aufklärung durch die Sichtverhältnisse behindert.«

»Die Erlaubnis gilt natürlich nur, wenn die Zielperson eindeutig identifiziert wurde und weiterhin eine akute Bedrohungslage vorliegt«, sagte der Polizeipräsident. »Das ist Hauptkommissar Sanftleben.«

Der Kommandoführer schüttelte ihm die Hand. »Gut, dass Sie da sind. Wie ich bereits von Staatsanwältin Winter erfahren habe, kennen Sie seine Identität auch nicht. Wissen Sie zumindest, warum er nach Ihnen verlangt hat? Können Sie uns etwas über sein Motiv sagen?«

Je länger Toni sich hier aufhielt, desto mulmiger wurde ihm. Er ahnte bereits, worauf dieser Einsatz hinauslief, und er wusste nicht, ob er diese Entwicklung guthieß. Allerdings ging es hier nicht nur um Sofie und die anderen Geiseln. Auch das Leben der SEK-Beamten stand auf dem Spiel. Der Kommandoführer musste alle Informationen erhalten. Also berichtete er von der E-Mail, die er bekommen hatte, und von seiner Vermutung, dass sich der Geiselnehmer an ihm rächen wollte.

»Das verschärft die Situation noch«, stellte der Kommandoführer fest.

»Einen unserer Beamten werden wir bestimmt nicht austauschen«, entschied der Polizeipräsident. »Der Geiselnehmer hat bereits getötet. Er befindet sich in einem emotionalen Ausnahmezustand und ist unberechenbar. Die Situation kann jederzeit weiter eskalieren.«

Kriminalrat Schmitz hatte sich unterdessen in ihre Runde gedrängelt, bedachte Toni mit einem vernichtenden Blick und beeilte sich, dem Polizeipräsidenten beizupflichten. »Unter diesen Voraussetzungen kann es nur eine Vorgehensweise geben«, sagte er. »Wir überraschen den Geiselnehmer und schlagen im Moment der Lähmung zu.«

Der Kommandoleiter fixierte sie abwechselnd mit seinen hellgrünen Augen. Sein Funkgerät, das er an der Brust trug, knisterte. Eine flüsternde Männerstimme klang aus dem kleinen Lautsprecher: »Hier Bravo eins, bitte kommen.«

Der Kommandoführer drückte auf die Sprechtaste und sagte: »Hier Alpha eins. Sprechen Sie.«

»Hier Bravo eins. Position bezogen. Unsere Vermutung scheint sich zu bestätigen. Die Geiseln und die Zielperson befinden sich offenbar in der Küche. Kein freies Schussfeld.«

Der Kommandoführer trat zu dem Laptop, der auf dem weißen Klapptisch aufgebaut war. Auf dem Computermonitor sah man wackelnde Live-Aufnahmen von dem Wohnhaus, die einer der SEK-Beamten mit seiner Helmkamera machte. Der Fenstervorhang stand einen Spaltbreit auf und bewegte sich leicht. Der Kommandoführer drückte erneut auf die Sprechtaste und sagte: »Hier Alpha eins. Bestätige den Eindruck. Zugriff weiter vorbereiten. Machen Sie Meldung, wenn Einsatzbereitschaft hergestellt ist.«

»Hier Bravo eins. Verstanden.«

Der Kommandoführer schaute auf seine Armbanduhr und wandte sich an die Anwesenden: »Die Frist läuft in zweiunddreißig Minuten ab. In ungefähr fünf Minuten wird die Verhandlungsgruppe eintreffen und sofort Kontakt zur Zielperson aufnehmen. Es ist besser, wenn Hauptkommissar Sanftleben zunächst im Hintergrund bleibt. Dann können die Kollegen Zeit schinden und wichtige Informationen gewinnen. Details besprechen Sie gleich mit dem Verhandlungsführer persönlich. Ich muss jetzt los. In schätzungsweise zwanzig Minuten sind meine Männer einsatzbereit. Wir erwarten dann den Zugriffsbefehl.«

»Den bekommen Sie. Darauf können Sie Gift nehmen«, sagte Schmitz markig und eilte dem Polizeipräsidenten hinterher, der sich bereits auf dem Weg zum Kartentisch befand.

Toni blieb wie angewurzelt stehen und dachte fieberhaft nach. Seine schlimmsten Befürchtungen bestätigten sich. Gleich nach ihrer Ankunft würde die Verhandlungsgruppe die Lage sondieren und die Bedrohung einschätzen. Sollte sich bestätigen, dass der Geiselnehmer nicht einlenkte und weiterhin eine erhebliche Gefahr darstellte, würde mittels psychologischer Tricks eine Situation geschaffen werden, in der der Täter so abgelenkt war, dass das SEK zuschlagen konnte. Wie viele Menschen bei solchen Risikoeinsätzen ums Leben kamen, hing davon ab, ob und wie schnell die Zielperson begriff, dass sie angegriffen wurde. Entscheidend war dann, wie sie reagierte. Eröffnete sie das Feuer auf die Beamten? Nahm sie sich das Leben? Oder schoss sie auf die Geiseln? Im letzten Fall, so vermutete Toni, würde der Geiselnehmer zuerst Sofie töten, denn es ging ihm darum, ihn zu bestrafen.

Darüber hinaus gab es noch weitere unkalkulierbare Risiken. Beim Zugriff könnte seine Frau von einer Polizeikugel oder einem Querschläger getroffen werden. Der Verlauf eines Shootouts, wie er sich hier anbahnte, war nicht vorhersehbar. Deshalb rechneten die Einsatzkräfte mit Kollateralschäden. Man riskierte das Leben weniger, um viele Menschen zu retten. Das war eine Haltung, die grundsätzlich richtig war, aber Toni beurteilte die Lage nicht von einem übergeordneten Standpunkt aus. Er war persönlich betroffen und emotional involviert. Für ihn ging es nicht um eine Abwägung, sondern um das Leben seiner Frau. Wollte er Sofie wirklich einer solchen Gefahr aussetzen? Oder sollte er das Heft des Handelns selbst in die Hand nehmen? Bot sich ihm eine Alternative?

Jedenfalls blieb ihm nicht viel Zeit, um eine Entscheidung zu treffen und einen Plan zu entwickeln, denn alle Voraussetzungen für den Zugriff wurden bereits getroffen.

\*\*\*

Einige Tage später sollten die Kriminaltechniker rekonstruieren, wie viele Kugeln aus dem Hinterhalt auf die Einsatzzentrale abgefeuert wurden. Als der erste Schuss wie ein Peitschenknall über die Wiesen und Felder schallte, konnte Toni ihn zunächst nicht einordnen. Zwar zog er den Kopf ein, aber den Ernst der Lage begriff er erst, als ein Polizist laut aufschrie, zusammenbrach und sich sein Hosenbein blutrot färbte.

Die folgenden Schüsse kamen nicht aus dem Wohnhaus, sondern von ihrer ungeschützten Rückseite. Die Kugeln schlugen klackend in die Mannschaftsbusse ein und hinterließen kleine silberne Löcher. Die Glasscheiben zersprangen. Aus einem der Reifen entwich zischend Luft. In den Baumkronen knickten Äste um, und Blätter rieselten herab. Menschen schrien auf, andere riefen Kommandos.

In dem entstehenden Chaos machte Toni den blonden Schopf von Caren aus. Er erwischte sie am Oberarm und zog sie mit sich. »Lauf!«, schrie er. »Los, lauf!«

## 39

In der Küche des Resthofs hörte Sandro Schüsse. Sie klangen gedämpft und wurden in einiger Entfernung abgefeuert. Im Gebäude und auf dem Hof blieb alles ruhig. Trotzdem riss er Sofie an ihren roten Haaren zu sich heran und hielt ihr das Hufmesser an die Kehle. Obwohl er sich fiebrig fühlte, konnte er klar denken.

Wenn die Bullen das Wohnhaus stürmen wollten, würden sie sich nicht durch ein solches Rumballern ankündigen, sondern sich möglichst leise anschleichen. Er hatte keine Ahnung, was da draußen los war, aber das Geschehen hatte vermutlich nichts mit ihm zu tun.

Die Frau in seiner Umklammerung zitterte am ganzen Leib. Er hatte versucht, sie zu hassen, aber sie tat ihm leid. Bei ihren Treffen am Fluss hatte sie ihn ernst genommen und sich nett verhalten. Als er vorhin auf den Hof gestapft war, hatte sie ihn wiedererkannt und ihm zugewinkt – jedenfalls so lange, bis er die Makarow gezogen hatte.

»Wenn die Bullen tun, was ich sage, wird dir nichts geschehen«, flüsterte er, aber er drang nicht zu ihr durch. Sie hatte gesehen, wie er den Franzosen kaltgemacht hatte. Jetzt glaubte sie, dass ihr das gleiche Schicksal blühte. Vor Angst schlotterten ihr die Arme und Beine. Hoffentlich machte sie sich nicht in die Hose.

»Was bedeuten die Schüsse?«, fragte ein älterer Mann, den alle Jobst nannten. Er sah irgendwie weise aus, trug ein kariertes Holzfällerhemd und hockte an der gegenüberliegenden Küchenwand.

»Bleib bloß da sitzen«, befahl Sandro und zielte mit der Pistole auf ihn. »Das kann uns scheißegal sein. Solange die Bullen meine Forderung erfüllen, ist alles in Butter und ich lass euch gehen.«

»Und wenn nicht?«, fragte Jobst.

»Jetzt halt endlich die Fresse. Wir sind nicht zum Quatschen hier«, schrie Sandro und schaute auf die Küchenuhr. Es dauerte nicht mehr lange, bis die Frist ablief. Er überprüfte, ob das schnurlose Haustelefon funktionierte. Dann riss er Sofie an ihren roten Haaren runter und verschanzte sich hinter ihrem Rücken.

Sandro wusste nicht, wie die Geschichte enden würde, aber er meinte es ernst. Solange die Polizei tat, was er verlangte, hatten die Geiseln nichts zu befürchten. Er war kein Killer, der durch die Gegend rannte und wahllos Leute abknallte. Sollten die Bullen ihn hingegen verarschen, konnte er für nichts garantieren. Dann würde Blut fließen. Er war zu allem bereit. Er hatte Angst vor den Schmerzen; er hatte auch Angst davor, zum Krüppel geschossen zu werden, aber seitdem er wusste, dass Herm und Bonita auf ihn warteten, hatte der Tod seinen Schrecken verloren. Momentan erschien er ihm wie ein Paradies, wo alles gut sein würde.

Ja, er würde die Angelegenheit hier beenden und dann zu seinen Lieben gehen.

## 40

Toni rannte zu dem Graben und sprang mit Caren hinein. Mit den Füßen landeten sie im knöcheltiefen Wasser, das aufspritzte und kalt war. Sie warfen sich in die Böschung, und Toni beobachtete, wie links und rechts weitere Personen Deckung suchten.

Der Kommandoführer lag nur ein paar Meter entfernt und schrie in sein Funkgerät: »Hier Alpha eins. Basis liegt unter feindlichem Beschuss. Ich kann kein Mündungsfeuer erkennen. Echo eins bis vier. Aufklärung erbeten. Bitte kommen.«

»Hier Echo eins und zwei. Schütze hält sich wahrscheinlich auf sechs Uhr auf. Da ist ein Schuppen, links davon ein kleines Wäldchen.«

»Hier Echo drei und vier. Können nichts sehen. Nehmen Positionswechsel vor.«

»Hier Alpha eins«, rief der Kommandoführer. »Wir haben zwei Verwundete. Das ist ein Angriff auf Leib und Leben. Feuer frei nach eigenem Ermessen. Ich wiederhole: Feuer frei nach eigenem Ermessen. Bravo eins und Delta eins, bitte kommen.

»Hier Bravo eins.«

»Hier Delta eins.«

»Hier Alpha eins«, brüllte der Kommandoführer. »Installieren Sie die Ersatzkameras, sodass die Vorgänge am Wohnhaus weiter aufgezeichnet werden. Dann umgehen Sie mit Ihren Teams die Basis und nähern sich dem Schuppen und dem Wäldchen von den Flanken. Zugriff nach eigenem Ermessen. Ich wiederhole: Zugriff nach eigenem Ermessen.«

Die beiden Scharfschützenteams Echo fragten, ob sie den Vormarsch der Zugriffsteams absichern sollten.

Der Kommandoführer bestätigte es und schrie: »Charlie eins, bitte kommen.«

»Hier Charlie eins, ich höre.«

»Hier Alpha eins. Sie installieren ebenfalls die Ersatzkamera und kehren sofort mit Ihrem Team zur Basis zurück, um uns zu verteidigen.«

»Hier Charlie eins, verstanden.«

Toni grub seine Finger in die Erde und spähte über den Grabenrand. Die Kugeln pfiffen über sie hinweg oder schlugen klackend in die Mannschaftsbusse ein. Rechts von ihm schrie der verwundete Polizist, der in den Unterleib getroffen worden war. Er wurde bereits medizinisch versorgt. Ein Notarzt gab ihm eine Spritze, ein Sanitäter schnitt ihm die Hosenbeine auf, ein anderer bereitete den Tropf vor.

»Ist das Gelände nicht gesichert worden?«, fragte Caren entsetzt. »So etwas habe ich noch nie erlebt. Was ist hier los?«

»Ich weiß es nicht«, erwiderte Toni, den etwas ganz anderes beschäftigte. Auch er konnte die Situation nicht einschätzen, auch er wusste nicht, ob die Schüsse mit dem Geiselnehmer zusammenhingen, aber vielleicht war der Aufruhr die einzige Gelegenheit, die sich ihm bieten würde. Wenn er den Funkverkehr richtig verstanden hatte, waren die Zugriffsteams abgezogen worden, um den Heckenschützen anzugreifen. Auch die Präzisionsschützen bezogen neue Stellungen, um ihn ins Visier zu nehmen und auszuschalten.

»Wenn der Geiselnehmer getürmt ist, wird er uns wohl kaum so auf seine Fährte lenken«, sagte Caren. Die Dreckspritzer, die in ihrem Gesicht klebten, bildeten einen sonderbaren Kontrast zu ihren geschminkten Lippen. »Hat er einen Komplizen? Die müssen doch wissen, dass sie keine Chance haben.«

Ein SEK-Beamter, der zur besonderen Verfügung in der Einsatzzentrale geblieben war, ließ Teile seiner Ausrüstung liegen, um geduckt durchs Wasser zu seinem Kommandoführer zu waten und Befehle entgegenzunehmen.

Toni begriff, dass er nicht länger warten durfte. Er musste sofort handeln. Jede Sekunde konnte für Sofie entscheidend sein. Vielleicht wertete der Geiselnehmer die Schüsse als Angriff und verlor die Nerven.

Schnell zog Toni seine Pistole und wischte ein Staubkörnchen von dem öligen Lauf. Er hatte die Waffe erst gestern zerlegt, gereinigt und wieder zusammengesetzt. Sie funktionierte einwandfrei. Er zog den Schlitten zurück und ließ ihn vorschnappen. Jetzt war die Waffe fertig geladen, eine Kugel steckte im Lauf. Er kontrollierte, ob sein Stilett im Stiefel griffbereit war. Schließlich packte er den beschusshemmenden Schutzschild und rutschte die Böschung rückwärts runter. Mit zwei Schritten watete er durch das Wasser und robbte auf der anderen Seite hoch, bis er über den Grabenrand spähen konnte. Er kannte das Gelände gut und wusste, wie er sich dem Wohnhaus unauffällig nähern konnte.

Caren folgte ihm und zerrte an seinem Ärmel. »Was hast du vor?«

Toni schaute über sie hinweg, um zu überprüfen, ob jemand sie beobachtete. Die versammelten Einsatzkräfte konzentrierten sich auf das feindliche Feuer. »Ich hole Sofie und die anderen da raus«, sagte er.

»Bist du verrückt geworden? Lass das die Profis machen.«

Toni schaute ihr eindringlich in die Augen. »Ich muss dir nicht erklären, was hier passieren wird. Nachdem das SEK den Angreifer eliminiert hat, wird es das Gebäude stürmen, und es wird zu einem Shootout kommen. Ich kann Sofies Überleben unmöglich dem Zufall überlassen. Sollte ihr etwas zustoßen, könnte ich mir das nie verzeihen. Der Geiselnehmer will mich, und wenn er glaubt, dass er mich bekommt, lässt er Sofie und die anderen vielleicht frei.«

»Das ist ein Himmelfahrtskommando«, sagte Caren.

»Nein, das ist ein Rettungsversuch«, erwiderte Toni und wollte sich hochstemmen.

»Halt«, rief Caren. »Ich kann nicht zulassen, dass du Selbstmord begehst. Als ermittelnde Staatsanwältin bin ich weisungsbefugt, und ich sage dir, dass du bleibst. Ansonsten wird es Konsequenzen geben.«

»Lass mich los«, antwortete Toni ruhig. »Du wirst mich nicht aufhalten können. Sieh es als letzten Gefallen an, den du mir schuldig bist. Danach sind wir quitt.«

»Toni, das ist Wahnsinn.«

»Aus deiner Perspektive vielleicht, aus meiner nicht.«

Man konnte förmlich sehen, wie es in ihr arbeitete und wie ihr Widerstand schmolz. Ihre Augen wurden groß, ihre eben noch schmalen Lippen dehnten sich und wurden weich. »Ich muss dir etwas sagen. Es ist wichtig. Ich hätte es schon viel früher tun sollen, aber es ergab sich nie die Gelegenheit. Wenn du gehen musst, dann sollst du wissen, dass ich …« Sie hob die Hand, näherte sich seinem Gesicht und strich ihm zärtlich eine Locke aus der Stirn. »Ich …«

»Ich weiß«, erwiderte Toni und schaute erneut über sie hinweg. Niemand beachtete sie. »Dafür ist jetzt nicht der richtige Zeitpunkt, Caren, du kannst es mir später sagen.«

»Wenn es ein Später gibt«, antwortete sie verzweifelt und verlor fast die Fassung. Als sie seine Ungeduld bemerkte, straffte sie sich. »Also gut. Du musst mir etwas versprechen, bevor ich dich gehen lasse. Der Geiselnehmer ist gefährlich, wahrscheinlich will er dich töten.«

»Ich weiß.«

»Du bist groß und kräftig. Du bist im Krisenmanagement geschult und kannst die Situation lenken. Wenn sich die Gelegenheit bietet, musst du ihn ausschalten. Hörst du? Keine Gewissenskonflikte, kein Zögern, keine Gnade. Es geht um dich oder ihn. Du musst ihn ausschalten, um da heil rauszukommen. Versprich es mir.«

Toni nickte und beobachtete, wie das Team Charlie durch das Wäldchen brach. Mehrere schwarz gekleidete Männer, die bis an die Zähne bewaffnet waren, sprangen in den Graben und suchten sich eine Stellung. Der Teamleader watete zum Kommandoführer, um die Lage zu besprechen und Befehle entgegenzunehmen.

»Da fällt mir noch was ein«, sagte Toni. »Du musst den Kommandoführer unbedingt informieren, dass ich in das Wohnhaus eingedrungen bin. Er wird dann schon wissen, was zu tun ist. Sag es ihm und nicht Schmitz.«

Caren nickte.

»Hast du eine Uhr?«, fragte Toni.

Sie zog den Ärmel ihrer Seidenbluse zurück und zeigte ihm einen zierlichen Zeitmesser von einer Eleganz, die an diesem Ort unpassend wirkte.

»Warte noch zehn Minuten und dann sprichst du mit ihm.«

»In Ordnung.«

»Also dann«, sagte er und sprang aus der Deckung.

»Komm zurück«, flüsterte sie mit bebenden Lippen. »Komm bitte zurück!«

Aber er hörte sie kaum noch. Mit dem Schutzschild unter dem Arm rannte er los. Ihm blieb nicht viel Zeit. Zehn Minuten, bis der Kommandoführer informiert wurde. Fünfzehn Minuten, bis das Ultimatum des Geiselnehmers ablief. Vor ihm lag eine Viertelstunde, die über Tod und Leben entscheiden würde.

Als er sich ungefähr fünfzig Meter entfernt hatte, schaute er zurück. Mittlerweile wurde das Feuer erwidert. Niemand schien seinen Aufbruch bemerkt zu haben, niemand folgte ihm oder versuchte ihn aufzuhalten. Er rannte und rannte. Die Schüsse in seinem Rücken wurden leiser. Über ihm rauschten die Baumkronen im Wind, und unter seinen Füßen knackten Zweige. Er atmete den herben Duft der Kiefern ein und überlegte angestrengt, wie er vorgehen sollte, aber ihm fiel kein Plan ein, der sowohl das Leben der Geiseln als auch sein eigenes schützte. Ihm würde nichts anderes übrig bleiben, als sein Verhalten der Situation anzupassen. Er würde spontan handeln müssen.

Zwischen den Baumstämmen tauchte der Garten des Resthofs auf, der im grellen Sonnenlicht lag. Zentral stand ein alter Gastank, der der Länge nach aufgeschnitten war und als Blumenkübel diente. Links davon befand sich etwas Schmales, Dunkles im Gras. Toni lief zu schnell und musste zu vielen Bodenlöchern ausweichen, um es sofort zu erkennen. Erst beim dritten oder vierten Blick begriff er, dass es sich um Claude handelte, der mit dem Gesicht nach unten lag. Ein solches Ende hatte der Franzose nicht verdient, ein solches Ende hatte niemand verdient.

Toni spürte, wie er zornig wurde, und verdrängte das Gefühl sofort wieder. Er würde gleich in Sekundenschnelle Entscheidungen treffen müssen. Er würde seinen Verstand brauchen, um die bestmögliche Lösung zu finden. Zu viel stand auf dem Spiel, um sich in dieser Situation von Emotionen leiten zu lassen.

Im Schatten der Scheune wich er einem alten, verrosteten Mähdrescher aus. Er scheuchte einige Hühner auf, die aufgeregt umherflatterten. Schließlich rannte er auf den Hof, der mit Kopfsteinen gepflastert war. Zwanzig Meter vor der Eingangstür kniete er sich hinter den Schutzschild und schrie, so laut er konnte: »Hier ist Hauptkommissar Toni Sanftleben. Ich bin hier, wie Sie verlangt haben, und ich bin allein. Wackeln Sie mit den Vorhängen, wenn Sie mich verstanden haben und ich reinkommen soll.«

Ein paar Sekunden geschah nichts. Die Stille dehnte sich zu einer Ewigkeit. Toni befürchtete schon, dass nichts mehr passieren würde. Da erschien im Küchenfenster der grauhaarige Kopf eines Mitbewohners. Es war Jobst. Ein nachdenklicher einundsechzigjähriger Witwer, der sich als Straßenmusiker, Gelegenheitshandwerker und Biobauer ein bescheidenes Auskommen sicherte und viel Zeit mit seinen Enkeln verbrachte. Mit großen Augen starrte er ihn an und tauchte wieder ab, um dem Geiselnehmer Bericht zu erstatten.

»Wenn ich reinkommen soll«, schrie Toni erneut, »wackeln Sie mit dem Vorhang.«

Wieder geschah einige Sekunden lang nichts. Dann bewegte sich der rote Baumwollstoff.

Toni spürte erst jetzt, wie stark sein Herz hämmerte. Er musste mehrmals schlucken, um den Druck von seinen Ohren zu nehmen. Dann kam er stolpernd auf die Füße und rannte im Schutz des Schildes zur Tür. Als er die Messingklinke hinunterdrückte, wusste er nicht, was er als Nächstes tun sollte. Er wusste nicht, ob er einen schweren Fehler beging. Und er wusste nicht, ob der Geiselnehmer ihn mit geladener Waffe empfing. Er hatte sich sehr um ein rationales Handeln bemüht. Hatte er am Ende den Überblick verloren? Hatte die Angst um Sofie ihn kopflos gemacht?

## 41

Staatsanwältin Caren Winter hörte, wie der feindliche Beschuss verstummte. Kurz darauf stellten die SEK-Beamten das Feuer ein. Die einsetzende Stille war so präsent, dass man sich ihr nicht entziehen konnte.

Caren fragte sich, ob die Präzisionsschützen den Angreifer eliminiert hatten. Mit einem Blick auf das Ziffernblatt ihrer Uhr überprüfte sie die Zeit. Knapp zehn Minuten waren verstrichen. Sie rappelte sich hoch und watete durch das Wasser zum Kommandoführer, der in der Böschung lag und über den Grabenrand spähte.

»Ich muss Ihnen etwas mitteilen«, sagte Caren.

»Gleich«, erwiderte der Kommandoführer, drückte die Sprechtaste seines Funkgerätes und sagte: »Hier Alpha eins. Ich will einen Lagebericht.«

Es knisterte in der Leitung.

»Hier Beta eins«, meldete sich der Teamleader. »Wir haben die feindliche Stellung eingenommen. Jemand hat eine simple Schussanlage gebaut und sie ferngesteuert. Hier ist niemand mehr. Die Munition ist aufgebraucht, sodass keine akute Gefahr droht. Vorsichtshalber entfernen wir den Schlagbolzen.«

»Gibt es weitere Stellungen?«

»Negativ. Schlagbolzen ist entfernt. Sicherheit ist hergestellt.«

»Hier Delta eins«, meldete sich der zweite Teamleader. »Haben die feindliche Stellung ebenfalls erreicht. Beim Durchzählen haben wir festgestellt, dass Delta fünf fehlt. Verbleib ungewiss. Möglicherweise ist er durch einen Querschläger getroffen worden.«

»Scheiße«, fluchte der Kommandoführer. »Was ist hier los? Jemand muss die Waffe installiert und ausgerichtet haben, und dieser Jemand läuft noch frei herum und kann uns jederzeit von einer anderen Position ins Visier nehmen.«

»Ich muss Sie wirklich dringend sprechen«, sagte Caren.

»Sie sehen doch, dass er beschäftigt ist«, mischte sich Kriminalrat Schmitz ein, der rüberkam und leicht gebeugt stehen blieb. »Ich koordiniere die Kräfte beim Zugriff. Wenn es etwas Wichtiges gibt, sollten Sie sich zuerst an mich wenden.«

»Nein«, erwiderte Caren. »Was ich zu sagen habe, will ich mit ihm persönlich besprechen.«

»Hier Alpha eins für die Einsatzteams«, sagte der Kommandoführer in sein Funkgerät. »Wir gehen folgendermaßen vor: Die Teams Bravo, Delta und Echo kehren auf ihre Ausgangspositionen beim Wohngebäude zurück. Passt auf eure Ärsche auf. Es kann sein, dass ihr beschossen werdet. Nehmt die gleiche Strecke wie auf dem Hinweg und meldet mir, sobald ihr Delta fünf findet. Notarzt und Sanitäter stehen bereit, um ihn zu versorgen. Sobald die Einsatzbereitschaft hergestellt ist, will ich eine Meldung. Team Charlie bleibt hier, um die Basis zu sichern.«

Die Teamleader bestätigten den Befehl.

Der Kommandoführer rutschte ein Stück die Grabenböschung runter und setzte sich. Er drehte sich auf eine Pobacke, um aus der anderen Gesäßtasche ein Tuch zu ziehen. Während er sich den Nacken und den Hals auswischte, sagte er: »Jetzt zu Ihnen, Frau Staatsanwältin. Was ist so wichtig?«

Caren blickte erneut auf ihre Armbanduhr und erwiderte: »Vor dreizehn Minuten ist Hauptkommissar Sanftleben zum Wohngebäude gerannt, um mit dem Geiselnehmer Kontakt aufzunehmen. Vermutlich befindet er sich mittlerweile im Haus. Er sagte, dass Sie wissen würden, was zu tun sei.«

Der Mund des Kommandoführers klappte auf, dann wurden seine Lippen zu einer papierdünnen, scharfen Linie. Er wollte schon eine wütende Bemerkung loslassen, hielt sich aber im letzten Moment zurück und wandte sich stattdessen an einen seiner Männer. »Hol mir sofort den Überwachungslaptop und pass auf, dass dir niemand ein Loch in den Pelz schießt.«

»Jawohl«, erwiderte der schwarz gekleidete SEK-Beamte, verließ die Deckung und rannte geduckt über die Wiese.

»Das hat er wirklich getan?«, fragte Kriminalrat Schmitz fassungslos. »Was bildet er sich ein? Wir haben Hierarchien. Er kann nicht einfach tun und lassen, was ihm einfällt. Wenn die Geiselbefreiung schiefgeht, werde ich ihn persönlich zur Rechenschaft ziehen.«

Der SEK-Beamte kehrte mit dem Laptop zurück und rutschte die Grabenböschung hinunter. »Der Computer hat keinen Treffer abbekommen. Es ist voll funktionsfähig und hat die ganze Zeit aufgezeichnet.«

»Wenigstens etwas«, sagte der Kommandoführer und baute das Notebook auf. Er spulte die Aufnahme zurück. Zuerst sah man nur das Wohngebäude. Dann trat eine Gestalt rückwärts aus der Tür, bewegte sich über das Kopfsteinpflaster, kniete sich hinter einen Schutzschild, verharrte eine Weile und rannte rückwärts weg. Der Kommandoführer drückte auf das Pausezeichen und zoomte das Gesicht heran. »Ich bin Sanftleben nur zweimal begegnet«, sagte er. »Frau Staatsanwältin, können Sie bestätigen, dass es sich um den Hauptkommissar handelt?«

»Ja, das ist er«, erwiderte Caren.

Der Kommandoführer wandte sich ab, drückte die Sprechtaste seines Funkgeräts und sagte: »Hier Alpha eins für die Zugriffsteams Beta und Delta. Wir haben eine Lageänderung. Im Wohngebäude befindet sich neben den Geiseln und dem Geiselnehmer noch eine weitere Person. Sein Name ist Sanftleben. Er ist Hauptkommissar bei der Potsdamer Kripo und will vermutlich verhandeln. Außerdem läuft die Frist ab. Wir müssen eine neue Bewertung der Lage vornehmen. Ausgangsposition beziehen und Befehle abwarten.«

»Hier Beta eins, verstanden«, meldete sich der erste Teamleader.

»Hier Delta eins, verstanden«, funkte der zweite Teamleader.

Der Kommandoführer wandte sich an Kriminalrat Schmitz und sagte: »Die Verhandlungsgruppe ist vorhin eingetroffen und wartet bei dem Straßenposten. Sie müssen eine Entscheidung treffen, wohin die Männer sollen.«

»Ja, natürlich«, erwiderte Schmitz eifrig. »Was schlagen Sie vor?«

»Ich kann nicht für ihre Sicherheit garantieren. Hauptkommissar Sanftleben hat bereits Kontakt zu dem Geiselnehmer aufgenommen und scheint Gespräche zu führen. Unter den gegebenen Umständen halte ich es für ratsam, wenn die Verhandlungsgruppe an Ort und Stelle verbleibt und wir die weitere Entwicklung abwarten.«

»So machen wir es«, sagte Schmitz und wandte sich ab, um mit dem Straßenposten Kontakt aufzunehmen.

Caren starrte auf Tonis Standbild. Mit den lockigen Haaren und der hohen Statur sah er aus wie immer. Vielleicht blickte er etwas ernster drein, ansonsten konnte sie keinen Unterschied feststellen. Er war der einzige Mann, den sie nach ihrer Scheidung interessant gefunden hatte. Vor knapp zwei Jahren hatte er ihren Sohn gerettet. Danach hatte sie mehrfach versucht, ihm näherzukommen, aber an ihm war alles abgeprallt. Er hatte nur einen freundschaftlichen Kontakt zugelassen. Sie vermutete, dass er noch an seiner Frau hing, die – so hatte sie gehört – vor einiger Zeit aus dem gemeinsamen Hausboot ausgezogen war. Es gab so vieles, was sie ihm sagen wollte. Und jetzt sah sie ihn vielleicht zum letzten Mal.

## 42

Im Eingangsbereich des Wohnhauses befanden sich mehrere Garderoben und Schränke, die mit Jacken, Schuhen und Werkzeug vollgestopft waren. In der Luft hing ein Geruch, wie er sich in alten Häusern über Jahrzehnte bildete. Aus der Küche erklang ein Husten und Stuhlrücken.

Toni zog die Pistole aus dem Halfter und bewegte sich bis zur Ecke. Schnell schob er den Kopf vor, um in den Mittelgang zu schauen. Der Flur lag im Dunkeln. Die weiße Papierbahn auf dem blanken Estrich war verrutscht und warf Falten. Die Türen zu den Zimmern waren geschlossen. Nur am Ende des Ganges fiel Tageslicht durch eine Rauchglasscheibe, die sich im oberen Drittel der Seitentür befand. Toni machte zwei schnelle Schritte vor und kniete sich hinter den Schutzschild. Mit der Pistole visierte er den Kücheneingang an.

»Ich bin jetzt drin«, rief er. »Ich bin allein. Wir können in aller Ruhe reden und sehen, ob wir eine Lösung finden.«

Einige Sekunden lang war es still.

»Du willst eine Lösung finden?« Die Stimme war eindeutig männlich. Sie hatte eine hysterische Färbung und kiekste. Ansonsten wies sie weder in der Tonlage noch im Dialekt eine Besonderheit auf, die Erinnerungen weckte. »Dafür ist es zu spät. Was waren das für Schüsse?«

»Ein paar hundert Meter entfernt hat die Polizei eine Einsatzzentrale eingerichtet«, erwiderte Toni. »Wir sind angegriffen worden, es gab Verletzte. Ich habe das Durcheinander genutzt, um mich abzusetzen und herzukommen. Der Einsatzleiter hätte es sonst niemals erlaubt.«

»Verarsch mich bloß nicht!«, schrie der Mann.

Toni gab sich die größte Mühe, seine Stimme ruhig klingen zu lassen. »Ich gebe zu, dass es unglaubwürdig klingt, aber so hat es sich abgespielt. Es ist die Wahrheit. Was ist mit Claude geschehen?«

»Claude?«, schrie der Geiselnehmer. »Du meinst den Franzosen? Der ist selbst schuld. Er hat sich auf mich gestürzt, wir haben gerangelt, dabei hat sich ein Schuss gelöst. Wenn er einfach getan hätte, was ich wollte, hätte er nicht sterben müssen. Die Leute hier sind mir egal. Er ist selbst schuld.«

»Es war also ein Unfall«, sagte Toni, der auf eine solche Antwort gehofft hatte. »Sie wollen niemandem etwas antun, der unbeteiligt ist. Sie wollten mit mir sprechen. Es ging Ihnen um mich. Und ich bin jetzt da. Ihre Forderung ist erfüllt. Ich schlage vor, dass Sie jemanden rausschicken, der Ihnen bestätigen kann, dass ich allein bin.«

Aus dem Inneren der Küche erklang ein gezischtes: »Du machst das! Halt, warte noch! Du gehst erst, wenn ich es sage.« Ein Wimmern ertönte, dann Schritte über knarrende Holzdielen. »So, jetzt kannst du los. Nun mach schon.«

Die Tür schwang nach innen auf, und Jobst trat auf den Mittelgang. Als der Witwer in den Lauf der Pistole schaute, riss er erschrocken die Augen auf.

Toni nickte ihm beruhigend zu.

Jobst blickte den Gang hoch und runter. Man konnte förmlich sehen, wie es in ihm arbeitete. Für ihn eröffnete sich die einmalige Gelegenheit, die Flucht zu ergreifen. Er wusste, dass sich ihm eine solche Chance nicht noch einmal bieten würde.

»Ich warte«, schrie der Geiselnehmer.

»Er ist allein«, erwiderte Jobst und blickte Toni fragend an. Der machte ihm ein Zeichen, dass er sich leise in Richtung des Ausgangs bewegen sollte. Als der Witwer an ihm vorbeischlich, flüsterte Toni: »Wo steht er?«

Jobst schaute zurück und murmelte: »Er hat sich links neben den Eingang gestellt. Er hat Sofie mitgenommen und hält ihr ein Messer an die Kehle. Beide stehen hinter der Tür.«

Toni signalisierte ihm, dass er weitergehen sollte, und dachte: So ein Mist! Ein Frontalangriff im Schutz des Schildes schied damit aus. Er würde das Feuer nicht eröffnen können, weil er die Zielperson nicht sehen konnte. Schoss er auf die Tür, war es völlig ungewiss, wen er treffen würde. Er atmete tief durch und rief: »Sie haben gesagt, dass Sie Claude nichts tun wollten, dass es ein Unfall war und dass Ihnen die Menschen egal sind. Sie haben sie nur als Druckmittel benutzt, um mich herzuholen. Ich bin jetzt da. Sie haben erreicht, was Sie wollten. Das ist der richtige Zeitpunkt, um die Leute gehen zu lassen. Sie sind Unbeteiligte, sie haben mit der Sache nichts zu tun.«

»Ich habe noch lange nicht erreicht, was ich will!« Die Stimme des Geiselnehmers überschlug sich beinahe. »Aber das sind mir sowieso zu viele. Los! Ihr könnt jetzt abhauen. Raus mit euch. Nun macht schon.«

Aus dem Inneren der Küche drang ungläubiges Gemurmel.

Dann Fußgetrampel.

Etwas krachte zu Boden.

Als tatsächlich die ersten Bewohner an ihm vorbeihasteten, war Toni erstaunt, wie leicht er sie befreit hatte. Er suchte nach Anzeichen von Misshandlungen, aber äußerlich wirkten sie unversehrt. Nur der psychische Stress war ihnen anzusehen. Die Gesichter waren gerötet, die Münder standen auf, die Augen flackerten unruhig. Sie streiften ihn mit Blicken und waren ansonsten damit beschäftigt, ihr Leben zu retten.

Nur Hanna blieb stehen. Sie legte ihm eine Hand auf die Schulter und flüsterte eindringlich: »Hol sie da raus! Ich bitte dich! Ihr geht's nicht gut. Sie klappt gleich zusammen. Ich glaube, sie hat einen Schock.«

Toni nickte und fragte ebenso leise: »Ist sonst noch jemand drin?«

»Nein, nur Sofie und er.«

»Okay. Bring dich in Sicherheit!« Er wartete noch, bis alle Bewohner draußen waren, dann rief er: »Was ist mit der rothaarigen Frau? Sie hat nichts mit der Sache zu tun.«

»Glaubst du, dass ich bescheuert bin?«, schrie der Geiselnehmer. »Du sprichst von der Rothaarigen, als würdest du sie nicht kennen. Ich hab dir schon mal gesagt, dass du mich nicht verarschen sollst.«

»Sie ist meine Ehefrau«, rief Toni schnell. Er merkte, wie stark er schwitzte. Die Pistole in seiner Hand fühlte sich rutschig an; er griff fester zu. Er musste die Augen zusammenkneifen, um weiterhin die Küchentür anvisieren zu können. »Jetzt würde ich gerne erfahren, was Sie zu sagen haben. Warum lassen Sie Sofie nicht gehen, und wir setzen uns zusammen und reden in Ruhe.«

»Wenn du mich noch ein Mal für blöd verkaufst, steche ich sie ab! Begreifst du das endlich? Die anderen waren mir egal. Du hast die Spielregeln bestimmt, und ich habe getan, was du wolltest. Jetzt drehe ich den Spieß um. Ab jetzt machst du, was ich will.«

Toni wischte sich mit dem Ärmel den Schweiß von der Stirn. »Was kann ich tun, um die Sache friedlich beizulegen?«

»Gar nichts. Du kommst jetzt in die Küche und kniest dich vor die Heizung. Das Gesicht zum Fenster. Wenn du eine Waffe trägst, steche ich deine Frau ab. Wenn du irgendwelche Tricks versuchst, steche ich deine Frau ab. Und wenn du nicht sofort tust, was ich verlange, steche ich deine Frau ab. Hast du das endlich kapiert? Los jetzt!«

Toni dachte fieberhaft nach. Er fragte sich, was er tun konnte, um die Kontrolle zurückzugewinnen und die Situation zu entschärfen, aber sosehr er sich auch anstrengte, ihm fielen keine geeigneten Maßnahmen ein. Brauchte er Unterstützung? Verzweifelt blickte er den Gang hoch und runter. Niemand war zu sehen, aber je länger er einen Einsatz der Zugriffsteams in Erwägung zog, desto sicherer wurde er sich, dass auch die SEK-Beamten den Geiselnehmer nicht abhalten konnten, seine Drohung in die Tat umzusetzen. Es war ein cleverer Schachzug gewesen, sich hinter der Tür zu verschanzen.

»Aaah«, schrie Sofie plötzlich. »Aaah, ich blute ... es ist alles voller Blut ...«

Toni sprang auf die Füße. Der Schutzschild fiel krachend zu Boden. Die Pistole hielt er am langen Arm. »Was ist los?«, rief er. »Rede mit mir. Was ist passiert?«

»Er hat mir ... in die ... in die Seite gestochen«, rief Sofie. Ihre Stimme klang seltsam. »Er hat ...«

»Halt's Maul!«, schrie der Geiselnehmer. »Ich hab sie nur

ein bisschen angepikst, aber wenn du jetzt nicht sofort reinkommst, steche ich sie ab. Das ist mein Ernst. Ich spiele keine Spielchen. Ich hab alles verloren, was mir wichtig war. Mein Leben ist nichts mehr wert. Ich zähle von zehn runter, und wenn du dann nicht vor der Heizung kniest, schlitze ich ihr die Kehle auf. Ich schlitze ihr die Kehle auf, und das war's dann. Das ist meine letzte Warnung. Zehn, neun …«

»Halt!«, schrie Toni. »Halt, halt, halt. Ich komme ja, aber ich will Ihr Wort, dass Sie sie gehen lassen. Sobald Sie mir versprechen, dass Sie sie gehen lassen, komme ich rein!«

»Du stellst keine Forderungen mehr, du blödes Arschloch. Was glaubst du, wer du bist? Du bist an allem schuld, du hast mich in den Knast gebracht, du hast Herm und Bonita auf dem Gewissen, du bist …« Ein Schluchzen erklang. »Acht, sieben, sechs …«

»Bitte«, flehte Toni. »Sie haben eine Rechnung zu begleichen. Es geht um eine Sache zwischen uns beiden. Sie hat nichts damit zu tun. Bitte lassen Sie sie gehen.«

Der Geiselnehmer antwortete: »Ich bin kein Unmensch, ich mag deine kleine Frau sogar. Sie ist mir ähnlich. Ich lasse sie gehen, wenn du jetzt kommst. Wenn nicht, steche ich sie ab. So einfach ist das. Ich hab die Rederei satt. Ich hab alles satt. Ich … fünf, vier …«

Toni begriff, dass alles Taktieren und Argumentieren nichts mehr nutzte. Er ließ die Waffe fallen und rannte los. Seine Beine fühlten sich wie Gummi an, als er um die Ecke bog. Er hörte noch, wie der Geiselnehmer »zwei, eins« zählte und ließ sich auf die Knie fallen.

»Hier bin ich!«, brüllte Toni. »Ich bin unbewaffnet. Mein Schulterhalfter ist leer.« Angestrengt lauschte er in den Raum. Zunächst hörte er nur seinen eigenen keuchenden Atem. Der Geiselnehmer hatte aufgehört zu zählen, und da wimmerte Sofie leise. Ja, sie wimmerte. Sie lebte also noch. Er war rechtzeitig gekommen.

Zwischen den roten Baumwollbahnen war ein kleiner Spalt frei, durch den Toni nach draußen blicken konnte. Bei der

Scheune verschwand ein schwarzer Stiefel hinter einer Ecke. Die Zugriffsteams bezogen also ihre Stellungen. Einer der Präzisionsschützen beobachtete ihn vermutlich gerade durch sein Zielfernrohr.

»Mach die Vorhänge zu«, sagte der Geiselnehmer. »Und dann die Hände an den Hinterkopf. Lass dir bloß keine Dummheiten einfallen.«

Toni zog die Baumwollbahnen so zusammen, dass eine die andere überlappte. Solange Sofies Leben in Gefahr war, würde er keine Tricks versuchen. In seinem Rücken bewegte sich knarrend die Tür. Sie schwang wohl auf und gab die Zimmerecke frei. Schnell legte Toni die Finger an den Nacken und schaute über die Schulter zurück. Dabei glückte ihm ein Blick auf den Geiselnehmer.

Er war kaum größer als Sofie, hatte braune wellige Haare und einen dunklen Bartschatten, der sein weiches, mädchenhaftes Gesicht männlicher erscheinen ließ. Es regte sich eine Erinnerung, und plötzlich wusste Toni, woher er diesen Kerl kannte. Aus dem Verhörraum und dem Gerichtssaal. Das war ungefähr acht Jahre her. Es war einer seiner ersten Fälle in der Potsdamer Kripo gewesen. Er hatte ihm Totschlag nachgewiesen. Zu einer Anklage wegen Mordes hatte es nicht gereicht, weil die »niederen Beweggründe« nicht festgestellt werden konnten. Sein Name war Sandro. Ja, Sandro Ehmke. Der damals Siebzehnjährige hatte gestanden, seinen Freund im Streit erstochen zu haben. Es war eine Beziehungstat gewesen. Ob zwischen den Teenagern ein sexuelles Verhältnis bestanden hatte, war nie geklärt worden. Ehmke hatte eine mehrjährige Jugendstrafe erhalten, und Toni hatte nichts mehr von ihm gehört. Es war ein Fall gewesen, den er beinahe vergessen hatte. Nichts hatte damals darauf hingedeutet, dass ihn der Junge gehasst hatte. Irgendetwas musste in der Zwischenzeit geschehen sein.

»Wo ist deine Waffe?«, fragte Ehmke.

»Ich hab sie nicht mehr«, erwiderte Toni. »Ich hab sie weggeschmissen.«

»Wo hast du sie weggeschmissen?«

»Draußen, im Mittelgang. Sie liegt neben dem Schutzschild.«

Ehmke stellte sich in die Tür, spähte vorsichtig hinaus und tauschte dabei das Messer gegen eine Pistole. »Du kannst jetzt gehen«, sagte er zu Sofie. »Ich hab nichts gegen dich. Du hast mehr Glück als Herm und Bonita, aber wenn du nach der Waffe greifst, knalle ich dich ab. Hast du das begriffen? Los, verschwinde jetzt.«

Toni riskierte einen weiteren Blick über die Schulter zurück und sah, wie Sofie mit leicht gekrümmten Schultern dastand. Aus ihrem Gesicht war alle Farbe gewichen. Die Haut war alabasterweiß und so durchscheinend, dass man bläuliche Venen ausmachen konnte. Ihr gelbes Trägershirt hatte sich an der rechten Taille blutrot gefärbt. Auch ihre Shorts hatten sich vollgesogen. Hanna hatte recht. Sie stand unter Schock.

»Hast du mich nicht gehört?«, fragte Ehmke, und seine Stimme kippte gefährlich. »Du sollst verschwinden! Nun geh endlich, bevor ich es mir anders überlege.«

Sofie reagierte nicht. Sie starrte Toni nur aus großen, ausdruckslosen Augen an.

Der wusste, dass sich ein Schock sehr unterschiedlich auswirken konnte. Ob und inwieweit sie sich abgekapselt hatte, konnte er nicht einschätzen. Auf jeden Fall brauchte sie stärkere Reize, um ihre Umgebung wieder wahrzunehmen und zu handeln.

»Lauf«, brüllte er, so laut er konnte. »Lauf, Sofie! Jetzt sofort! Lauf zu Hanna!«

Der Name ihrer Freundin löste etwas aus. Sie zuckte zusammen, ihr Blick belebte sich, in ihren Körper kam Spannung. Sie drehte sich zur Tür, schob sich an dem Geiselnehmer vorbei und stolperte auf den Flur. Ihre Schritte entfernten sich, sie wurden leiser, dann verklangen sie ganz. Sie hatte das Wohnhaus verlassen und würde draußen von den SEK-Beamten in Empfang genommen werden. Sie war in Sicherheit. Vor Erleichterung wurde Toni ganz flau im Magen.

»Hände hoch«, schrie Ehmke. »Leg sie auf den Hinterkopf, damit ich sie sehen kann. So ist es gut. *Jetzt* hab ich erreicht, was ich wollte. Weißt du noch, wer ich bin?«

»Natürlich erinnere ich mich an Sie«, erwiderte Toni. »Nur verstehe ich nicht, warum Sie mich so hassen. Ihre Verhaftung lief korrekt ab. Nach Absprache mit Ihrem Rechtsbeistand und Ihrem gesetzlichen Vormund haben Sie die Tat gestanden, um ein milderes Urteil zu erwirken. Ich hab nur meinen Job erledigt. Ich weiß nicht, was ich Ihnen getan habe.«

»Das weißt du nicht? Dann will ich dir mal eine Geschichte erzählen ...«

Während Ehmke von seiner Haft und einem sadistischen Mitgefangenen namens Alf berichtete, vergegenwärtigte sich Toni seine Situation. Er kniete auf dem harten Küchenboden. Eine geladene Waffe war auf seinen Hinterkopf gerichtet. Der Mann am Abzug hatte bereits getötet. Jetzt war er zu einer weiteren Tat entschlossen und wollte ihn hinrichten. Es war aussichtslos, an sein Gewissen zu appellieren oder moralische Argumente vorzubringen, denn die natürliche Hemmschwelle war bereits überschritten. Auch war es zwecklos, Perspektiven aufzuzeigen, denn es gab nichts, auf das er sich freute.

Toni entdeckte keine Anhaltspunkte, um die Situation zu entschärfen. Er sah nur eine Möglichkeit. Er musste Ehmke angreifen und überwältigen. Aber dieser hatte einen Sicherheitsabstand von drei Metern gewahrt. Es war beinahe unmöglich, die Distanz zu überwinden, ohne sich eine Kugel einzufangen.

Toni wollte sich konzentrieren, er wollte sich Mut machen und aus dieser schwierigen Lage befreien, aber er fühlte plötzlich, wie die Anspannung von ihm abfiel und einer tiefen Müdigkeit wich. Er hatte getan, was er tun musste, und sein Ziel erreicht. Er hatte Sofie und die anderen Geiseln befreit. Hatte er von Anfang an mit diesem Ausgang gerechnet? Sein Leben gegen das Leben von mehreren Geiseln einzutauschen, ergab für Außenstehende bestimmt Sinn, aber war dieser Weg auch für ihn begehbar? Was erwartete ihn draußen noch?

Sechzehn Jahre hatte er Sofie gesucht. Wollte er die nächsten sechzehn Jahre darauf warten, wie sie sich entscheiden würde? Reichte seine Kraft aus, um in einer so schwierigen Beziehung trocken zu bleiben?

Wieder türmten sich Fragen zu einer unüberwindlichen Hürde auf, und in dieser existenziellen Notlage wurde ihm etwas bewusst: Er wollte nicht mehr im Ungewissen leben. Alles in ihm verlangte nach Klarheit. Er dachte an den 10. Januar 1997 zurück. Es war der Tag, an dem alles in Ordnung gewesen war. Kurz vor Sonnenaufgang war sein Sohn in einer Strandhütte in Goa geboren worden. Zu dritt lagen sie auf einer Matte und hielten sich in den Armen. Die Meeresbrandung rauschte, und die Luft roch nach Gischt. Damals war er so voller Liebe und Zuversicht gewesen. Er traute sich Großes zu und wollte für seine Familie eine Existenz aufbauen. Es war ein Moment, in dem er sich komplett gefühlt hatte. Er war davon überzeugt gewesen, dass ihr Leben die richtige Richtung einschlagen würde.

Aber er hatte sich getäuscht.

Und zwar gründlich.

In den folgenden zwei Jahrzehnten lief nichts so, wie er es erhofft hatte. Sofie sprang in die Havel und verschwand spurlos. Und ihm blieben die Verzweiflung, der Suff und eine endlose Aneinanderreihung von Rückschlägen. So etwas durfte sich nicht wiederholen. Er wollte nicht mehr darauf warten, dass es besser wurde.

Er wollte endlich leben.

Jetzt!

Toni stiegen Tränen in die Augen, und durch den Schleier sah er die glitzernde Havel. Vor vielen Jahren hatte der Fluss ihm die Frau genommen, mittlerweile war er ihm ein Zuhause geworden. Am liebsten saß er an Bord seines Hausboots und beobachtete das Wasser. Es stand nie still und variierte ständig seine Form. Es war so unruhig wie die Herzen der Menschen.

An manchen Tagen hatte er davon geträumt, dass er in die Havel eintauchen würde, damit sie ihn mitnähme. Er wollte sich treiben lassen bis zur Elbe und von dort bis zur Nordsee und weiter bis zum Atlantik. Er wollte sich auflösen, sich mit dem Strom vereinen und nicht zurückkehren. Ja, in stillen Momenten war er schwach gewesen und hatte sich gehen lassen.

Aber nicht heute!

Und nicht in den nächsten Tagen!

Und auch nicht, solange er seine Hand noch zur Faust ballen konnte.

Plötzlich fühlte er sich stark und sah die Dinge klarer. Ihm fiel ein, dass ihn sein Sohn bald besuchen würde. Toni wollte unbedingt mitbekommen, wie sich der Junge entwickelte. Ihm fiel das Versprechen ein, dass er Caren gegeben hatte. Sie hatte ihn ermahnt, seine Chance zu nutzen und nicht aufzugeben.

Er war noch nicht bereit, um abzutreten. So vieles lag noch vor ihm, und er musste jetzt handeln. Ehmke würde bald zum Ende seines Monologs kommen und sein Werk verrichten.

Toni stellte die Knie auseinander, straffte seinen Oberkörper und überlegte, welche Optionen ihm blieben. In seinem Stiefel steckte das Stilett, aber es würde zu lange dauern, um es zu ziehen. Er könnte auch »Zugriff« schreien und so die SEK-Beamten alarmieren, aber bis die Einsatzteams eingetroffen wären, hätte er längst ein Loch im Schädel. Nein, er musste Ehmke ablenken und angreifen.

Wahrscheinlich würde der Scheißkerl noch genügend Zeit finden, um einen Schuss abzufeuern. Entscheidend würde sein, wo ihn die Kugel traf. Ja, er musste sich darauf einstellen, verwundet zu werden. Trotzdem durfte er nicht abbremsen. Er durfte nicht fallen oder ins Straucheln geraten, sondern musste die ganze Wucht seines fünfundachtzig Kilogramm schweren Körpers nutzen, um den Gegner zu Fall bringen. Dann musste er seine verbliebene Kraft bündeln, um einen Schlag zu platzieren, der Ehmke ausschaltete.

Toni kannte die Schwachstellen des menschlichen Körpers und wusste, wo er treffen musste. Danach konnte er seine Hand auf die Schusswunde pressen, die Blutung stoppen und warten. Der Knall von Ehmkes Schuss würde die Zugriffsteams in Bewegung setzen. In nicht einmal zwei Minuten würde ein Notarzt eintreffen, der auf eine solche Situation vorbereitet war und ihn versorgen würde. Er würde keine Wette auf sich abschließen, aber er würde es versuchen.

»Ich soll dir von Herm etwas ausrichten«, sagte Toni und wartete, bis die Worte ihren Adressaten erreicht hatten.

»Von Herm?«, fragte Ehmke. »Wieso? Das kann nicht sein. Er ist doch –«

»Doch«, sagte Toni. »Du kennst nicht die ganze Wahrheit. Er war noch am Leben, als ich ihn fand. Ich hab mit ihm gesprochen, und er hat mir gesagt, dass ich dir etwas ausrichten soll.«

»Ist das wahr?«

»Was denkst du denn? Ich soll dir ausrichten, dass du ein mieser kleiner Arschficker bist ...«

Jetzt, dachte Toni. Er tauchte nach links unter der Waffe weg, machte eine halbe Drehung und drückte sich mit den Füßen ab. In diesem Moment spürte er den kraftvollen Strom seines Blutes, und er wusste, dass er seine Haut teuer verkaufen würde. Er war immer ein Kämpfer gewesen und wollte es bis zum Ende bleiben.

## 43

Mit klopfendem Herzen starrte Caren Winter auf den Laptop. Auf dem Bildschirm war eine Live-Aufnahme von dem Wohnhaus zu sehen. Am linken unteren Bildrand lief die Uhrzeit mit. Die Staatsanwältin fragte sich, warum Kriminalrat Schmitz noch zögerte. Es hatte einigen Wirbel gegeben, weil der verschwundene SEK-Beamte noch vermisst wurde, aber die Einsatzteams Beta, Delta und Echo hatten mittlerweile ihre Posten bezogen und warteten auf Befehle.

Plötzlich ertönte aus den Lautsprechern ein gedämpfter Knall.

Der Kommandoführer drückte sofort auf die Sprechtaste seines Funkgeräts und rief: »Hier Alpha eins. Was ist los? Lagebericht!«

»Hier Beta eins«, meldete sich der Teamleader. »Vermutlich ein Pistolenschuss, der im Haus abgefeuert wurde. Sollen wir zugreifen?«

Der Kommandoführer drehte sich zur Seite und sagte: »Sie haben die Frage gehört, Herr Kriminalrat. Die Entscheidung liegt bei Ihnen.«

Schmitz wand sich etwas, dann erwiderte er: »Ich erbitte weitere Aufklärung. Können Ihre Männer garantieren, dass sich keine Geiseln mehr im Haus befinden?«

Der Kommandoführer blickte ihn erstaunt an. Er hatte mit einer anderen Antwort gerechnet.

»Was?«, schrie Caren. »Jetzt reicht es aber. Wir haben alle auf dem Monitor gesehen, wie Sofie Sanftleben das Wohnhaus verlassen hat. Sie war das entscheidende Druckmittel. Natürlich befinden sich nur noch der Geiselnehmer und Hauptkommissar Sanftleben im Haus. Sie warten schon viel zu lange.«

»Wir müssen das Risiko für die Zivilpersonen minimieren«, erwiderte Schmitz.

Caren betrachtete die glatte Miene des Kriminalrats und

begriff plötzlich, was für einen perfiden Plan er verfolgte. Sie wusste um die Feindschaft zwischen ihm und Toni. Sie hatte auch gehört, dass ein Bericht im Umlauf war, der Schmitz die Duldung von Alkoholkonsum in den Diensträumen vorwarf und wohl auf Tonis Initiative entstanden war. Versuchte der Kriminalrat den Zugriff hinauszuzögern, um die Überlebenschancen seines Intimfeindes zu schmälern? Wollte er Toni loswerden?

Die Wut erfasste sie so heftig, dass sie sich nicht anders zu helfen wusste, als Schmitz zur Seite zu schubsen und dem Kommandoführer ins Gesicht zu brüllen: »Zugriff! Sofortiger Zugriff!«

Der Polizeipräsident gab durch ein Nicken sein Einverständnis.

Der Kommandoführer drückte die Sprechtaste und sagte: »Hier Alpha eins an die Teams Beta und Delta. Zugriff! Ich wiederhole: Sofortiger Zugriff!«

Caren kletterte die Grabenböschung hoch und rannte los. Ihr war egal, was die anderen Beamten dachten. Es kümmerte sie auch nicht, dass sie möglicherweise zur Zielscheibe wurde. In ihrem Kopf hallte nur ein einziger Namen wider: Toni! Toni! Toni!

## 44

Es hatte fünf Tage gedauert, bis die rechtsmedizinische Untersuchung abgeschlossen und der Leichnam zur Einäscherung freigegeben worden war. Heute hatten sich die Trauergäste auf dem idyllischen Friedhof Deetz eingefunden, der auf einem Hügel lag und von Obstbäumen und Wald umgeben war. Zwei Dutzend Verwandte und Freunde begleiteten die Urne zur letzten Ruhestätte, einem kleinen Erdloch, in das die sterblichen Überreste gebettet wurden. Es war ein warmer Tag, die Temperaturen kratzten an der Zwanzig-Grad-Celsius-Marke. Ein kräftiger Wind fegte über den staubigen Hauptweg und wirbelte das erste Herbstlaub auf.

Sofie trug ein enges schwarzes Kleid, das einen dramatischen Kontrast zu ihrer blassen Haut und den roten Haaren bot. Obwohl Tränen ihre Wangen hinabliefen, wirkte sie so abwesend, als wäre sie weit weg. Hanna stand dicht neben ihr und stützte sie am Arm. Nach und nach traten die Trauergäste vor, um sich von dem Toten zu verabschieden. Sie nahmen eine weiße Rose und legten sie an den Sockel des Gedenksteins. Oder sie platzierten den Grabschmuck auf der gepflasterten Fläche des Urnengemeinschaftsgrabes, um ihn Claude auf seine letzte Reise mitzugeben.

Der Franzose hatte kürzlich gegenüber seiner Familie gesagt, dass er im Havelland eine Heimat gefunden habe. Er sei lange auf Wanderschaft gewesen und endlich angekommen. Er habe nicht nur die Flusslandschaft ins Herz geschlossen, sondern sei auch Menschen begegnet, mit denen er gerne zusammenlebe. Seine Eltern hatten seine Äußerungen zum Anlass genommen, um ihn dort zu begraben, wo er sich zeit seines Lebens am wohlsten gefühlt hatte.

Toni lehnte an einem der alten Bäume, die den Hauptweg säumten, und beobachtete das Geschehen aus der Entfernung. In den vergangenen Tagen hatte er sich oft gewünscht, dass er bei der letzten Begegnung mit dem Freund netter gewesen wäre. Sein beleidigtes Verhalten kam ihm angesichts der Endgültigkeit des Todes kleinlich vor, aber er konnte die Uhr nicht zurückdrehen und tröstete sich mit dem Gedanken, dass der Franzose sich nie lange mit Dingen aufgehalten hatte, die er nicht ändern konnte. Wahrscheinlich hätte er über Tonis Selbstvorwürfe geschmunzelt und »*À quoi bon?*« gesagt.

Toni wusste, dass er enormes Glück hatte. Er konnte kaum glauben, dass er unverletzt davongekommen war. Vor dem Untersuchungsausschuss hatte seine Aussage zu Kopfschütteln und ungläubigen Gesichtern geführt, aber die Dinge hatten sich so zugetragen, wie er sie zu Protokoll gegeben hatte. Er hatte nichts hinzugefügt oder weggelassen; er war bei der Wahrheit geblieben.

In dem Moment, als er Sandro Ehmke angreifen wollte, trat ein Mann in der Kampfmontur eines SEK-Beamten in die Küche. Ehmke hatte wohl eine Bewegung wahrgenommen. Jedenfalls wirbelte er herum und eröffnete sofort das Feuer, aber es gelang ihm nicht mehr, einen gezielten Schuss abzugeben, denn der Mann reagierte umgehend. Wahrscheinlich schoss er nicht in Tötungsabsicht, sondern wollte sich nur verteidigen. Seine Pistole hatte einen Schalldämpfer. Obwohl es nur »Plopp« machte, war die Wirkung fatal. Die Kugel traf Ehmke in den Brustkorb, und er sackte zusammen, als hätte jemand die Luft aus ihm herausgelassen. Noch bevor er auf dem Boden aufschlug, war er tot.

»*God damned fuckin asshole. I'm going to blow a gasket*«, fluchte der Eindringling, der offenbar einen anderen Verlauf geplant hatte. Er kniete sich neben Ehmke, um nach dem Puls zu tasten. Als Toni sich aus seiner Erstarrung löste, zielte der Mann mit seiner Pistole auf ihn und zischte: »Stopp! Keinen Schritt weiter oder du wirst es bereuen!«

Der Mann erhob sich langsam und stand eine Weile mit gesenktem Kopf da, als würde er über ein schwieriges Problem nachdenken. Schließlich gab er dem Leichnam einen Tritt und schimpfte: »*Scumbag!*« Er zielte auf Toni, legte seinen Zeigefinger an die Lippen und zog sich leise zurück in den Mittelgang.

Toni hatte nicht das Bedürfnis, die Verfolgung aufzunehmen. Er hatte für heute genug erlebt und sank auf den Küchenstuhl. Wenige Sekunden später stürmten zwei Zugriffsteams in die Küche. Die SEK-Beamten griffen ihm unter die Achseln, ihre Kollegen schirmten ihn ab und geleiteten ihn nach draußen, wo er von Caren empfangen wurde. Später erschienen Schmitz und der Polizeipräsident. Letzterer gratulierte ihm zuerst zu der Rettung der Geiseln, dann suspendierte er ihn wegen seines eigenmächtigen Vorgehens mit sofortiger Wirkung.

Toni war sich darüber im Klaren, dass er die Befehlskette gesprengt hatte und dass ein solcher Verstoß geahndet werden musste. Er nahm die disziplinarische Maßnahme ohne Widerrede hin und informierte sich über das weitere Geschehen.

Eine Stunde nach dem Tod des Geiselnehmers wurde der verschwundene SEK-Mann bewusstlos in einem Holzstapel entdeckt. Er war nur mit seiner Unterwäsche bekleidet. Troy Gardener musste ihn überwältigt und ausgezogen haben, um die Kampfmontur anzulegen und sich so zu tarnen. Die Ausrüstung wurde am nächsten Morgen unter einem Busch gefunden. Die Kriminaltechniker stellten Hautpartikel und Haare sicher, die dem US-Amerikaner zugeordnet werden konnten. Gardener war es auch, der eine Schussanlage errichtet und sie über eine Fernsteuerung gelenkt hatte. Die beiden verwundeten Polizisten lagen noch im Krankenhaus. Sie würden genesen und keine Schäden zurückbehalten.

Alle Indizien sprachen dafür, dass Gardener wenige Minuten nach Toni in den Resthof eingedrungen war und Ehmke erschossen hatte. Auf den Videoaufzeichnungen tauchte er seltsamerweise nicht auf. Warum er ein solches Risiko eingegangen war und warum er dieses ganze Spektakel veranstaltet hatte, gab den Ermittlern Rätsel auf und veranlasste sie zu wilden Spekulationen, die wohl in absehbarer Zeit auch nicht abreißen würden.

Ehmke wurden die Erschießung des Pferdes und der Mord

an dem Reiterhofbesitzer Hartmut Jessen nachgewiesen. Toni besorgte sich seine alte Gerichtsakte und recherchierte zusätzliche Fakten. Er wollte verstehen, was ihn zu Taten getrieben hatte, die von einigen Medien als »Amoklauf von Groß Kreutz« tituliert wurden. Hinterher konnte er sich ein ungefähres Bild vom Charakter und Leben des Geiselnehmers machen.

Der Hafenarbeiter Achim Mazur wurde auf einer Hamburger Müllhalde gefunden. Sein Leichnam wies zahlreiche Verletzungen auf, die auf stumpfe Gewalteinwirkung zurückzuführen waren. Vor seinem Tod wurde er wahrscheinlich stundenlang gefoltert, um seine Geheimnisse preiszugeben.

Toni merkte, wie sehr ihm der Fall an die Nieren ging, und er fragte sich, wie lange er noch die Kraft haben würde, um tagtäglich mit solchen Tragödien und so viel Brutalität konfrontiert zu werden.

Trotzdem konnte er der Geschichte auch etwas Gutes abgewinnen. Auf dem Küchenboden kniend und mit einer Schusswaffe bedroht war er zu seinem innersten Kern vorgedrungen und hatte eine wesentliche Erkenntnis gewonnen: Er glaubte nicht an den Tod; er glaubte auch nicht an den Verzicht; er glaubte an das pralle Leben und an das Hier und Jetzt. Diese Einsicht verlieh ihm die Kraft, seine privaten Probleme anzugehen. Er war hergekommen, um sich mit Sofie auszusprechen und eine Lösung zu finden.

Mit der Schulter lehnte er noch an dem Baum, als ein unbekannter Teilnehmer auf dem Handy anrief. Er nahm den Anruf entgegen und sagte leise: »Hallo?«

»Hier ist Valerie«, meldete sich eine angenehme Frauenstimme, »deine Hausbootnachbarin. Es tut mir leid, dass ich dich mitten am Tag störe, du musst sicher arbeiten, aber ich wollte es schnell hinter mich bringen. Passt es gerade?«

»Hallo, Valerie«, erwiderte Toni. »Wenn es nicht zu lange dauert. Ich habe gleich einen wichtigen Termin.«

»Ich beeile mich. Es geht um den Lackschaden an deinem Auto und den Zeugenaufruf, den du am Anwohnerparkplatz angebracht hast. Vor einiger Zeit haben wir eine kleine Decks-party bei uns veranstaltet. Vielleicht hast du sie mitbekommen?«

»Ja, klar.«

»Hinterher hat einer unserer Gäste beim Ausparken einen Wagen touchiert. Er hat ein Alkoholproblem und sich ein paar Tage ziemlich mies gefühlt, dass er betrunken gefahren ist. Heute Morgen hat er mich angerufen und von dem Vorfall berichtet. Ich vermute, dass du der Geschädigte bist. Jetzt möchte er für die Reparatur aufkommen und die Sache bereinigen.«

Als Toni sah, wie Sofie und Hanna aus der Beerdigungsgesellschaft ausscherten und auf ihn zukamen, sagte er: »Valerie, da ist mein Gesprächspartner. Ich muss Schluss machen und melde mich demnächst. Du kannst deinem Freund ausrichten, dass ich seine Initiative gut finde und dass wir eine Lösung finden werden. Vielen Dank für deinen Anruf und tschüss.«

»Ja, tschüss und danke für dein Verständnis.«

Toni steckte sein Handy ein, drückte sich von dem Baum ab und trat auf den Hauptweg. Die vergangenen Tage hatten ihn verändert. Er wusste noch nicht, wie weitreichend sein Sinneswandel war, aber er hatte sich entschlossen, dass er sich nichts mehr vormachen würde. Die Zeiten, in denen er sich Illusionen hingegeben hatte, waren vorüber.

»Warum bist du nicht zu uns gekommen?«, fragte Sofie. Sie sah mitgenommen aus; ihre Stimme klang belegt. »Niemand gibt dir die Schuld an Claudes Tod. Auch seine Eltern und Geschwister nicht. Du konntest nicht wissen, was dieser Mann vorhat. Du hast alles getan, was ein Mensch tun kann, um die anderen zu retten. Sie haben kein böses Wort über dich fallen lassen, vielmehr bewundern sie dich für deinen Mut. Mach dir bitte keine Vorwürfe.«

»Danke«, erwiderte Toni. Er hatte tatsächlich viel gegrübelt, und nicht immer waren seine Überlegungen fruchtbar gewesen. Zu erfahren, dass ihm niemand an den Ereignissen die Schuld gab, bedeutete ihm viel.

»Nein, ich muss dir danken«, sagte Hanna und umarmte

ihn herzlich. »Ich werde niemals vergessen, was du getan hast. Ich mochte dich schon vorher, Sheriff, aber jetzt hast du einen Stein bei mir im Brett.«

Toni erwiderte ihre Umarmung, strich ihr über die Schulter und löste sich wieder.

»Am besten geh ich jetzt mal«, sagte Hanna. »Dann könnt ihr in Ruhe reden. Ich warte beim Auto.«

»Ist gut«, erwiderte Sofie und sah der Freundin nach, um sich dann wieder Toni zuzuwenden.

Der räusperte sich und sagte: »Seitdem ich dich vor drei Tagen im Krankenhaus besucht habe und gesehen habe, wie vertraut du und Hanna miteinander umgegangen seid, geht mir eine Frage nicht mehr aus dem Kopf. Ich habe stundenlang über sie nachgedacht, aber ich finde keine befriedigende Antwort.«

Obwohl Sofie erschöpft war, nickte sie ihm aufmunternd zu und wartete.

Toni nahm seinen ganzen Mut zusammen. »Warum hast du mit mir geschlafen?«

»Ach, Toni. Nicht jetzt.«

»Bitte. Es ist wichtig für mich. Vielleicht ist es sogar entscheidend.«

Sofie trat von einem Fuß auf den anderen. Sie blickte sich zu dem Friedhofseingang um. Die letzten Trauergäste traten gerade durch die Pforte und überquerten die Straße, um zu dem kleinen Parkplatz zu gelangen. Es hatte den Anschein, als wäre sie ihnen am liebsten gefolgt. Schließlich sog sie geräuschvoll die Luft ein und sagte: »Ich weiß doch, wie wichtig dir Sex ist.«

»Du hast mit mir viermal geschlafen, weil du weißt, wie wichtig mir Sex ist?«

Sofie schaute ihn eine Weile angestrengt an. »Entschuldige«, erwiderte sie schließlich, »so hab ich das nicht gemeint. Ich hab es getan, weil meine Gefühle mich überwältigt haben. In letzter Zeit hat sich so viel angestaut. Ich hatte ein schlechtes Gewissen und wollte es wiedergutmachen. Ich hatte wirklich Lust auf dich.«

»Wie auf Hanna?«

»Ach, Toni«, sagte sie erneut, und ihr Gesicht nahm einen weicheren Ausdruck an. »Du weißt doch, dass ich dich liebe.«

»Wie Hanna?«, beharrte er.

Sofie hob ihre Hand, strich ihm zärtlich über das Gesicht und schaute ihm lange in die Augen.

»Bitte«, sagte er. »Ich muss das wissen.«

Sie sah ihn mitfühlend an und flüsterte schließlich: »Ich kann nichts dafür. Ich hab es mir nicht ausgesucht, das musst du mir glauben. Es ist einfach so, wie es ist, und es tut mir leid.«

»Was tut dir leid?«

»Mit Hanna ist alles so neu, so wild und so aufregend. Ich habe das Gefühl, dass ich schwebe. Und du … du bist mein ältester, mein wichtigster und treuester Freund. Du warst mein ganzes Leben bei mir und immer für mich da. Auf dich konnte ich mich verlassen, auch wenn ich alle anderen genervt habe. Ich will dich nicht verlieren. Du bist meine große Stütze. Ich brauche dich.«

Toni schluckte hart. So war das also. Er hatte auf eine andere Antwort gehofft, aber er war viel zu stolz, um sich seine Enttäuschung anmerken zu lassen. Jetzt wusste er, woran er war. Er kämpfte mit sich und seinen Gefühlen, die in ihm hin- und herwogten. Schließlich gewann etwas die Oberhand, was er zunächst gar nicht einordnen konnte. Er folgte einem plötzlichen Impuls, als er ihr schönes Gesicht ergriff, es zu sich heranzog und leidenschaftlich küsste. Er schloss die Augen und kostete die Berührung aus, als wollte er sie sich für alle Zeiten einprägen. Schließlich gab er sie frei und sagte: »Danke.«

Sofie war völlig überrumpelt und fragte: »Wofür?«

»Dafür, dass du ehrlich warst.«

Jetzt sah sie ihn skeptisch an. »Ich weiß nicht, ob mir der Verlauf unseres Gesprächs gefällt. Du darfst nicht jedes meiner Worte auf die Goldwaage legen. Bis gestern hab ich im Krankenhaus am Tropf gehangen. Ich hatte eine harte Zeit und muss viel verarbeiten. Ich weiß gar nicht, wo mir der Kopf steht, und ich habe keine Ahnung, wie lange es dauert, bis ich wieder auf dem Damm bin. Du bist der wichtigste Mann in meinem Leben, das darfst du nie vergessen. Komm doch in ein paar Tagen vorbei, dann koche ich für uns, und wir reden in aller Ruhe miteinander.«

»Ich ruf dich an«, sagte Toni.

»Wirklich?«

»Ja, wirklich.«

»Und es ist alles in Ordnung mit dir?«

»Mir geht es gut.«

»Du weißt, wie wichtig du mir bist?«

»Ja, das weiß ich.«

»Okay, dann zieh ich mal los. Beim Leichenschmaus warten sie schon auf mich.«

»Ja, mach nur.«

Sofie betrachtete ihn ein letztes Mal prüfend, wuschelte ihm durchs Haar und küsste ihn zum Abschied auf den Mund. Als sie sich abwandte und auf dem Hauptweg zum Ausgang lief, zersprang etwas in ihm.

## 45

Im schummrigen Licht der Straßenlaternen fuhr Troy Gardener in einem Opel Astra an den Spandau Arcaden vorüber. Es war mittlerweile das vierte Auto, das er gestohlen und mit neuen Nummernschildern versehen hatte. Er hatte darauf geachtet, deutsche Modelle zu knacken, die in großer Stückzahl zugelassen waren, sodass er nirgends auffiel. Bisher war sein Plan aufgegangen. Vor ihm ragte das riesige Rathaus auf. Die stimmungsvoll beleuchtete Turmuhr zeigte an, dass es zweiundzwanzig Uhr dreißig war. Er würde rechtzeitig den Treffpunkt erreichen.

Gardener passierte die Altstadt und dachte, dass Herm Neudorf den entscheidenden Fehler begangen hatte, als er den Jaber-Clan kontaktierte. Alle Kunden im Berliner Raum waren angewiesen, sich sofort zu melden, wenn ihnen eine größere Menge Kokain angeboten würde. Als Gegenleistung waren ihnen Sonderkonditionen versprochen worden. Die arabische Großfamilie zögerte keine Sekunde und lieferte den brandenburgischen Kleindealer ans Messer.

Als Gardener im Verkehrskreisel die erste Ausfahrt nahm, bewegte er sich leicht zur Seite und unterdrückte ein Stöhnen. Herm Neudorf hatte ihm zwei Rippen gebrochen. Sein Gesicht sah aus wie ein Pflaumenkuchen. Der Kerl hätte ihn wohl fertiggemacht, wenn er nicht rechtzeitig sein Wurfmesser zu fassen bekommen hätte und ihm drei schnelle Stiche in den Trapezmuskel, den Trizeps und den Latissimus verpasst hätte. Danach konnte Herm Neudorf den Arm nicht mehr bewegen und war eine leichte Beute.

Unter Folter gestand er ihm den Ort, wo er die Drogen vergraben hatte. Das Versteck lag nur zwei Fußminuten von den Schwedenwällen entfernt. Allerdings befanden sich in dem Erdloch nur hundert Päckchen. Gardener kehrte zurück und verschärfte die Folter, bis ihm Herm Neudorf von dem Komplizen erzählte.

Hinterher brach Gardener ihm das Genick, verlud den Stoff und fuhr zu dem Reiterhof in der Gemeinde Groß Kreutz, wo er die ganze Nacht auf der Lauer lag. Als Sandro Ehmke im Morgengrauen noch nicht aufgetaucht war, suchte Gardener ein einsames Waldstück auf und meldete sich bei seiner Kontaktperson, die über viele technische Möglichkeiten verfügte. Er brauchte Informationen über den Stallgehilfen, er musste herausfinden, wo er die andere Hälfte des Kokains versteckt hatte.

Mehrere Stunden saß er im Wagen, wartete auf das Dossier und hörte den Polizeifunk ab. Als eine Geiselnahme in der Gemeinde Groß Kreutz bei Deetz gemeldet und die Adresse durchgegeben wurde, wunderte er sich über die räumliche Nähe zu Sandro Ehmkes Arbeitsplatz. Er fragte sich, ob ein Zusammenhang bestand, und wollte sich absichern. So fuhr er erneut zum Reiterhof und entdeckte auf der Wiese ein erschossenes Pferd. Im Wohnhaus stieß er auf den Leichnam eines weißhaarigen Mannes, der über fünfzig Messerstiche aufwies.

Für Gardener war sofort klar, dass dieser Overkill das Werk von Sandro Ehmke sein musste. Herm Neudorf hatte erzählt, dass zwischen ihm und Ehmke eine besondere Beziehung bestand. Er drückte sich nicht klar aus, aber für Gardener hörte es sich an, als wären die beiden Schwuchteln. So erklärte sich jedenfalls, dass der Tod des Freundes eine emotionale Krise ausgelöst und zu einer Kurzschlussreaktion geführt hatte. Vor diesem Hintergrund wirkte die Geiselnahme wie ein kurz bevorstehender erweiterter Suizid.

Gardener begriff, dass ihm nicht viel Zeit blieb. Das Dossier, das er von seiner Kontaktperson erhalten hatte, war wenig aussagekräftig und bot keine konkreten Anhaltspunkte. Wenn Sandro Ehmke tot war, konnte er das Versteck nicht mehr verraten. Mit der halben Lieferung brauchte Gardener bei Miguel Ospina nicht anzutanzen. La Tortuga hatte klar gesagt, dass er das gesamte Kokain zurückwolle. Es war ratsam, ihn wörtlich zu nehmen. Er musste sich also etwas einfallen lassen, ehe es zu spät war.

Gardener fuhr zum Resthof bei Deetz und sondierte die

Lage. Die Polizei sperrte gerade die Gegend ab und konzentrierte ihre Kräfte. Ihm war sofort klar, dass er für Ablenkung sorgen musste. Im Grunde tat er das, was er in Afghanistan ein halbes dutzend Mal getan hatte. Er legte einen falschen Hinterhalt und nutzte den Aufruhr, um sich der eigentlichen Mission zu widmen. Als ihm auch noch dieser trottelige SEK-Beamte in die Arme lief, konnte er sein Glück kaum fassen. Er überwältigte ihn und zog sich seine Uniform an. Alles klappte bestens, bis er aus Versehen Sandro Ehmke ins Herz schoss. Das Versteck konnte er nicht mehr verraten. Das war ärgerlich. Wenigstens konnte Gardener in seiner Verkleidung fliehen und sich bei Beetzseeheide verstecken, bis die Fahndungsmaßnahmen gelockert wurden.

In der leer stehenden Datsche hatte er Zeit, um über seine Zukunft nachzudenken. Eine Rückkehr nach Südamerika schied aus. Insbesondere, seitdem er im Internet gelesen hatte, dass der kolumbianische Konsul in Hamburg bei einem tragischen »Verkehrsunfall« ums Leben gekommen war. Er war nicht nur sein Kontaktmann in Deutschland gewesen, sondern auch Miguel Ospinas Großhändler. Offenbar hatte der Drogenboss ihn beseitigt. Wahrscheinlich organisierte er den deutschen Markt bereits neu.

Gardener musste untertauchen und brauchte eine neue Identität. Dazu benötigte er Geld. In seinem Besitz befanden sich einhundert Kokainpäckchen für mehrere Millionen Euro. Warum sollte er sie nicht zu einem Schleuderpreis verramschen? Dabei würde genügend Cash für seinen Neuanfang rausspringen. Als Abnehmer kam der Jaber-Clan in Frage, der über ausreichend finanzielle Mittel verfügte. Er wusste natürlich, dass ein solcher Deal gewisse Risiken barg.

Gardener parkte den Wagen auf der Juliusturmbrücke und lief Richtung Altstadt. Auf der Breiten Straße passierte er einen U-Bahn-Eingang, das gut besuchte »Hasir«-Restaurant und mehrere geschlossene Geschäfte. Schließlich bog er zweimal ab und erreichte die Shisha-Bar »Diamonds & Pearls«.

Im Inneren saßen junge Männer an Wasserpfeifen. Ein süßlich schwerer Geruch hing in der Luft; die Einrichtung war orientalisch geprägt. In den Ecken standen niedrige Diwans mit dunkelrotem Samtbezug, davor flache dunkelbraune Holztische. An den Wänden hingen Teppiche mit Goldstickereien und Glitzertroddeln.

Am Tresen stellte sich Gardener vor und wurde von einem schweigsamen muskelbepackten Araber durch mehrere dunkle Gänge geführt, bis sie ein Büro erreichten, das zum Hinterhof rausging. Das Oberhaupt der arabischen Großfamilie erwartete ihn bereits.

Mohammed Jaber war ein kleiner Mann mit Stirnglatze, vorstehenden Augen und einem schlecht sitzenden Anzug. Ende der siebziger Jahre kam er als angeblicher Bürgerkriegsflüchtling aus dem Libanon nach Deutschland und fiel durch mehrere Straftaten auf. Alle Versuche der deutschen Justiz, ihn aus dem Land zu verweisen, scheiterten, weil er nach eigener Aussage schon im Herkunftsland als staatenlos galt. Seinen Pass hatte er verloren. Die Ermittlungsgruppe Identität konnte seine Behauptungen nicht widerlegen. So blieb er und begann eine bespiellose kriminelle Karriere.

Jaber befehligte mittlerweile eine Privatarmee, deren Angehörige vorwiegend als Serienstraftäter galten und in Wedding und in Charlottenburg aktiv waren. Seit einigen Jahren weitete das Familienoberhaupt sein Einflussgebiet auf Spandau aus. Über Strohmänner betrieb er Mietshäuser, Shisha-Bars und Falafel-Läden zur Geldwäsche. Seine Haupteinnahmequellen waren der Drogenhandel und die Prostitution. Obwohl er nach wie vor Sozialleistungen bezog, brachte er seinen Enkelsohn gerne in einem gelben Ferrari zur Schule.

»Bitte setzen Sie sich. Möchten Sie einen Tee?«, fragte Jaber und machte einem der finster dreinblickenden Araber ein Zeichen. Dieser schüttete eine dunkle dampfende Flüssigkeit in ein zierliches Glasgefäß, das auf einem polierten Messingtablett stand. »Was ist mit Ihrem Gesicht?«

»Nichts, worüber wir reden müssen«, erwiderte Gardener und setzte sich in den Plüschstuhl.

»Es war richtig, dass Sie mich angerufen haben«, sagte Jaber. »Ich bin immer an guten Geschäften interessiert.«

Gardener entnahm seinem Rucksack ein Kilogramm Kokain und legte das Päckchen auf den Schreibtisch. »Sie haben darauf bestanden, dass wir uns persönlich treffen. Ich bin Ihrer Bitte nachgekommen. Das ist ein Geschenk, damit Sie sich von der Qualität der Ware überzeugen können«, sagte er.

Jaber machte einem seiner Männer ein Zeichen, der das Päckchen an sich nahm, und sagte: »In den vergangenen Tagen habe ich viel über Sie gelesen. Sie sind ein Mann mit einem beeindruckenden Lebenslauf. In meiner Familie wären Sie gut aufgehoben. Wir haben viele fähige Männer. Der da drüben …«, sagte Jaber und zeigte auf den einzigen Nichtaraber, einen stiernackigen Blondkopf mit einem ausdruckslosen Babygesicht, »… ist ein ehemaliger Fallschirmjäger, der in Afghanistan gedient hat. Mittlerweile bereut er seinen Einsatz und will zum Islam konvertieren. Bis gestern war er in der Sicherheitsfirma eines früheren Kameraden beschäftigt, jetzt steigt er richtig bei uns ein.«

Was soll dieses Geschwätz?, dachte Gardener. Wenn Jaber tatsächlich so gutes Personal hätte, hätte es ihn längst durchsucht. Dieser muskelbepackte Fleischberg mit dem Babygesicht eignete sich bestimmt für die Drecksarbeit auf der Straße, aber auf einen Deal von dieser Tragweite war er nicht vorbereitet. Gardener wusste, dass man sich immer und überall rückversichern musste. Er erhob sich von seinem Stuhl, griff nach seinem Rucksack und sagte: »Ich werde jetzt gehen und melde mich morgen früh. Dann können wir überlegen, wie wir den Handel zu unser beider Zufriedenheit und Sicherheit abwickeln können.«

»Wollen Sie meine Gefühle verletzen? Schmeckt Ihnen der Tee etwa nicht?«, echauffierte sich Jaber. Sein Smartphone schrillte, und er nahm den Anruf sofort entgegen. Während des Telefonats drehte er sich weg, sodass man nur seinen Hinterkopf und den Jackettrücken sah. Schweigend hörte er zu und sagte schließlich: »Gut. Dann kommt jetzt zurück.«

Gardener blickte sich um. Insgesamt fünf Schläger standen breitbeinig da und stierten ihn finster an. Etwas ging vor, das spürte er, und plötzlich fiel ihm auf, dass sich unter dem gemusterten Perserteppich eine Plastikfolie befand. Offenbar wollte man ihn beseitigen, ohne Spuren zu hinterlassen.

Gardener seufzte. In der Drogenbranche traf man selten auf Männer, die vertrauenswürdig waren. Er hatte mit einer solchen Entwicklung gerechnet. Trotzdem war er enttäuscht, dass sein Plan A nicht funktionierte. Jetzt musste er sich mit Plan B begnügen. Er legte den Rucksack auf den Plüschstuhl und weitete mit den Fingern seiner rechten Hand das Ärmelbündchen der Jacke.

»Wir haben das Kokain in einer Hütte bei Beetzseeheide gefunden«, sagte Jaber. »Warum sollten wir es teuer bezahlen, wenn wir es auch umsonst haben können? Jetzt muss ich los. Ihr wisst, was zu tun ist.«

Die Schläger zogen schweigend ihre Handfeuerwaffen und Messer.

»Stopp. Keiner bewegt sich von der Stelle!«, schrie Gardener und schüttelte aus seinem Ärmel eine kleine weiße Plastikstange, die an einem Ende einen roten Knopf aufwies und am anderen Ende mit einem schwarzen Kabel verbunden war. Vor aller Augen drückte er auf den roten Knopf und sagte: »Der Zünder ist jetzt aktiviert, meine Sprengstoffweste ist scharf. Sollte einer von euch mir eine Kugel in den Kopf jagen, lasse ich den Knopf los und der Plastiksprengstoff geht hoch. Die Ladung reicht aus, um das ganze Haus in Schutt und Asche zu legen. Ihr glaubt mir nicht? Dann seht selbst.« Er öffnete den Reißverschluss seiner Jacke und präsentierte eine beigefarbene Anglerweste, die er in der Datsche gefunden hatte. Die Taschen waren mit verdrahteten Plastiksäckchen gefüllt.

»Du bluffst nur«, rief Jaber, aber man sah seinem Gesicht an, wie wütend er war.

»Falsch«, entgegnete Gardener. »Ich bluffe nie. Du hast vorhin gesagt, dass du viel über mich gelesen hast. Dann hast du sicher auch die Fahndungsseite des FBI studiert. Auf ihr kannst du detailliert nachlesen, wie gut ich mit Sprengstoff umgehen kann. Diese Weste ist keine Attrappe, sie ist scharf, und wenn ihr jetzt nicht tut, was ich sage, werden wir alle zusammen zur Hölle fahren. Hast du das kapiert?«

Jaber sah ihn hasserfüllt an.

»Hast du wirklich geglaubt, dass ich ohne Absicherung herkomme? Und jetzt frage ich dich zum letzten Mal: Hast du die Spielregeln kapiert?«

»Ja«, erwiderte Jaber.

»Gut«, sagte Gardener. »Ich habe nicht vor, dich zu töten. Wenn ich es gewollt hätte, hätte ich es längst tun können. Ich will das Geschäft abwickeln, nur zu anderen Konditionen, die dir mit etwas Abstand sicher gefallen werden. Zuerst sollen sich deine Schläger an die Wand setzen, damit ich sie im Blick habe. Die Waffen können sie behalten. Die nützen ihnen nichts. Wenn sie mich erschießen, fliegt hier alles in die Luft. Los jetzt! Befiehl es ihnen.«

Jaber nickte seinen Männern zu, und diese hockten sich murrend auf den Boden.

»Dann will ich«, fuhr Gardener fort, »dass du deinen Safe öffnest und das Bargeld in diesen Rucksack steckst.«

»Ich hab keinen Safe«, behauptete der Clanchef trotzig.

»*Don't fuck with me*«, schrie Gardener. »Ich habe von deinen Tricks die Schnauze voll.«

Jaber bedachte ihn mit einem weiteren hasserfüllten Blick, ging zur Kommode und hängte ein kitschiges Gemälde ab. Nachdem er den Code eingegeben hatte, schwang er die Tresortür auf. Er entnahm dem kleinen Innenraum mehrere Bündel Banknoten, die er in dem Rucksack verstaute. Es waren vor allem Zehn-, Zwanzig- und Fünfzig-Euro-Scheine, die starke Gebrauchsspuren aufwiesen. Wahrscheinlich handelte es sich um Drogengeld. Gardener schätzte, dass sich die Summe auf ein paar tausend Euro belief.

»Das Päckchen Kokain steckst du auch in den Rucksack, und dann legst du dir diese Handschelle um dein rechtes Handgelenk … Gut so … Die andere Handschelle machst du an meinem linken Handgelenk fest … Ja, genau … Solange ich diesen Sprengstoffgürtel trage, möchte ich nicht von dir getrennt werden. Falls etwas schiefläuft, zerfetzt es uns beide. Jetzt machen wir einen Spaziergang, und wenn uns niemand folgt und ich in Sicherheit bin, lass ich dich laufen. Sag deinen Schlägern ein paar Abschiedsworte, damit Sie auch kapieren, was sie tun sollen.«

»Bleibt hier«, sagte Jaber. »Verfolgt uns nicht. Ich bin bald zurück.«

»*Good boy*«, sagte Gardener, griff mit der gefesselten Hand den Rucksack und zog den Clanchef mit sich. In der Bar nahmen die Gäste keine Notiz von ihnen. Nur der Kellner blickte verwundert drein. Jaber wies ihn durch ein strenges Nicken an, hinter dem Tresen zu bleiben. Draußen kühlte die frische Abendluft Gardeners erhitztes Gesicht. Er lief zügig über das Pflaster und schaute sich mehrmals um, aber niemand folgte ihnen.

Er fragte sich, wie Jaber die Hütte in Beetzseeheide aufspüren konnte. Vielleicht hatte er heute Nachmittag den Anruf von dem öffentlichen Telefon zurückverfolgt und seine Leute losgeschickt, um die Gegend zu überwachen. Vielleicht war es auch ganz anders gelaufen.

Auf der Juliusturmbrücke tauchte das gelbe Laternenlicht die Szenerie in einen unwirklichen Schein. Gardener öffnete den Kofferraum des Wagens und zog den Handschellenschlüssel aus der Hosentasche. »Schließ auf!«, sagte er.

Jaber folgte dem Befehl.

Gardener griff nach einer Pistole, lud sie an seinem Oberschenkel durch und entsicherte sie. Er zielte auf Jabers Kopf und sagte: »Du kletterst sofort auf das Brückengeländer und springst in die Havel.« Als er Jabers Zögern bemerkte, setzte er nach: »Ich hab keine Zeit. Entweder jage ich dir eine Kugel in den Kopf oder du springst. Du kannst es dir aussuchen.«

Jaber hob ein Bein über die verzinkte Querstrebe, zog das andere Bein nach und ließ sich in die Tiefe fallen. Gardener hörte, wie er auf die Wasseroberfläche klatschte und kurz darauf prustend auftauchte. Er schrie nicht um Hilfe – das war sein Glück. Auf der anderen Seite der vierspurigen Fahrbahn waren im Laternenlicht Fußgänger stehen geblieben und schauten herüber. Als Gardener mit der Pistole auf sie zielte, wandten sie schnell ihre Köpfe ab und eilten Richtung Altstadt davon.

Gardener entfernte das Kabel von dem Auslöser, zog die Sprengstoffweste aus und legte sie in den Kofferraum. In dem Rucksack verstaute er die Pistole, Munition, Werkzeug, eine Wasserflasche, Proteinriegel und die sechzigtausend Euro, die er dem Binnenkapitän abgenommen hatte. Er schulterte den Rucksack, der nun sein gesamtes Startkapital enthielt, und rannte Richtung Zitadelle los. Unterwegs warf er die Brieftaschen und Handys von Jürgen Seitz, Herrn Neudorf und dem Hafenarbeiter Achim Mazur in die Havel. Das Zeug war nutzlos und brachte ihn nur mit den Morden in Verbindung. Vielleicht hatte er einen Vorsprung von zehn Minuten – das musste reichen.

Während Gardener sein Tempo steigerte und die schmerzenden Rippen ignorierte, musste er an Jaber denken. Wenn er klug war, würde er das Kokain aus der Datsche bei Beetzseeheide nehmen und den handelsüblichen Preis zahlen, aber Jaber war gierig. Wahrscheinlich hielt er sich für unantastbar, solange er in Berlin war und von seinen Schlägern beschützt wurde. Er würde das Kokain klauen und gegenüber Ospinas neuem Großhändler den Ahnungslosen spielen.

Gardener entschloss sich, La Tortuga durch eine E-Mail zu verraten, wer sein Kokain gestohlen hatte. Vielleicht würde dieser Tipp den kolumbianischen Drogenboss milde stimmen. Und wenn nicht, würde Gardener auch zurechtkommen. Das Video von der Sexparty spielte nur eine Rolle, wenn ihn die Justiz erwischte, und das würde er verhindern. Er kannte genügend »interessante« Länder, wo weder Ospina noch die Strafverfolgungsbehörden Einfluss hatten und wo ein Mann von seinen Qualitäten schnell einen neuen Arbeitgeber fand.

## 46

Toni hatte sich gezwungen, die Maschine seines Hausboots zu überholen, die Schränke mit Proviant zu füllen und zum ersten Mal seit Jahren die Leinen loszuwerfen. Das Schiff war 1910 in einer holländischen Werft als Frachtensegler vom Stapel gelaufen und hatte lange dem Transport von Getreide, Kohle und Ziegeln gedient. In seiner Geschichte war es mehrfach verlängert und verkürzt worden, bis es 1998 seine endgültige Länge von neunzehn Metern erhielt und zum dauerhaften Wohnen ausgebaut worden war.

Toni stand im Ruderhaus. Der hundertzwanzig PS starke Dieselmotor trieb den länglichen Stahlrumpf durchs Wasser, aber die vibrierende Kraft erreichte ihn nicht. Dumpf peilte er über den Bug eine grüne Fahrwassertonne an, korrigierte den Kurs und schaute auf seinen Sohn und dessen Freundin, die im Sonnenschein auf zwei Liegestühlen saßen und Zitronenlimonade tranken.

Aroon und Alina hatten mit ihm die Bootsreise geplant und als Matrosen angeheuert. Eigentlich sollte sich Toni über ihre Gesellschaft freuen. Er gab sich auch die größte Mühe, damit sie sich wohlfühlten, aber seine gute Laune war nur oberflächlich. In ihm sah es anders aus. Er kam sich vor wie ein trauriger Klumpen Fleisch.

Sein Smartphone vibrierte und informierte ihn, dass er eine Textnachricht von Caren erhalten hatte. Ausgesprochen hatten sie sich noch nicht, aber das war für beide in Ordnung. Sie waren zu ihrem freundschaftlichen Umgang zurückgekehrt, als wäre nichts geschehen. Caren war klug genug, um ihn erst mal auf seine Schiffsreise gehen zu lassen.

Sie schrieb, dass der Untersuchungsausschuss formal festgestellt habe, dass ihn keine Schuld am Tod von Sandro Ehmke träfe. Der Polizeipräsident wolle aber aus disziplinarischen Gründen an der Suspendierung festhalten. Ob er wegen seines eigenmächtigen Handelns mit einer Bestrafung rechnen müsse, sei noch nicht geklärt. Außerdem habe Kriminalrat Schmitz wegen der Duldung von Alkoholkonsum in den Diensträumen eine Abmahnung erhalten, die eine baldige Beförderung unwahrscheinlich mache. Wegen seines beanstandungswürdigen Verhaltens als Einsatzleiter würde er bei vergleichbaren Bedrohungslagen nicht mehr in die Verantwortung genommen werden. Ferner berichtete sie, dass die Fahndung nach Troy Gardener nichts ergeben habe. Obwohl die Behörden die größte Tätersuche seit der Wiedervereinigung losgetreten hätten, sei der US-Amerikaner durch das engmaschige Netz geschlüpft. Mittlerweile gehe man davon aus, dass er Deutschland verlassen habe.

Seine Karriere, der Behördenalltag und die Fahndung interessierten Toni herzlich wenig. Er musste sich konzentrieren, um die Informationen überhaupt zu verarbeiten. Trotzdem wusste er Caren und ihre zuverlässige Art zu schätzen. Er bedankte sich, dass sie ihn auf dem Laufenden hielt. Sie verabredeten, bald wieder voneinander hören zu lassen.

Aus den Boxen des kleinen Kofferradios plärrte ein Hit. Hinterher wurde in den Nachrichten gemeldet, dass bei der Explosion einer Bombe das Oberhaupt einer kriminellen Großfamilie, Mohammed J., ums Leben gekommen sei. Unter den Opfern in der Spandauer Shisha-Bar sei auch der deutsche Staatsbürger Torben S. gewesen. In Polizeikreisen gehe man davon aus, dass es sich nicht um einen Terrorakt, sondern um den Angriff eines rivalisierenden Clans handele. Seit längerer Zeit herrsche ein Drogenkrieg.

Toni hatte dem Bericht kaum zugehört. Seine Aufnahmekapazität war erschöpft. Er schaltete das Radio aus und fragte sich, was ihn überhaupt noch anging.

Vor einigen Tagen hatte er Sofie getroffen, um sich Klarheit zu verschaffen. Er sagte ihr, dass es ihm nicht reiche, nur der beste Freund zu sein. Sie seien verheiratet. Er wolle der wichtigste Mensch für sie sein, er wolle sie lieben und geliebt werden, und er könne ihre Gefühle nicht mit einer dritten Person teilen. Jahrelang habe er in der Schwebe gelebt und könne keine Ungewissheit mehr ertragen. Wenn diese Voraussetzungen nicht gegeben seien, müsse er ihre Beziehung beenden.

Sie erwiderte, dass sie auch nachgedacht habe. Mit großen Augen sah sie ihn an und schüttelte kaum merklich den Kopf. Schluchzend fiel sie ihm in die Arme. Er brauchte eine Weile, bis er kapierte, dass das ihre Antwort war. Sofort machte er sich los.

Zweifellos litt sie entsetzlich, aber sie unternahm nichts, um ihn aufzuhalten. Still begleitete sie ihn aus dem Zimmer. Draußen öffnete sie ihm sogar die Tür seines Autos. Die ganze Zeit über sagte sie kein einziges Wort. Wahrscheinlich schätzte sie ihn zu sehr, um leere Versprechen zu machen und seine Qual zu verlängern.

Als er mit seinem Peugeot davonfuhr, biss er sich auf die Unterlippe, bis sie blutete. Seine schlimmsten Befürchtungen waren Gewissheit geworden. Er hatte die Frau seines Lebens verloren!

Endgültig!

Er rieb sich den Hinterkopf und blickte verständnislos auf die Flusslandschaft, die in keiner Weise das Ungeheuerliche widerspiegelte, das sich in seinem Leben zugetragen hatte. An den Ufern wogten die hellbraunen Schilfgürtel im Wind, die Wurzeln zweier alter Weidenbäume verästelten sich ins Wasser und wurden von kleinen Wellen umspült. In einer feinsandigen Bucht saß eine Mutter mit ihrem Baby auf einer Picknickdecke. Zwei große Hunde senkten die Köpfe, um zu trinken. Es war so verdammt schön, dass er kotzen könnte.

Toni konnte kaum glauben, dass er noch mit beiden Füßen auf dem Boden stand, aber so war es. Er war fest entschlossen, nicht aufzugeben und durchzukommen. Die Nächte zu überstehen war das Schwierigste. Meistens grübelte er bis in die frühen Morgenstunden. Wenn er merkte, dass er resignierte, sprach er sich selbst Mut zu.

Endlich konnte er Dinge tun, die er lange vernachlässigt hatte. Er würde französische Gerichte kochen und seine

Sprachkenntnisse auffrischen. Er würde seine E-Gitarre aus dem Koffer nehmen, den Verstärker aufdrehen und ein paar Songs spielen. Er würde bleiben, wo es ihm gefiel, und er würde weiterziehen, wenn ihn das Fernweh packte. Er war zwar schon Anfang vierzig, aber er hatte sogar mit dem Gedanken gespielt, bei einem Möbeltischler in die Lehre zu gehen. Schon als Jugendlicher hatte er gerne mit Holz gearbeitet.

Er war für vieles offen, aber nichts konnte den Schmerz lindern, der ihn ständig und überall begleitete. Toni umfasste das Steuerrad fester und schaute auf die glitzernde Wasseroberfläche, die ständig in Bewegung war. Momentan wusste er nicht viel. Momentan wusste er nur eines: Er würde sie immer lieben.

# Danksagung

Besonders danken möchte ich dem Schiffsführer Norbert Müller, der viel zur Entstehung dieses Romans beigetragen hat. Geduldig beantwortete er alle meine Fragen und berichtete detailreich und spannend aus seinem über vierzigjährigen Berufsleben. Seine Schilderungen haben die Kapitel über die Binnenschifffahrt wesentlich beeinflusst.

Dank an Klaus Pietack und Franziska Rößger, die mir eine Besichtigung des Havelports ermöglichten, und an Henning Stober, der mir einen Einblick in seine Tätigkeit als Huforthopäde gewährte.

Dank an meinen Agenten Dirk R. Meynecke für die angenehme und fruchtbare Zusammenarbeit, an das gesamte Emons-Team für das tolle Engagement und an meinen Lektor Carlos Westerkamp für seine wertvollen Kommentare. Ich freue mich schon auf unsere nächste Besprechung im »Olivenbaum«.

Und nicht zuletzt einen großen Dank an meine Frau Steffi, die nicht nur meine erste Testleserin war, sondern mir auch viel über Pferde und den Reitsport beigebracht hat.

Tim Pieper
**MORD UNTER DEN LINDEN**
Broschur, 272 Seiten
ISBN 978-3-89705-914-6

»Spannender Fall zu Berlins Kaiserzeit!«   Histo-Couch.de

»Ein äußerst kurzweiliger, interessanter historischer Krimi, der sich schon von der Thematik her von der Masse abhebt. Eine volle Empfehlung für vergnügliche Lesestunden!«   Leser-Welt.de

»Tim Pieper präsentiert uns einen grandiosen Kriminalroman.«
Buchrezicenter.de

www.emons-verlag.de

Tim Pieper
**MORD IM TIERGARTEN**
Broschur, 256 Seiten
ISBN 978-3-95451-178-5

»»Mord im Tiergarten‹ ist ein kritischer Rückblick auf die deutsche Geschichte in einem hochspannenden Krimi verpackt.«   Berliner Kurier

»Bei der spannenden Suche nach Täter und Tatmotiv erfährt der Leser viel über die gesellschaftlichen Verhältnisse im Berlin des ausgehenden 19. Jahrhunderts. Kaufempfehlung.«   ekz

»Hervorragend, spannend, mehr davon!«   Histo-Couch.de

www.emons-verlag.de

Tim Pieper
**DUNKLE HAVEL**
Broschur, 256 Seiten
ISBN 978-3-95451-507-3

»›Dunkle Havel‹ wirkt passagenweise wie einer dieser bis ins Detail perfekt ausgedachten Fernsehkrimis. Doch die Geschichte, die Pieper erzählt, lebt nicht von der Oberfläche, sondern von ihren Abgründen.« Der Tagesspiegel

»Ein Vermisstenfall wie im richtigen Leben. KRIMITIPP!«
rbb-Fernsehen

»Tim Pieper ist ein Kriminalroman gelungen, der mehr ist als der typische Krimi. Für Leser aus Potsdam und dem Umland bietet der Roman durch seine realistische Abbildung von Land und Leuten einen Leckerbissen.« Potsdamer Neueste Nachrichten

»Es lohnt sich ›Dunkle Havel‹ zu lesen. BUCHTIPP!«
Antenne Brandenburg

www.emons-verlag.de

Tim Pieper
**KALTE HAVEL**
Broschur, 256 Seiten
ISBN 978-3-7408-0001-7

*»Tim Piepers Fortsetzung ist sprachlich klar, sphärisch verdichtet und führt den Leser an abgelegene, fremde Orte im Brandenburger Hinterland. Feine Krimiliteratur mit Regionalbezug, die es mit einem Sonntagskrimi aufnehmen kann.«*   ART. 5|III

*»Unbedingt als Fortsetzung, aber auch als Einzeltitel zu empfehlen.«*
ekz

*»Für Fans von Regionalkrimis ein absolutes Muss!«*
Antenne Brandenburg

www.emons-verlag.de